Miriam Rademacher

Banshee Livie – 1

Banshee Livie (Band 1): Dämonenjagd für Anfänger

So hat sich Livie ihren Tod nicht vorgestellt. Sie bekommt einen Job, der aus Heulen und Scharade besteht, einen altklugen Kollegen mit sexy Stimme, aber ohne Gesicht und eine staubige Dachkammer ohne Internetanschluss. Livie ist jetzt die Banshee von Schloss Harrowmore und hat in ihrer Rolle als Schutzgeist die Aufsichtspflicht über eine der tollpatschigsten Familien Englands. Als dann auch noch ein nachtragender Dämon auftaucht, um eine uralte Rechnung zu begleichen, ist Livies Tod endgültig aufregender als es ihr Leben jemals war.

Die Autorin

Miriam Rademacher, Jahrgang 1973, wuchs auf einem kleinen Barockschloss im Emsland auf und begann früh mit dem Schreiben. Heute lebt sie mit ihrer Familie in Osnabrück, wo sie an ihren Büchern arbeitet und Tanz unterrichtet. Sie mag Regen, wenn es nach Herbst riecht, es früh dunkel wird und die Printen beim Lesen wieder schmecken. In den letzten Jahren hat sie zahlreiche Kurzgeschichten, Fantasy-Romane, Krimis und ein Kinderbilderbuch veröffentlicht.

Miriam Rademacher

Banshee

Livie

Band 1: Dämonenjagd für Anfänger

Fantasy

Sternensand Verlag

www.sternensand-verlag.ch | info@sternensand-verlag.ch

3. Auflage, April 2019

Umschlaggestaltung: Juliane Schneeweiss
Lektorat / Korrektorat: Sternensand Verlag GmbH | Martina König
Satz: Sternensand Verlag GmbH
Druck und Bindung: Smilkov Print Ltd.

ISBN-13: 978-3-906829-55-5
ISBN-10: 3-906829-55-5

zu stellen? Wagst es, meine Pläne zu durchkreuzen? Glaube nicht, dass ich dir das jemals vergesse, Badria.«

Der Druide war sich bewusst, dass Ghorm vor seinen Augen zerfiel. Voller Abscheu erwiderte er: »Hast du wirklich geglaubt, ich würde brav mit ansehen, wie du sie zugrunde richtest? Ich habe dich gewarnt. Hast du das vergessen? Jetzt bereue du lieber, solange du noch Zeit dafür hast. Dein Leben neigt sich erkennbar dem Ende zu.«

Speichel floss Ghorm über die hängenden Mundwinkel. Er wischte ihn mit seinen Klauen beiseite. Immer schwerer schien es ihm zu fallen, seine Worte deutlich zu formulieren. »Dieses Leben … Mag sein, dass es hier endet. Doch andere werden folgen und ich werde dich finden. In jeder Zeit, in jedem Leben werde ich dich finden, und dann werde ich mit dir abrechnen! Ich nehme dir diesen Tod ausgesprochen übel, Druide.«

Ein Lächeln bar jeder Freundlichkeit zuckte über Badrias Gesicht. »Ich mache es dir leicht. Ich bleibe dem Blut treu. Wann immer du mich suchst, komm hierher. Ich werde Harrowmore zu meinem Heim machen. Denn Helena und ich werden heiraten.«

Schmerzhaft zog sich seine Kehle bei diesen Worten zusammen. Hatten Helena und er wirklich noch eine Zukunft? Doch Badria wollte jetzt nicht daran zweifeln, dass sie überlebt hatte. All das hier musste einen Sinn gehabt haben. Es musste!

Er straffte die Schultern und fuhr mit fester Stimme fort: »Was auch immer du von ihr übrig gelassen hast, sie wird meine Frau. Und wir werden dieses gemeinsame Leben genießen. Sobald du durch diese Tür hinausgekrochen bist.«

Es war der pure Hass, der Ghorms Gesichtszügen das letzte bisschen Menschlichkeit raubte. Von Wut geschüttelt, bäumte sich das Wesen noch einmal zur vollen Größe auf. In diesem Moment überragte er den Druiden um Haupteslänge und stürzte sich auf ihn. Doch dieser hatte den Angriff erwartet.

»Ja, komm nur, Ghorm, komm nur! Lass es uns zu Ende bringen!«, schrie Badria und warf dem Unhold die brennende Laterne direkt in sein deformiertes Gesicht.

Glas, so dünn wie Papier, zersplitterte, Funken stoben und ölgenährte Flammen leckten über Haut und Stoff. Ghorm schrie auf und presste sich die Klauen auf sein abstoßendes Antlitz. Mit dem Rest seiner schwindenden Kraft riss er sich den brennenden Mantel von den Schultern und taumelte an Badria vorbei zum Ausgang.

Er ertastete einen der schweren eisernen Ringe im Holz, riss die hohe Eingangstür auf, wankte hinaus in die Nacht und verschwand im Nebel.

Badria ließ ihn gehen. Ghorm und sein Schicksal bedeuteten ihm nichts mehr. Er hatte den Kampf um Helena gewonnen.

Er wandte sich dem noch schwelenden Mantel und den brennenden Überresten der Laterne zu seinen Füßen zu und trat beides aus. Nun lag die Halle von Harrowmore im Dunkeln.

Ein blasser Streifen Mondlicht, der durch die offene Eingangstür hereinfiel, würde Badria bis zur Dämmerung genügen müssen. Doch heute Nacht brauchte er den Weg bis zu seiner armseligen Hütte unter der Eiche nicht durch das Dunkel zu finden. Er würde hierbleiben. Bei Helena. Heute und in allen Nächten, die noch folgen würden.

Noch immer lag sie still auf dem kalten Steinboden. Er tastete sich zu ihr hinüber, ließ sich auf die Knie herab und griff zögernd nach ihren schmalen Schultern. Deutlich fühlte er die Wärme ihrer Haut und hörte ihren regelmäßigen Atem.

Alle Anspannung fiel von ihm ab. Helena würde leben. Und was immer Ghorm ihrem Körper angetan hatte, der Druide würde es ertragen können und hoffte, dass auch *sie* es konnte.

Er zog sie in seine Arme und wartete. Wartete auf die Dämmerung, bis er ihr ins Gesicht blicken konnte.

Kapitel 1

England, an einem Herbsttag im Jahre 2017

Nun komm schon, Livie! Wir sind gleich da!«

Ich konnte nur stumm nicken. Seit Stunden folgte ich meiner Tante Ethel über morastige Wirtschaftswege immer tiefer ins urwüchsige Großbritannien. In den Teil des Landes, wo Straßen kaum so breit wie ein einzelner Wagen waren und wo sich hinter niedrigen Mauern aus Feldsteinen die Natur in variantenreichem, aber langweiligem Grün präsentierte. In jenen Teil des Landes, wo die meisten Einwohner vier statt zwei Beine hatten.

Wieder einmal.

Seit nunmehr acht Jahren ließ ich mich von Tante Ethel während unseres gemeinsamen Herbsturlaubs zu den ›echten Spukorten‹ unseres Landes verschleppen. Wir hatten schon die ›Mühle von Willington‹ besucht, ohne Opfer einer Poltergeistattacke zu werden, hatten am ›Silent Pool‹ in Surrey gestanden, wo Prinz Johann zwei unschuldige Kinder getötet hatte, und waren über die Ruine des ›Borley Anwesens‹, des gespenstischsten Platzes Englands, getrampelt.

An all diesen Orten erlebte ich nun schon seit Jahren exakt das Gleiche: Tante Ethel rannte wie ein aufgescheuchtes Huhn in der Gegend herum und atmete ›magische Kräfte‹, und ich stand wie eine Idiotin daneben und sehnte mich nach ›fish and chips‹.

Niemals, wirklich niemals war ich an einem dieser verfluchten Plätze einem Gespenst begegnet. Tante Ethel natürlich auch nicht, aber hinterher schwor sie stets Stein und Bein, dass sie die Magie dieser Orte gespürt, aufgesogen und verinnerlicht hatte. Es war nicht immer leicht mit Tante Ethel.

Dieses Mal hatte es uns beide in ein winziges Kaff nahe der schottischen Grenze verschlagen. Natürlich hatte Tante Ethel die Reiseroute festgelegt und mich wie jedes Jahr vor vollendete Tatsachen gestellt. Sie hatte mich einfach während der Arbeitszeit in meinem Büro angerufen, weil sie ganz genau wusste, dass ich dort weder Zeit noch Ruhe hatte, um größere Einwände zu erheben.

Seit zwei Jahren arbeitete ich für dieselbe Futtermittelfabrik. Es war ein freudloser Job zwischen Aktenordnern und Telefon, der mich nicht ausfüllte. Den Wechsel der Jahreszeiten konnte ich daran festmachen, mit welchem Rohstoff mir die Aussicht zugeschüttet wurde, da die Lieferanten sich einen Spaß daraus machten, die noch feuchte Ernte direkt vor meiner einzigen Lichtquelle zum Trocknen aufzuhäufen.

Mais hatte verhindert, dass ich mein Büro lüften konnte, als Tante Ethel mir am Telefon von einer Druideneiche erzählt hatte. Das Geheimnis habe sie einem Besoffenen in einem Londoner Pub entlockt.

Einer was bitte? Aber gut, liefen wir eben ein bisschen durch die schottische Landschaft. Frische Luft und Bewegung konnten meiner Figur und meinem Teint nur guttun und schließlich ging es hier ja nicht nur um mich. Die Hauptsache war es doch, Tante Ethel vor Glück strahlend erleben zu dürfen.

»Oh Livie, sieh nur! Das da vorn muss sie sein!«

Olivia heiße ich. Doch das hatte Tante Ethel noch nie wirklich interessiert. Seit meinem fünfzehnten Geburtstag vor vier Jahren versuchte ich, ihr klarzumachen, dass ich mich den freundlich gemeinten Verstümmelungen meines Vornamens entwachsen fühlte. Bisher jedoch ohne nennenswerten Erfolg.

Tante Ethels dürre Gestalt hatte etwa zweihundert Meter vor mir eine Vollbremsung hingelegt. Der Wind zerrte an ihren rot gefärbten Haaren, als sie mit dramatischer Geste auf einen Baum in der Mitte eines abgeernteten Kornfeldes deutete.

Toll. Hoffentlich war's wenigstens eine Eiche, das hob die Chancen, rechtzeitig zum Abendbrot wieder in unserem schmuddeligen Gasthaus zu sitzen.

»Tante Ethel? Sind dir eigentlich die dicken schwarzen Wolken da hinten aufgefallen? Vielleicht solltest du der Drudeneiche schnell allein einen Besuch abstatten, bevor das Unwetter über uns hereinbricht. Ich warte hier auf dich, dann geht es schneller. Ich bin ja doch viel langsamer als du.«

Tante Ethel war mit ihren knapp sechzig Jahren nahezu unverschämt fit. Sie hängte mich schon mein ganzes Leben lang locker ab, während ich mich stets bemühen musste, sie nicht aus den Augen zu verlieren oder am Wegesrand zu kollabieren.

»Ach Herzchen, natürlich kommst du mit mir. Das Unwetter zieht gar nicht in unsere Richtung, glaub mir. Außerdem ist es eine Druideneiche und keine Drudeneiche, Süße.«

Ich schnaufte gottergeben und fügte mich in das Unvermeidliche. Tante Ethel folgend, verließ ich den Weg und nur Augenblicke später versanken meine Turnschuhe schmatzend im feuchten Ackerboden.

Ich fluchte innerlich. Warum um alles in der Welt musste ausgerechnet meine Tante so ein verrücktes Hobby haben? Was versprach sie sich davon? Gut, sie behauptete, die Magie dieser Orte körperlich spüren zu können. Sie glaubte fest daran, die Besuche dort würden ihre Aura aufladen. Aber was genau war eigentlich eine Aura?

Ich seufzte und hielt den Kopf gesenkt, um mein Gesicht vor dem aufkommenden Wind zu schützen.

»Wenn du ein, zwei Kilo abnehmen würdest, Livie-Maus, würden dir unsere Wanderungen auch nicht so zusetzen und du könntest das alles hier mehr genießen.«

»Ich habe schwere Knochen, Tante Ethel.«

»Natürlich, Liebes. Die hast du von deiner Mutter geerbt. Ich kenne keinen Menschen, der so schwere Knochen hatte wie deine Mutter. Kein Wunder, dass sie ertrunken ist.«

An dieser Stelle ist wohl eine Erklärung angebracht.

Tante Ethel war gar nicht meine richtige Tante. Zumindest waren wir nicht blutsverwandt. Sie war meine Patentante, die beste Freundin meiner verstorbenen Mutter. Seit dem Tag, an dem meine Mutter bei einem Tauchausflug zu berühmten Schiffswracks vor der schottischen Küste einfach nicht mehr aufgetaucht war, hatte Tante Ethel meine Erziehung übernommen.

Sie und meine Mutter waren ein Leben lang füreinander da gewesen. Mama hatte Händchen gehalten, als Tante Ethels Eltern schnell nacheinander verstarben, und Tante Ethel hatte meine Mutter getröstet, als mein Erzeuger mit der Blondine von nebenan verschwand. Die beiden Frauen hatten von Kindesbeinen an aneinandergeklebt, nur tauchen war meine Mutter ohne Tante Ethel gegangen.

Mama hatte das Tauchen geliebt. »Unter Wasser ist der einzige Ort, wo endlich mal alle die Klappe halten, Livie«, hatte sie immer zu mir gesagt. Na ja, wenn man Tante Ethel zur besten Freundin hatte, konnte das Bedürfnis nach Ruhe schon mal eigenartige Blüten treiben.

Als meine Mutter dann einfach nicht mehr aufgetaucht war, damals war ich zwölf, hatte Tante Ethel wie selbstverständlich all ihre Aufgaben und Pflichten übernommen. Heute war sie die einzige Familie, die ich kannte. Sie hatte mich durch die Schulzeit begleitet, war mein seelischer Beistand beim ersten Liebeskummer gewesen und mein einziger Halt während der trostlosen Weihnachtsfeiertage.

Ich war immer ein unsicherer Teenager gewesen und Tante Ethels Art von Komplimenten hatte daran nicht wirklich etwas ändern können. Sie behauptete stets, ich entspräche exakt dem weiblichen Schönheitsideal, nur eben nicht dem aktuellen.

Tatsächlich glich ich einem Stummfilmstar. Ich hatte ein rundes Gesicht mit Puppenaugen, Knopfnase und Staunemund, umrahmt von aalglatten schwarzen Haaren. Dabei hätte ich so gern hohe Wangenknochen und ein Profil gehabt, das diesen Namen auch verdiente.

Mit vierzehn war ich bemüht gewesen, aus der Not eine Tugend zu machen. Doch als mein erster Schwarm meinte, ich würde ihn an Betty Boop erinnern, jene kurvenreiche schwarz-weiße Cartoonfigur der frühen Dreißiger mit Kulleraugen und rutschendem Strumpfband, schloss ich die Lippen, gewöhnte mir wieder an, zu blinzeln, und ließ die Haare auf Schulterlänge wachsen.

Welches junge Mädchen wollte schon mit einer Comicfigur verglichen werden? Außer vielleicht mit Wonder Woman. Wonder Woman wäre extrem in Ordnung gewesen.

Auch die Mode stellte mich immer wieder vor unlösbare Probleme, denn die üppigen Kurven und den kleinen Bauchansatz hatte ich ebenfalls von so mancher Schwarz-Weiß-Diva übernommen. Das ließ sich zwar in formlosen Matrosenkleidchen und Charleston-Hängerchen gut kaschieren, doch die Hüfthosen und Hotpants meiner Epoche blieben eine Herausforderung.

Schnell hatte ich mich zeitlebens für Jeans und Blusen entschieden, fest davon überzeugt, dass die wahre Liebe mich auch in einem Mehlsack erkennen würde.

Doch inzwischen begann ich zu fürchten, dass meine große Liebe bereits blind an mir vorbeigehastet sein musste. Inzwischen hätte ich mich sogar mit einer dritt- oder viertklassigen Liebe arrangiert, doch selbst die ließ auf sich warten. So war Tante Ethel noch immer meine einzige Familie.

Gerade näherte sie sich tanzend der Eiche und summte unverständliches Zeug. Dann rief sie: »Oh ja! Spürst du es, Livie? Spürst du die Macht der Erde und die Kraft des Baumes? Hier haben die Druiden ihre magischen Rituale abgehalten! Ich fühle es!«

»Na großartig, Tante Ethel. Können wir dann umdrehen? Das Gewitter, das nicht in unsere Richtung ziehen wollte, ist seltsamerweise gleich hier. Es grummelt schon ziemlich laut und ich glaube, ich habe gerade einen Tropfen auf die Nase bekommen!«

Das war nicht gelogen. Tatsächlich war der Tag inzwischen so finster wie ein Kellerloch, dank der gewaltigen Wolkenberge, die den Himmel verdunkelten. Der Wind riss so heftig an mir, dass ich meine eigenen Worte, die ich meiner Tante entgegenbrüllte, kaum noch verstehen konnte.

Doch Tante Ethel hatte zu singen und zu klatschen begonnen, umarmte den alten Baum und hopste übermütig auf mich zu. »Komm, Livie-Schatz! Spüre die Magie! Kannst du sie fühlen?«

Immer wenn meine Tante diese Worte zu mir sagte, gab ich mir wirklich Mühe. Ich lauschte in mich hinein, ich schnüffelte wie ein Hund in der Luft herum, doch nein, ich spürte nichts. Keinen Funken Magie, keine Aura, keine Geister, gar nichts.

Aber um Tante Ethel eine Freude zu bereiten und schnell wieder ins Trockene zu kommen, rief ich mit gespielter Begeisterung: »Oh ja, Tante Ethel! Ich glaube, ich kann es spüren. Wahrhaftig! Echt magisch! Glaubst du, wir brauchen lange, bis wir wieder bei unserem Mietwagen sind?«

Ich war nicht überzeugend genug gewesen. Tante Ethel sah mich misstrauisch an und schüttelte traurig ihr krauses Haupt. »Livie-

Auch mit dem Laken schien irgendetwas nicht zu stimmen. Es war gar nicht glatt! Und es kitzelte an den Ohren! Handelte es sich überhaupt um ein Bettlaken?

Probeweise bewegte ich ein paar Finger und stellte erfreut fest, dass ich dabei keinen Schmerz empfand.

Mit noch immer fest geschlossenen Augen tastete ich nach einem Klingelknopf für die Krankenschwester, den eine umsichtige Pflegerin sicher in Reichweite meiner Arme deponiert hatte. Doch alles, was ich zu fassen bekam, waren Blätter und Grashalme.

Irritiert runzelte ich die Stirn. Das Klopfen hinter selbiger nahm zu, doch es half nichts.

Ich musste es riskieren.

Langsam, ganz langsam, öffnete ich das rechte Auge.

Schwarz hoben sich die kahlen Äste der Druideneiche vom blauen Nachthimmel ab. Hatte sie nicht vor dem Gewitter noch braunes Herbstlaub getragen?

Was zur Hölle war hier geschehen?

Der Schreck, der mir beim Anblick des Nachthimmels in die Glieder gefahren war, brachte mich augenblicklich zur Besinnung. Ich riss beide Augen auf, schnappte nach Luft und hob den Kopf.

Das war ein böser Fehler. Wie ein Feuerwerk explodierte der Schmerz direkt hinter Stirn und Augen.

Was war hier los? Warum hatte man mich hier liegen gelassen? Wo war Tante Ethel? War sie verletzt?

Beide Hände an den pochenden Schädel gepresst, richtete ich mich halb auf. Da hörte ich in unmittelbarer Nähe die dunkle Stimme eines Fremden. »Das wurde aber auch Zeit.«

»Wer sind Sie?«, presste ich hervor und schloss erneut vor Schmerz die Augen. »Sind Sie mein Arzt?«

Ein leises, überaus angenehm klingendes Lachen war die Antwort. »Du brauchst keinen Arzt, Olivia. Vertrau mir.«

»Warum sollte ich das tun?«, antwortete ich und legte so viel Selbstbewusstsein, wie ich unter diesen Umständen zusammenkratzen konnte, in den Klang meiner Stimme.

Wie kam der Kerl darauf, dass ich keinen Arzt brauchte? Schließlich fühlte sich meine Schädeldecke so an, als wollte sie sich unerlaubt vom Rest meines Kopfes entfernen! War er ein Verrückter, der mich entführt hatte? Und wenn ja, hatte er eine Aspirintablette?

»Mein Kopf tut so unglaublich weh.«

Kaum hatte ich diese Worte ausgesprochen, als sich eine angenehm kühle Hand in meinen Nacken legte. Ich hielt inne und genoss dieses unerwartet gute Gefühl.

»Besser so?«, fragte der Fremde und ich brauchte einen Augenblick, um festzustellen, dass es tatsächlich besser war. Sehr viel besser sogar. Außerordentlich besser.

Ich wandte mich dem Wunderknaben mit den heilenden Händen und der angenehm männlichen Stimme zu. Ein Aufschrei des Entsetzens entfuhr mir. Neben mir im Gras saß eine Art Mönch, gekleidet in eine Kutte von der Farbe getrockneten Blutes, die Kapuze so tief in die Stirn gezogen, dass ich kein Gesicht erkennen konnte.

»Wer zur Hölle sind Sie? Und wo ist meine Tante?«

»Fort«, sagte die Kapuze neben mir und schien auf einen Punkt irgendwo weit entfernt in der Dunkelheit zu starren.

»Fort? Was soll das heißen, fort? Holt sie Hilfe? Sollen Sie bei mir wachen?«

»Nein.«

»Nein? Was, nein?«

Die Kutte seufzte ungeduldig. »Deine Tante ist fort. Sie kommt nicht wieder. Sie holt keine Hilfe. Du brauchst keine Hilfe.«

»Aber Sie brauchen vielleicht Hilfe, guter Mann. Meine Tante würde mich doch niemals einfach hier liegen lassen und abhauen!«

Entrüstet starrte ich den Fremden an und neigte den Kopf, um einen Blick unter seine Kapuze werfen zu können. Doch er, meine Absicht erahnend, wandte den Kopf von mir ab.

»Hat sie auch nicht.«

»Nein?«

»Sie hat dich begraben.«

Ich schwieg verblüfft. Konnte es sein, dass Tante Ethel mich in der Obhut eines Geisteskranken zurückgelassen hatte? Ich überlegte. Ja, das konnte definitiv sein. Sicher war es das Beste, den Fremden nicht zu reizen.

»Begraben, ja? Tja, dann ist wohl alles in Ordnung. Dann werde ich besser mal nach Hause gehen. Vielen Dank fürs Aufpassen und nichts für ungut. Wir sehen uns bestimmt noch mal. Irgendwann.«

Bei diesen Worten war ich langsam von einer sitzenden in eine stehende Position gewechselt und schickte mich an, zu gehen. Fast erwartete ich, dass der Kuttenknilch mich aufhalten würde, doch nichts geschah. Er blieb einfach im Gras sitzen.

Nach einigen zögerlichen Rückwärtsschritten drehte ich mich um und rannte quer über das Feld dem Wirtschaftsweg entgegen, über den Tante Ethel und ich gekommen waren.

Bodennebel waberte gespenstisch um meine Füße und ein blasser Halbmond beleuchtete die unheimliche Szenerie. Kalte Herbstluft kroch mir unter die klammen Kleider. Immer mehr hatte ich das Gefühl, Tage und Wochen des Herbstes unter dieser Eiche verbracht haben zu müssen. Die letzte Wärme des Spätsommers war genauso verschwunden wie das goldbraune Laub des Eichenbaumes hinter mir.

Bald hatte ich den Weg erreicht und rannte wie gehetzt durch die breiten Spurrillen. Eigentlich war ich immer extrem unsportlich gewesen, doch ich wollte schnellstmöglich fort von diesem Ort und der Kutte. Nur weg.

Nach einigen hundert Metern ging mir die Puste aus. Keuchend blieb ich stehen und sah mich um.

Keine Spur von dem Auto, mit dem Tante Ethel und ich hierhergekommen war. Natürlich nicht. Bestimmt hatte Ethel es mitgenommen. Schließlich wollte sie auf dem schnellsten Weg Hilfe für mich holen!

Etwas langsamer trabte ich weiter.

Wie weit war die Landstraße entfernt? Und wenn ich sie erreichte, würde ich ein Auto anhalten können? Fuhren hier nachts Autos? Oh bitte, lieber Gott: Lass diese einsame Landstraße ein Geheimtipp für Alkoholsünder am Steuer sein. Ein beliebter Schleichweg. Ich will hier einfach nur weg!

Keine Viertelstunde später hatte ich eine befestigte Straße erreicht, die einsam und verlassen in der Dunkelheit lag. Ratlos sah ich nach links und rechts. Wohin sollte ich mich wenden?

Da hörte ich plötzlich ein Motorengeräusch näher kommen und über eine Anhöhe schoben sich die Scheinwerfer eines Fahrzeugs.

Ich jubelte laut auf: »Ja! Rettung! Hier bin ich!«

Ich sprang auf die Mitte der Fahrbahn und ruderte mit beiden Armen. Doch das Auto hielt unverändert auf mich zu.

»Hallo? Anhalten, bitte! Hallo!«

Mit einem Sprung zur Seite rettete ich mich vor dem Rover in einen Graben. Der Fahrer hatte nicht mal leicht abgebremst.

»So wird das nichts.«

Ich wirbelte herum. Hinter mir hob sich gegen den dunklen Nachthimmel die schwarze Silhouette des unheimlichen Mönchs ab. Stehend war er gut einen Kopf größer als ich und wirkte wie eine Gestalt aus einem alten Gruselroman.

»Ach ja?«, fauchte ich nun eher wütend als ängstlich. »Und wie, bitte, wird es was?«

»Du musst dich konzentrieren. Spann deinen Hintern an und balle die Fäuste. Sonst kann er dich nicht sehen.«

Hatte die Kutte gerade wirklich über meinen Hintern gesprochen?

Egal.

In der Ferne erklang erneut das Motorengeräusch eines Fahrzeugs. Ein Kleinbus erschien auf der Anhöhe.

Ich warf dem merkwürdigen Fremden noch einen zweifelnden Blick zu und hüpfte erneut wie Rumpelstilzchen über den Asphalt.

»Konzentrieren und Muskeln anspannen, Livie!«

Der Wagen kam mit unverminderter Geschwindigkeit näher.

»Muskeln anspannen!«

Er bremste immer noch nicht.

»Livie! Tu, was ich sage!«

Da ballte ich die Fäuste und kniff den Hintern zusammen.

Fast augenblicklich quietschten die Bremsen des Kleinbusses. Jemand schrie. Dann wurde der Rückwärtsgang eingelegt und mein Retter verschwand genau in die Richtung, aus der er gekommen war.

»Du hast ihm Angst gemacht«, tönte die Kutte vom Straßenrand her. »Sehr gut. Das ist ein guter Anfang.«

»Ich verstehe das nicht«, flüsterte ich verwirrt, während ich weiter in die Richtung starrte, in die das Auto verschwunden war. »Wieso ist der Fahrer geflohen? Habe ich mich vielleicht in ein Monster verwandelt oder so was Ähnliches?«

»Eher so was Ähnliches.« Er legte den Kopf schief und schien meinem Blick zu folgen.

Mit weit aufgerissenen Augen starrte ich ihn an. »Aber ich muss zu meiner Tante! Ethel wird vor Sorge um mich sterben!«

Die Kutte seufzte. »Sie hat dich bereits begraben, Livie. Begraben und betrauert.«

»Mein Name ist Olivia. Ich bin eine erwachsene Frau von neunzehn Jahren und ich bin hier«, flüsterte ich trotzig und sah an mir herunter. Bluse, Jeans und Turnschuhe. Alles wie immer. Oder doch nicht?

Ich sah zur Kutte hinüber, die traurig ihre Kapuze schüttelte. »Nein, Livie. Das bist du nicht. Tut mir leid für dich.« Das Mitleid in seiner Stimme hielt sich in Grenzen.

Angst kroch mir den Rücken hinauf. »Ach, und wo bin ich dann, hm?«

»Für deine Tante liegst du unter einem Stein, der deinen Namen trägt. Sie hat dich neben deiner Mutter beisetzen lassen. Es war eine sehr stimmungsvolle Trauerfeier. Aber deine Seele blieb unter der Druideneiche zurück, als dein toter Körper in einem Zinksarg abgeräumt wurde. Du hast ziemlich lange gebraucht, um wieder ein Bewusstsein zu entwickeln. Ich habe darauf gewartet, dass du aufwachst.«

»Mein Körper liegt neben dem meiner Mutter? Bist du sicher?« Meine Angst und meine Verunsicherung wuchsen so sehr, dass ich jegliche Erziehung vergaß und ihn jetzt ebenfalls mit ›du‹ ansprach.

»Er ist nicht mehr wichtig. Diese Form deines Daseins hat geendet. Es ist vorbei.«

»Was ist vorbei?«

Doch ein Teil von mir wollte die Antwort auf diese Frage gar nicht hören.

»Dein Leben als Mensch. Das Leben als ungläubige Nichte, das Leben als ledige Büroangestellte ohne Perspektive. All das liegt hinter dir.«

Einen Moment lang war ich sprachlos. Und dann wurde ich wirklich wütend auf diesen unverschämten Kuttenträger, der meinte, mehr über mich zu wissen als ich selbst.

Demonstrativ stemmte ich die Hände in die Hüften. »Jetzt hör mir mal gut zu, du gruseliger Monstermönch! Ich weiß nicht, wer du bist und wie du dazu kommst, mich einfach ungefragt beim Vornamen zu nennen, aber ich weiß ganz genau, dass ich dir nicht ein Wort glaube!«

Wieder nahte ein Auto.

In meiner immer größer werdenden ohnmächtigen Wut schleuderte ich dem Fremden entgegen: »Ich bin also tot, ja?«

»Ja.« Er nickte mit Nachdruck.

»Mausetot?«

»Wenn du so willst.«

»Na, dann kann ich ja einfach hier auf der Straße stehen bleiben, wenn das Auto kommt! Ich bin ja schon tot!«

»Genau.«

»Und der Wagen wird nicht halten, nein? Wird er durch mich hindurchfahren, oder was?«

»Wenn du es so haben willst.«

Das Auto kam näher. Wieder erschienen die Lichtkegel zweier Scheinwerfer über dem Hügel.

Halb rasend vor Hilflosigkeit und Zorn, baute ich mich breitbeinig auf der Fahrbahn auf.

»Na, das wollen wir doch erst mal sehen«, stieß ich grimmig hervor und starrte in die herannahenden Scheinwerfer.

Gleich würde der Fahrer hupen.

Ich warf einen schnellen Blick auf die Kutte, die unbewegt am Straßenrand stand. Nein, der Kerl würde keinen Finger rühren, um mich von der Fahrbahn zu schubsen. Ich musste darauf vertrauen, dass der Fahrer kein volltrunkener Idiot war.

Wenn er es nicht war, dann musste er jetzt bremsen.

Jetzt.

Bremsen.

Oder zumindest ausweichen.

Ausweichen. Ausweichen!

Aus…

Mit einem leisen »Plopp« schob sich die Motorhaube in meinen Bauchnabel und kam auf der anderen Seite knapp über meinem Hintern wieder heraus. Ein leichtes Ziehen verriet mir, dass der Sportwagen durch mich hindurchgerast war und seinen Weg ungerührt über die Landstraße fortsetzte.

Ich blickte den roten Rücklichtern nach, bis sie nicht mehr zu sehen waren. Ein Gefühl der Taubheit machte sich in mir breit. Dann setzte ich mich einfach dort, wo ich gerade stand, auf die Straße und begann zu weinen.

Ich weinte ziemlich lange. Ich weinte um mich. Um Tante Ethel und um meine wenigen Freunde. Ich weinte um meine Zweizimmerwohnung in Kensington und um meinen neuen Wintermantel, den ich nun nie würde tragen können.

Ich weinte so lange, dass meine Kopfschmerzen wieder aufzogen.

Erst als mir jemand sanft auf die Schulter klopfte, hob ich den Kopf.

Vor mir kniete der Kuttenkerl.

»Wir sollten reden«, sagte er und hielt mir eine blasse Männerhand hin, um mir beim Aufstehen zu helfen. Misstrauisch fixierte ich die schlanken Finger, die sich mir entgegenstreckten. Noch immer konnte ich unter der Kapuze nicht einmal die Spitze seiner Nase erkennen, doch wenn sein Gesicht seiner Stimme in nichts nachstand, musste er ausgesprochen attraktiv sein. Aber welcher attraktive Mann würde ein hübsches Gesicht unter einer überdimensionalen Wolltüte verbergen?

»Bist du der Tod?«

Er lachte sein melodisches Lachen. »Manchmal ja und manchmal nein. Das kommt ganz drauf an.«

»Worauf kommt es an?«

»Einzig und allein auf dich.« Er neigte den Kopf ein wenig zur Seite. »Darauf, wie gut du deinen Job machst, zum Beispiel.«

»Meinen Job?«

»Ja, Banshee. Deinen Job.«

Ratlos ruhte mein Blick auf der Kapuze. Wer oder was war eine Banshee?

Kapitel 2

Die Kutte und ich kehrten schweigend zur großen Eiche in der Mitte des Ackers zurück, wo ich erwacht war. Obwohl ich mir nicht ganz sicher war, ob man aus dem Tod überhaupt erwachen konnte. Möglicherweise sollte ich nicht vom Ort meines Erwachens, sondern vom Ort meiner Wandlung sprechen.

Ich seufzte. Alles war mir plötzlich fremd geworden. Die Welt um mich herum, die Worte, ja sogar ich selbst kam mir fremd vor. Wer war denn der fremde Mann unter der Kutte neben mir und wie würde es jetzt weitergehen?

Mir war so elend bei alledem, ich hätte schon wieder losheulen können.

Da schob sich eine blasse Männerhand aus dem Ärmel des rotbraunen Mönchsgewandes und ergriff meine. Sacht strich sein Daumen über meinen Handrücken und ich spürte, wie ich innerlich ganz ruhig wurde.

Misstrauisch geworden, zog ich meine Hand zurück. »Wie machst du das?«

»Was meinst du?«

»Ok… Moment mal!« Ich schob seine Hand beiseite. »Wozu soll das denn gut sein? Ich gehe doch auch nicht zum Schuster, um Brötchen zu kaufen.«

»So sind die Regeln.« Sein Tonfall duldete keinen Widerspruch, aber ich versuchte es trotzdem.

»Hat es Sinn, zu sagen, dass diese Regeln albern und dumm sind?« Ich sah ihn auffordernd an, erhielt aber keine Antwort. Also fuhr ich fort: »Was passiert, wenn ich einfach doch mal Klartext rede?«

Er schnaubte leise. »Sinnlos. Sie würden kein Wort verstehen. Alles, was aus deinem Mund zu ihnen durchdringt, klingt nach Heulen und Jaulen.«

»Also kann ich diese Regeln gar nicht brechen?« Meine Augen wurden groß.

»So ist das.«

»Toll, ich komme mir vor wie ein kaputter Fernseher.« Kopfschüttelnd verdrehte ich die Augen gen Himmel. »Entweder Bild ohne Ton oder Ton ohne Bild. Tja, nur dass keiner versteht, was ich ihm sagen will. Das war früher irgendwie auch schon so. Und was geschieht, wenn ich versage? Wird mir dann der Nachtisch gestrichen oder werde ich gefeuert?«

»Weder noch. Strafversetzt trifft es eher. Und für gewöhnlich stellt so eine Versetzung keine Verbesserung dar.«

Ich versuchte, mir auszumalen, was das Wort Strafversetzung alles beinhalten konnte, und verzog das Gesicht.

»Ich merke, du hast es verstanden«, sagte die Kutte mit einem amüsierten Unterton in der Stimme.

Ich seufzte. »Und wieso ich? Wieso bin ich nicht einfach tot?«

Die Kutte – Walt – stand auf und ging zu dem Stamm der alten Eiche. »Dieser Baum ist fast einhundertfünfzig Jahre alt.« Fast schon liebevoll glitten seine Hände über die Rinde. »Sie ist ein Spross der Eiche, die vor ihr hier an dieser Stelle stand. Und auch davor stand hier eine Eiche. Sie stand hier schon zur Zeit der Druiden, der mächtigen Magier unserer Geschichte. Damals war die ganze Gegend hier noch dicht bewaldet.« Er wandte sich mir wieder zu. »Kannst du dir das vorstellen? Wer an einem solchen Ort stirbt, der fällt nicht einfach tot um und das war's dann. Die Magie ist jetzt ein Teil von dir. Und du bist Teil dieser Magie.«

Also hatte der Besoffene aus dem Londoner Pub Ethel tatsächlich die Wahrheit erzählt. Nicht zu fassen.

»Und was bedeutet das jetzt für mich?«

»Alles, Livie.« Walt breitete die Arme aus, um seinen Worten Nachdruck zu verleihen, was seine theatralische Wirkung nicht verfehlte. »Denn der Druide, der an dieser Stelle vor über tausend Jahren Misteln von einer Eiche schnitt, heiratete in die Familie Harrowmore ein. Seitdem steht das Geschlecht der Harrowmores unter dem Schutz uralter Magie. Die Harrowmores haben deswegen eine persönliche Banshee, die Todesfälle ihrer Familie ankündigt. Seit heute bist du diese Banshee, Livie.«

Ich sah ihn mit großen Augen an und wartete auf mehr Informationen. Doch Walt schien der Meinung zu sein, mich ausreichend aufgeklärt zu haben.

»Aber warum? Hat die letzte den Job geschmissen?«

»Sie durfte ihn schmeißen, weil du ihn ja jetzt machst. Und sie hat sich wirklich darüber gefreut. Sie darf jetzt für eine ältere Dame an der Südküste weiterheulen. Tolles Klima dort. Du bekommst an ihrer Stelle die Harrowmores.«

»Man kann befördert werden? Banshee ist ein Job mit Aufstiegschancen? Na das macht Mut.« Ich unterstrich die Ironie mithilfe eines Augenrollens.

Walt schien mein Mangel an Ehrfurcht zu missfallen. Er schüttelte den Kopf. » Diese Beförderung, wie du es nennst, kann ziemlich lange ausbleiben. Sie erfolgt nur, wenn jemand nachrückt. Fast zweihundert Jahre lang ist niemand mehr an diesem Ort gestorben, der auf magische Weise mit dem Geschlecht der Harrowmores verbunden ist. Und dann kamst du. Und stellst dich bei Gewitter unter eine Eiche. Wo doch jeder Dummkopf weiß, dass man Eichen bei Gewitter meiden soll.«

»Genau das habe ich auch zu Tante Ethel gesagt«, stimmte ich ihm zu. »Ich habe gesagt, Eichen sollst du weichen, Buchen sollst du … Warum eigentlich?«

Walts Stimme hatte einen leiernden Tonfall angenommen, als er antwortete: »Weil Buchen in Gruppen zusammenstehen. Eichen stehen häufig ganz allein auf Feldern. So wie diese hier.« Er deutete mit dem Daumen über die Schulter zum Baum. »Das einzige geeignete Einschlagsziel für einen Blitz weit und breit. Er brauchte nur noch vom Baum auf dich überzuspringen. Das war nahezu eine Einladung.«

»Aber warum hat es denn nicht Tante Ethel erwischt? Die hätte sich ein Loch in den Bauch gefreut, als Banshee aufzuwachen!«

»Schicksal«, lautete die knappe Erklärung.

»Na vielen Dank auch.«

Ich schwieg eine Weile trotzig vor mich hin und bohrte mit den Fingern in der weichen Erde. Dann wandte ich mich meinem neuen Freund zu. »Und was für eine Rolle spielst du jetzt in dieser Geschichte?«

»Ich kenne das Schicksal der Harrowmores. Ich werde es dich wissen lassen, wann es für dich Zeit wird, aktiv zu werden.«

Voller Ehrfurcht sah ich zu ihm auf. »Dann bist du so eine Art Gott?«

Die Kutte erbebte vor unterdrücktem Gelächter. »Ich bin nur ein Bote. Genau wie du.«

Ich dachte eine Weile über alles nach, was er mir erzählt hatte. Dann fragte ich: »Gibt es viele Harrowmores?«

»Es ist überschaubar.« Wieder eine eher knappe Antwort.

»Dann ist das wohl ein ziemlich ruhiger Job, hm?«, hakte ich nach.

Die Kutte hüstelte und wechselte das Thema. »Wie sieht es aus, Livie? Wollen wir noch lange hier unter der Eiche rumhocken oder bist du bereit für dein neues Zuhause?«

»Kann ich nicht einfach zurück in meine Wohnung und du meldest dich dann bei mir, wenn es was zu tun gibt?«

»Du bist tot«, erinnerte Walt mich.

»Ich könnte ja ein bisschen in meiner leeren Wohnung spuken«, schlug ich vor und intonierte ein paar Variationen des Wortes ›Buh‹.

»Vergiss es, Livie. Das ist nun wirklich der mieseste Job, den man haben kann.«

»Oh. Okay.«

Spukgespenster rangierten also unter Banshees, oder wie hatte ich diese Bemerkung zu verstehen? Mir schien, ich hatte noch viel zu lernen.

»Gib mir die Hand, damit wir von hier wegkönnen.« Walt hielt mir auffordernd die seine hin.

»Wir gehen wohl nicht zu deinem Auto?« Die Skepsis in meiner Stimme war unüberhörbar.

»Wohl nicht.«

Zögernd reichte ich ihm meine Hand, die von seinen schlanken weißen Fingern sofort kräftig umfasst wurde.

Und dann verschwand die Welt.

»Wo sind wir hier?« Es war eine einfache Frage, die ich meiner Kuttenbegleitung stellte, und ich bekam eine einfache Antwort.

»In einem Wald.«

»Das sehe ich. Aber wo ist der Wald so plötzlich hergekommen?«

Fasziniert betrachtete ich die Baumkronen über mir und drehte mich dabei langsam um die eigene Achse.

Walt seufzte tief. »Der Wald war schon immer hier. *Wir* sind es, die plötzlich hierhergekommen sind. Kleiner Trick von mir. Gut, was?«

»Beeindruckend. Und hier soll ich jetzt wohnen? Da hätte ich ja auch unter der Eiche sitzen bleiben können.«

Ich konnte die Enttäuschung, die sich in mir breitmachte, nicht verbergen. Schon als Kind hatte ich Campingausflüge gehasst, und das hier sollte jetzt mein Alltag sein?

Walt ersparte sich jeden weiteren Kommentar und bedeutete mir, ihm zu folgen. Ich trottete ihm nach, stolperte über Baumwurzeln, wich Zweigen aus und blieb in Brombeerranken hängen.

»Sag mal, Walt, warum muss ich denn hier mit der Natur kämpfen, hm?«, fragte ich und riss mein Hosenbein von ein paar besonders hartnäckigen Dornen los. »Müssten die Äste und Wurzeln nicht auch einfach durch mich hindurchgehen, so wie die Autos vorhin?«

»Du musst noch viel lernen, Livie.« Walt wich elegant einem kleinen Baumstumpf aus und ich fiel weit weniger elegant über selbigen.

»Also?«, fragte ich und rappelte mich wieder auf.

»Nicht *du* gehst durch die Dinge, sondern die Dinge gehen durch dich. Du bist eine Banshee. Nur die Natur akzeptiert deinen Zauber. Sie lässt sich von dir berühren und sie berührt dich.«

»Dann würde ein Flugzeug, das vom Himmel fällt, mir nichts anhaben können, aber ein Baum, der mir auf den Kopf fällt …«

»… tut verdammt weh.«

»Faszinierend. Ich glaube, das habe ich verstanden.« Ich rieb mir verstohlen die Dreckpuren meines Sturzes von den Handflächen.

»Das glaube ich nicht. Aber das wirst du noch.«

Das klang unheilvoll. Ich war mir nicht sicher, ob sich in diesen Worten eine Drohung versteckt hielt, doch es schien eher Mitleid zu sein, was darin mitschwang. Ein ungutes Gefühl beschlich mich.

Was genau mochte es bedeuten, als Banshee durch die Zeit zu wandeln?

»Sag mal, Walt, kann ich als Banshee eigentlich sterben?«

Er blieb stehen und drehte sich zu mir um. Seine Stimme triefte vor Ironie, als er antwortete: »Schon wieder? Sei ein bisschen geduldiger mit dem Schicksal. Es kann sich schließlich nicht alles nur um dich drehen.« Er wandte sich ab und setzte seinen Weg fort.

Ich fühlte mich mal wieder nicht ernst genommen und zog es vor, ihm ab jetzt schweigend zu folgen.

Nach einer Weile erreichten wir eine schmale Teerstraße, die quer durch den Wald lief. Walt wandte sich nach links und ich hastete ihm nach. Nach einer Wegbiegung blieb er so unvermutet stehen, dass ich ungebremst in ihn hineinlief.

»'tschuldigung.«

»Sieh nach vorn.«

»Nächstes Mal, versprochen.«

»Jetzt, Livie. Sieh jetzt nach vorn.«

Ich trat aus Walts Windschatten, riss die Augen auf und erstarrte.

»Willkommen zu Hause, Olivia Eleanor Emerson.«

»Du machst Witze.«

»Ich habe noch nie einen Witz gemacht.«

Wir blickten von einer Anhöhe hinab in eine grüne Senke. Die Teerstraße, auf der wir standen, wand sich über viele hundert Meter durch Wiesen und Gärten, passierte ein steinernes Tor und endete an einem Kiesplatz vor einem Gebäude. Und was für ein Gebäude das war. Zahllose Zinnen und Türmchen ragten in den grauen Morgenhimmel des erwachenden Tages. Gebäudetrakt schmiegte sich an Gebäudetrakt, Baustile unterschiedlicher Epochen wetteiferten miteinander um ihre Vorherrschaft und unzählige Fensterscheiben glänzten im ersten Tageslicht.

»Willkommen auf Harrowmore Castle.«

»Oh mein Gott«, fiepte ich und griff mir an die Brust. »Ich glaube, ich habe mich soeben verliebt.«

»Hoffentlich sagst du das auch noch, wenn im Winter die Kälte durch die Ritzen kriecht und dir zum ersten Mal der Deckenputz in den Kaffee rieselt.«

»Sind die Harrowmores denn zu arm, um ihr Schloss in Ordnung zu halten?«

»Jeder, der ein Gebäude dieser Größenordnung unterhalten muss, ist arm.«

Ja, das war in Anbetracht der Größe von Harrowmore Castle durchaus nachvollziehbar. Allein eine Dachreparatur dieses Gemäuers hätte locker mein bisheriges Jahresgehalt verschlungen.

Prüfend ließ ich meinen Blick über die Ländereien schweifen. »Gibt es denn hier in der Nähe keine Ortschaft oder wenigstens ein paar Nachbarn?«, fragte ich.

An der Art, wie seine Kapuze sich aufrichtete, konnte ich allmählich erkennen, wenn Walt den Kopf hob, um zu einer längeren Erklärung anzusetzen. Und da kam sie auch schon: »Schloss Harrowmore liegt einsam auf den Ländereien, die zum größten Teil der Familie gehören. Das nächste Dorf ist ein paar Meilen von hier entfernt. Die Harrowmores sind häufig für sich und empfangen auch nur selten Besuch.«

»Ich bin mir nicht sicher, ob diese Einöde das Richtige für mich ist. Ich möchte mich ungern zu Tode langweilen«, gab ich zu bedenken.

Die letzte Bemerkung hatte witzig sein sollen, doch Walt erwiderte: »Dir wird nicht langweilig, das garantiere ich dir.«

Aus seinem Mund hatte der letzte Satz wie eine Drohung geklungen und ich wollte gerade um eine Erklärung bitten, als das vertraute Geräusch eines Motors die morgendliche Ruhe unterbrach.

Walt reagierte hektisch. »Runter von der Straße. Sofort!«

»Was zum …?«

Weiter kam ich nicht. Walt versetzte mir einen kräftigen Stoß in den Rücken, der mich von der Straße beförderte, und sprang selbst hinterher.

Ein Geländewagen brauste über die Teerstraße dem Schloss entgegen, schaffte es mit viel Glück, nicht am steinernen Torbogen zu zerschellen, und kam schlingernd vor Harrowmore Castle zum Stehen.

»Ich weiß ja nicht, wie es dir geht, aber ich habe keinen Spaß daran, wenn sie durch mich hindurchrasen«, grummelte Walt und klopfte sich ein paar Staubkörner von der Kutte.

»Wer zum Henker war das?«, keuchte ich und beobachtete den Geländewagen.

»Einer der Gründe, warum es dir hier bestimmt nicht langweilig wird. Deborah Harrowmore. Und ja, sie fährt immer so.«

Aus dem Geländewagen schälte sich eine hagere Gestalt im beigen Kostümchen mit seidenem Kopftuch und Designersonnenbrille. Wenige Augenblicke später stieg auf der Beifahrerseite noch einmal die gleiche Frau aus. So sah es zumindest aus.

»Und wer ist das? Ihr Klon?«

»Das ist ihre Tochter Jennifer. Sie ist das Einzige, was ihr von der Ehe mit einem irischen Hallodri geblieben ist. Deborah hat als Schwester des aktuellen Lords of Harrowmore Wohnrecht auf dem Familiensitz. Sie und Jennifer residieren im Ostflügel. Jennifer weilt jedoch die meiste Zeit an der Universität.«

»Was studiert sie denn?«

»Japanologie.«

»Interessant. Was wird man denn damit?«

»Tochter.«

»Wahnsinnskarriere.« Ich lachte und auch Walt neben mir konnte sich ein melodisches Lachen nicht verkneifen.

Tatsächlich gefielen mir seine Stimme und sein Humor immer besser. Und immer größer wurde meine Neugier auf das, was sich unter der Kutte verbarg.

Die beiden Frauen standen noch immer vor dem Geländewagen und diskutierten über etwas, was ich auf diese Entfernung nicht verstehen konnte.

Da ergriff Walt plötzlich mein Handgelenk und sagte: »Das wird jetzt sehr informativ für dich. Wir gehen mal ein bisschen näher ran.«

Und da schien es, als würden wir in einem unvorstellbaren Tempo durch einen flackernden Tunnel gezogen. Sekunden später standen wir direkt neben den debattierenden Frauen.

Rasch befühlte ich den Sitz meiner Haare, doch es war alles wie zuvor. »Wow. Das war ein recht beeindruckender Trick. Jetzt erklär mir mal, warum wir uns durch den Wald kämpfen mussten, wenn du solche Spezialeffekte beherrschst?«

»Wegen der Aussicht natürlich. Du musst zugeben, dass Harrowmore vom Hügel aus einen unvergleichlichen Anblick bietet«, sagte Walt in liebenswürdigem Tonfall.

Ich ersparte mir einen Kommentar, schließlich hatte er da eindeutig recht, und versuchte, dem Mutter-Tochter-Dialog zu folgen.

»Und ich versichere dir noch mal, Jennifer, das Dings erfüllt alle nötigen Sicherheitsstandards. So etwas würde doch sonst gar nicht verkauft werden.« Gereizt verzog die Ältere der beiden ihr Gesicht.

Die Jüngere schien davon nicht im mindesten beeindruckt zu sein. Aufgeregt vertrat sie ihren Standpunkt. »Mutter! Es gibt kein sicheres Schlauchboot für ein Kind im Vorschulalter! Die Hersteller reden sich immer mit dem Kleingedruckten raus. Aufsichtspflicht und so.«

»Papperlapapp. Du wirst sehen, der kleine Jonathan wird sein Geburtstagsgeschenk lieben.«

»Oh ja, das wird er«, ließ sich nun Walt vernehmen. »Ihr kleiner Großneffe Jonathan ist der jüngste Enkel des Lords und gerade fünf Jahre alt geworden. Er wird dieses nagelneue Schlauchboot auf dem Twinklebach testen. Der fließt nur wenige Meter von hier entfernt durch ein Waldgrundstück. Und sein Wasser ist kalt, Livie. Livie! Hörst du mir zu?«

Dieses Buch ist jenen gewidmet,

die jetzt mit einem Lächeln an mich denken.

Ich euch auch.

Prolog

Eine Nacht in England vor mehr als tausend Jahren

Die prächtige Halle von Schloss Harrowmore glich einem Trümmerfeld. Die einst geschmackvoll arrangierten Möbel sammelten sich wie Treibgut an den steinernen Wänden. Zwischen geborstenen Bänken ragten die vier hölzernen Beine eines Tisches empor und erinnerten an Zahnstocher auf einer Käseplatte. Zwei Fenstertruhen hatten sich zu einem bizarren Gebilde aufgetürmt und in der hintersten Ecke schwellte ein zusammengeschobener Teppich.

Kaum etwas in diesem Raum schien die letzten Minuten unbeschadet überstanden zu haben.

Eine Handlaterne, die Badria hoch über seinen Kopf hielt, warf als letzte Lichtquelle ihren zitternden Schein auf den kahlen Stein des Fußbodens.

Nur wenige Schritte von ihm entfernt entdeckte er Helenas weiß gekleidete Gestalt regungslos auf dem kalten Boden, das Gesicht von ihm abgewandt.

Atmete sie? Fast glaubte er, das Heben und Senken ihres Brustkorbes sehen zu können. Doch bevor das Gefühl der Erleichterung ihn überkommen konnte, regte sich das Etwas zu seinen Füßen.

Angewidert senkte Badria den Blick. Ghorm, oder vielmehr das, was von ihm noch übrig war, schaute aus triefenden gelben Augen zu ihm auf. Die Haut seines Gesichtes, angeschwollen und rot, schien sich aufzulösen. Bläschen waren auf Wangen und Stirn erschienen, die zerplatzend nässende Krater in der Haut zurückließen. In ihnen klebten Strähnen seines blonden Haares.

Auch sein Körper veränderte sich zusehends. Die zu Klauen verformten Hände stützten sich zitternd auf dem Steinboden ab. Sein schwarzer Radmantel verhüllte gnädig seine gekrümmte Gestalt und war gleichzeitig ein Rest der Eleganz, mit der Ghorm kurz zuvor siegessicher in diese Halle getreten war.

Er rang nach Atem. »Du wirst diesen Abend bis an das Ende aller Zeiten bereuen, Druide«, ächzte er und richtete sich langsam vor dem Mann in der grob gewebten Kutte auf.

Badria war nicht mehr jung. Das lange, im Nacken zu einem Knoten geschlungene braune Haar zeigte erste graue Strähnen. Das Leben hatte den Druiden viel gelehrt, doch auf Momente wie diesen war er nicht vorbereitet worden. Um Ghorm in die Schranken zu weisen, hatte er ein unkontrollierbares Inferno heraufbeschworen und noch immer lagen der Geruch von Schwefel und flirrender Staub in der Luft.

Ghorm atmete schwer, als er fortfuhr. »Nur ein Druide, ein eichenkundiger Mistelzupfer, und du wagst es, dich mir in den Weg

Hase, an einem Ort wie diesem solltest du besser nicht lügen. Man weiß nie, was da passieren kann.«

Ich heuchelte ein reuevolles Lächeln. Nie hatte ich versucht, meine Tante davon zu überzeugen, dass es keine magischen Kräfte oder Geistwesen gab. Ich akzeptierte ihre Eigenarten. Zähneknirschend zwar, aber ich akzeptierte sie. Und das aus einem einfachen Grund: Tante Ethel akzeptierte auch die meinen. Sie gab sich immer noch mit einer Patentochter ab, die in etwa die gleiche Spiritualität aufbrachte wie ein Frühstücksbrötchen.

Wie um Tante Ethels Warnung zu unterstreichen, grollte nun ein langer Donner und ein Blitz zerriss mit seinem grellen Licht die schwarzlila Dunkelheit über unseren Köpfen, auf den ein weiterer Donner folgte.

»Okay, Tante Ethel. Ich lüge nie wieder an einem magischen Ort, aber lass uns jetzt bitte gehen! Ich kriege langsam Angst.«

»Gewitter muss man nicht fürchten, Prinzessin. Das sind nur elektrische Entladungen.«

»Ich fürchte mich aber vor elektrischen Entladungen!«

»Dann betrachte es als Naturschauspiel, Liebes. Sieh nur, was die Elemente alles für dich inszenieren.«

»Vielen Dank, ich verzichte. Lass uns bitte endlich gehen!«

»Olivia Eleanor Emerson! Bei Gewitter läuft man nicht übers freie Feld. Hat man dir das auf deiner Schule nicht beigebracht?«

Offensichtlich waren meiner Tante soeben die albernen Kosenamen für mich ausgegangen. Ein eindeutiges Zeichen dafür, dass sie der Welt der Mythen und Sagen für eine kurze Weile den Rücken zugekehrt hatte, um mich in der Wirklichkeit zu besuchen.

Wie schön.

»Aber wir müssen über das freie Feld! Es gibt keinen anderen Weg zu unserem Auto. Und ein Auto ist bekanntlich der sicherste Ort bei Gewitter.«

»Unter Bäumen ist man auch geschützt, Kind. Und unter diesem speziellen Baum wird uns sicher kein Leid geschehen.«

»Irgendwie glaube ich nicht so recht, dass ein paar olle Druiden, die seit Ewigkeiten tot sind, uns beschützen können.«

Tante Ethel seufzte und sah mich traurig an. »Eines Tages, meine liebe Olivia, wirst du dir wünschen, es gäbe etwas mehr Magie in deinem Leben. Was willst du deinen Kindern denn in diese Welt mitgeben? Reine Realität ist doch nicht mehr als trocken Brot für die Seele.«

Tante Ethel brachte gern bei allen möglichen Gelegenheiten meine noch ungeborenen Kinder ins Spiel. Und das, obwohl ich sie schon einige Male darüber aufgeklärt hatte, dass Kinder üblicherweise nicht vom Himmel fielen. Doch sie lächelte mich dann stets nur auf eindringliche Weise an und erinnerte mich daran, dass sie keinen Mann gebraucht hatte, um an eine Tochter wie mich zu geraten. Darauf erwiderte ich nichts mehr. Auch ich hatte ja die Hoffnung auf die große Liebe noch nicht aufgegeben.

Vielleicht war mein Held wirklich nur aus Versehen in der Rush Hour an mir vorbeigehechtet und es gab ihn wirklich. Vielleicht würde ich eines Tages Kinder haben und im Gegensatz zu Tante Ethel selbst bekommen dürfen.

Möglich war es natürlich. Aber hier und zu diesem Zeitpunkt konnte ich mir das absolut nicht vorstellen. Zumal erneut ein greller Blitz aufleuchtete und der Donner gleichzeitig wie ein Bergrutsch durch die Wolken polterte.

»Tante Ethel? Im Volksmund heißt es, Eichen sollst du weichen, Buchen sollst du suchen. Das hier ist eine Eiche.«

»Also das ist wirklich ein blöder Aberglaube, Olivia. Eine Statistik hat zweifelsfrei ergeben, dass Eichen nicht häufiger vom Blitz getr…«

Und dann erzitterte die Erde unter meinen Füßen, grellblaues Licht zuckte vor meinen Augen und irgendjemand schrie.

Ich? Tante Ethel?

Ich wusste es nicht. Ich wusste nur, dass ich mich inmitten dieses blauen Lichtes befand und einen seltsamen metallischen Geschmack im Mund hatte. Dann wurde alles dunkel um mich herum und jemand rief meinen Namen.

Doch ich konnte nicht antworten. Es war, als hätte ich vergessen, wie man Wörter bildet. Dann wurde das Rufen durch das Brausen des Windes übertönt und ich versank immer tiefer in der alles verschlingenden Dunkelheit.

Kopfschmerzen. Ich hatte unglaubliche Kopfschmerzen. Was immer passiert war – und irgendetwas war mit Sicherheit passiert –, es hatte mir nicht gutgetan.

Wo war ich? Lag ich in einem Krankenhaus? Hatte ich einen Unfall gehabt? Konnte ich es riskieren, ein Auge zu öffnen, oder würde das Licht der Welt meine Kopfschmerzen in neue Dimensionen treiben?

Spontan entschied ich mich für ein leises Stöhnen. Wenn irgendwo da draußen eine mitfühlende Seele an meinem Krankenbett saß, gab ihr das die Gelegenheit, meine Hand zu ergreifen und ein paar beruhigende Worte in mein Ohr zu flüstern. So etwas wie: »Alles wird gut, Olivia. Die besten Chirurgen Englands bemühen sich darum, dein Gesicht zu rekonstruieren.«

Nein, lieber doch nicht. Das wäre kein besonders beruhigender Text.

Besser wäre: »Livie! Was hast du nun schon wieder angestellt?«

Ja, was hatte ich denn angestellt?

Ich war mir keiner Schuld bewusst. War ich, ohne zu gucken, über eine Hauptverkehrsstraße gerannt und von einem Linienbus gerammt worden? War ich beim Rauchen von Tante Ethels Balkon gefallen?

Tante Ethel.

Vage stieg eine Erinnerung in mir hoch. Tante Ethel tanzend und singend auf einem matschigen Acker. Tante Ethel, die mit der kratzigen Rinde eines alten Baumes schmuste.

Ethel, Baum, Gewitter, Blitz.

Die einzelnen Gedanken bildeten eine Kette, an deren Ende die Antwort auf alle Fragen lauerte.

War ich etwa vom Blitz getroffen worden?

Ein kühler Luftzug ließ mich frösteln und ich fragte mich, ob in diesem Krankenhaus kuschelige Decken Mangelware waren. Sollte ich nicht warm und wohlig in einem Bett auf meine Genesung warten? Warum war es hier so lausig kalt?

»Du manipulierst mich, indem du mich berührst! Findest du das fair?«

»Fair? Es ist hilfreich, das ist alles.«

Enttäuschend. Für einen kurzen Moment hatte ich seine Berührung als zärtliche und verstehende Geste interpretiert. Stattdessen wurde hier unerlaubt auf meine Gefühlswelt zugegriffen. Unverschämtheit!

Auf der anderen Seite: Wer möchte schon von jemandem angeflirtet werden, dessen Gesicht er nicht kennt?

Ich versuchte, mich auf das Wesentliche zu konzentrieren. Seine Berührung war angenehm gewesen, warum also nicht einfach nehmen, was ich kriegen konnte? Also hielt ich ihm meine Hand wieder hin. Was machte es schon, wenn ich manipuliert wurde? So mancher Mensch wurde es jeden Tag und genoss es auch noch.

Als wir die knorrige Eiche erreichten, sank ich ins feuchte Gras. All die neuen Eindrücke hatten eine Menge Kraft gekostet, und davon besaß ich auch jetzt nicht mehr als vor meinem Tod. Die Kutte ließ ihren großen und vermutlich ausgesprochen männlichen Körper neben mir ins Gras sinken und schwieg.

Nach und nach schwand das Dunkel der Nacht und machte dem unfreundlichen Grau eines frühen Tages Platz. Wie würde mein Dasein nun aussehen? Durfte ich mich noch von meinen Freunden und Tante Ethel verabschieden? Ach nein, für die war ich ja tot und bereits begraben. Was für ein Elend.

Erneut spürte ich Tränen in meinen Augen aufsteigen.

»Und was nun, Kutte?«, fragte ich schniefend. »Muss ich jetzt in meinen Sarg abdampfen, damit ich nicht zu Staub zerfalle?«

»Was nicht da ist, kann auch nicht zu Staub zerfallen.« Er wandte mir seinen Kopf zu. »Übrigens heiße ich nicht Kutte.«

»Sondern?«

»Nenn mich Walt. Das ist in Ordnung.«

Ich nickte. »Walt. Das klingt weder besonders teuflisch noch übernatürlich.« Und überhaupt nicht sexy, ergänzte ich in Gedanken.

Er zuckte mit den Schultern. »Livie ist auch nicht gerade der Brüller.«

»Ich heiße *Olivia*«, sagte ich, verschränkte die Arme vor der Brust und funkelte ihn an. »Und ich fände es nett, wenn mich wenigstens in diesem Leben jemand genau so nennen würde.«

Walt reagierte nicht, doch ich spürte fast körperlich das spöttische Zucken seiner Mundwinkel.

Ich konnte es nicht leiden, nicht ernst genommen zu werden.

»Also, Walt, was wird nun aus mir? Gibt's hier in der Nähe vielleicht so eine Art Untotenwohngemeinschaft? Und was zum Henker ist jetzt eigentlich mein Job?«, fragte ich mit frostigem Unterton in der Stimme.

Walt schien mir allerdings auch weiterhin leicht amüsiert, als er antwortete: »Endlich. Ich dachte schon, du fragst nie.«

»Also?« Ich machte eine ungeduldige Handbewegung.

»Also, *Olivia,* du bist eine Banshee und ich bin dein persönlicher Schicksalsbote. Wir zwei werden von jetzt an zusammenarbeiten. Das macht uns nicht automatisch zu Freunden, aber zu einem Team, und als solches sollten wir uns vertragen. Wie wäre es also, wenn du deine verbalen Klauen einfährst und wir erst mal einen

Waffenstillstand vereinbaren?« Seine Stimme klang etwas frostiger als zuvor.

Ich schluckte und fühlte mich aufs Unangenehmste durchschaut. Für meine nächste Frage wählte ich einen versöhnlicheren Tonfall.

»Und was genau ist nun eine Banshee, und was tut sie?«

Schließlich hatte ich mich in den letzten Jahren nur vom Schreibtisch aus mit Futtermitteln beschäftigt und irgendwie fürchtete ich, dass mein neues Leben rein gar nichts mit Büroarbeit zu tun haben würde. Hätte ich nur Tante Ethel öfter konzentriert zugehört, dann hätte ich vielleicht das eine oder andere Wissenswerte über Banshees erfahren.

»Ah, noch eine gute Frage.« Walt nickte. »Ich sehe schon, unser Gespräch kommt langsam in Gang.«

»Würde es dir viel ausmachen, meine guten Fragen auch zu beantworten?«

Ich konnte es zwar nicht sehen, aber ich war mir sicher, dass der Mann namens Walt unter seiner Kapuze grinste.

»Banshees beklagen die Toten«, begann er. »Sie weinen und klagen, um Aufmerksamkeit zu erlangen. Manchmal stehen sie aber auch nur stumm als Mahnung am Wegesrand.«

Mein Gesicht musste wie ein einziges Fragezeichen aussehen.

»Ich bin so eine Art Klageweib? Eine bezahlte Jammerliese? Ein gebuchter Trauerkloß?«

Was für Aussichten! Niemand, der bei Verstand war, konnte mir allen Ernstes eine solche Aufgabe übertragen!

»Da wären noch ein paar interessante Details.« Walt hob seinen Zeigefinger mahnend in die Höhe.

»Na hoffentlich«, erwiderte ich ungeduldig.

»Erstens«, der Zeigefinger zuckte kurz in meine Richtung, »wirst du für deine Dienste nicht bezahlt, und zweitens leben die Toten, die du beweinst, noch.«

Ich war mir nicht sicher, ihn richtig verstanden zu haben.

»Äh … Das bedeutet, ich bin so eine Art Frühwarnsystem?«

»Exakt.« Seine Stimme drückte Wohlwollen aus. Er hielt mich nicht mehr für völlig begriffsstutzig.

»Ich könnte also Unfällen vorbeugen?« Das klang in meinen Ohren schon eher nach einer sinnvollen Beschäftigung.

»Indirekt.« Walt ließ seinen Zeigefinger sinken. »Da gibt es ein paar Regeln, an die du dich halten musst.«

»Was für Regeln?« Ich hoffte inständig, es waren nicht zu viele. Spiele mit komplizierten Regeln verstaubten bei mir zu Hause unbenutzt im Regal.

Und schon war sein Zeigefinger wieder da, kam auf mich zu und stoppte kurz vor meiner Nasenspitze. »Du darfst unsichtbar heulen und klagen oder sichtbar schweigen. Entweder oder.«

»Okay.«

Zum ausgestreckten Zeigefinger gesellte sich ein Daumen. »Du kannst keinem menschlichen Wesen mit Worten sagen, in welcher Form die tödliche Gefahr auf deine Schützlinge lauert. Mit keinem Wort.«

»O…kay.«

Auftritt: Mittelfinger. »Du darfst dich niemals an die gefährdete Person direkt wenden, sondern immer nur an die nächsten Verwandten.«

»Ist ja verrückt! Die beiden können uns wirklich weder hören noch sehen! Genial!« Ich strahlte über das ganze Gesicht. Mein neues Dasein hielt erstaunliche Überraschungen für mich bereit.

»Livie, hier lauert dein erster Job auf dich, bleib also bei der Sache!«, ermahnte Walt mich.

»Wieso denn? Schlauchboote gehören nun mal ins Wasser«, antwortete ich und machte eine wegwerfende Handbewegung.

»Aber ganz gewiss nicht, wenn der fünfjährige Besitzer nicht schwimmen kann.«

»Das Kind kann nicht schwimmen?« Mit einem Mal hatte Walt meine ganze Aufmerksamkeit zurückerobert. »Oh, das ist schlecht.«

»Sehr. Du musst das im Auge behalten. Klein-Jonathan wird sein Geburtstagsgeschenk noch heute Nachmittag einer Belastungsprobe unterziehen.« Walts Stimme klang so eindringlich, dass mir der Ernst der Lage langsam dämmerte.

»Soll ich ihn rausfischen?«, schlug ich vor.

Walt schien von dieser Idee wenig angetan. Er sank leicht in sich zusammen und klang genervt, als er antwortete: »Du bist seine Banshee und keine Rettungsschwimmerin.«

»Was dann?«

»Benutze gefälligst deinen Kopf, Livie. Dafür hast du ihn schließlich.«

Ich schloss für einen Moment die Augen, massierte meine Schläfen und benutzte meinen Kopf, wie er es vorgeschlagen hatte. Doch mir wollte nicht einfallen, auf welche Weise ich den Jungen vor einem frühen Tod durch Ertrinken bewahren konnte.

»Kannst du mir nicht einen kleinen Tipp geben? Walt? Walt!«

Fassungslos stellte ich fest, dass ich mutterseelenallein vor der großen Freitreppe von Harrowmore Castle stand. Die beiden Ladys hatten den Vorplatz verlassen und waren ins Schloss gegangen, und Walt … war einfach weg. Ich hatte ihn nicht gehen und auch nicht verschwinden sehen. Er war schlicht und einfach weg.

»Na bravo. Vielen Dank, oh, du mein Lehrmeister! Vielen Dank für gar nichts!«, fauchte ich, doch meine Worte verhallten ungehört.

Wenn Walt das nächste Mal erschien – und ich hoffte inständig, es gab recht bald ein nächstes Mal –, musste er mir verraten, wie er das mit dem Verschwinden bewerkstelligte. Jetzt jedoch sah es ganz so aus, als wäre ich auf mich allein gestellt.

Ratlos drehte ich mich zweimal um die eigene Achse. Wohin sollte ich nun gehen? Zum Fluss? Wo war der? In einem Wald, hatte Walt gesagt. Na fantastisch. Das Beste würde sein, sich dem kleinen Racker an die Fersen zu heften, wenn er zu seinem lebensgefährlichen Ausflug aufbrach. Und das wiederum ließ nur den einen Schluss zu: Ich musste den beiden Grazien ins Schloss folgen. Das Schloss, das von nun an mein Zuhause sein würde: Harrowmore Castle.

Andächtig durchschritt ich die offene Eingangstür. Zunächst glaubte ich mich allein in der düsteren Eingangshalle, deren Wände von dunklen Vertäfelungen und alten Teppichen beherrscht wurden. Eine alte Holztreppe führte zu einer Galerie hinauf, deren schmale Fenster die einzige Lichtquelle des Raumes waren. Neugierig betrachtete ich das spärliche Mobiliar aus Großvaters Zeiten, als ich ein leises Seufzen hörte. Da entdeckte ich nahe der Treppe eine Gestalt, die mir den Rücken zugekehrt hatte und bewegungslos vor einer Art Regal verharrte.

»Oh, äh, Entschuldigung. Ich habe Sie gar nicht bemerkt.«

Keine Reaktion. Natürlich nicht. Ich war es noch nicht gewohnt, nicht mehr da zu sein.

Also ging ich einfach zu der Gestalt hinüber, neugierig, was es dort so Spannendes zu sehen gab.

Schon nach wenigen Schritten sah ich, dass es sich um eine junge Frau handelte, die etwa in meinem Alter zu sein schien. Vielleicht zwei oder drei Jahre älter. Im Gegensatz zu mir war sie aber furchtbar dünn. Ihre Füße steckten in Wildlederstiefeln, die Jeans hatten eine altmodische Karottenform und die schlichte weiße Bluse wurde in der Mitte von einem breiten Ledergürtel geschmückt. Aber das Auffälligste an der Erscheinung war zweifellos ihr volles rotes Haar, das ihr, zu einem Pferdeschwanz gebunden, bis auf den Hintern herabfiel.

Inzwischen war ich der Fremden so nah, dass ich ihr über die Schulter blicken konnte. Ich erstarrte, als ich erkannte, was sie dort tat. Sie flirtete mit William Shakespeare!

Andächtig strich sie ihm über die spärliche Stirnlocke, massierte seine Ohrläppchen und flüsterte Worte, die ich nicht verstehen konnte. Es war natürlich nicht wirklich Shakespeare, der diese zärtliche Behandlung über sich ergehen lassen musste. Es war nur sein steinernes Konterfei, das auf einem hölzernen Podest stand. Aber es war eindeutig Shakespeare.

Ich konnte es nicht glauben. Wurde hier die englische Literatur verehrt oder ein seltsames Ritual begangen?

Die rothaarige Frau lachte leise und fuhr mit der Kuppe ihres Zeigefingers die steinernen Lippenkonturen nach. War sie lediglich verzweifelt einsam oder hoffnungslos verrückt?

Da tönte plötzlich die schrille Stimme von Deborah Harrowmore durch die Halle: »Millie! Hör sofort auf, diese Büste abzuknutschen, und komm zum Frühstück! Dein kleiner Neffe hat Geburtstag und möchte die Kerzen ausblasen! Also wirklich, man könnte meinen, ich hätte eine Verrückte zur Nichte!«

Ich nickte, froh, dass niemand sah, wie ich einen heißen Flirt mit einer steinernen Büste beobachtete, und schloss mich der davoneilenden Millie an, die leise vor sich hin fluchte: »Millicent. Mein Name ist Millicent, geliebte Tante! Wann siehst du das endlich ein?«

Millicents Absätze knallten über den Steinboden der Eingangshalle und ihre roten Locken zuckten wie kleine Flämmchen rund um ihr blasses Gesicht. Sie war nicht schön, aber auf eine ungewöhnliche Weise attraktiv, und allein das fand ich schon beneidenswert.

Ihr Haar war zweifellos eine Art Gottesgeschenk. Es lenkte von ihrer flachbrüstigen Erscheinung und den aristokratischen Gesichtszügen ab. Tatsächlich vereinten sich in ihrem Gesicht alle dominanten Merkmale verschiedener Adelsgeschlechter zu einer denkbar ungünstigen Mischung. Die Habsburger Hakennase war kombiniert mit einer fleischigen Wittelsbacher Lippe, gekrönt von altenglischen, royalistischen Ohren. Nur die auffallend großen

Augen konnte ich keinem mir bekannten Gemälde großer Adliger zuordnen. Sie schienen fast aus den Höhlen hüpfen zu wollen.

Trotz alledem war das Gesamtbild nicht als abstoßend oder hässlich zu bezeichnen. Millicent Harrowmore war eine ungewöhnliche Erscheinung, nicht mehr und nicht weniger.

Ich seufzte und starrte neidisch auf die rote Pracht. Wie gern hätte ich meinem Haar auch mal ein bisschen Schwung verpasst, aber es blieb leider dünn und strähnig, egal wie viel Volumen aus der Tube ich mir auch auf den Kopf knallte. Und zu einem modischen Haarschnitt hatte mir seit dem Betty-Boop-Kompliment der Mut gefehlt.

Millie verließ gerade die große Halle durch eine Seitentür und ich folgte ihr in ein helles und freundliches Esszimmer. Am Tisch, auf dem eine gewaltige Geburtstagstorte mit fünf brennenden Kerzen stand, saßen einige Mitglieder der Familie Harrowmore. Für diese Menschen war ich also in Zukunft verantwortlich.

Deborah und ihre Tochter Jennifer hatte ich ja schon vor der Tür zum ersten Mal gesehen. Beide saßen jetzt einträchtig nebeneinander und hatten sich ihrer Kopftücher und Sonnenbrillen entledigt. Ohne letztere konnte ich sehen, dass die großen Augen zweifellos in der Familie lagen.

Am oberen Ende des Tisches saß ein dünner Herr mit schütterem Haar, der bestimmt der derzeitige Lord Harrowmore und somit Millicents Vater war.

Millie hatte sich neben einen kleinen blonden Jungen gesetzt, dessen Pausbacken knallrot aus seinem verschwitzten Gesicht leuchteten. Jonathan, das Geburtstagskind und offensichtlich der Jüngste der Harrowmores.

Blieben noch drei Personen, die mir völlig unbekannt waren: ein schlaksiger Junge, bei dem es sich um eine ältere Ausgabe von Jonathan zu handeln schien, und ein schon recht kahlköpfiger, rundgesichtiger Mann, den ich als Millicents Bruder und Vater der beiden Jungen besetzte. Eine Mutter für die Sprösslinge schien es nicht zu geben. Anscheinend hatten die Harrowmores kein großes Glück mit ihrer Partnerwahl gehabt. Einzig die stille Frau von Anfang sechzig, bei der es sich vermutlich um Lady Harrowmore handelte, vermittelte das Bild einer intakten Familie.

Alles in allem war das Geschlecht der Harrowmores also recht übersichtlich: drei Generationen unter einem Dach, inklusive einer Tante und ihrer Tochter mit einer Vorliebe für Sushi. Das hier war vielleicht doch ein ruhiger Job.

»Jetzt puste die Kerzen aus, Jonathan! Das Wachs tropft ja schon auf die Torte!« Der Lord sah mit leichter Missbilligung auf die Geburtstagstorte herab, deren Verzierungen bereits um einige Wachstropfen reicher waren.

»Okay, Opa. Aber nachher darf ich mit dem neuen Boot fahren, ja?«

»Es ist viel zu kühl für derartige Experimente«, sagte der Lord in einem Tonfall, der keinen Widerspruch duldete. »Du darfst es in deinem Zimmer aufblasen und Seefahrer spielen.«

»Ooch!« Das konnte man fast als Widerspruch gelten lassen. Jonathan schien mir in jeglicher Hinsicht ein mutiges Kind zu sein.

»Keine Widerrede. Und jetzt lasst uns singen«, verkündete der Lord.

Laut, schräg und mit geringer Begeisterung fielen die Harrowmores nach und nach in das von ihm angestimmte Geburtstagslied ein.

Ich war froh, als sie fertig waren. Die Harrowmores waren eben nicht die Kelly Family.

Als der Kleine im Anschluss an das Ständchen vom Stuhl sprang, den Tisch auf seinen strammen Beinchen umrundete und allen Verwandten einen feuchten Kuss auf die Wange drückte, wofür er reihum liebevoll gedrückt wurde, spürte ich, wie sich Etwas in meinem Hals krampfhaft zusammenzog. Ich schluckte ein paar Mal hektisch, doch das Gefühl der Enge blieb.

Eine Erinnerung an ein längst vergangenes Geburtstagsfest, das ich zusammen mit meiner Mutter und Tante Ethel verbracht hatte, stieg in mir auf.

Es war vielleicht mein achter oder neunter gewesen. Auch die beiden hatten wundervoll schräg gesungen und mir seltsame Geschenke gemacht. Während die meiner Mutter mit Tauchen und dem Meer zu tun hatten, überreichte mir Tante Ethel einen Traumfänger, Heilsteine und Bücher über Geistwesen.

Jetzt wünschte ich mir, ich hätte wenigstens einen dieser Wälzer gelesen.

»Aber Opa, kannst du dann morgen mit mir Boot fahren?« Jonathans hartnäckiges Betteln brachte mich zurück in die Gegenwart. Das kleine Nesthäkchen schien recht penetrant werden zu können.

»Ein anderes Mal, Jonathan. Prüf doch mal, ob das Ding in die Badewanne passt, hm?«

Jonathan schob schmollend die adlige Unterlippe vor. Ich warf einen Blick zu der Großmutter und erwartete auch von ihr einen gut gemeinten Kommentar. Doch die blasse Dame starrte nur mit ausdruckslosem Gesicht vor sich hin und rührte in ihrer Teetasse. War sie krank?

Millie stocherte missmutig in einer Portion Rührei herum und maulte: »Alles kalt. Warum haben wir nicht mehr Personal, Daddy? Vielleicht einen jungen, hübschen Butler? Ruthie schafft das nicht mehr allein.«

»Ja, Daddy!«, ließ sich der Mann mit dem schütteren Haarwuchs vernehmen. »Warum besorgst du meiner seltsamen Schwester nicht endlich einen Hausdiener zum Anhimmeln, bevor sie noch wunderlicher wird, als sie es sowieso schon ist?«

Millie trat unter dem Tisch nach den Schienbeinen ihres Bruders, verfehlte ihn aber, was von ihm mit einem gehässigen Lachen quittiert wurde.

»Cameron! Millicent! Lasst gefälligst den Blödsinn.« Der Hausherr schlug mit der flachen Hand auf den Tisch, um sich Gehör zu verschaffen. »Natürlich werden wir keinen Butler einstellen. Die Haushaltskasse ist leer. Und unsere liebe Ruthie tut ihr Bestes, um uns alle gut zu versorgen. Hätte ich allerdings Kinder in die Welt gesetzt, die ein bisschen mehr zum Einkommen der Familie beitragen würden, statt sich dem Müßiggang hinzugeben, könnte die Personalfrage neu diskutiert werden.«

Der Lord hatte bei diesen Worten ein strenges Gesicht aufgesetzt, doch seine Familie, mit Ausnahme seiner Frau, brach in verhaltenes Gekicher aus.

»Ruthie hat Mums rote Seidenbluse zur weißen Wäsche gestopft. Jetzt haben wir alle rosa Socken und Unterwäsche«, gluckste Millie.

»Ich auch!«, krähte der kleine Jonathan und legte seinen rosa besockten Fuß auf den Esstisch.

»Ruthie vergisst ständig, das Fleisch zu salzen«, sagte Deborah mit leicht affektiertem Unterton.

Und Jennifer ergänzte: »Dafür salzt sie aber alles andere mehr als ausgiebig.«

»Genug!«, donnerte der Lord und schlug mit der flachen Hand auf die Tischplatte. »Ruthie wird eben nicht jünger! Sie macht Fehler, das ist noch lange kein Grund, sich über sie lustig zu machen!«

»Ruthie hat meine selbstverfassten Gedichte als Kaminanzünder benutzt«, meldete sich nun die blasse Hausherrin zum ersten Mal zu Wort, woraufhin die Tischrunde wieder in allgemeine Heiterkeit ausbrach.

Der Lord seufzte und tätschelte seiner Frau liebevoll den Arm. »Das tut mir leid, Liebes. Aber ehrlich gesagt, ein großer Verlust ist das nicht.«

Ich grinste. Die Familie Harrowmore fing an, mir zu gefallen.

Eine Viertelstunde später wurde die Tafel aufgehoben und alle Familienmitglieder liefen wieder auseinander. Bis auf den jüngsten Spross der Harrowmores, der sich große Mühe gab, die Zeit im

Esszimmer zu vertrödeln, bis alle Erwachsenen verschwunden waren.

Wie eine Katze den heißen Brei, umschlich der Junge seine Geburtstagsgeschenke. Plötzlich drückte Jonathan mit listigem Blick die Pappschachtel mit dem Schlauchboot an sich und steuerte auf die Tür zur Halle zu.

Ich erschrak, als ich begriff, dass ich nun die einzige Person war, die das Eintreffen von Walts Katastrophenszenario verhindern konnte. Doch war ich überhaupt eine Person? Wie sollte ich es anstellen? Jammern und klagen würde hier nicht ausreichen.

Ich stellte mich einfach mit weit ausgebreiteten Armen in seinen Weg und rief: »Hüte dich! Hüte di… Ey!«

Mit einem leisen »Plopp« war der kleine Racker einfach durch mich hindurchgegangen! Unverschämtheit! Aber natürlich lag es an mir. Ich hatte vergessen, die Pobacken zusammenzukneifen und die Fäuste zu ballen. Also, auf zum zweiten Versuch.

Ich lief Jonathan nach, warf mich mit einem Hechtsprung vor die große Eingangstür, machte mich steif wie ein Brett und rief: »Buh!«

»Plopp«, machte es und Jonathan hatte mich und den Eingang passiert. Verdammt. Dabei hatte ich mich wirklich sehr angespannt.

Verärgert rieb ich meine kribbelnde Körpermitte. Walt hatte recht: Es war unangenehm, einfach durchdrungen zu werden.

Ich rannte dem Jungen nach, der wirklich sehr fix auf seinen kleinen Beinen war, sah ihn in einem Gartenhäuschen verschwinden, das sich an ein paar gewaltige Rhododendren schmiegte, und mit einer Luftpumpe im Schlepptau wieder herauskommen.

Jetzt wurde es ernst.

Ich schob mir die Haare hinter die Ohren, ballte die Fäuste, riss die Arme hoch und schrie: »Sei gewarnt!«

Pfeifend ging Jonathan seiner Wege.

Was lief hier falsch? Es war ganz offensichtlich: Ich kam mit meiner neuen Rolle nicht zurecht.

»Walt! Kannst du mich hören? Hier klappt was nicht!«

Keine Antwort. Ich stand allein da und hatte absolut keine Ahnung, was ich nun machen sollte. Und wo war denn jetzt dieses Kind hin? Suchend blickte ich mich um und sah Jonathan gerade noch hinter ein paar Taxusbüschen verschwinden. In der Ferne standen die ersten Bäume eines Wäldchens und er lief direkt darauf zu.

Hastig sah ich mich um. Wo war der Rest der Familie Harrowmore? Konnte ein Fünfjähriger wirklich das Areal des Schlosses verlassen, ohne dass es bemerkt wurde? Anscheinend ja.

»Was genau ist eigentlich der Unterschied zwischen einer Banshee und einem unbezahlten Babysitter?«, grummelte ich und verfiel in einen leichten Trab. Jonathan war schon ein ganzes Stück voraus und ich bemerkte zu meinem Leidwesen, dass sich meine Kondition durch meinen Tod nicht verbessert hatte. Bald begann ich, zu hecheln. Ich hatte Seitenstechen, meine Lunge brannte und der Abstand zwischen mir und dem Kind verringerte sich nur langsam.

Trotzdem erreichte ich ihn kurz vor dem Waldrand. Mit wachsender Verzweiflung griff ich nach der Pappverpackung des Bootes, doch meine Finger konnten sie einfach nicht fassen.

Da fielen mir meine Erfahrungen mit der Fauna auf dem Weg nach Schloss Harrowmore ein. Ich griff nach einem Ast, der auf dem Waldboden herumlag, und warf ihn dem Jungen direkt vor die Füße. Jonathan stolperte, fiel hin, fluchte lautstark, wischte sich über die Hosenbeine und lief weiter.

Ich verbuchte das als Teilerfolg. Wenn ich ihm nur oft genug Äste vor die Füße warf, würde er vielleicht weinend nach Hause laufen. Lieber ein paar blaue Knie als eine Lunge voll Wasser.

Zu spät. Jonathan blieb stehen. Wir hatten eine grasbewachsene Lichtung erreicht, in deren Mitte ein klarer Bach lustig dahinplätscherte. Pfeifend ließ sich der Kleine ins Gras plumpsen und begann mit dem Aufreißen der Verpackung.

In mir stieg Panik auf. Vor mir sah ich einen kleinen Jungen, wie ich selbst nie einen haben würde, ein mörderisches Schlauchboot und das eiskalte Wasser des Twinklebaches.

Kapitel 3

»Drei Regeln, Olivia. Es muss doch möglich sein, drei Regeln zu behalten.«

Walt! Er war wieder da! Saß einfach an einen Baum gelehnt, die langen Beine unter der Kutte ausgestreckt und übereinandergeschlagen, und zupfte an einem der letzten Gänseblümchen des Jahres.

»Walt! Gott sei Dank, dass du wieder da bist! Ich habe gerade Panik gekriegt!« Ich war so erleichtert über seine Rückkehr, dass ich Jonathan darüber fast vergaß.

Doch Walt erinnerte mich mit einem Fingerzeig in Richtung des Kleinen wieder an das Wesentliche. »Und nicht ganz zu Unrecht, wenn ich mir ansehe, was der liebe Jonathan da treibt. Aber die Idee mit dem Stock war doch schon ganz niedlich.«

»Du hast mich beobachtet?«, fragte ich entrüstet und registrierte nebenbei, dass Jonathan das Gummiboot nun ausgepackt hatte.

»Es erschien mir besser so.«

»Was kann ich tun, Walt? Der Kleine sieht mich einfach nicht! Dabei habe ich mich wirklich angespannt!«

»Drei einfache Regeln, Livie.« Walt zupfte weiter Gänseblümchenblätter und versetzte mich mit seiner Ruhe erneut in Unruhe.

Händeringend stand ich vor ihm. »Kannst du dich bitte deutlicher ausdrücken? Ich brauche deine Hilfe, falls du es immer noch nicht bemerkt haben solltest.«

Walt entwickelte durchaus ein Talent, mich gegen sich aufzubringen. Jetzt ging er doch tatsächlich zum nächsten Gänseblümchen über, während er mir noch einmal meine neuen Regeln vorleierte.

»Du kannst nur heulen oder erscheinen, nicht beides. Du kannst nur die Verwandten warnen, nicht die betroffene Person selbst. Du kannst die Gefahr nicht in für Menschen verständliche Worte fassen.«

Jetzt stieg heiße Wut in mir auf. »Aber das ist doch … Blödsinn! So kann ich nicht arbeiten! Ich meine, hier ist doch keiner. Keiner außer einem kleinen Jungen, der im Begriff ist, erbärmlich zu ertrinken.«

Walt zupfte unbekümmert weiter. »Richtig. Hier ist keiner. Was musst du also tun?«

Ich dachte scharf nach und gab ein Stöhnen von mir, als ich meinen Fehler erkannte. »Ich muss zum Schloss zurückrennen und irgendeinem anderen Harrowmore was vorjaulen?«

»Bravo. Worauf wartest du noch?«

Verzweifelt drehte ich mich um und rannte den Weg zurück, den ich gekommen war. Erst kurz vorm Schlosshof fiel mir ein, dass ich Walt auch um einen seiner coolen Zeitrafferteleports hätte bitten können. Zu spät.

Die Schlosstür stand immer noch offen. Japsend machte ich mich auf die Suche nach einem Menschen, der aus einer unartikulierten Warnung ohne nähere Erläuterung die richtige Schlussfolgerung ziehen würde.

War eine Großmutter für so etwas die geeignete Person? Würde Lady Harrowmore instinktiv spüren, welchem ihrer Lieblinge Gefahr drohte? Ich musste es versuchen.

Ich erinnerte mich daran, dass die Lady sich hatte hinlegen wollen. Wo konnte ihr Schlafzimmer sein? Sicher im ersten Stock.

Ich stürmte, völlig außer Atem, die Treppe hinauf zur Galerie. An diese grenzend, befanden sich endlose Flure mit unzähligen dunklen Eichenholztüren. Sie waren alle verschlossen.

Panik machte sich in mir breit. Wie weit konnte Jonathan inzwischen mit seinen Seefahrerkünsten gekommen sein?

Hastig versuchte ich, die erste Tür aufzureißen, streckte meine Hand nach der Klinke aus und … griff ins Leere.

»Nein!«, schrie ich wütend und schlug noch ein paar Mal gegen die Tür. Vergebens. Meine Fäuste verursachten kein Geräusch auf dem glatten Holz.

»Na gut. Dann gehe ich eben einfach durch die Wand!«, sagte ich zu mir selbst und blickte zweifelnd auf das Mauerwerk. Wenige Augenblicke später klebte ich mit dem Gesicht an der Tapete.

Vielleicht mit Anlauf? Rasch trat ich zurück, sprang gegen die Wand und … landete auf dem Fußboden. Immer noch auf dem Flur! Und zu allem Überfluss waren meine Kopfschmerzen auch wieder da.

Ich war unfähig, einen verschlossenen Raum zu betreten, weil ich die Türen nicht aufbekam.

»Warum kann alles durch mich hindurch, aber ich kann durch gar nichts hindurch?« Verzweifelt stampfte ich mit dem Fuß auf, und da begriff ich endlich, was Walt mir im Wald hatte sagen wollen: Nicht die Türen, die Klinken, die Gummiboote oder die Autos waren das Problem. Ich war es. Ich war nicht mehr als ein Nebelwölkchen. Alles ging durch mich hindurch, doch ich konnte nichts durchdringen. Nicht die Wände, nicht die Fußböden, einfach gar nichts.

Ich konnte nichts berühren, weil ich keine Substanz hatte! Das Auto ging durch mich durch, aber ich nicht durch das Auto. Ich war wie Rauch.

Ich war verzweifelt.

Ich konnte von Glück sagen, dass die Natur den Banshee-Zauber respektierte und sich von mir berühren ließ und mich berührte. Nichts sonst auf dieser Welt brachte mir noch diesen Respekt entgegen.

Ich war ein Nichts.

Der Schmerz der Erkenntnis bahnte sich seinen Weg. Vor Wut und Trauer schrie ich meinen Frust aus mir heraus. Ich trommelte mit Händen und Füßen gleichzeitig auf den Boden. Mir war egal, wie das aussah. Mich sah ja sowieso niemand.

Urplötzlich wurde nur wenige Meter von mir entfernt eine Zimmertür aufgerissen. Auf dem Flur erschien Lady Harrowmore, gehüllt in einen zitronengelben Morgenrock.

»Alistair? Alistair! Hast du das auch gehört? Oh mein Gott! Die Banshee hat wieder geschrien!«

Sprachlos vor Überraschung, setzte ich mich auf und beobachtete, wie Lord Harrowmore die Treppe hinauf, über die Galerie und zu uns in den Flur gerannt kam. Nach Atem ringend, blieb er vor seiner Frau stehen. »Was … ist denn … los, mein Schatz?«

»Ja hast du sie denn nicht gehört? Die Banshee hat geschrien! Oh, es war furchtbar, Alistair.«

Ich wusste nicht recht, ob ich beleidigt oder stolz sein sollte. Egal. Hauptsache, ich hatte meinen Job gemacht. Jetzt mussten sie nur noch erkennen, dass es Jonathan war, der ihre Hilfe brauchte. Der Kleine schwebte zu diesem Zeitpunkt sicherlich schon in akuter Lebensgefahr und allein der Gedanke, dass diesem pausbäckigen Lausbuben ein Leid geschehen könnte, brachte mich schier um den Verstand.

»Also die Banshee, ja? Schon wieder? Na dann werde ich mich mal ans Telefon setzen und in der Verwandtschaft rumtelefonieren, ob alles in Ordnung ist«, sagte der Lord und trat den Rückzug an.

Verwandtschaft? Noch mehr Harrowmores? Und für deren Todeskampf bestand auch Meldepflicht? Ich spürte einen Anflug von Sorge in mir. Der Job würde eventuell doch härter werden als gedacht.

»Und ich brauche jetzt erst mal ein Glas Sekt für meinen Kreislauf«, stöhnte die Hausherrin und verließ ebenfalls die Szenerie.

Wie betäubt blieb ich zurück. Fassungslos hockte ich auf dem kurzflorigen Teppichboden und war nicht in der Lage, die letzten Informationen zu verarbeiten.

Sekt? Und wer rettete jetzt Jonathan?

»Ich glaube das einfach nicht«, flüsterte ich und spürte erneut die Angst um Jonathan in mir. Ich brauchte einen Plan B, und zwar schleunigst.

Wer würde mich verstehen, wer die Gefahr erkennen, die sich nicht weit entfernt von hier in Form sprudelnden Wassers darstellte?

Die Erkenntnis traf mich wie ein Blitz: Jennifer, Deborah Harrowmores japanisch angehauchte Tochter, hatte das Boot von Anfang an für riskant gehalten. Wenn sie sich daran erinnerte, hatte Jonathan vielleicht noch eine Chance.

Ich rannte los. Raus aus dem Schloss, hin zu jenem Winkel des mit Hecken umwachsenen Geländes, den ich für den Rosengarten hielt.

Ich hatte Glück. Da hockten Deborah und Jennifer im lauen Herbstwind und banden die letzten Knospen einer Noisette-Rose an schmale Stöckchen.

Ich atmete tief durch. Schreien oder Erscheinen? Ich entschied mich für Erscheinen.

Ich konzentrierte mich auf meinen Auftritt, breitete die Arme aus und spannte jeden Muskel an. Nur wenige Meter vor dem Mutter-Tochter-Gespann stand ich mit vorgerecktem Kinn.

»Oh mein Gott! Jennifer, sieh nur!«

Glückseligkeit erfüllte mich. Ich hatte es geschafft. Jonathan würde durch mich gerettet werden!

»Unsere Banshee hat zugenommen.«

Unverschämtheit!

Vor lauter Entrüstung löste ich meine Anspannung und verschwand von der Bildfläche.

Mutter und Tochter sahen sich ratlos an.

»Warum ist sie wohl erschienen, Mutter?«

»Und warum trug sie dieses unvorteilhafte weiße Fetzenkostüm?«

Fetzenkostüm? Ich sah an mir herunter. Weiße Turnschuhe, Jeans, Bluse. Alles wie immer.

»Mutter! Ob es etwas mit Jonathan und diesem blöden Schlauchboot zu tun hat?«

Schlau, Jennifer, sehr gut. Aber von was für einem weißen Fetzenkostüm war hier die Rede? Ich drehte mich noch immer ratlos um die eigene Achse.

»Besser, wir sehen nach ihm. Jennifer, lauf du zum Twinklebach, ich kontrolliere alle Badewannen im Haus.«

Na bitte. Ging doch. Hoffentlich kam sie noch rechtzeitig. Ich prüfte noch immer kritisch mein Erscheinungsbild und fand keine Erklärung für Deborahs Worte.

Mein Hochgefühl war dahin. Was sahen die Menschen, was ich nicht sehen konnte? Was hatte der Autofahrer auf der einsamen Landstraße nahe der Druideneiche gesehen, als ich plötzlich vor seiner Kühlerhaube erschienen war?

Noch immer verwirrt, folgte ich Jennifer zurück zum Wald, während ihre Mutter zum Schloss eilte. Zielsicher nahm sie denselben Weg wie Jonathan. Nur einmal versuchte sie, sich zu weit nach rechts zu orientieren, doch ich hob spontan ein paar Kiefernzapfen vom Waldboden auf und warf sie ihr an den Hinterkopf. Daraufhin hielt sie, sich die schmerzende Stelle reibend, zunächst verwirrt dreinblickend inne und änderte dann instinktiv die Laufrichtung.

Braves Mädchen.

Wir erreichten die Lichtung in ebenjenem Moment, als Jonathans Kopf unter Wasser verschwand. Das Boot trieb lustig wippend flussabwärts. Jennifer stürzte sich mit einem Aufschrei in das nicht allzu tiefe, aber eiskalte Wasser und ich setzte mich aufatmend neben dem regungslosen Walt ins Gras.

»Gute Arbeit, Livie.«

»Danke. Ich hoffe inständig, dass es nicht immer so knapp sein wird.«

Hinter uns zog eine klatschnasse Jennifer einen heulenden Jonathan ans Ufer. Glücklich betrachtete ich den schniefenden Knaben.

»Ich bin schon ein wenig stolz auf mich.«

Jennifer startete eine gewaltige Schimpftirade und klapste dem Kleinen auf den nassen Hintern.

»Nur ein wenig?«, fragte Walt erstaunt. »Der Junge verdankt dir sein Leben. Wärst du nicht gewesen, wäre sein kleiner Körper heute Nachmittag zehn Meilen flussabwärts im Uferbewuchs gefunden worden. Das war wirklich gute Arbeit, Olivia. Ich freue mich auf die weitere Zusammenarbeit mit dir.«

»In erster Linie bin ich jetzt erschöpft.«

Erschöpft und auch glücklich, denn ich spürte, dass mich die lobenden Worte Walts in einer Weise berührten, die ich schon fast vergessen hatte.

Das leichte Prickeln auf meiner Haut genießend, starrte ich zu dem Kuttenmann an meiner Seite. Wenn ich nur hätte erahnen können, was er darunter verbarg.

Jonathan startete ein Wutgebrüll.

»Natürlich. Ich sollte dir dein neues Zimmer zeigen, damit du dich ausruhen kannst«, sagte Walt und erhob sich.

Jennifer schleifte den brüllenden Jungen zurück zum Schloss. Walt und ich schlenderten gemütlich hinterher. Und während ich meinen neuen Kollegen noch immer von der Seite betrachtete, entfloh meiner Brust ein Seufzer.

Die Kapuze wandte sich mir zu. »Alles in Ordnung mit dir?«

Ich zögerte. »Ja. Nein. Ich denke, ich habe verstanden, was es bedeutet, eine Banshee zu sein. Man kann mich nicht berühren, richtig? Ich bin nicht wirklich fassbar, also wird es für mich keine körperlichen Kontakte irgendwelcher Art mehr geben.«

Ich errötete wie ein Schulmädchen und starrte auf den Waldweg zu meinen Füßen. In diesem Moment spürte ich wie schon einmal unter der Eiche Walts kühle Finger auf meinem Handrücken.

»Menschen können dich nicht greifen und Gegenstände kannst du nicht greifen. Doch es gibt noch sehr viel mehr in dieser deiner neuen Welt als Menschen und Gegenstände. Du wirst es erfahren.«

Unter dem sanften Streicheln seiner schlanken Finger entspannte ich mich und meine Sorgen lösten sich in Nichts auf. Vor mir lag eine neue Daseinsform, eine neue Welt mit mir unbekannten Regeln und Geschöpfen. Ich würde die Dinge einfach auf mich zukommen lassen, denn schließlich gab es ja Walt und der konnte mich berühren.

Den Wald durchschritten wir schweigend, bis die zahllosen Türme von Schloss Harrowmore im trüben Tageslicht vor uns erschienen.

»Walt?«, fragte ich unsicher.

»Olivia?«

»Ich kriege keine Tür auf. Wie soll ich im Schloss zurechtkommen, wenn ich ständig aus- oder eingesperrt werden könnte?«

»Das lässt sich üben«, sagte Walt und tätschelte mir die Schulter.

»Heißt das, ich kann wieder lernen, Dinge zu benutzen?« Ein Hoffnungsschimmer erschien am Horizont. Klein, aber strahlend hell.

»Nicht mit Fleisch und Muskeln. Aber mit deinem Geist.«

Mein Hoffnungsschimmer erlosch und machte Enttäuschung Platz. »Na toll! Und wie geht das?«

»Es ist ähnlich wie mit dem Erscheinen«, erklärte Walt. »Oder glaubst du, dass wirklich deine Pomuskeln dich sichtbar werden lassen?«

Ich überhörte den Spott in seiner Stimme. »Was denn dann? Es hat doch super geklappt.«

»Weil du dich konzentriert und angespannt hast, Livie. Mit Muskulatur im herkömmlichen Sinn hat das nichts zu tun.«

»Konzentrieren und anspannen. Und dann geht die Tür auf?«

Ich spannte mich probehalber an, obwohl keine Tür in der Nähe war. Es fühlte sich nicht überzeugend an.

»Vielleicht. Du musst es auch wollen. Wirklich wollen. Am besten übst du es eine Weile mit kleinen Gegenständen.«

»Ich könnte versuchen, dir die Kapuze vom Kopf zu ziehen«, schlug ich vor und mein Herz pochte albern in meiner Brust, als ich diesen kühnen Vorschlag machte.

»Das geht nicht.« Er zog seine Kapuze noch tiefer. Der Klang seiner Worte kündigte eine neue Eiszeit an.

»Ach, und warum nicht?«

»Weil du das nicht wirklich willst, glaub mir.«

Ich glaubte es ihm, denn sein Tonfall hatte eine ausgesprochen bedrohliche Färbung angenommen. Überrascht sah ich ihn an, doch ich wagte nicht, zu fragen, was er vor mir und der Welt verbarg.

Stattdessen fragte ich: »Walt?«

»Hm?«

»Weißes Fetzenkostüm?«

Er seufzte. »Das erkläre ich dir, wenn wir in deinem neuen Domizil angelangt sind.«

Es war niederschmetternd. Ich befand mich definitiv in einer Rumpelkammer der gehobenen Klasse.

Das einzige Fenster in dieser Dachkammer war kreisrund, hatte Holzsprossen wie ein Wagenrad und prangte in einem niedrigen Fenstersturz. Blasses Tageslicht fiel hindurch. In ihm tanzten die Staubflusen, die ich bei jedem Schritt von den rissigen Bodenbrettern aufwirbelte.

»Grandios, Walt! Ich glaube, ich übe das Benutzen von Gegenständen am besten mit einem Staubsauger.«

Walt schob mit der ihm eigenen Lässigkeit einige aufgestapelte Kartons beiseite und zum Vorschein kam ein dunkelgrünes Samtsofa mit Troddeln an jeder verfügbaren Stelle.

»Dein Bett«, erklärte er lakonisch und deutete auf einen gigantischen Eichenschrank gleich neben der schweren dunklen Eingangstür. »Dein Schrank. Und irgendwo verstecken sich hier auch ein Tisch und ein Stuhl. Da musst du aber noch ein bisschen suchen.«

»Ich bin begeistert. Fast wie im *Ritz*!«

»Es ist das, was man von einer Dienstwohnung in einem uralten englischen Gemäuer erwarten kann.«

»Ich will zurück in meine schöne kleine Wohnung. Da gab es einen Fernseher und Internetzugang und zehn verschiedene Teesorten.«

»Hör auf, zu jammern, Livie, und sieh aus dem Fenster.«

»Ich soll was?«

»Aus dem Fenster sehen. Nun mach schon.«

Ich näherte mich dem Fenstersturz, duckte mich unter die niedrigen Balken und blickte durch das runde, mit Spinnweben verzierte Glas nach draußen.

Ergriffen ließ ich mich auf den Fußboden sinken und schwieg. Ich blickte hinab auf einen wunderschönen Garten, umgeben von Gärten. Mannshohe Steinmauern, so rechteckig angeordnet wie ein großer Schuhkarton, schützten die Herbstblumen, Stauden und Kletterpflanzen. Es gab ein Vogelbecken und ein steinernes Rondell mit Teakholzsitzgarnitur inmitten terrassenartig angelegter Beete.

Außerhalb dieser Mauern schienen die Gärten nach Themen gegliedert zu sein: Ich entdeckte einen Rosen- und Lavendelgarten, einen Kräutergarten und einen Gemüsegarten. Noch nie zuvor hatte ich einen Garten besessen und doch immer davon geträumt. Die Zeit wachsen sehen, das Jahr in seinem Kommen und Gehen beobachten, das alles hatte ich mir als Mensch so sehr gewünscht.

Wenn Tante Ethel mich in der Vergangenheit durch die Grafschaften geschleppt hatte, waren es stets die Gärten am Straßenrand gewesen, die mich so manchem magischen Ort doch noch was Gutes abgewinnen ließen.

»Erde an Livie, Erde an Livie! Bitte melden!«

Ich blickte auf. »Oh! Hi, Walt. Hast du was gesagt?«

»Nicht so wichtig. Du hast lediglich den Ersatz für den Fernseher entdeckt, wie schön.« Walt war neben mich getreten und sah ebenfalls hinunter in die Gärten.

Ich nickte, immer noch etwas abwesend, und beobachtete einen schwarzen Vogel beim Kampf mit einem Regenwurm. Der Vogel gewann.

Mit halbem Ohr nahm ich wahr, dass Walt sich von mir wegbewegte. Etwas rumpelte und dann hörte ich ihn rufen: »Und hier ist ein Regal voller guter Bücher. Sie werden dir das Internet ersetzen. Und in den Kartons finden sich bestimmt noch alte Stofffetzen, mit denen du alles hier nach Belieben dekorieren darfst. So etwas mögt ihr Frauen doch.«

Stofffetzen? Mein Gehirn verknüpfte ein paar Synapsen und verarbeitete die Information.

»Von welchem weißen Fetzenkostüm war denn vorhin die Rede?«, fragte ich und drehte mich zu ihm um.

Die Kuttenkapuze senkte sich schuldbewusst einige Zentimeter und deutete dann auf einen fleckigen Wandspiegel, der meiner Aufmerksamkeit bisher entgangen war.

»Also schön. Bringen wir die Modenschau hinter uns. Wenn Sie sich bitte dort postieren würden, Miss Olivia.«

Ich erhob mich folgsam und trat vor den schmucklosen Spiegel.

Nichts. Kein Spiegelbild meinerseits. Wie reizend.

»Anspannen!« Walt stöhnte. Er schien genervt.

Ich ballte also wieder einmal die Fäuste, spannte den Hintern an und schrie entsetzt auf: »Ach du liebe Güte! Das ist ja eine Katastrophe! Walt, sag mir, dass das nicht so bleiben muss.«

Im Spiegel war mein Abbild erschienen. Aber nicht in Jeans und rot-schwarz karierter Bluse, so wie ich mich sah, wenn ich an mir hinunterblickte. Nein! Mein Spiegelbild war ein entsetzlicher geschmacklicher Unfall! Ein Kleid, ursprünglich zweifellos weißer Chiffon, spannte sich in kreativem Faltenwurf über meine Körpermitte. Trägerlos und äußerst knapp über den Brüsten sitzend, war es eigentlich schon Skandal genug, doch als Sahnehäubchen der Geschmacksverirrung hingen lose weiße Fetzen unterschiedlicher Länge und Beschaffenheit um meine drallen Oberschenkel. Noch nie war ich mir so lächerlich vorgekommen wie in diesem Aufzug. Das einzig Ästhetische an diesem Anblick war der bläulich-blasse Lichtschein, der mich umgab.

Ich lief knallrot an. »Waaalt! Tu was dagegen! Irgendetwas! Oder ich werde diese Dachkammer nie wieder verlassen!«

Fast von den Ärmeln seiner Kutte verborgen, schnippte Walt lautlos mit den Fingern und mein Spiegelbild veränderte sich. Es waberte, als würden Wellen von oben nach unten hinter dem Glas entlanglaufen, und als das Bild wieder klar wurde, erstrahlte mein Körper zwar immer noch im blauen Licht, war aber jetzt in ein sackartiges Gebilde aus grauem Leinen gehüllt. Es war knitterig, fleckig und es stank.

Ich stöhnte auf und verschränkte die Hände vor der Brust. »Das wird doch nicht die einzige Alternative sein! Die Banshee-Dienstkleidung kann doch nicht ausschließlich von Geisteskranken aus dem Mittelalter entworfen worden sein.«

Walt schnippte erneut und wieder waberte mein Spiegelbild für die Dauer weniger Sekunden. Wieder steckte ich in einem altmodischen Kleid, diesmal aus grünem Samt mit einem tiefen Ausschnitt, der den Ansatz meiner Brüste freilegte. Um die Taille war mehrfach eine goldene Kordel geschlungen.

»Gar nicht mal schlecht, abgesehen von dem, was du mit meinem Gesicht gemacht hast.«

Anstelle meiner langen schwarzen Haare umwehten nun wallende weiße Flusen meinen Kopf und mein niedliches rundes Gesicht mit der Stupsnase als Mittelpunkt war grau, eingefallen und faltiger als ein Elefantenrüssel.

»Diese klassische Gewandung gehört inklusive des Alterungsprozesses zu den Banshees der schottischen Hochmoore. Die gibt's nur als Gesamtpaket.«

Ich konnte hören, dass Walts Stimme einen genervten Unterton angenommen hatte. Modenschauen waren anscheinend nicht seine

Sache, aber auch mir hätte das hier mehr Spaß gemacht, wenn die Modelle ein wenig ansprechender gewesen wären.

Da kam mir eine Idee. »Könnten wir nicht gemeinsam etwas Neues kreieren? Eine neue Banshee-Mode für Mollige und Junggebliebene?«

Mein Kollege schwieg eine Weile. Dann grunzte er unwillig: »Gib mir Anweisungen.«

»Schwarzer Samt, knöchellang, von der Brust bis zum Bauchnabel mit einer silbernen Kordel geschnürt. Dazu lange Trompetenärmel aus schwarzem Chiffon.«

Die Finger machten leise »schnipp«.

»Nicht ganz so tief ausgeschnitten! Und vielleicht mit einer langen schwarzen Zipfelkapuze, die über den Rücken fällt.«

Von einem tiefen Seufzer begleitet, schnippten Walts Finger erneut.

»Perfekt!« Ich drehte mich eine Weile glücklich vor dem Spiegel hin und her und strahlte Walt an. »Kannst du machen, dass ich das Model Harrowmore auch sehe, wenn ich an mir hinunterblicke?«

Ein letztes Schnippen und ich war nun nicht nur im Spiegel, sondern auch für meine Augen sichtbar in mein persönliches Banshee-Kleid gehüllt.

»Vielen, vielen Dank, Walt! Ich bin bestimmt die wählerischste Banshee, die du je betreut hast.«

»Nein«, grunzte er. »Um ehrlich zu sein, machen sie alle diesen Aufstand. Jede einzelne. Niemand will mehr die klassischen Gewänder. Bei dir ging es vergleichsweise schnell. Einmal habe ich drei Wochen im Kellerverlies einer Dubliner Kaufmannsfamilie festgesessen, weil die Neue sich einfach nicht zwischen Nachtblau und Saphirblau entscheiden konnte. Nervenzerfetzend.«

Eifersucht durchdrang mich wie der Blitz unter der Eiche. Ich war also nicht die einzige Banshee, die von Walt betreut wurde.

Ich biss mir auf die Lippen, strich über den Stoff meines Kleides und drehte mich noch mal schwungvoll um mich selbst. Der warme, weiche Samt wickelte sich um meine Beine, als wollte er mich streicheln. Noch immer umgab mich der blaue Lichtschein und ich dachte an Tante Ethel und daran, dass ich jetzt zum ersten Mal zu wissen glaubte, wie eine Aura aussah.

»Fein. Dann bist du ja jetzt versorgt. Bis zum nächsten Mal«, rief Walt und entfernte sich einige Schritte.

Doch ich schrie: »Warte!«, bevor er wieder verschwinden konnte.

»Was denn noch?«

»Ohne dich kriege ich doch nicht mal die Tür auf! Wie soll ich denn hier wieder rauskommen?«

»Übe halt, Livie. In ein paar Tagen hast du den Bogen raus.«

»In ein paar Tagen bin ich verhungert!«

»Dein Körper braucht keine Nahrung mehr.«

»Heißt das, ich kann nicht essen?«

»Nein. Es heißt, du brauchst nichts zu essen. Du kannst schon.«

Ich atmete erleichtert auf. Fast hatte ich befürchtet, dass Kartoffelchips nur noch eine Erinnerung für mich waren. Trotzdem konnte ich Walt noch nicht gehen lassen.

»Ich vermisse Tante Ethel«, sagte ich rasch und spürte, dass das tatsächlich stimmte. Mir fehlte ihr hageres Gesicht, ihre manchmal nervigen Kosenamen für mich, ja, mir fehlte sogar ihr Geisterspleen. Was hätte ich ihr jetzt nicht alles darüber erzählen können. Wir würden einen Kaffee trinken, haufenweise Scones mit Sahne essen, ich würde endlich auch nicht mehr davon zunehmen und wir würden lachen. Verdammt, sie fehlte mir wirklich.

»Könnte ich ihr vielleicht einen Brief schreiben?«

»Du kannst keinen Stift halten, Livie.«

»Oder irgendwie eine Nachricht zukommen lassen? Das muss doch gehen, Walt!«

Er schüttelte energisch den Kopf. »So richtig hast du es immer noch nicht verstanden, oder? Wie soll diese Nachricht an deine Tante denn aussehen? *Schöne Grüße aus dem Jenseits, hier ist alles dufte, wie geht es dir?* Glaubst du, damit würdest du deiner Tante einen Gefallen tun? Sie gewöhnt sich gerade mühsam daran, dass du nicht mehr da bist, und das muss sie auch. Du bist nämlich tot, Livie!«

Ich schüttelte den Kopf. Walt kannte meine Tante Ethel eben nicht.

Sie wäre über eine Nachricht aus dem Jenseits vor Freude an die Decke gesprungen. Sie hätte sie all ihren Bekannten vorgelesen, danach vermutlich in die *Times* gesetzt und einen Livie-Gedächtnistag ins Leben gerufen, an dem sie einmal jährlich eine Party schmiss und versuchte, Kontakt mit mir aufzunehmen.

In diesem Augenblick wurde mir klar, dass eine Nachricht an Tante Ethel vielleicht doch keine so gute Idee war. Die Geisterwelt und alles, was ihrer Meinung nach damit zusammenhing, faszinierte sie zu sehr. Möglicherweise würde sich Tante Ethel nur noch unter der Druideneiche aufhalten wollen und beim Warten auf einen weiteren Blitzschlag, der dann auch sie zur Banshee machen könnte, verhungern.

Ich seufzte. Sie fehlte mir trotzdem schrecklich.

»Und was kann ich tun, wenn ich einsam bin oder mich langweile?«

Walt stöhnte zum wiederholten Male. Er kam zurück zu mir und setzte sich zu meiner Verblüffung mitten auf den staubigen Fußboden. Für ein paar Augenblicke rührte sich nichts unter der Kutte. Dann formte Walt die Hände vor seiner Brust zu einer Art Kelch, indem er die Handballen aneinanderlegte und die Finger spreizte. Dazu summte er eine freundliche Melodie, die ich noch nie zuvor gehört hatte. Es sah aus wie eine Meditationsübung. Zwischen seinen Handflächen begann es, schwach zu glitzern.

»Unglaublich«, flüsterte ich wenig geistreich und setzte mich ebenfalls auf die staubigen Bretter. Gebannt betrachtete ich Walt und das Glitzern zwischen seinen Händen. »Was machst du da? Sieht ein bisschen aus wie Wasser. Hey, das *ist* Wasser!«

Zwischen Walts Fingern war glitzerndes und sprudelndes Wasser erschienen, das sich jetzt wie selbstverständlich von einem Goldfischglas, das sich nun ebenfalls zwischen seinen Händen materialisierte, einfangen ließ. Walts Gesang brach ab und er hielt mir wortlos das schwere Wasserglas hin. Ratlos betrachtete ich es und entdeckte zu meiner Überraschung in seinem Innern ein winziges Wesen. So ein Ding sah ich definitiv zum ersten Mal.

»Was soll denn das sein?«, fragte ich und rümpfte die Nase.

»Ein Mummel.«

»Ein Mummel?«

»Ein wunderschöner Wassergeist, der den Menschen bei ihrer Arbeit hilft«, schwärmte Walt und drängte mich, ihm das Gefäß abzunehmen.

Ich griff zu und stellte fest, dass ich es spüren und fassen konnte.

»Also dann ist das hier garantiert kein Mummel«, widersprach ich.

»Doch. Aber ein hässlicher.« Und zack, hatte mein Mentor sich auch schon wieder in Nichts aufgelöst.

Da saß ich nun. Mutterseelenallein auf dem Dachboden eines englischen Adelssitzes mit einem hässlichen Mummel auf dem Schoß, von wo er mir fröhlich zuwinkte. Mann, fühlte ich mich plötzlich elend!

Kapitel 4

Vier Wochen später

Da saß ich nun. Mutterseelenallein auf dem Dachboden eines englischen Herrenhauses mit einem hässlichen Mummel auf dem Schoß, von wo er mir fröhlich zuwinkte. Er sah aus wie eine Mischung aus schuppiger Karotte und Frettchen, kaum größer als mein Daumen, und ich konnte ihn streicheln.

Walt hatte mir erklärt, dass ich Dinge, die Teil meiner neuen Welt waren, durchaus anfassen und auch von ihnen berührt werden konnte. Man konnte mir sogar wehtun, so tot, wie ich war. Es kam ganz darauf an, wer es versuchte. Darauf hatte er mich hingewiesen, nachdem ich auf schmerzhafte Weise festgestellt hatte, dass mein Mummel Zähnchen besaß. Jetzt wusste ich auch, dass diese Wesen nicht gern an den Ohren gezogen wurden.

Regelmäßig besuchte Walt mich und brachte mir eine kleine Leckerei mit. Essen und trinken musste ich zwar nicht mehr, konnte es aber. Insofern es mir gelang, einen Löffel oder eine Tasse kraft meiner Gedanken zu balancieren, denn Geschirr und Besteck hatten es bedauerlicherweise nicht bis in meine neue Welt geschafft. Sie waren für eine andere geschaffen worden. Für die der Lebenden.

Doch langsam gewöhnte ich mich ein. Türen waren für mich längst kein Problem mehr. In den ersten Tagen hatte ich noch meine volle Konzentration und meine Hände gebraucht, die ich zumindest in die Nähe der Klinke hatte bringen müssen. Jetzt dachte ich nur noch langsam und deutlich: *Auf.*

Zuerst hatte es mir Spaß gemacht, die ratlos und misstrauisch blickenden Gesichter der Harrowmores zu sehen, wenn sich mal wieder ohne jeglichen Grund eine Zimmertür öffnete. Doch stieß ich dann keine Warnung aus, schüttelten sie meist sehr schnell den Kopf und zuckten die Schultern. Ich war nicht die erste Banshee in diesem Haus und meine Vorgängerin hatte mit ihren Spaziergängen bestimmt auch nicht bis zur Geisterstunde gewartet. Außerdem war das Gemäuer alt. Hier machte jede einzelne Holzplanke, was ihr gerade in den Sinn kam.

So durchstreifte ich also nach Herzenslust das Schloss, und zwar immer genau so lange, bis Walt auftauchte und mir einen neuen Job auftrug.

Schwer vorstellbar, aber jeder Harrowmore hatte nicht nur linke Hände und Füße, nein, er hatte auch zehn Daumen und zehn große Zehen. Kaum dass sie morgens die Beine aus den Himmelbetten geschwungen hatten, stolperten sie von einer Katastrophe in die nächste. Mal rasten meine Lieblingsklone ungebremst auf weithin sichtbare Baustellen zu, mal spielte Jonathan mit Streichhölzern, mal turnte sein älterer Bruder Patrick auf den Zinnen des Ostturmes herum. Aber am schlimmsten trieben es zweifellos Millicent und ihre ständig weggetretene Mutter Claire.

Unglücklicherweise war Lady Harrowmore der Meinung, eine echte Hexe zu sein, und rührte ständig bei Mondschein gefährliche Kräuter zu einem ungenießbaren Sud zusammen. Ihr war es zu verdanken, dass ich pausenlos die gesamte Familie vor Vergiftungen retten musste. Und ihr Unwesen war nicht auf Harrowmore Castle begrenzt. Nein, sie verschickte den Mist auch an entfernte Cousins und Cousinen.

Wie ich inzwischen erfahren hatte, gab es Harrowmores in der ganzen Welt, und auf allen ruhte mein wachsames Auge. Oder vielmehr Walts. Denn er war es, der mich zu jeder Tages- und Nachtzeit am Ärmel packte und per Teleport von Island bis Neuseeland schleppte. Zu meinem großen Glück war der ausgewanderte Familienzweig weitaus weniger schwachsinnig als der daheimgebliebene.

Enttäuschend war aber, dass es mir bei keinem dieser gemeinsamen Aufträge gelungen war, die Kluft in Form einer braunen Kutte zwischen mir und Walt zu überbrücken. Dieser Umstand war ungeheuer frustrierend, denn inzwischen träumte ich fast jede Nacht von langen, blassen Händen, die über meine Haut wanderten, und einer dunklen Stimme, die mir Zärtlichkeiten zuflüsterte.

Nur ein einziges Mal hatte ich den Versuch unternommen, unter den Kapuzenrand zu spähen. Doch schon bei diesem winzigen Vorstoß waren blaue Flämmchen über Walts Finger gezuckt, die er wortlos in meine Richtung geschnippt hatte. Sprach ich ihn direkt auf seine Geheimniskrämerei an, wich er mir aus.

Verbarg Walt vielleicht einen schimmeligen Totenschädel unter seiner Kutte? Fürchtete er, ich würde mich vor ihm ekeln? Aber ich liebte doch auch mein hässliches Mummelhaustier inzwischen über alles!

Außerdem konnte ich als eine Art Unberührbare sicher nicht wählerisch sein. Wer weiß, welche Wesen überhaupt eine enge Beziehung mit mir eingehen konnten?

Tatsächlich wusste ich immer noch sehr wenig über andere magische Wesen. Ich kannte nur Walt und meinen Mummel. Der kleine Kerl erwartete mich nach jedem meiner Einsätze in meiner Dachkammer, streckte den Kopf aus seinem Glas, indem er einen Klimmzug an dessen Rand vollführte, und fragte mich nach meinen Erlebnissen.

Ja, mein grau-orangefarbener Wattwurm in Jim-Henson-Qualität konnte sprechen. Er war sogar ein recht amüsanter Unterhalter, mehr ein Gefährte als ein Haustier, und ich liebte ihn, weil er immer für mich da war und meine Laune hob. Leider roch er ein wenig seltsam. Nach Moder und Tang, wie ich behauptete, aber er meinte, dass sei der Duft der Wasserblumen, die er beschützte.

Ich war noch nie zuvor mit modrig duftenden Wasserblumen in Berührung gekommen und hatte es auch nicht vor. Egal, wie sehr mir der Mummel von seiner Süßwasserwelt auch vorschwärmen mochte.

Doch zumeist war ich diejenige, die redete, und er hörte mir zu. Am häufigsten erzählte ich dem Mummelchen von ›Millicent der Wahnsinnigen‹, wie ich sie schon in meiner zweiten Woche auf Schloss Harrowmore getauft hatte. Millicent glaubte von sich selbst, gut reiten zu können. Gott sei Dank glaubte das niemand sonst in der Familie und so brauchte ich nur kurz im angedeuteten Galopp um einen Harrowmore herumzuhüpfen, schon sprintete derjenige zum Stall und verhinderte ein Unglück. Das nahm üblicherweise schon seinen Lauf, wenn sie versuchte, aufzusteigen.

Noch nie hatte ich in so viele unglückliche Pferdeaugen geblickt wie in den letzten vier Wochen. Immer wieder wurde Millicent bäuchlings und rudernd wie ein verunglückter Krebs quer über ihren breiten Rücken hängend gefunden, unfähig, sich in den Sitz zu ziehen.

Ich hatte Walt bereits auf diese Form der Tierquälerei in den schlosseigenen Ställen aufmerksam gemacht und er hatte mir versprochen, sich etwas einfallen zu lassen. Vielleicht würde er einen Dämon in Pferdegestalt in einer der Boxen unterbringen, um ihr die Lust am Reiten ein für alle Mal auszutreiben.

Der Gedanke an einen Dämon in Pferdegestalt faszinierte mich und ich stellte Walt diesbezüglich viele Fragen. Doch er war recht wortkarg und sagte nur, ich solle froh sein, noch keinem Dämon begegnet zu sein, denn es wären durchweg unfreundliche Gesellen.

Als ich daraufhin fragte, ob ein unfreundlicher Dämon vergleichbar mit einem unfreundlichen Menschen sei, lachte er ein frostiges Lachen und schwieg.

Alles in allem konnte ich mich nicht beklagen, denn mein neues Leben war abwechslungsreicher als mein vergangenes, aber ich fühlte mich gestresst. Den lieben langen Tag rannte ich hinter einer Herde Idioten her und rettete ihr Leben. Manchmal war ich schon so weit, die Harrowmores eigenhändig von der nächstgelegenen Klippe schubsen zu wollen, aber ich riss mich zusammen. Noch.

Durch mein Rundfenster blickend, sah ich die ersten Schneeflocken des Jahres herabschweben. Sanft legte sich ein weißer Schleier auf die winterlichen Gärten unter mir. Alles wirkte so friedlich und einfach wunderschön winterlich. Die Winter in London waren in erster Linie nass und grau, doch hier in der Einöde rund um Harrowmore Castle verwandelte sich die Landschaft mit jeder Minute mehr in ein Wintermärchen.

Leise summte ich Jingle Bells vor mich hin und zupfte meinen Mummel neckisch an seinen weichen Ohrpuscheln.

Da vernahm ich hinter mir das vertraute Rauschen einer schweren Kutte. Die feinen Härchen auf meinen Armen stellten sich auf und ich erwartete den Klang von Walts Stimme.

Auch wenn es nur bedeutete, dass Arbeit auf mich wartete, jagte seine Nähe mir doch immer wieder prickelnde Schauer über den ganzen Körper.

Ich mahnte mich zur Vernunft und hoffte, gelassen zu klingen, als ich sagte: »Hi, Walt. Brennt der Adventskranz in der Halle schon wieder?«

»Schlimmer.«

Ich drehte mich zu ihm um und bemühte mich um einen gelangweilten Gesichtsausdruck, der meine wahren Gefühle verbergen sollte. »Mach's kurz, ja? Mummel und ich sind in Weihnachtsstimmung.«

»Der liebe kleine Jonathan bastelt sich gerade einen Whirlpool«, antwortete Walt in einem leichten Plauderton und stellte sich neben mich.

Ein ungutes Gefühl beschlich mich, doch ich konnte mir unter einem selbstgebastelten Whirlpool nur wenig vorstellen und sagte Walt dies auch: »Hä?«

»Mit dem elektrischen Mixer.«

»Ich hasse dieses Kind«, brach es aus mir heraus. Das tat ich natürlich nicht. Nur manchmal, wenn er mal wieder versuchte, sich mit den Elementen anzulegen.

»Und es kommt noch schlimmer.« Walt behielt seinen fröhlichen Plauderton bei, während er ebenfalls den Tanz der Flocken zu beobachten schien. »Alle Harrowmores sind heute Morgen nach London aufgebrochen, um Weihnachtsgeschenke einzukaufen. Alle außer deiner Freundin Millicent.«

»Ich bin erledigt.«

Ich hatte in der jüngeren Vergangenheit schon einige Banshee-Auftritte vor Millicent absolviert. An dem Tag, als Patrick sich als Fassadenkletterer am Ostturm betätigt hatte, war ich am Rand ihrer Badewanne erschienen. Ewigkeiten waren vergangen, bis ich ihre Aufmerksamkeit von ihrer Lektüre auf mich hatte lenken können. Doch dann war sie aus dem Wasser gehüpft und nackt durchs Schloss gerannt, um herauszufinden, wer diesmal in Gefahr war. Zu diesem Zeitpunkt hatte ihr Neffe dummerweise schon zappelnd am Wasserspeier gehangen.

Millicent reagierte zwar stets prompt, doch immer falsch. Sie hätte einen guten Lebensretter und Banshee-Versteher abgegeben, hätte sie nur nicht dieses sagenhafte Talent besessen, immer am falschen Ort zu suchen. Einzig aus diesem Grund gehörte sie nicht zu meinen Favoriten, wenn es darum ging, das passende Publikum für die nächste Banshee-Show auszuwählen.

»Ich könnte dich natürlich nach London bringen, aber Seine Lordschaft und sein Anhang wären niemals rechtzeitig wieder hier. Ist sowieso nicht nachvollziehbar, warum man bis nach London gondeln muss, um ein paar Einkäufe zu erledigen. Aber was das betrifft, hat die ganze Familie einen Knall. Möchtest du also dein Glück bei Millicent versuchen oder wird der kleine Jonathan heute endgültig einen furchtbaren Unfalltod sterben?«

»Nicht, solange ich hier die Banshee bin«, murrte ich und ging schwerfällig zur Tür. *Auf*, dachte ich und die Tür flog fast aus den Angeln.

Lustlos trollte ich mich in Millicents Zimmer. Ich würde diese Aufgabe schnell hinter mich bringen und danach Walt zu einem gemeinsamen Nachmittag in meiner Dachkammer überreden. Vielleicht fand ich heute einen Weg, ihn unter seiner Kapuze hervorzulocken.

Millicents Zimmer lag ein Stockwerk unter meinem. Es hatte einen blassrosa Teppichboden sowie weiße Möbel und passte mit Sicherheit eher zu einem Kind als zu einer jungen Frau. Ich hasste es und hegte den schweren Verdacht, dass auch Millicent es hasste und nur zu antriebslos war, um den Raum umzugestalten.

Wie immer, wenn man sie brauchte, lag Millie lang ausgestreckt auf ihrem Himmelbett unter dem rosa Baldachin und las Liebesromane. Solche, in denen eine mittellose junge Schönheit auf gleich zwei reiche Erben trifft. Der eine abgrundtief böse und schlau, der andere gut und blöd. Ich hatte kein Verständnis dafür. Warum setzte sie nicht endlich ihren dünnen Hintern in Bewegung und versuchte, eine eigene Liebesgeschichte zu erleben? Diese Bücher würden ihr dabei keine große Hilfe sein. Ich hatte ihr vor einiger Zeit ein halbes Dutzend dieser Romane aus dem Regal geklaut und alle noch am selben Tag zurückgebracht. Zu schnulzig.

Lautlos glitt ich durch ihre halb geöffnete Tür und dachte über meinen Auftritt nach. Es war einer dieser Tage, an denen ich keine Lust hatte, mit stummer Dramatik bildlich in Erscheinung zu treten. Also setzte ich mich auf die Fensterbank gegenüber von Millies Bett und heulte ein bisschen.

Millie reagierte nicht.

Komm schon, dachte ich, *dein Neffe macht sich selbst gerade zum Eintopf.*

Aber sie rührte keinen Finger.

Ich heulte lauter.

Millie blätterte geistesabwesend eine Seite um und verschwand wieder mit der Nase im Buch.

Komplett wahrnehmungsgestört, die Gute, dachte ich.

Doch dann sah ich die schwarzen Stöpsel in ihren Ohren. Schnulzenmusik zur Schnulzenlektüre, na großartig.

Es half nichts. Ich konzentrierte mich auf meinen Bauchnabel und dachte: *Erscheine.* Das klappte immer sehr gut. Das alberne Pobackenzusammenkneifen und Fäusteballen lag längst hinter mir.

Grazil umtanzte ich Millies Bettpfosten, doch die dumme Trine sah nicht mal auf.

Jetzt platzte mir der Kragen. Ich spürte, wie eine rote Wutwelle in mir hochschwappte. Ich hatte wirklich keine Lust auf all das hier, ich hatte Lust auf meinen Todesboten. Und ehe mein Verstand oder sonst wer reagieren konnte, schrie ich: »Verdammte Axt! Wenn du jetzt nicht sofort den Arsch hochkriegst und deinen Neffen aus der Wanne fischst, schmeiße ich dich vom Schlossdach!«

Und da geschah das Unfassbare. Millie fuhr hoch und starrte mich an. Sie sah und hörte mich gleichzeitig und hatte jedes Wort meiner klaren Anweisung verstanden.

Neben mir materialisierte sich Walt. »Wie hast du das gemacht?«, zischte er und seine Stimme klang unverkennbar drohend. »Kein Mensch hat je eine Banshee sprechen gehört.«

»K-keine Ahnung«, stotterte ich und beobachtete fasziniert, wie Millies Blick in Walts Richtung schwenkte.

»Wer hat das gesagt?«

»Sie kann dich hören, Walt.«

»Das ist völlig unmöglich.« Er verschränkte die Arme vor der Brust, als wollte er diese Möglichkeit entschieden von sich weisen.

»Wieso sollte es unmöglich sein?«, wandte ich ein.

Mit weit aufgerissenen Augen betrachtete Millie den Platz, auf dem Walt stand. Sie drehte und bewegte den Kopf, als versuche sie, aus den Augenwinkeln etwas zu entdecken, aber sehen konnte sie Walt wohl nicht.

»Ich glaube nicht, dass ich das gemacht habe«, widersprach ich. »Das hat *sie* gemacht.«

»Wer? Ich?« Millie riss erstaunt Mund und Augen auf.

»Wer? Millie?« Walt schnaubte abfällig. »Millicent Harrowmore soll übersinnliche Fähigkeiten haben? Als Einzige in einer Familie, die seit Generationen nur tumbe Holzköpfe hervorgebracht hat? Ausgerechnet in Millicent Harrowmore soll es noch verschüttete Druidengene geben?«

Ach ja. Richtig. Walt hatte erzählt, dass sich die Harrowmores ihre persönliche Banshee durch ihren Druiden im Stammbaum verdient hatten.

Ich betrachtete Millie, die mir plötzlich ganz verändert erschien. Doch das lag vermutlich nur an dem beleidigten Zug um den Mund. Walts Worte waren ja auch nicht gerade schmeichelhaft gewesen.

Eine plötzliche Eingebung riss mich aus meiner Trance. »Wir müssen das später klären. Jonathan ist gleich gar.«

»Gar? Was meinst du damit?« Heller war Millies Verstand in den letzten Minuten nicht geworden.

»Lauf in das Badezimmer, das der Küche am nächsten ist. Dort installiert dein Neffe gerade ein Haushaltsgerät in der Badewanne«, erklärte ich.

»Ohgottohgottohgott!«, stieß Millie hervor, sprang von der Matratze und hastete aus dem Raum. Walt und ich starrten ihr hinterher.

»Das war's. Mein Job ist getan. Komm, lass uns Schneeflocken gucken gehen«, sagte ich und machte eine Kehrtwende.

Doch Walt rührte sich nicht vom Fleck. Nachdenklich kratzte er sich an der Kapuze und murmelte: »Wer hätte das gedacht?«

»Na, ich auf jeden Fall nicht. Kommst du jetzt noch mit zu mir rauf oder willst du dich auflösen?« Walts erwachendes Interesse an Millicent schmeckte mir gar nicht. Nein, wirklich überhaupt nicht.

»Ich komme mit«, antwortete Walt. Doch es schien ihm Mühe zu bereiten, einen Fuß vor den anderen zu setzen. Sein Verstand arbeitete so angestrengt, dass ich es unter der Kutte knistern zu hören glaubte.

»Reinkarnation«, hörte ich ihn sagen, während wir durch die Flure gingen. Er wurde noch langsamer und blieb schließlich stehen.

»Bitte was?« Ich hielt ebenfalls inne und wartete darauf, dass er fortfuhr.

»Millie ist nicht irgendein Urururuenkel eines Druiden, sie ist dieser Druide.«

Jetzt machte ich mir ernsthaft Sorgen. »Walt? Darf ich dir mal unter die Kutte fassen? Ich will deine Stirn fühlen.«

Walts Kapuze zuckte vorsichtshalber vor mir zurück, als er ausrief: »Oh bitte! Du als Banshee solltest doch nun wirklich nichts mehr für unmöglich halten.«

»Ja, schon«, räumte ich ein. »Aber Reinkarnation? Ist das nicht doch ein bisschen zu weit hergeholt?«

Walt seufzte. »Die Druiden haben daran geglaubt. Und das allein macht es möglich.«

Endlich setzten wir unseren Weg in meine Dachkammer fort. Walt blieb in Gedanken versunken.

Ich glaubte es immer noch nicht. Millicent die Wahnsinnige sollte die Wiedergeburt eines Druiden sein? Der arme Druide!

»Aber wie kannst du dir da so sicher sein? Vielleicht hat sie ja doch nur ein paar hellsichtige Gene ihres Ururundsoweiteropas freigelegt und kann uns deswegen so gut wahrnehmen.«

Walt, der jetzt in meiner Kammer ruhelos auf und ab ging, während ich mich auf mein Sofa setzte, sah mich mit gerunzelter Kapuze an. Das heißt, ich vermutete, dass er mich unter diesem Kartoffelsack mit gerunzelter Stirn ansah. Was die Mimik betraf, war Walt doch leicht eingeschränkt.

»Natürlich besteht die sehr unwahrscheinliche Möglichkeit, dass ich mich irre. Es ist also nötig, Beweise zusammenzutragen.«

»Aha«, sagte ich nur. »Und wie geht das?«

Walt schnippte mit den Fingern und kleine goldene Funken fielen auf meine Dielen. Dabei rief er: »Wir müssen sie testen!«

»Testen?« Ich fühlte mich mal wieder völlig überfordert. »Und wie testet man, ob jemand ein wiedergeborener Druide ist? Und wenn sie wirklich einer ist, was bedeutet das dann für mich und für dich? Kann sie dann irgendwann auf sich selbst aufpassen? Werde ich begnadigt oder versetzt? Wird sie etwa sogar das Reiten lernen?«

Walt schnaufte missbilligend. »Du unwürdige kleine Banshee. Wenn Millicent tatsächlich ein Druide ist, ist sie in der Lage, große Macht und Kraft zu entwickeln! Sie würde einen Lehrmeister brauchen, der sie führt und unterweist. Und der sie auf gewisse Dinge vorbereitet.«

»Was für Dinge denn?« Ich hoffte inständig, dass nicht Walt Millie in irgendwelchen geheimen Künsten unterweisen würde.

Schließlich war er mein Kollege und mein … Ja was eigentlich? Mein potenzieller Freund?

Ich konnte nicht länger warten, ich musste für klare Verhältnisse sorgen. Walt und seine tolle Stimme fielen definitiv in mein Beuteschema und schon der Gedanke daran, dass er seine Zeit mit Millicent verbringen würde, machte mich eifersüchtig.

»Das Dasein der Druiden verläuft selten unproblematisch.« Walt setzte zu einem Monolog an, während er weiter vor mir herumwanderte. »Möglich, dass Millicent Altlasten aus vergangenen Leben mit sich herumträgt. Dummerweise weiß ich nicht viel über den Druiden, der in die Familie Harrowmore einheiratete. Er war für Englands Geschichte ohne jede Bedeutung.«

»Tja, dann frag doch mal dein mystisches Netzwerk oder woher du sonst so deine Informationen beziehst«, schlug ich vor, wurde aber mit Nichtbeachtung gestraft.

Stattdessen fuhr Walt damit fort, auf und ab zu gehen. Ich sah ihm dabei zu und ließ meine Gedanken schweifen.

Seine Schritte erzeugten kein Geräusch. War das für einen Todesboten normal oder lief er barfuß?

»Was trägst du eigentlich für Schuhe unter deiner Kutte?«, fragte ich plötzlich und Walt feuerte einen blauen Fingerblitz auf mich ab. »Man wird ja noch mal fragen dürfen«, maulte ich und verzog mich auf mein Troddelsofa.

Es sah nicht danach aus, als würde ich ihn heute noch aus der Kutte kriegen. Walt schien kaum zu bemerken, dass es mich gab. Ich nahm Mummelchens Glas auf den Schoß und kraulte ihn hinter den Ohren. Es ging nicht anders, eines Tages würde ich Walt einfach die Kapuze herunterreißen. Mit netter Konversation kam ich bei ihm nicht weiter.

Für eine Weile sprach niemand, nur Mummel summte ein mir unbekanntes Lied vor sich hin und klimperte mit den Augen. Da sprang Walt wie von der Tarantel gestochen auf mich zu und presste die Hände auf meine Schultern.

»Au, lass das! Deine Schuhe sind mir doch piepegal!«, versuchte ich, mich zu verteidigen.

»Vergiss die Schuhe, Livie. Es muss heute Abend sein! Wir müssen Millicent zu dir heraufbringen, hier sind wir ungestört. Dann werden wir bald wissen, wer oder was sie ist.« Walt hatte den Druck seiner Hände nicht vermindert und seine Stimme hatte einen beschwörenden Tonfall angenommen.

»Ach! Und wieso das auf einmal?«, fragte ich und unterdrückte ein Stöhnen.

Endlich lockerte Walt seinen Griff. »Weil heute der einundzwanzigste Dezember ist.«

Der einundzwanzigste Dezember? Ich hatte keine Ahnung, wovon er redete und schon vor Wochen jegliches Zeitgefühl verloren. Nur der Wechsel der Jahreszeiten zeigte mir, wie lange ich nun schon auf Schloss Harrowmore weilte. Meine Unwissenheit und seine Geheimniskrämerei machten mich ungeduldig.

»Verdammt, Walt, lass mich nicht immer am ausgestreckten Arm verhungern! Was ist denn am einundzwanzigsten Dezember so besonders?«

Die Kutte seufzte mitleidig. »Herzchen, du hast noch viel zu lernen.«

Herzchen? Das war ein Schritt in die richtige Richtung. Mein Herzchen machte sogleich einen Satz und ich begann wieder, zu hoffen.

Kapitel 5

W*ir müssen Millicent zu dir heraufbringen,* hatte er gesagt.

Na klar. De facto war ich es, die sie dazu bewegen durfte, die Treppen zum Dachboden emporzusteigen. Walt zog es indessen vor, noch einige streng geheime Vorbereitungen zu treffen.

Leise maulend kam ich vor Millicents Zimmertür an, die wie so häufig offen stand. Ich schritt hindurch, konzentrierte mich auf meinen Bauchnabel und erschien sichtbar an ihrem Bettpfosten.

Millie lag mit weit geöffneten Augen auf ihrem Bett und starrte auf den Baldachin ihres Himmelbettes. Ich war mir sicher, dass sie auf mich gewartet hatte.

»Und? Wie geht es Jonathan? Hat er sich beruhigt?«, begann ich eine, wie mir schien, leichte Konversation.

»Er ist ein schreckliches Kind. Meine ganze Familie ist schrecklich und rund um dieses Schloss gibt es keine anderen Menschen außer ihnen! Ich habe keine Freundin, keinen einzigen Menschen in meinem Alter, und das war schon immer so. Von Männern will ich gar nicht erst reden.«

»Tut mir leid«, erwiderte ich, ziemlich überrascht von diesem heftigen Gefühlsausbruch. »Aber du hast doch eine Schule besucht. Da muss es doch die Möglichkeit gegeben haben, Freundschaften zu schließen.«

»Gab es aber nicht«, blaffte Millicent zurück. »Ja, für die hübschen und geistreichen Mädchen gab es Freundschaften, aber wenn man Millicent Harrowmore ist und nicht einmal heil auf ein Pferd kommt, dann wird die Luft in den vornehmen Privatschulen schon merklich dünner.«

»Und Jennifer? Ich meine, ihr seid altersmäßig doch gar nicht so weit auseinander«, warf ich ein und erntete umgehend ein genervtes Augenrollen.

»Jennifer und mich verbindet absolut gar nichts. Wir haben uns seit Jahren nichts zu sagen, was fast noch schlimmer ist, als wenn wir uns nicht ausstehen könnten. Dann könnten wir uns wenigstens streiten. Aber nicht einmal das geht mit meiner Cousine.«

»Das tut mir leid.« Ich wusste nicht, was ich sonst hätte sagen können.

»Tut dir leid, tut dir leid! Die Frage ist doch: Wo hast du all die Jahre gesteckt? All die Zeit, in der ich eine Freundin so bitter nötig gehabt hätte?« Millie hatte sich bei diesen Worten halb aufgerichtet und sah mich herausfordernd an.

Ich hätte auf diesen Vorwurf gern mit einer schlagfertigen Antwort reagiert, doch alles, was mir einfiel, war die lahme Wahrheit.

»Tja, also ich bin noch neu hier. Und warum du dich nicht mit meiner Vorgängerin unterhalten konntest, weiß ich nicht. Genau genommen weiß ich nicht mal, warum du dich mit *mir* unterhalten kannst. Eigentlich müsste meine Stimme in deinen Ohren wie ein grausiges Heulen klingen.«

Millie schien über meine Worte kurz nachdenken zu müssen. Geistesabwesend spielte sie mit einer Haarsträhne und sagte schließlich: »Deine Vorgängerin? Und ich habe mich schon gewundert, warum du dich so verändert hast. Also die trübe Tasse mit den roten Haaren, die früher zu uns kam, hat wirklich immer nur geheult.«

Ich sah mich genötigt, eine mir völlig Unbekannte zu verteidigen.

»Natürlich hat sie das. Sie ist eine Banshee. Oder *war* es, keine Ahnung, was aus ihr geworden ist.«

»Das ist auch völlig egal, denn jetzt bist du hier und das bedeutet: Ich habe endlich jemanden zum Reden.« Millie klatschte in die Hände und setzte ein zufriedenes Grinsen auf.

Na bravo. Von der hauseigenen Banshee befördert zur Gesellschafterin. Was für eine Karriere.

»Millie«, begann ich erneut, »ich bin eine Banshee und du solltest dich nicht mit mir unterhalten können. So wie die Dinge liegen, stimmt hier etwas ganz und gar nicht und Walt möchte wissen, was das ist.«

»Walt?« Millies Neugier war geweckt. »Gehört diese tolle Männerstimme, die ich vorhin gehört habe, zu ihm? Wie sieht er aus? Ist er ein Geist? Kannst du ihn sehen oder hörst du auch nur diese Wahnsinnsstimme?«

Der Glanz, der während dieses Fragenbombardements in ihre Augen getreten war, gefiel mir gar nicht.

»Walt ist ein Todesbote«, erklärte ich. »Und ja, ich kann ihn sehen. Aber ich weiß nicht, wie er aussieht, weil … Ach, ist eigentlich egal. Walt möchte mit dir reden und da du ja anscheinend kein bisschen Angst vor uns hast, begleitest du mich jetzt besser. Walt kann ziemlich ungeduldig sein.«

Jetzt war ihre Begeisterung nicht mehr zu übersehen. Ihre Hände hatten angefangen, ein kleines Stakkato zu klatschen, und ihr Gesicht strahlte. »Ist Walt so ein richtiger Macho? Und wieso weißt du nicht, wie er aussieht? Kann er auch für mich sichtbar werden?«

Ich setzte mich stumm in Bewegung und die endlos redende Millie stieg aus ihrem Bettchen und folgte mir.

Sie nervte mich jetzt schon. Viel lieber als zu Walt hätte ich sie ins finsterste Kellerverlies gebracht, damit sie sich ein bisschen abkühlte und Walt von der Kutte blieb. Aber ich war eine brave Banshee und stieg die Stufen zu meiner Dachkammer empor, die alberne Millie dicht hinter mir. Walt würde sich für sie sowieso niemals ernsthaft erwärmen können, redete ich mir ein. Er würde eines Tages mir gehören, ganz sicher, und keine Millicent Harrowmore würde daran etwas ändern.

»Auf«, brummte ich und die Dachbodentür erbebte in ihren Angeln. Millie war beeindruckt und ich errötete leicht.

Doch meine Aufmerksamkeit wurde beim Betreten meines Zimmers sofort auf einige ebenso beeindruckende Veränderungen gelenkt. Walts Vorbereitungen hatten dem Raum einen ganz neuen Glanz verliehen.

»Wie wundervoll! Ein Candle-Light-Dinner!«, quietschte Millie hinter mir und klatschte sogar in die Hände.

Ich zog misstrauisch mein Stupsnäschen kraus. Auf den ersten Blick erweckte der mächtige Tisch, der auf unerklärliche Weise hierhergekommen war, tatsächlich den Eindruck, als sei hier ein festliches Abendessen geplant. Doch sah man sich die in weißen Damast gehüllte Tafel genauer an, fielen einige Eigenarten auf.

Rund um zwei leere dreiarmige Kerzenhalter lagen Dutzende Kerzenstummel in unterschiedlichen Farben. Statt eines Festessens, angerichtet auf silbernen Platten, stand in der Mitte des Tisches ein fleckiger Pappkarton, gefüllt mit staubigen Tischdekorationen von unzusammenhängender Beschaffenheit und Farbe. Papierblumen, selbstgesammelte Muscheln, kleine Halloweenkürbisse aus Plastik und eine Vielzahl an Bändern und Schleifen bildeten darin ein buntes Durcheinander.

Am Kopfende der Tafel saß Walt in einem wurmstichigen Lehnstuhl, vor sich ein Tablett mit vielen verschiedenen Trinkgläsern, die eine große Auswahl alkoholischer Getränke zu enthalten schienen. Edle Sektgläser, in denen es lustig blubberte, standen ebenso bereit wie angeschlagene Weinkelche mit rubinrot funkelndem Inhalt. In fast blinden Whiskygläsern schimmerte es bernsteinfarben.

Millie befand sich zweifellos im Irrtum. Hier sollte kein zwangloses Essen im Kreis neuer Bekannter stattfinden, dieses Arrangement gehörte zu Walts Druidentest.

Und während Millie noch verzückt auf den Willkommensdrink starrte, positionierte ich mich nahe an Walts Stuhl und zischte: »Dürfte ich jetzt endlich erfahren, was hier gespielt wird?«

Millie hatte sehr gute Ohren und ich war, wie stets, nicht leise genug gewesen. Sie fixierte den für ihre Augen leeren Lehnstuhl und fragte: »Mister Walt? Sind Sie da?«

Walts Lachen sollte heiter klingen. Doch mein über Wochen geschultes Ohr hörte die Anspannung in seiner Stimme, als er Millie antwortete. »Ja, ich bin direkt vor Ihnen auf diesem Stuhl, Miss Harrowmore. Sind Sie so freundlich und nehmen auf dem Hocker zu meiner Linken Platz?«

Millicent setzte sich auf einen dreibeinigen Schemel. Für mich blieb ein ausrangierter Gartenstuhl rechts von Walt übrig.

Er fuhr fort. »Heute ist ein hoher Feiertag und wir wollen ihn würdig begehen. Lasst uns zunächst ein passendes Getränk wählen, denn heute ist Wintersonnenwende. Der dunkelste Tag des Winters. Von nun an werden die Tage heller, der Sonnengott wird wiedergeboren. Feiern wir das Licht nach alter Sitte und Brauch. Bereiten wir uns auf die Rauhnächte vor, die nun kommen. In ihnen verschwimmen die Grenzen zwischen den Welten, die Magie ist den Menschen so nah wie selten.«

»Rauhnächte?«, fragte ich gedehnt. »Nie gehört.«

Walt seufzte. »Nicht weiter verwunderlich. In alten Zeiten waren die Nächte rund um den Jahreswechsel auch für Menschen eine Zeit der magischen Rituale und Bräuche. Doch heute ist vieles in Vergessenheit geraten. Heute stellt man sich bei Gewitter sogar unter Eichen.«

Ich versuchte, ein böses Gesicht zu machen, denn diesen Seitenhieb hatte ich sehr wohl verstanden, doch Walt beachtete mich nicht weiter. Er beobachtete Millie.

»Wählt eure Getränke. Sie zuerst, Miss Harrowmore.«

Unschlüssig sah Millie auf das Tablett. Offensichtlich ahnte sie nicht, dass sie weit mehr wählte als nur einen Aperitif. »Die sehen alle so verführerisch und irgendwie fremd aus. Ich kann mich gar nicht entscheiden.« Sie hob ein Sherryglas hoch, gefüllt mit goldgelber Flüssigkeit, stellte es aber zurück und ergriff eine Sektflöte, deren Inhalt rosig schimmerte und lustige kleine Bläschen warf.

Ich selbst wählte, ohne lange zu überlegen, einen braunen Likör in kleinem Schwenker und ließ ihn zu mir herüberschweben. Hier ging es schließlich nicht um mich und ich lechzte nach etwas Süßem.

Ein in der Luft tanzendes Glas geschickt zu kippen, ohne dabei eine unfreiwillige Dusche zu nehmen, hatte mich viel Übung gekostet und ich demonstrierte dieses Kunststück nicht ohne Stolz. Millie tat mir den Gefallen, beeindruckt zu sein.

Nun griff auch Walt nach einem Glas, tief befriedigt, wie mir schien. Es enthielt ordinäres Bier, glaubte ich.

Nachdem wir angestoßen hatten, deutete Walt unsinnigerweise mit dem Finger auf den Pappkarton. »Würden Sie sich freundlicherweise darum kümmern, Miss Harrowmore?«

Millie, die Walts ausgestreckte Hand nicht sehen konnte, fragte irritiert: »Worum, bitte? Und außerdem dürfen Sie mich gern Millie nennen.«

»Entschuldigung«, erwiderte er. »Ich sprach von der Tischdekoration. Und bitte nenn mich Walt.«

Millie errötete und ihre rote Lockenpracht erbebte. Hastig erhob sie sich und griff nach dem Karton. Lange starrte sie in das bunte

Gewühl. Dann fragte sie verlegen: »Wie dekoriert man denn anlässlich der Wintersonnenwende? Kunstschnee kann ich hier keinen entdecken.«

Walt entfloh ein gequälter Seufzer, doch er klang freundlich, als er sagte: »Folge einfach deinem Instinkt, Millie.«

Ich lehnte mich gespannt zurück und nippte an meinem Likör.

Millicent zog ein seltsames Utensil nach dem anderen aus dem Karton. Zuerst silberne Luftschlangen, dann blaue Plastikblüten und schließlich eine Gruppe gläserne Weihnachtsmänner. Unzufrieden blickte sie auf den billigen Tand. »Das ist alles völlig falsch. Das Richtige ist nicht in diesem Karton.« Für einen Moment wirkte sie verstimmt, doch dann erhellte sich ihr Gesicht. »Augenblick! Ich komme gleich wieder.« Damit stürmte sie davon. Ihre schnellen Schritte verhallten auf der Dachbodentreppe.

Ich sah Walt fragend an. »Und was nun, großer Meister?«

»Abwarten.«

Schulterzuckend widmete ich mich meinem Likör und liebäugelte schon mit einem Portweinglas auf dem noch immer gut gefüllten Tablett, als Millie nur wenige Minuten später strahlend im Türrahmen erschien, den Arm voller feuchter Tannenzweige und Moos-Büschel.

Schnee glitzerte auf ihrer Beute und in ihrem Haar.

Atemlos verteilte sie das Grün rund um die Leuchter, legte noch einige Seidenbänder aus dem Karton darüber und betrachtete stolz ihr Werk. Doch ein Lob von Walts Seite blieb aus.

Er klang ernst, als er sie nun aufforderte, abschließend die Farbe der Kerzen für die Leuchter zu bestimmen.

Hier zögerte Millie nicht eine Sekunde und drückte weiße, silberne und orangefarbene Kerzenstummel in die Halterungen. Die anderen Kerzenreste, die in nahezu allen Farben und Größen vorhanden waren, schob sie achtlos zur Seite.

Ich fand die Zusammenstellung leicht kurios, sagte aber nichts. Das hier war Millies Test und um Farbgefühl schien es dabei sowieso nicht zu gehen.

Sie sank auf ihren Schemel und sah mich an. »Können wir jetzt Wintersonnenwende feiern?«

Ich blickte fragend zu Walt, der in seinem Lehnstuhl saß, die Arme aufgestützt, die weißen Fingerkuppen aneinandergelegt. Dann beugte er sich zu Millie und flüsterte: »Ja, jetzt können wir feiern. Willkommen im einundzwanzigsten Jahrhundert, ehrwürdiger Weiser. Möge dieses Leben Ihnen Freude bereiten.«

Millies Augen wurden kreisrund vor Erstaunen, als nun die Kerzen von selbst entflammten und alle Gläser die gleiche perlende, rosafarbene Flüssigkeit enthielten.

Ich hingegen verspürte einen eisigen Kloß in meinem Magen. Wie würde es nun weitergehen?

Kapitel 6

Es ging feuchtfröhlich weiter. Walt klärte Millie über die reinigende Wirkung von Holundersekt auf, dem diese auch reichlich zusprach, und sinnierte bei Früchtebrot und Röstkastanien über die immergrüne Tischdekoration.

Ich hatte mir das Glas mit meinem Mummel auf den Schoß gestellt und kraulte dem Wassergeist die Ohrpuschel. Millie hingegen drehte mit steigendem Alkoholpegel immer mehr auf, trällerte Weihnachtslieder und versuchte, sich auf Walts Schoß zu setzen. Diese Aktion ging allerdings im wahrsten Sinne des Wortes daneben, weil sie ihn ja nicht sehen konnte. Am meisten faszinierte es sie, wenn Walt trank und der Inhalt des Glases einfach zu verschwinden schien.

Nur ein einziges Mal wich ihr Übermut einem nachdenklichen Augenblick. »Warum eigentlich ich? Und warum gerade jetzt? Warum nicht schon viel früher?«

»Magische Fähigkeiten entwickeln sich nur selten vor der Pubertät. Sie setzen eine gewisse körperliche und geistige Reife voraus. Niemand weiß, was genau den Entwicklungsprozess letztendlich in Gang setzt.«

»Ich bin schon lange raus aus der Pubertät«, erwiderte Millie und runzelte die Stirn.

»Nun, wenn es nicht dein Mangel an körperlicher Reife war, dann war es wohl der an geistiger Reife«, stichelte ich. »Fühlst du dich irgendwie klüger als letzte Woche? Oder weiser?«

Millie warf ein Stück Früchtebrot durch mich hindurch und ließ das Thema fallen, indem sie ein neues Weihnachtslied anstimmte.

Weit nach Mitternacht bugsierten wir mit vereinten Kräften die inzwischen sturzbesoffene Druidenerbin die Treppen hinunter in ihr Schlafzimmer. Während Walt sie vor uns herschweben ließ, versuchte ich kraft meiner Gedanken, ihren Kopf zu stützen. Millie schien es zu gefallen, schon weit vor ihrer Zimmertür gab sie leise Schnarcher von sich.

Ich sprach kein Wort, als wir Millie auf ihr Bett schoben und eine rosa Tagesdecke über ihr entfalteten und gemeinsam absenkten.

Ich sagte auch nichts, als ich neben Walt die Stufen zu meiner Dachkammer emporstieg, mich vor meinem Rundfenster niederließ und in die helle Mondnacht blickte.

Der Grund für mein Schweigen war ebenso einfach wie erschreckend: Walt war es, der ohne Punkt und Komma vor sich hinsprach, und es schien ihm egal zu sein, ob ich seinen Ausführungen folgen konnte.

Noch nie hatte ich Walt so lange und so viel am Stück reden gehört! Er schien von den Ereignissen des Abends und von Millie über alle Maßen begeistert, und gerade das alarmierte mich.

Langsam, aber beharrlich kroch die Eifersucht in mein Herz.

»Orange für den Monat und Weiß und Silber für den Saturn! Sie hat einfach keinen Fehler gemacht, als wüsste sie genau, was man von ihr zur Wintersonnenwende erwartet! In ihr muss ein enormes Potenzial brachliegen. Magisches Wissen, durch Jahrtausende verschüttet, kann hier wiederkehren, und alles, was es dazu braucht, ist ein wenig Stimulation.«

»Wieso sollte denn der Dezember orange sein? Und was hat der Saturn damit zu tun?«, fragte ich verwirrt.

»Ich spreche von alten Bräuchen und Ritualen. Jedem Monat ist beispielsweise eine Farbe zugeordnet, oder sogar mehrere. Hexen wissen das, Druiden wissen das. Gut, Livies wissen es nicht, aber was macht das schon? Millie scheint es instinktiv zu wissen und das ist wirklich erstaunlich.«

Walt schien die Puste auszugehen und ich nutzte die Gelegenheit, um eine Zwischenfrage zu stellen.

»Aha, und wer wird unsere kleine Druidin nun stimulieren? Das kann doch wohl nicht die Aufgabe eines Todesboten sein. Wir haben doch weiß Gott genug mit der Familie Harrowmore zu tun und sind, falls du es noch weißt, ein Team.«

Walt, der mich zum ersten Mal an diesem Abend wahrzunehmen schien, wandte sich mir zu, trat ganz nah an mich heran und blickte aus den Tiefen seiner Kapuze auf mich herab. »Es ist kein anderer da, um sie zu unterweisen. Kein Mitglied aus ihrer Familie zeigt magische Tendenzen. Sie wissen nichts über das, was Millicent lernen muss. Einmal erweckt, werden die Macht und das Wissen in ihr wachsen. Sie müssen in die richtigen Bahnen gelenkt werden.«

»Was wird nun also geschehen?«, fragte ich und bemühte mich vergeblich, den trockenen Kloß in meinem Hals hinunterzuwürgen.

»Ich würde deine Dachkammer gern als Millies Studierzimmer nutzen.«

Ich wollte aufbegehren und einen Kerzenleuchter nach ihm werfen, doch dann überlegte ich es mir anders. Wenn er Millie hier unterweisen würde, könnte ich ein wachsames Auge auf die beiden haben. Das war ein sehr beruhigendes Gefühl.

Ich nickte also, und dann schoss mir plötzlich ein neuer Gedanke durch den Kopf. »Eigentlich bin ich jetzt überflüssig.«

»Wie kommst du auf diese seltsame Idee?« Seine Kapuze wandte sich meinem Gesicht zu. Offensichtlich hatte ich jetzt seine ungeteilte Aufmerksamkeit.

»Millie kann dich hören. Du kannst ihr sagen, wenn ihrer Familie Gefahr droht. Und da Millie sich an keine blöde Banshee-Regel zu halten braucht, kann sie direkt zu dem Betroffenen gehen und ihm sagen, dass er gerade sein Leben riskiert. Wozu also noch eine Banshee dazwischenschalten?«, erklärte ich und bemühte mich um einen ganz normalen Tonfall.

Es gelang mir nicht. Obwohl ich mir diesen Job, dieses Dasein nicht ausgesucht hatte, aufgeben wollte ich es keinesfalls wieder, das wurde mir jetzt klar.

Walt legte den Kopf schief und betrachtete mich prüfend, wie ich vermutete. »Und du glaubst, der Betroffene würde ihren Worten Glauben schenken?«

»Warum nicht?«, brachte ich mühsam heraus.

Walt schien meine Mutlosigkeit zu spüren. Seine Stimme klang ungewöhnlich sanft, als er antwortete: »Würdest du Millicent Harrowmore auch nur ein verdammtes Wort glauben? Der Millicent, die den Arsch nicht hochkriegt, um ihr Leben selbst in die Hand zu nehmen? Die seit Jahren in diesem Gemäuer hockt und von der großen Liebe träumt? Die schon Schwierigkeiten damit hat, ein Pferd richtig herum zu besteigen?«

Er hatte recht.

Niemand ahnte etwas von den Fähigkeiten, die in Millicent verborgen waren und die über zwanzig Jahre gebraucht hatten, um sich an die Oberfläche ihrer Seele vorzukämpfen. Würde Millie von jetzt an warnend durch Schloss Harrowmore laufen, hätte sie wohl nicht mehr Erfolg damit als Cassandra, welche die Trojaner einst vergeblich vor dem hölzernen Pferd der Griechen gewarnt hatte.

Erleichterung machte sich in mir breit, doch ich hatte ihm noch nicht alle meine Gedanken mitgeteilt. »Gut, das sehe ich ein. Aber ab und zu könnte sie mir vielleicht eine Hilfe sein. Wie etwa bei der Whirlpoolbastelei heute.«

»Sie hat eigene Aufgaben, Livie.« Jetzt klang mein Todesbote wie gewohnt. Streng und ein wenig genervt. »Es wäre besser, du würdest dich um deine selbst kümmern und Millie nicht damit behelligen.«

»Nicht behelligen? Es ist ihre Familie, der ich hier seit Wochen hinterherrenne. Ihre seltsamen Verwandten, die nicht einmal gefahrlos geradeaus laufen können! Und ich soll sie nicht damit behelligen?«

Das klang unfassbar. Auf der einen Seite wollte ich meinen Job unbedingt behalten, auf der anderen Seite sah ich nicht ein, mich abzustrampeln, während Millie ab sofort ihre Zeit mit Walt verbringen durfte.

Ihm gelang es, für seine Erklärung genau die falschen einleitenden Worte zu wählen. »Du kannst das nicht verstehen, Livie. Ich muss Millie schnell ausbilden, damit sie gegen die Dinge, die ihr jetzt widerfahren werden, gewappnet ist. Druiden sind nicht die einzigen Wesen, die wiedergeboren werden können. Wir wissen nichts über Millies vergangenes Leben, es könnten uralte Konflikte wieder aufleben. Natürlich auch uralte positive Verbindungen, das lässt sich jetzt noch nicht sagen, aber …«

»Aber ich soll Millicent Harrowmore von Alltagssorgen fernhalten, während du hier mit ihr in meiner Dachkammer rumschäkerst. Verstehe. Walt, warum machst du jetzt nicht das, was du am besten kannst, und löst dich einfach auf?«

Mit diesen Worten hatte ich Millies Moosdekoration vom Tisch gefegt und war zu meinem Troddelsofa gestampft, auf das ich mich fallen ließ, um ein bisschen finster vor mich hin zu starren.

Lange blieb es still um mich. Zu lange. Misstrauisch hob ich den Blick, um mich nach Walt umzusehen, der vermutlich irgendwo lehnte und spöttisch zu mir hinuntersah, doch ich konnte ihn nirgends entdecken.

Dieser gefühllose Klotz hatte sich tatsächlich aufgelöst und mich und meine schlechte Laune allein gelassen.

Nicht zu fassen.

Für einen Augenblick erwog ich, das Gesicht in die Polster zu drücken und hemmungslos zu heulen, doch dazu war ich zu wütend.

Ich ließ die Tür meines Kleiderschranks auffliegen und entnahm meiner spärlichen Banshee-Garderobe, die ich ausschließlich Walt verdankte, ein schwarzes Cape mit silbrigem Pelzbesatz an der Kapuze und hüllte mich darin ein.

So gegen die Kälte der eisigen Nacht geschützt, machte ich mich auf in den Schlosspark, um ein wenig spazieren zu gehen. Die kalte Winternacht würde mein Gemüt kühlen und der Mond, der sein silbriges Licht auf den frischen Schnee warf, mir neuen Mut einflößen, hoffte ich

Ich eilte die Treppen hinunter und durchquerte die Halle. Alles lag in tiefem Schlaf. So glaubte ich zumindest. Kein Harrowmore war zu sehen oder zu hören, kein vergessenes Licht brannte in den weitläufigen Fluren oder angrenzenden Räumen.

Nachdem ich durch das Schlosstor hinaus auf die große Freifläche gelaufen war, atmete ich gierig die klirrend kalte Luft der Dezembernacht ein. Ich liebte es, tief einzuatmen. Walt hatte mich zwar darauf aufmerksam gemacht, dass ich derartige Banalitäten wie Atmen nicht mehr nötig hätte, aber alte Gewohnheiten hielten sich bei mir nun mal hartnäckig.

Der harsche Schnee auf den Wiesen funkelte silbrig im Mondlicht. Kein Windhauch regte sich. Da begann in einem der Fenster über mir jemand laut und falsch zu singen. Als ich hinaufblickte, entdeckte ich Lady Harrowmore in ihrem Morgenmantel zwischen den Gardinen ihres Schlafzimmers. Ihr rundes Gesicht dem Himmel zugewandt, sang sie den Mond an. Im Hintergrund fluchte der Lord über die Eiseskälte, die seine Frau hereinließ.

Trotz meiner Wut auf Walt breitete sich ein Grinsen auf meinem Gesicht aus. Der Lord hatte es auch nicht leicht mit der Liebe seines Lebens.

Noch ein paar Sekunden dauerte Lady Claires Nachtlied, dann schloss ihr Gatte energisch das Fenster und es wurde erneut still im Garten.

Ich schlug den schmalen Kiesweg rund um das Schloss ein und genoss die Stille des Winters. Langsam klärte sich mein Geist und mein Zorn verrauchte. Ich war die Banshee von Schloss Harrowmore und hatte meine Pflicht gegenüber dieser Familie zu erfüllen. Sonst gab es nichts auf dieser Welt für mich zu tun. Nicht mal sterben, auch wenn ich mir da nicht ganz sicher war.

Walt und ich würden auf ewig eine Einheit sein, es sei denn, das Personal der Todesboten konnte wechseln. Und Millie war, ob nun Druidin oder nicht, eine Sterbliche. Selbst wenn sie Walt für sich einnehmen konnte – ich würde den längeren Atem haben, wenn ich einen gehabt hätte. Sie konnte nicht gegen eine Banshee bestehen.

Lächelnd zeichnete ich mit meiner Schuhspitze ein Herz in den Schnee. Da entdeckte ich zu meiner Überraschung die feinen Abdrücke großer Stiefel neben meinem Kunstwerk.

Ein seltsames Gefühl beschlich mich. War ich nicht allein hier draußen? Doch wer außer einer liebeskranken Banshee, wie ich eine war, sollte sich zu so nachtschlafender Zeit auf dem abgelegenen Grundstück von Harrowmore Castle herumtreiben?

Ich trat näher an die Spuren heran und ging in die Hocke, um sie genauer zu studieren. Sie waren flach, spitz zulaufend und profillos. Der beeindruckenden Größe nach gehörten sie nicht zu einem kleinen Menschen. Oder Wesen, wie ich wohl besser sagen sollte. Meine neue Daseinsform war noch so frisch, dass ich häufig vergaß, in anderen Dimensionen zu denken.

Nicht jede menschlich wirkende Spur musste auch zu einem Menschen gehören. Diese Abdrücke wirkten auf mich irgendwie nicht zeitgemäß. Es lag vermutlich am fehlenden Profil und der langen Spitze.

Ich erhob mich und folgte der Spur mit den Augen. Der nächtliche Besucher schien nichts von befestigten Wegen zu halten, er hatte den Schlosspark von Westen kommend diagonal durchquert, ohne sich dabei um Beeteinfassungen oder Buschwerk zu kümmern. Es schien, als habe er ein festes Ziel vor Augen gehabt und sei geradewegs darauf zugegangen.

Mich fröstelte, und das lag nicht an der kalten Witterung. Es war, als spürte ich eine herannahende Gefahr. Doch das, beruhigte ich mich, konnte nicht sein, denn wenn einem meiner Schützlinge wirklich ernsthafte Gefahr gedroht hätte, wäre Walt schon mit einem neuen Auftrag an meiner Seite erschienen.

»Vielleicht ist es ja nur ein frecher kleiner Einbrecher, dessen Gefährlichkeit sich in Grenzen hält«, knurrte ich und beschloss, den Spuren zu folgen. Vielleicht war es möglich, dem Fremden ein paar Steine in den Weg zu legen, ein paar Türen vor seiner Nase zuzuschlagen oder etwas nach ihm zu werfen. Kleinere Gegenstände konnte ich mithilfe meiner Gedanken wieder recht gut benutzen, also sollte es nicht schwierig sein, dem Dieb den einen oder anderen Porzellanteller auf den Schädel donnern.

Meine anfängliche Furcht verflog bei diesen Gedanken und wich einem noch nicht gekannten Abenteuergeist. Leise kichernd folgte ich voller Vorfreude den Spuren in Richtung Schlossmauer.

Eine ganze Weile führten die Abdrücke dicht am Gemäuer entlang, bis sie plötzlich endeten. Stirnrunzelnd sah ich mich um. Hier gab es keine Tür, kein Fenster, das man mühelos hätte erreichen können. Lediglich einige Meter über meinem Kopf befand sich ein Fenstervorsprung.

Angestrengt starrte ich hinauf, doch ausgerechnet jetzt hatte die einzige Wolke am sonst sternenklaren Himmel den Mond verfinstert und das Leuchten des Schnees reichte nicht aus, um Einzelheiten erkennbar zu machen.

Da plötzlich registrierten meine Augen eine Bewegung. Ein dunkler Schatten nahe der Fensterscheibe schien seine Position verändert zu haben. War es möglich, dass ich es mit einem Fassadenkletterer zu tun hatte, der gerade versuchte, in das Gebäude einzudringen?

Vorsichtshalber, nur falls er mich sehen konnte, presste ich mich ein wenig dichter an die kalte Steinmauer. Erneut bewegte sich etwas über mir und plötzlich traf mich völlig unvorbereitet der Blick aus zwei leuchtend gelben Augen.

Ich unterdrückte einen Aufschrei, zwang meine Beine, nicht davonzulaufen, und versuchte, mit der Mauer zu verschmelzen. Doch ob es mich nun sehen konnte oder nicht, das Etwas war aufgeschreckt worden. Es stieß sich von der Wand ab und stürzte lautlos wie eine Katze wenige Meter neben mir in den Schnee. Sekundenbruchteile später rannte es geduckt davon, wieder querfeldein.

Das waren nicht die Augen eines Menschen gewesen! Etwas Fremdes flüchtete vor mir durch die Nacht. Ein Wesen aus der mir immer noch fremden Welt der Druiden, Banshees und Todesboten.

Ohne weiter nachzudenken, setzte ich ihm nach. Nicht dass ich einen Plan gehabt hätte. Es war, als wäre ein Jagdinstinkt in mir freigesetzt worden. Etwas lief vor mir davon, also lief ich hinterher.

Ich trampelte über hartgefrorene Maulwurfshügel, blieb an Rosenbüschen hängen und zerriss mir den Saum meines herrlichen Capes. Doch ich blieb dran. Gut, es war schnell, ich war lahm und der Abstand zwischen uns wuchs stetig, doch ich konnte es noch immer sehen.

Eine Mauer tauchte vor ihm auf, die fast zwei Meter hohe Einfriedung eines kleinen Gartens innerhalb dieses großen Gartens, und in mir jubelte siegesgewiss die Stimme des Jägers. Es würde mir nicht entkommen.

Da sprang die dunkle Gestalt aus dem Stand, wie es schien, in die Luft und landete mit einem gewaltigen Satz auf der Mauer. Meine Beine blockierten und ich wäre vor Verblüffung lang hingeschlagen, hätte ich mich nicht gerade noch an einem nackten Rosenbogen festhalten können.

Ich starrte die Gestalt auf der Mauer an, die sich jetzt umdrehte und mich für einen Moment mit ihren gelben Augen anzustarren schien. Mir gefror fast das Blut in den Adern. Noch nie – und da war ich mir sicher – war ich etwas so abgrundtief Bösem begegnet.

Sekunden später sprang das fremde Wesen auf der anderen Seite hinunter und war nicht mehr zu sehen.

Ich blieb noch eine ganze Weile wie festgenagelt an meinem rettenden Rosenbogen stehen und starrte auf den Flecken Mauer, wo das fremde Etwas verschwunden war. Eines war gewiss: Ich war keinem menschlichen Wesen hinterhergelaufen.

Was sollte ich nun tun? Alarm schlagen?

Die einzige Person, die mit meiner Geschichte etwas hätte anfangen können, war Walt, und der war erst vor Kurzem kommentarlos aus meinem Zimmer verschwunden. Ich hatte wirklich kein Verlangen danach, mich jetzt schon wieder mit ihm aussöhnen zu müssen. Wozu auch? Das fremde Ding war fort. Geflohen vor der hauseigenen Banshee. Eigentlich hätte ich stolz auf mich sein müssen. Doch noch immer beschäftigte mich die Frage, was es hier gewollt hatte und wieso es an jenem Fenster herumgeturnt war?

Ich löste mich also von meinem Rosenbogen und ging nachdenklich zum Schloss zurück, genau zu jener Stelle, wo ich die Gestalt entdeckt hatte.

Das Fenster lag in völliger Dunkelheit. Es war nur eines von vielen in einer Reihe von Fenstern mit romanischen Rundbögen. Ich kannte den Grundriss von Schloss Harrowmore noch nicht gut genug, um von außen beurteilen zu können, welche Fenster zu welchen Räumlichkeiten gehörten, doch wusste mit Bestimmtheit, dass einige Schlafzimmer der Familie im romanischen Trakt untergebracht waren. Auch meine Dachkammer gehörte zu diesem Teil des Gebäudes, war aber erst Jahre später hinzugefügt worden, wie der barocke Stil meines Rundfensters verriet.

Ich musste mich also in der Nähe meines Zimmers befinden, doch auch diese Erkenntnis brachte mich nicht weiter, da die höher gelegenen Stockwerke weit über mir mehrere Rundfenster aufwiesen.

Misstrauisch blickte ich hinauf. Hatte das Ding sich etwa für mich und meine Dachkammer interessiert? Nicht sehr wahrscheinlich, denn es hatte ja an einem der unteren Fenster geklebt und war von dem, was es da gesehen hatte, so gebannt gewesen, dass es mich nicht mal hatte kommen hören.

Derweil waren neue Wolken aufgezogen und erneut hatte feiner Schneefall eingesetzt. Bald würden alle Fußspuren verschwunden sein. Eile war geboten.

Ich eilte ins Schloss zurück, ließ Tür um Tür aufspringen und rannte fast die Stufen zu meinem Zimmer hinauf. Oben angelangt, lief ich direkt zum Fenster und starrte hinaus, doch auch jetzt machte mir die dunkle Nacht einen Strich durch die Rechnung.

Fluchend starrte ich hinauf in den Himmel, aus dem es ungerührt schneite. Da riss wie auf Kommando die Wolkendecke für einen Moment auf und ließ das silbrige Mondlicht passieren. Deutlich sah ich nun die Spuren im Schnee unter meinem Fenster. Und schlagartig wurde mir klar, wen oder was das Ding ein paar Meter tiefer beobachtet haben musste: Millicent.

Sie hatte ihr Zimmer fast direkt unter meinem und jetzt erinnerte ich mich auch an den romanischen Fensterbogen dicht an ihrem Himmelbett.

Nachdenklich ging ich hinüber zu meinem Mummel, steckte die Hand in sein Wasserglas und kraulte ihm den Kopf.

»Sind alle Monster Spanner, Mummelchen, oder haben wir hier eine ganz besondere Gattung entdeckt?«

»Spanner sind nur dort, wo es etwas zu sehen gibt«, zwitscherte mein Mummel und warf damit neue Fragen auf.

Wir hatten Millie zu Bett gebracht und mit einer Tagesdecke zugedeckt. Eine Frau, eingewickelt in eine Decke, konnte doch nicht sehr interessant sein.

Ich beschloss, mich zu vergewissern, verließ mein Zimmer und rannte die Treppen wieder hinab.

Vorsichtig und ganz langsam ließ ich Millies Tür aufgleiten und trat ein. Sie hatte sich nicht gerührt, was nach ihrem nicht gerade mäßigem Holundersektkonsum keine Überraschung war. Ihre lange, dünne Gestalt zeichnete sich deutlich unter dem rosa Stoff ab. Was also hatte es hier zu sehen gegeben?

Ich drehte mich im Kreis, entdeckte aber keine wertvollen Gemälde oder Wandleuchter. Auch keine Ming-Vase und kein teurer Teppich schmückten den kitschigen Kleinmädchenraum. Es gab keinen Zweifel: Das einzig Interessante in diesem Zimmer war Millie selbst. Eine schlanke Rothaarige, angefüllt mit Magie und Druidenblut.

Ich erschrak. War es das, worum es hier ging? Hatte die Tatsache, dass Millie ein wiedergeborener Druide war, sie so rasch in Schwierigkeiten gebracht? Dann hatte Walt vermutlich recht und sie konnte gar nicht schnell genug lernen, wie sie mit ihren neuen Talenten umgehen musste.

Millie stöhnte leise im Schlaf. Feine Wimpern lagen wie kleine Fächer auf ihrem Gesicht. Die mutig geschwungene Nase war leicht gekraust, als träume die frischgebackene Druidin von Dingen, die sie selbst nicht verstand. Die vollen Lippen waren leicht geöffnet und gaben ihrem Gesicht den Ausdruck rührender Hilflosigkeit.

Ich seufzte. Ob Druidin oder nicht, ich war ihre Banshee und würde auch weiter auf sie achtgeben, ganz egal, ob sie mir das Herz zerriss, indem sie mit Walt flirtete.

Ich strich ihr eine Locke aus der Stirn und schlich mich wieder hinaus.

Auf dem Weg zur Dachkammer fragte ich mich, ob ich so etwas wie einen Mutterinstinkt für meine Schützlinge entwickelte und ob das normal war.

Erst in den grauen Morgenstunden des anbrechenden Tages fand ich in einen schlafähnlichen Zustand.

Als ich wieder aufwachte, hockte Millie vor meinem Sofa, den Mummel auf ihrem Schoß, und blickte fasziniert auf das kleine Kerlchen, das im klaren Wasser Kreise schwamm.

»Was ist das?«

»Das ist mein Mummel«, knurrte ich. Morgens war ich immer ein bisschen launisch, ganz besonders, wenn der erste Besuch des Tages schon auf der Bettkante saß.

»Beißt er?«

»Nur wenn du an seinen Ohren ziehst.«

Ich erhob mich steifgliedrig und bereute meine sportlichen Aktivitäten der letzten Nacht zutiefst. Wie wunderbar wäre es, wenn Banshees sich selbst federleicht und schwerelos fühlen würden, aber nein, die Nachteile des Menschseins wurden stumpf in eine neue Existenz rübergerettet.

Kaffee. Der Gedanke daran beherrschte sofort mein ganzes Denken. Ich würde Walt bitten, mir eine Kaffeemaschine und Pulverkaffee zu organisieren. Ein bisschen Luxus musste einem dienstbaren Geist doch erlaubt sein.

»Hat er einen Namen?«, fragte Millie und für einen kurzen Moment wusste ich nicht, wovon sie redete.

Verwirrt starrte ich sie an.

»Na, der Mummel. Hat er einen Namen?«

»Keine Ahnung«, hörte ich mich zu meiner Überraschung antworten. Da lebte ich jetzt schon wochenlang mit dem kleinen Kerlchen im selben Raum und wusste nicht einmal, ob Mummel einen Namen führten!

Über mich selbst verärgert, entriss ich Millie das Mummelglas und steckte den Kopf hinein. »Mummelchen, hast du einen Namen?«

Der Mummel tauchte ab und lachte kleine Blubberblasen. Als er wieder an der Wasseroberfläche erschien und träge mit seinem Karottenschwanz ruderte, fiepte er: »Sniff werde ich genannt.«

Na das war ja interessant. Ich fühlte mich hintergangen und bewarf den Mummel ärgerlich mit ein paar Haferflocken, die ich für ihn aus der Speisekammer hatte mitgehen lassen.

Wie kam mein Mummel, mit dem ich Trinkwasser und Essensreste teilte, dazu, mit fliegenden Fahnen zur Konkurrenz überzulaufen? Wieso erfuhr ich erst auf ihre Nachfrage hin seinen Namen?

Konkurrenz? Hatte ich nicht letzte Nacht gönnerhaft beschlossen, in der sterblichen Millie keine Konkurrenz zu sehen? Ihre Lebenserwartung betrug im Idealfall noch etwa siebzig Jahre! Das musste sich doch locker aussitzen lassen.

Wie aufs Stichwort erschien nun die Gestalt von Walt an meinem Rundfenster und winkte mich mit blassen Fingern zu sich heran.

Millie, die ihn natürlich nicht bemerkte, flirtete derweil weiter ungerührt mit meinem Wassergeist.

Hatte sie gerade wirklich »dudidudi« gesagt?

Ich kümmerte mich nicht weiter um sie und ging zu Walt hinüber, der, kaum dass ich ihn erreicht hatte, mein Handgelenk hart umklammerte. Augenblicklich lösten sich die Konturen der Dachkammer in graue Schleier auf.

Ich stand im eiskalten Dezemberwind auf einem der ältesten Türme Schloss Harrowmores.

Die steinernen grauen Zinnen hatten über die Zeit an Kontur verloren und waren von graugrünen Flechten bedeckt. Der granitfarbene Boden unter meinen nackten Füßen war rissig und rau. Ich zitterte vor Kälte und sah Walt gespannt an. Da die Aussicht an diesem wolkenverhangenen Tag nicht der Rede wert war, musste der Todesbote einen anderen Grund haben, mich hierher zu verschleppen. Ich vermutete, dass es sich dabei um eine Unterredung unter vier Augen handelte, und behielt recht.

»Livie«, begann er und sein verbindlich klingender Ton machte mir klar, dass er keineswegs vorhatte, eine Liebeserklärung abzugeben, »wenn ich je den Eindruck erweckt haben sollte, dass es zwischen uns mehr geben könnte als Freundschaft, so tut es mir leid.«

Ich bibberte weiter, spürte aber gleichzeitig, wie sich eine flammende Röte vom Hals über mein Gesicht ausbreitete.

»Es liegt wirklich nicht an dir«, fuhr Walt unbeirrt fort. »Du bist ein reizendes Mädchen, klug und humorvoll und all das.«

Mein Gesicht brannte wie Feuer. Dies war genau die Art Text, die keine, wirklich *keine* Frau jemals hören wollte.

»Ich bin ein Todesbote, Livie, nicht der nette Kerl von nebenan. Einige Dinge sind für mich nicht so einfach. Glaub mir, du tust gut daran, dir keine Hoffnung auf eine Beziehung mit mir zu machen.«

Das hatte jetzt fast entschuldigend geklungen. Und genau dieser Ton war es, der aus meiner Verlegenheit Wut machte. Kleine weiße Punkte tanzten vor meinen Augen. Ich konnte nicht anders, ich musste es einfach rauslassen, bevor ich daran erstickte. Leise, aber immer lauter werdend, den Blick fest auf die Burgzinnen geheftet, legte ich los.

»Du tauchst unter dieser verfluchten Eiche auf, verschleppst mich auf diesen verstaubten Kasten am Ende der Welt und lässt mich hinter einer Horde lebensmüder Aristokraten herrennen. Und dann glaubst du, ich füge mich einfach in mein Schicksal? Ich hatte ein Leben! Ich hatte eine Existenz! Gut, eine langweilige zwar, aber immerhin eine Existenz mit eigener kleiner Mietwohnung anstelle einer Rumpelkammer mit Sofa! Und dann soll ich nicht einmal ein paar Träume haben dürfen? Vergiss es, Walt! Du magst zwar viele Dinge beeinflussen können, aber um Zugriff auf meine Gefühle zu haben, musst du mich schon berühren!«

Den letzten Satz hatte ich mit einem triumphalen Blick unterstreichen wollen, doch Walt war schon in der Mitte meiner flammenden Rede an die Turmzinnen herangetreten und blickte in die von Nebelschleiern verhangene Landschaft.

»Wie du meinst. Verschwende deine Gefühle an mich. Aber erzähl mir hinterher nicht, ich hätte dich nicht gewarnt.« Dann wandte er sich mir wieder zu. »Außerdem warst *du* es, die sich bei Gewitter unter eine Druideneiche gestellt hat. Ich bin nicht verantwortlich für dein Schicksal. Ich verwalte es nur.«

Ich schmollte. Was hätte ich auch darauf erwidern können? Tante Ethel die Schuld zuschieben? Das war zugegebenermaßen nicht die schlechteste Idee. Ihr verdankte ich ja diesen blöden Ausflug, der mir schon so lange her zu sein schien.

Walt war wieder näher zu mir herangetreten. Auch ihm schienen nun die Worte ausgegangen zu sein. Stattdessen nahm er einfach meine Hand in die seine und strich mit seinem blassen Daumen sacht über meine Fingerknöchel.

Mein Zorn verrauchte endgültig. Er hatte mich mal wieder manipuliert.

Seufzend blickte ich auf die dunkle Kapuze ganz dicht vor meinem Gesicht, die ihr Geheimnis noch immer nicht preisgeben wollte.

Kapitel 7

Den Rückweg in meine Dachkammer erledigten wir dank Walt im Bruchteil einer Sekunde.

Kaum dass mein Reich wieder um mich herum erschien, stürzte sich Millicent Harrowmore auf mich. »Wohin warst du denn plötzlich verschwunden? Musstest du jemanden warnen? Hättest du mich nicht mitnehmen können?«

Ich schaute sie an und ließ sie reden.

Eigentlich war sie ja ganz niedlich, wie sie da stand, mit ihren wilden Locken und den vor Anspannung weit aufgerissenen Augen. Vielleicht würde es mir ja möglich sein, meine Eifersüchteleien zu verdrängen und mich mit ihr anzufreunden.

»Livie«, ließ sich nun Walts warme Stimme vernehmen, »du wirst gebraucht. Millicent und ich werden uns derweil unterhalten.«

Nein, ich konnte meine Eifersucht ganz und gar nicht verdrängen! Im Gegenteil, ich war augenblicklich wieder so in Rage, dass ich glaubte, Flammen müssten aus meinen Ohren schlagen.

Walt und Millicent allein in meiner Dachkammer, in bester Eintracht magisches Wissen erörternd, und ich durfte derweil Feuerwehr für eines ihrer Familienmitglieder spielen? Na danke.

Wütend wollte ich aufbegehren, doch Walt packte mich am Kragen und schleifte mich zur Zimmertür, weg von Millie und ihren großen Ohren, die beim Klang von Walts Stimme noch größer geworden waren – ich schwöre!

»Millie«, zischte Walt, »die Lage ist sehr ernst. Patrick trifft detaillierte Vorbereitungen für einen Bungee-Sprung vom Schlossdach!«

»Ein Banshee-Sprung?«, wiederholte ich erstaunt.

»Nein, ein Bungee-Sprung. Du weißt schon: kopfüber und nur durch ein Seil gesichert irgendwo runterspringen und dabei hoffen, dass das Seil einen zurückreißt, bevor man am Boden aufklatscht.«

Ich seufzte schwer. »Hör mal, wenn jemand so dringend sterben will, dann sollte man ihn vielleicht einfach lassen.«

Walt ließ kommentarlos die Tür auffliegen und schubste mich hindurch. Krachend schlug sie hinter mir ins Schloss.

Ich machte mich also auf den Weg zu Cameron, Millicents Bruder und Vater des halbwüchsigen Lebensmüden. Hoffentlich würde er meine Botschaft schnell verstehen.

Ich fand ihn nach kurzer Suche in der Bibliothek. Dieser große, holzvertäfelte Raum mit seinen schweren Teppichen befand sich in einem der neueren Teile des Schlosses. Bücher, die den Herzschlag jedes Historikers in Sekundenschnelle in die Höhe hätten schnellen lassen, stapelten sich hier bis dicht an die fast vier Meter hohe Decke, sortiert nach nur einem System: alte Schätze nach unten, wertloser Plunder nach oben.

Cameron Harrowmore hatte eine Schwäche für die alten Schätze in Bodennähe. Schon oft hatte ich ihn vor einem der Regale kauernd gefunden, wenn ich ihn brauchte. Auch heute saß er im Schneidersitz auf einem fleckigen Teppich, der bestimmt einmal sehr teuer gewesen war, und studierte die vergilbten Seiten eines stark vom Verfall bedrohten Wälzers.

Sein rotblondes schütteres Haar glänzte im schwachen Licht des Wintertages. Cameron war optisch leicht aus der Art geschlagen. Sein Gesicht war kugelrund, Nase, Mund und Ohren eher klein geraten. Wäre ich Lord Harrowmore und der angebliche Vater dieses Titelerben, hätte ich mir gleich nach dessen Geburt die Postboten und Klempner der näheren Umgebung ganz genau angesehen.

Ich konzentrierte mich auf meinen Bauchnabel und erschien nur wenige Zentimeter von Camerons linker Schuhspitze entfernt.

Furchtlos und kein bisschen überrascht, blickte er zu mir auf und sah mir mitten ins Gesicht.

»Ah, du bist es. Ist es einer der Jungen?«

Ich nickte.

Cameron verstand es, mir das Leben leicht zu machen. Erschien ich ihm, spielten wir Scharade. Er stellte Fragen und riet munter drauflos, während ich nickte, den Kopf schüttelte oder wild gestikulierte.

Einige Male war ich dabei aus Versehen wieder verschwunden, aber inzwischen schaffte ich es ganz gut, meine Anspannung für eine Weile aufrechtzuerhalten.

Seltsam eigentlich, dass er mir an meinem ersten Tag auf Harrowmore als das am wenigsten sympathische Familienmitglied vorgekommen war. Er war bissig und manchmal verletzend seinen

Verwandten gegenüber, aber er war auch zweifellos der hellste Kopf von ihnen.

»Hat es etwas mit Elektronik zu tun?«

Ich schüttelte den Kopf. Ganz kalt.

»Hat es etwas mit dem Schloss als solches zu tun?«

Ich nickte. Wärmer.

Da ich schlecht einen Bungee-Sprung pantomimisch darstellen konnte, dauerte es diesmal etwas länger, bis er davonstürmte. Ich nutzte die Gelegenheit und sah mir das zerfledderte Buch näher an, das er auf dem Fußboden zurückgelassen hatte.

Es war ein Band der Chronik von Harrowmore, niedergeschrieben im Jahre 1842. Das war so lange her, dass es schon fast nicht mehr wahr war.

Eine Weile ließ ich die Seiten sich selbst umblättern, studierte Todesfälle und Geburten und schmunzelte über die eine oder andere Anekdote. Dann erinnerte ich mich an den Todesboten und die angehende Druidin in meiner Kammer und eilte zurück. Ich hatte meinen Auftrag ausgeführt und dadurch hoffentlich nicht allzu viel versäumt.

Ich stürmte in meinen Raum, wo Walt und Millie auf dem Boden vor meinem Rundfenster hockten. Millie hätte sicherlich fasziniert an Walts Lippen gehangen, wenn sie ihn hätte sehen können. So aber fixierte sie unsinnigerweise ein Spinnennetz weit über dessen Kapuze, und wo er hinsah, wusste ja sowieso niemand.

»Ich habe also wirklich schon einmal gelebt?« Millie war offensichtlich hin und weg von der Vorstellung, schon einmal auf dieser Welt gewandelt zu sein.

Walt nickte bekräftigend. Dann hob er den Kopf und wandte sich an mich: »Gute und schnelle Arbeit, Livie. Patrick hat soeben Zimmerarrest für den Rest der Woche bekommen.«

»Patrick? Aber wieso denn?« Neugierig sah Millie mich an, doch ich winkte ab.

»Kindereien. Nicht der Rede wert.« In Wahrheit freute ich mich wie ein kleines Mädchen über jedes Lob, das ich Walt entlocken konnte.

Ich setzte mich zu den beiden ans Fenster.

Walt, die Rolle des Lehrmeisters offensichtlich genießend, strich seine Kutte glatt, richtete sich im Schneidersitz ein, stützte die Ellbogen auf die Knie und legte die Fingerspitzen aneinander.

»Der Druide, dem das Geschlecht der Harrowmores seine Banshee verdankt und dessen Wiedergeburt du bist, Millie, lebte vor gut tausend Jahren.«

»Ich habe tausend Jahre gebraucht, um wiedergeboren zu werden? Was habe ich denn so lange getrieben?«, entfuhr es ihr.

Eine berechtigte Frage, wie ich fand, doch Walt zuckte nur mit den Schultern. »Niemand weiß, wann, wie und warum jemand wiedergeboren wird. Niemand, der mir bekannt ist, zumindest. Es gibt viele Theorien, entwickelt sowohl von Menschen als auch von magischen Wesen, aber Gewissheit gibt uns keine von ihnen. Vermutlich gab es Gründe, die uns bei näherer Betrachtung deines letzten Lebens einleuchten würden, aber all unsere Schlussfolgerungen würden doch nur Spekulationen bleiben.«

»Und ich war ein Mann?«

Ich konnte die Begeisterung in Millies Stimme hören. Sein eigener Mann zu sein, war schon was ganz Besonderes, wenn man in den letzten Jahren keinen abbekommen hatte.

Walt seufzte. Hätte seine Kapuze genervt mit den Augen rollen können, sie hätte es getan. »Der Druide heiratete ein Mädchen namens Helena Harrowmore. Da er selbst unvermögend und ohne Stammbaum war, blieb der Name Harrowmore erhalten. Wir müssen also davon ausgehen, dass es sich definitiv um einen Mann gehandelt hat«, erläuterte er mit ironischem Unterton.

Ich biss mir auf die Lippen, um nicht laut herauszuplatzen. Heute war anscheinend keiner von Walts guten Tagen und es konnten noch viele wie dieser folgen. Millicents Interesse an Männern im Allgemeinen überwog eindeutig ihr Interesse an Lehrstunden in Magie.

»Weiß man, wie ich hieß?« Millie starrte noch immer ins Spinnennetz.

»Badria«, sagte Walt. »Dein Name war Badria.«

»Badria«, flüsterten Millie und ich gleichzeitig und ließen dieses fremdartige Wort wie Sekt über unsere Lippen perlen. Es klang wunderschön und seltsam vertraut, obwohl ich mir sicher war, es nie zuvor gehört zu haben.

»Hast du eine Ahnung, was der Name bedeutet?«, fragte ich.

»Nun, er stammt mit Sicherheit nicht aus dem keltischen Raum, was vermuten lässt, dass entweder Badria selbst oder aber sein Namensgeber ein weitgereister Mann gewesen sein muss. Im heutigen Afghanistan bedeutet Badria wohl: wie der Mond.«

Wie der Mond. Ich war hingerissen. Was für ein wunderschöner Name.

Millicent schien ähnlich zu empfinden, denn sie flüsterte ihn unablässig vor sich hin.

»Und was hat Badria mit seinem Druidenleben angestellt?«, hakte ich nach.

Doch darauf zuckte Walt mit den Schultern. »Die Zeit der Druiden liegt zu lange zurück. Nur wenige Namen wurden überliefert. Es grenzt an ein Wunder, dass ich bei meinen gestrigen Nachforschungen auf diesen gestoßen bin. Über Badrias Wirken konnte ich nichts in Erfahrung bringen.«

Ich fragte gar nicht erst, wo er nachgeforscht hatte. Er hätte es mir vermutlich sowieso nicht verraten.

»Vielleicht«, schlug ich vor, »sollten wir mal die Familienaufzeichnungen durchsehen. Cameron hat heute in einer Chronik aus dem Jahr 1842 geblättert, also gibt es sehr alte Aufzeichnungen in der Bibliothek. Warum solltest du für deine Nachforschungen nur magische Quellen benutzen?«

Walt schüttelte den Kopf. »1842 ist viel zu jung. Badria lebte vor einer Ewigkeit. Und ein so altes Buch wird auch die gut bestückte Bibliothek von Harrowmore nicht zu bieten haben.«

Ich seufzte. Er hatte natürlich recht. Badria hätte schon in der Bibel Erwähnung finden müssen, um Informationen über sein Leben bis in unsere Zeit rüberretten zu können.

»Also ist die Lebensgeschichte von Badria ein totes Gleis«, stellte ich enttäuscht fest.

»Derzeit sieht es so aus«, bestätigte Walt. »Doch das sollte uns nicht daran hindern, mit Millicents Ausbildung zu beginnen. Je früher, desto besser.«

Ich verspürte schon wieder so etwas wie Eifersucht. Millicent wurde von Walt ausgebildet und ich wurde in der Gegend herumgeschickt, um Kindermädchen zu spielen.

Ich wollte gerade einen bissigen Kommentar loswerden, als Walt mit einer Aufzählung von Millies neuen Studienfächern begann: »Du solltest die Sternbilder studieren. Und natürlich die Heilkräuter und ihre Verwendungszwecke. Auch wann man mit Kräutern arbeitet, musst du wissen. Nicht jedes Kraut lässt sich zu jeder Tages- oder Nachtzeit gleich gut verarbeiten. Die Rituale wirst du studieren müssen und die Feiertage der Druiden. Es gibt eine Menge zu tun, Millicent, und wir dürfen keine Zeit verlieren.«

»Warum diese Eile?« Sie stutzte. »Hetzt uns denn irgendjemand?«

»Das weiß ich nicht, aber ich habe nicht vor, ein Risiko einzugehen. Mit dem Erwachen deiner Fähigkeiten können auch andere Dinge wiederkehren. Und da wir nichts über Badria wissen, könnte es sich um nicht ganz ungefährliche Dinge handeln.«

Mit einem Mal erinnerte ich mich an die Gestalt mit den gelben Augen, die ich in der vergangenen Nacht durch den Park verfolgt hatte. Der Fremde hatte sich zweifelsfrei für Millicent interessiert.

Gerade öffnete ich den Mund, um Walt von meinem Erlebnis zu berichten, als es draußen irgendwo in der Nähe des Schlosses fürchterlich rumste.

Walt seufzte. »Deborah Harrowmore hat den Sandsteinsockel ihres Elternhauses in voller Fahrt gerammt. Livie, lauf und verhindere, dass Jennifer versucht, ihre Mutter eigenhändig aus dem Wagen zu befreien. Sie hat sich eine Halswirbelverletzung zugezogen und gehört in die Hände von Profis.«

»Ich rufe einen Krankenwagen!«, schrie Millicent aufgeregt und rannte aus dem Zimmer.

Ich folgte ihr in gemäßigtem Trab. Jennifer stellte sich wie jede Harrowmore nicht sehr geschickt an, egal um was es ging. Vermutlich würde es ihr bis zu meinem Eintreffen noch nicht einmal gelungen sein, die verzogene Wagentür zu öffnen.

Eine knappe Stunde später war Deborah Harrowmore in Begleitung zweier attraktiver Sanitäter auf dem Weg ins nächstgelegene Krankenhaus. Ich hatte der verständigen Jennifer mit einem dramatischen Auftritt, bei welchem ich mir mehrmals pantomimisch den Kopf von den Schultern gerissen hatte, begreiflich machen können, dass es besser war, die Finger vom Körper ihrer stöhnenden Mutter zu lassen.

Nach Beendigung dieses Einsatzes zog ich mich in meine nun wieder verwaiste Dachkammer zurück. Millicent war bei ihrer Familie geblieben und tröstete ihre Cousine. Walt hatte es vorgezogen, sich mal wieder in Luft aufzulösen.

Ich sank auf den Boden, das Glas meines Mummels auf meinem Schoß haltend, und sah den kleinen Planscher vorwurfsvoll an.

»So, der Herr heißt also Sniff, ja? Und wieso weiß ich nichts davon?« Ich war immer noch eingeschnappt.

Sniff legte sein pelziges Haupt schief und fiepte: »Es ist kein bedeutungsvoller Name. Er ist nicht wirklich wichtig.«

Dabei guckte er fast ein bisschen traurig, worauf ich tröstend erwiderte: »Aber was nicht ist, kann doch noch werden. Irgendwann machst du mal eine ganz großartige Sache und dann bist du bei allen Mummels berühmt.«

Sniff schien nicht überzeugt. Er ließ die Ohren hängen, als er antwortete: »Wie soll das zugehen, wo ich doch tagaus, tagein in deinem Wasserglas herumpaddle?«

Augenblicklich regte sich mein schlechtes Gewissen. Ich hielt das Mummelchen mit einer solchen Selbstverständlichkeit hier oben als mein Haustier, dass ich mir gar keine Gedanken darüber gemacht hatte, ob Walt mir hier eher einen Gefangenen überlassen hatte.

»Warum sitzt du denn eigentlich in diesem Glas?«, fragte ich vorsichtig.

Seine Antwort bestätigte meine schlimmsten Befürchtungen. »Damit du nicht allein bist.«

Mein Gewissen machte Anstalten, mich niederzudrücken, und ich schluckte ein paar Mal mühsam, bevor ich antwortete. »Du musst nicht hier sein, wenn du nicht willst. Sag mir nur, wo ich dich hinbringen soll, und ich lasse dich auf der Stelle frei. Auch wenn du mir sehr fehlen wirst.«

Der Mummel schüttelte den Kopf. »Du kannst mich nicht freilassen. Ich gehöre dir, wo immer ich bin. Ich bin ein Geschenk deines Todesboten. Aber du kannst mich mit einem Auftrag wegschicken.«

Sniff strahlte mich stolz an und ich guckte ratlos ins Goldfischglas. Wie sollte ich einer Pelzkarotte, die im Wasser lebte, einen

Auftrag erteilen? Sollte ich ihn vielleicht bitten, mein Teewasser mit den Ohren umzurühren?

»Was kannst du denn, Mummel?«, fragte ich und lächelte ihn mitleidig an.

»Ich könnte etwas über Badria in Erfahrung bringen.«

Der Kleine verfügte eindeutig über gute Ohren und einen wachen Geist. Ungläubig starrte ich in seine schwarzen Kulleraugen, doch der Mummel nickte energisch.

»Wirf mich einfach ins nächstbeste Klo und du wirst sehen.«

Ich hatte mich wohl verhört! Um so etwas war ich wirklich noch nie gebeten worden.

Sniff schien meine Verwirrung zu bemerken und erklärte geduldig: »Alles Wasser fließt zum Wasser. Folge ich dem Weg des Wassers, werde ich immer irgendwo ankommen, und dort gibt es andere wie mich. Irgendjemand wird etwas über den Druiden wissen. Irgendjemand weiß immer etwas.«

»Na dann«, erwiderte ich, immer noch leise zweifelnd.

Doch der Mummel nickte nun so energisch, dass ich mich schließlich erhob, die Dachkammer verließ und nur ein Stockwerk tiefer in einem kaum genutzten Gästebad meinen kleinen Freund in die Toilette warf.

Ich hörte noch ein spitzes »Juhu!« aus den Abflussrohren zu mir heraufdringen und dann war es still. Still und irgendwie ein wenig leerer in meiner Welt.

»Weihrauch wirkt anregend und Rose schützt vor negativen Schwingungen?«

»Nein, Millicent.« Walt war am Ende seiner Geduld angelangt. »Genau andersrum.«

»Und grüne Kerzen stehen für Glück und blaue für Wohlstand?«

Walt machte Anstalten, sich aus meinem geschlossenen Fenster zu stürzen.

Seit geschlagenen drei Stunden rannte er vor der Löcher in die Luft starrenden Millicent auf und ab und versuchte, ihr ein paar Grundlagen über magische Rituale zu vermitteln. Doch Millicent war in Sachen Bildung ausgesprochen resistent. Was ihr nicht von allein in den Schoß fiel, hatte gute Chancen, ihr Langzeitgehirn nie zu erreichen.

Walt war allerdings auch nicht das, was man unter einem geduldigen Lehrmeister verstand. Er schüttete die staunende Millie mit solchen Mengen an mysteriösen Raffinessen zu, dass mir als unbeteiligte Zuhörerin schon vor langer Zeit der rote Faden gerissen war.

Seit den frühen Morgenstunden deklamierte Walt uraltes Wissen und jetzt ging es hart auf Mittag zu. Ich konnte Millies Magen bis zu meinem Troddelsofa, auf dem ich faul herumlag, knurren hören. Und das, obwohl sie in der Nähe des Fensters hockte und verzweifelt versuchte, Walt mit Blicken und Verstand zu folgen. Armes Ding. Die roten Locken klebten auf dem dünnen Schweißfilm, der ihr Gesicht bedeckte, und unablässig knotete sie ihre schmalen Finger.

»Walt, ich glaube, Millicent braucht eine Pause.«

Er schien sich bei meinen Worten die Kapuze raufen zu wollen, ließ die Arme aber unverrichteter Dinge wieder sinken. Millie schien ihn dabei fasziniert zu betrachten, aber das war ja nicht möglich. Sie konnte Walt nicht sehen, oder?

Ich betrachtete Millie genauer.

Sie saß unbewegt auf dem Holzboden und blickte mit weit aufgerissenen Augen zu Walt hinauf.

Es gab keinen Zweifel, sie sah ihn direkt an.

War das möglich? Nahmen ihre Fähigkeiten in rasantem Tempo zu? Konnte sie seit heute einen Todesboten sehen?

»Millie«, flüsterte ich, »sag mir, was du da anstarrst.«

Walt stand nun ganz still. Auch er schien etwas bemerkt zu haben. »Millie? Kannst du mich sehen?« Er klang ungläubig, doch sie fixierte noch immer seine Kuttengestalt, die groß und dunkel vor dem Rundfenster stand, hinter dem erneut ein lustiges Schneetreiben eingesetzt hatte.

»Ich weiß nicht«, antwortete sie. »Ich glaube, die Umrisse eines Mönchs oder Henkers erkennen zu können. Bist du der Tod, Walt?«

Bei dem Gedanken, dass ich ihm bei unserer ersten Begegnung genau die gleiche Frage gestellt hatte, musste ich laut lachen.

»Es besteht kein Zweifel mehr, Walt. Millie kann dich sehen. Unsere Druidin scheint sich täglich weiterzuentwickeln.«

»Walt! Du bist doch nicht etwa ein Mönch?!«, rief Millie ernsthaft entsetzt.

Walt stöhnte mal wieder und ich erklärte grinsend: »Nur so was Ähnliches, doch die Konsequenz für uns beide scheint dieselbe zu sein. Walt zeigt kein Interesse an der Liebe.«

»Walt!«

Ach, war das schön, nicht mehr die Einzige zu sein, die sich darüber aufregte.

Walt hingegen wurde es gerade eindeutig zu viel. Er ergriff die Flucht. »Der Unterricht ist für heute beendet. Millie, du solltest jetzt deiner Familie beim Mittagessen Gesellschaft leisten. Und Livie, dir wünsche ich ein geruhsames Weihnachtsfest.« Damit löste er sich in Luft auf.

Wie betäubt starrte ich auf den leeren Fleck, wo Walt eben noch gestanden hatte.

Weihnachten nahte. Morgen war der 24. Dezember, der Abend, an dem ich letztes Jahr noch bergeweise Kekse gebacken hatte, um sie kurz nach Neujahr wegzuwerfen, weil es mal wieder viel zu viele für mich und Tante Ethel gewesen waren.

Weihnachten.

Mein erstes Weihnachten ohne Tante Ethel.

Wie mochte es ihr gehen? Zündete sie am Morgen des Weihnachtstages nun auf zwei Gräbern eine Festtagskerze an?

In mir wuchs der Wunsch, sie zu besuchen.

Wer, wenn nicht Tante Ethel, würde mir diese Banshee-Geschichte abnehmen?

»Walt!«, rief ich. »Walt, komm zurück! Ich möchte wissen, ob es einen Weg gibt, meine Tante zu besuchen!«

Doch Walt blieb verschwunden.

Ein Kloß im Hals drohte, mir die Luft abzuschnüren. Der Gedanke an Weihnachten war plötzlich ein sehr trauriger geworden. Hastig wischte ich mir die ersten Tränen aus den Augen.

Millie, die ich schon fast vergessen hatte, stand unschlüssig neben mir. »Ist es in Ordnung für dich, wenn ich zum Essen gehe? Ich komme um vor Hunger.«

»Geh nur«, schniefte ich leise. »Und frohe Weihnachten.«

Kapitel 8

Frohe Weihnachten, Livie, und hopp, hopp aus den Federn. Ich brauche deine Hilfe.« Es war Millie, die auch am Morgen des 25. Dezember uneingeladen und unverschämt wach vor meinem Sofa stand.

Ich grunzte undamenhaft und rieb mir die Augen. »Millicent Harrowmore, mein Name ist Olivia und es wäre wunderbar, wenn irgendjemand mich auch mal so nennen würde. Abgesehen davon ist Weihnachten nicht für alle Wesen ein froher Tag. Für eine Banshee, die vor kurzer Zeit noch ein Mensch war, ist es nicht gerade erheiternd.«

Doch Millie ließ sich nicht beirren. »Nun komm schon, du Schlafmütze, ich brauche wirklich deine Hilfe. In wenigen Stunden trifft sich die ganze Familie für das große Festessen im Speisesaal und ich habe noch nicht ein Geschenk.«

»Tja, das dürfte dann wohl ein wenig spät sein«, bemerkte ich. »Üblicherweise haben die Geschäfte heute geschlossen. Auch wenn es durchaus lustig gewesen wäre, mal wieder etwas anderes zu sehen als dieses Schloss. Wir hätten einen Trip nach London machen und durch *Harrods* laufen können.«

»Ich kaufe die Weihnachtsgeschenke nie im Laden«, erklärte Millie voller Stolz. »Ich durchforste die unbewohnten Teile des Schlosses nach längst vergessenen Gegenständen. Was meinst du, wie sich alle immer freuen.«

Ungläubig sah ich sie an. »Millie, du bist echt schräg. So etwas habe ich wirklich noch nie gehört.«

»Es hat ja auch nicht jeder ein Schloss inklusive so viel altem Tingeltangel als Wohnsitz. Und jetzt komm endlich. Und zieh dir dein tolles Cape über. Dort, wo wir hingehen, wird nicht geheizt.«

Eine Stunde später wanderten wir noch immer über eiskalte leere Flure, deren Wände grünliche Schimmelflecken und Spuren von Wasserschäden aufwiesen. Ich fror trotz meines Capes, doch mein Jagdinstinkt ließ mich nicht allzu lange darüber nachdenken.

Abseits der Flure waren die verlassenen Zimmer angefüllt mit den absonderlichsten Schätzen, die man sich nur vorstellen konnte. Nierentische aus den Sechzigerjahren hatten sich mit einer Gruppe Chippendalestühlen gepaart, eine lebensgroße Mickey Mouse stand neben der Ritterrüstung irgendeines Uronkels, und so ging es weiter.

Millicent hatte bereits eine hölzerne Ritterburg für Jonathan und eine verstaubte Comicsammlung für Patrick aufgetrieben. Jetzt betrachtete sie mit kritischem Blick zwei zarte chinesische Teetassen, die auf einem dazu passenden Tablett standen.

»Die wären doch großartig für Deborah und Jennifer, findest du nicht?«, rief sie aus und polierte das Porzellan mit ihrem Ärmel.

Doch, das fand ich. Die beiden Tässchen ähnelten sich wie ein Ei dem anderen und schon deshalb waren sie das perfekte Mutter-Tochter-Geschenk.

»Ist Deborah denn schon wieder aus dem Krankenhaus zurück?«, fragte ich und hielt eine der Tassen gegen das einfallende blasse Tageslicht. Sie war so zart, dass sie durchscheinend wirkte.

»Aber ja! Sie trägt eine pompöse Halskrause und lässt sich von vorn bis hinten bedienen, aber eigentlich geht es ihr schon wieder viel zu gut. Was hältst du von diesem verstaubten Lexikon für Cameron?«

»Perfekt«, erwiderte ich, ohne richtig hinzusehen, denn ich hatte einen zauberhaften Gobelin an der gegenüberliegenden Wand entdeckt. Ich trat näher heran und befühlte die kostbare Webarbeit. Interessanterweise war sie stellenweise mit zusätzlichen Stoffresten bestückt worden. Dabei war es wohl weniger darum gegangen, Mottenlöcher abzudecken, als vielmehr ein Ereignis bildhaft darzustellen.

»Den können wir nicht mitnehmen, der ist zu groß und zu schwer. Außerdem ist er so alt, dass er bei dem Versuch, ihn von der Wand zu nehmen, vermutlich zerbröseln würde.« Millie war neben mich getreten und betrachtete nun ebenfalls das Kunstwerk aus längst vergangener Zeit. Die Farben mochten stellenweise verblichen und der Stoff fleckig sein, doch die alte Pracht war noch nicht von diesem Gobelin gewichen.

»Was stellt er dar? Weißt du es?«

»Es sind ausschließlich Geschichten und Legenden des Hauses Harrowmore auf diesem Wandteppich abgebildet«, erklärte Millie.

»Meine Großmutter hat die Ausbesserungen vorgenommen und auch sie erzählen eine Geschichte. Ich kenne die meisten dieser Geschichten allerdings nicht. Ich habe mich nicht sonderlich dafür interessiert, als ich jung war. Und als meine Großmutter dann vor zehn Jahren verstarb, nahm sie die meisten dieser Erzählungen mit ins Grab. Eigentlich traurig, aber nicht mehr zu ändern.« Millie wandte sich ab und rief mir zu: »Nun komm schon, ich brauche noch ein Geschenk für Vater und Mutter.«

»Ich komme«, rief ich, bewegte mich aber nicht vom Fleck. Der Wandteppich hatte mich in seinen Bann gezogen.

Ich entdeckte einige Ritter, die neben einem brennenden Scheiterhaufen standen, ein Brautpaar im Vordergrund einer schlichten weißen Kapelle und eine Gruppe Engel, die einen Soldaten in den Krieg zu geleiten schienen.

Und dann sah ich es. Unter den nachträglich aufgenähten Figuren befand sich eine bucklige Gestalt in einem schwarzen Mantel. Anstelle eines Gesichts sah ich mal wieder nur eine Kapuze und auf diese waren zwei Augen von immer noch leuchtendem Gelb aufgenäht worden.

Ich bekam eine Gänsehaut, als ich an den Fremden aus dem Garten dachte, und ein kleines Stimmchen hinter meiner Stirn rief laut und deutlich: Gefahr. Ich hatte Walt nichts mehr von dem Fremden erzählen können. Deborahs Unfall hatte sich dazwischengeschoben und das Gespräch verhindert. Dieser Gobelin machte mir bewusst, dass ich möglicherweise eine sehr wichtige Information nicht weitergegeben hatte.

Mir war ein bisschen mulmig zumute, als ich mich abwandte und Millie hinterhereilte. Ein spitzer Schrei aus ihrem Mund ließ mich erschrocken loslaufen. Hatte sie sich verletzt? Doch als ich sie erreichte, war sie quietschvergnügt.

»Schau nur, was ich entdeckt habe! Ein leeres Aquarium mit ganz viel Schnickschnack! Sieh nur die Unterwasserschaukel, da wird Sniff aber staunen.«

Der Gedanke an den Mummel versetzte mir einen Stich. Seit ich ihn ins Klo geworfen hatte, hatte ich nichts mehr von ihm gehört. Mir war auch nicht so recht klar, wie er den Rückweg finden wollte. Er konnte ja wohl schlecht vom Himmel regnen, oder? Nein, auch wenn Wasser zu Wasser fand, dieser Weg war nicht sehr wahrscheinlich.

Insgeheim fragte ich mich, ob mein Mummel mich hereingelegt und eine Rückkehr nie ernsthaft erwogen hatte. Vermutlich hatte er nur sichergehen wollen, dass ich ihn auch wirklich ziehen ließ. Sicher döste der Kleine jetzt auf der Isle of White im Sandstrand und hatte mich längst vergessen.

Millie versuchte inzwischen, das Aquarium von seinem Platz zu wuchten, und verkündete mit zusammengebissenen Zähnen: »Das nehmen wir mit. Los, hilf mir.«

Die anderen Teile ihrer Beute, die neben ihr auf einem Sekretär lagen, ließ ich in das Aquarium schweben. Unsinnigerweise, aber es unterstützte meine Konzentration, umfasste ich zwei der unteren Ecken des rechteckigen Glasbehälters und stemmte das Monster mithilfe meiner Gedanken unter leichtem Stöhnen in die Höhe.

Es war viel schwerer, als ich es für möglich gehalten hätte, und auch meine mentalen Kräfte hatten ihre Grenzen.

»Lassen wir es hier. Wir bitten Walt, es mithilfe von Magie auf den Dachboden zu schaffen. Sniff ist im Moment sowieso nicht zu Hause.«

Millie stellte das Aquarium mit einem lauten Knall ab. »Nicht zu Hause? Was meinst du damit?«

»Er stellt Nachforschungen an. Über den Druiden, der du einst gewesen bist.«

Millie legte den Kopf schief und sah mich neugierig an. »Glaubst du eigentlich wirklich, dass ich einmal ein Druide war?«, fragte sie und ließ mich nicht aus den Augen.

»Walt glaubt es. Allein das zählt. Außerdem kannst du einige seltsame Dinge, wie Todesboten sehen und Banshees verstehen. Das ist schon eigenartig.«

Zunächst erwiderte Millicent nichts. Dann massierte sie ihre schmerzenden Finger und sagte, ohne mich anzusehen: »Mir kommt das alles manchmal sehr seltsam vor. Ich meine, muss es denn gleich eine Wiedergeburt sein?«

»Wenn du eine bessere Erklärung findest, lass es mich wissen. Ich bin sehr gespannt. Und jetzt lass uns das Geschenk für deine Eltern suchen.«

Wir fanden ein Tintenfass aus Porzellan mit intaktem Federkiel für Lady Harrowmore und eine römische Münze für den Lord. Millie war sehr zufrieden.

Den unbewohnten Teil des Schlosses verlassend, drückte sie mir plötzlich ein kleines Päckchen in die Hand, mehrfach umwickelt mit buntem Weihnachtspapier. »Das habe ich gestern für dich gefunden. Frohe Weihnachten.« Damit verschwand sie winkend um die nächste Ecke.

Ich sah verblüfft auf das ungeschickt eingewickelte Geschenk in meiner Hand. Ich wog es hin und her und schüttelte es andächtig. Dann beschloss ich, in mein Zimmer zurückzukehren, um es dort ganz in Ruhe zu öffnen.

Das Päckchen enthielt eine Zigarrenkiste, in der ich zu meinem Erstaunen Zigarren fand. Ein silbernes Sturmfeuerzeug hatte sie außerdem beigelegt. Wie umsichtig. Da ich wohl keinen Lungenkrebs mehr zu fürchten brauchte, probierte ich mein Weihnachtsgeschenk gleich aus und musste feststellen, dass auch einer Banshee schlecht werden konnte. Dafür roch die Dachkammer jetzt ausgesprochen aromatisch nach Tabakrauch.

Der Weihnachtstag zog sich dahin wie ein zäher Kaugummi. Millie ließ sich nicht mehr blicken, der Mummel kehrte auch nicht zurück und so saß ich die ganze Zeit vor dem Rundfenster, kaute an einem aus der Speisekammer geklauten Lebkuchen herum und träumte von Plumpudding und Tante Ethel.

Als sich die frühe Dämmerung über den Schlosspark senkte, war ich endgültig deprimiert. Da berührte mich jemand ganz sacht an der Schulter. Es war Walt.

»Schlimm?«

»Schlimmer«, krächzte ich und konnte die Tränen nur mit Mühe zurückhalten. »Ich vermisse Tante Ethel und ein richtiges Weihnachtsfest. Ich will Lieder, ein Festessen und Geschenke. Stattdessen sitze ich hier und verstaube in einer Dachkammer.«

Walt erwiderte nichts und ich schniefte noch ein bisschen lauter.

»Gibt es einen Weg für mich, Tante Ethel zu besuchen?«

Er wand sich sichtlich und antwortete mir nur zögernd. »Den gibt es schon, doch möchte ich dir dringend davon abraten.«

»Aber warum?« Ich klang wie ein quengelndes Kind und war mir dessen auch bewusst, doch im Moment war mir egal, wie ich auf Walt wirkte.

Sanft strich er mir über den Handrücken und sagte: »Es wäre für euch beide schwierig und würde die Wunde des Trennungsschmerzes nur noch länger offen halten. Versuch besser nicht, sie wiederzusehen.«

»Aber ich bin einsam, und es ist Weihnachten!«, heulte ich und vergrub mein Gesicht in meinen Händen.

Da umfing mich Walt mit seinen starken Armen und seiner kratzigen Kutte und ließ mit dieser einfachen Geste alle Dämme brechen. Ich schluchzte, schniefte, klapperte mit den Zähnen und verlor literweise Tränenwasser.

Walt saß einfach nur da, hielt mich fest und streichelte mir den Rücken. Wie hätte ich ihn nicht lieben können?

Inzwischen war es im Zimmer völlig dunkel geworden. Nur unter Walts Kapuze stahl sich ein blassblaues Leuchten hervor.

»Versteckst du unter deiner Zipfelmütze so eine Art Leselampe?«, fragte ich und musste unter Tränen lächeln.

»Dicht dran, Livie«, antwortete Walt und ich konnte hören, dass auch er lächelte. Dann verschwand eine Hand in den Falten seines

Gewandes und kehrte mit einem winzigen Geschenk wieder zurück. »Ich wünsche dir trotz allem ein frohes Weihnachtsfest. Vielleicht kann das Geschenk deine Stimmung heben.«

Gerührt griff ich nach dem rot verpackten Würfel und entfernte ehrfürchtig das Geschenkpapier. Ich hielt den Atem an, als sich mir ein schwarzes Schmuckkästchen präsentierte. Mit zitternden Fingern öffnete ich den Deckel.

Der Mond war vor meinem Fenster aufgegangen und beleuchtete das Kleinod in meiner Handfläche. Es war ein tropfenförmig geschliffener Mondstein, dessen bläulicher Glanz mich sofort an den Lichtschimmer unter Walts Kapuze erinnerte. Er war am oberen Ende in einen filigranen Silberanhänger eingefasst worden und baumelte an einer langen Kette.

Ich war sprachlos vor Glück.

»Ich dachte mir, er würde ganz hervorragend zu deinem Banshee-Kleid passen«, hörte ich den Todesboten sagen.

Ich schluckte trocken und schwieg weiter.

»Er soll Gutes anziehen und Unheil fernhalten, heißt es.« In Walts Stimme machte sich eine leichte Unruhe bemerkbar, doch ich hatte meine Sprache noch immer nicht wiedergefunden. »Gefällt er dir?«

Das klang jetzt schon leicht verzweifelt, also räusperte ich mich und löste den Blick von dem Schmuckstück. »Das ist das schönste Geschenk, das ich je bekommen habe. Ich werde es jeden Tag tragen.« Dann umarmte ich ihn und drückte ihn, so fest ich konnte. »Ich wünschte, ich hätte auch ein Geschenk für dich, doch ich bin während der letzten Tage so in Selbstmitleid versunken, dass ich an andere gar nicht gedacht habe.«

»Das ist in Ordnung, Livie. Du hattest viel zu verarbeiten, und das nicht nur in den letzten Tagen.« Er löste sich aus meiner Umarmung und sah mich an.

Ich konnte meine Hände nicht von dem abhalten, was sie im nächsten Augenblick taten. Ich streckte meine Finger nach seiner Kapuze aus und dachte mit all der Kraft und Energie, die ich gerade empfand: *Weg mit dir!*

Die Kapuze flog nach hinten, als hätte ein Windstoß sie erfasst, und für einen kurzen Augenblick sah ich die makellosen Züge eines schönen Mannes mit überirdisch leuchtend blauen Augen, bevor er die bleichen Hände vor sein Gesicht schlug und sich abwandte. Volles schwarzes Haar, kurz geschnitten und oben lausbubenhaft abstehend, bedeckte seinen Hinterkopf, und zack, verschwand alle Pracht wieder unter der Kapuze.

Schuldbewusst erwartete ich mein Donnerwetter, das einfach nicht ausbleiben konnte und auch völlig gerechtfertigt war. Was hatte ich getan? Walt kam am Weihnachtstag zu mir, um mich zu trösten, brachte ein großartiges Geschenk mit, und ich hatte nichts Besseres zu tun, als seine Gefühle zu verletzen. Ich war ein Monster. Ein gutes Monster zwar, aber immer noch ein Monster.

»Die Frage, warum du das getan hast, kann ich mir wohl sparen.«

»Entschuldige, Walt. Es ist einfach mit mir durchgegangen.«

»Ja, ist es wohl.«

Er schwieg. Vermutlich war er beleidigt. Doch dann sagte er: »Komm, Livie. Lass uns einen Weihnachtsspaziergang durch den frisch gefallenen Schnee machen.«

Ich stimmte überglücklich zu, doch in meinem Kopf klopfte eine Frage lauter als je zuvor: Welchem Zweck diente die Kapuze?

Eines war nun gewiss – sie verhüllte keinerlei abstoßenden Entstellungen. Also was sollte das dann?

Schnee war fantastisch. Schnee war Natur und ignorierte uns nicht. Walt und ich tollten gemeinsam durch die weiße Pracht. Wir warfen Schneebälle hin und her, sprangen Schneesterne mit unseren Fußabdrücken in das kalte Weiß und scherten uns nicht darum, was morgen wohl ein zufälliger Spaziergänger dabei denken würde. Der Vorfall mit der Kapuze wurde nicht mehr erwähnt.

Als ich völlig ausgekühlt war und mir die Zähne aufeinanderschlugen, teleportierte Walt uns in meine Dachkammer, wo zwei dampfende Tassen mit heißem Kakao auf uns warteten.

Wie hatte er das nun wieder gemacht? Todesbote musste man sein.

»Ich verstehe gar nicht, dass ich trotz meines frühen und völlig sinnlosen Todes immer noch Kälte und Nässe erdulden muss. Hingegen sollen so schöne Dinge wie Kakao überflüssiger Luxus sein. Das ist nicht gerecht«, verkündete ich und nahm einen tiefen Schluck aus meiner Tasse.

»Mir ist, als ob ich das schon mal erklärt hätte. Den Elementen ist es egal, ob du tot oder lebendig bist, sie lassen dich ihre Kraft auf jeden Fall spüren. Dein Körper hingegen hat keine überlebenswichtigen Bedürfnisse wie Sauerstoff oder Nahrung mehr. Es ist ihm egal, ob du isst oder nicht«, sagte Walt geduldig

»Ich verstehe deine Worte, doch ihre Bedeutung überrascht mich in Einzelfällen immer wieder«, sagte ich und wurde ernst, als mir etwas einfiel. »Walt, darf ich dich mal was fragen?«

»Hat es was mit meiner Kutte zu tun?«, fragte er und verschränkte die Arme vor der Brust.

»Eigentlich nicht.«

»Dann raus damit.« Er ließ die Arme sinken und wartete geduldig, dass ich fortfuhr.

Ich räusperte mich und wischte mir den Kakaobart von der Oberlippe. »Warst du irgendwann mal ein Mensch wie ich, bevor du ein Todesbote wurdest, oder bist du einfach immer so gewesen und seit Anbeginn der Zeit in dieser Gestalt unterwegs?«

Walt schien einen Augenblick überlegen zu müssen, dann beantwortete er meine Frage auf eine für ihn typische Weise. Ich bekam eine Lektion zum Thema Mythen und Sagen.

»Manche magischen Wesen sind nie etwas anderes gewesen als magisch. Sie haben oft eine Gestalt oder körperliche Attribute, die sie klar von menschlichen Wesen unterscheiden. Einige sind den Menschen in Aussehen und Verhalten sehr nahe, doch waren sie niemals Menschen. Das sind wirkliche magische Wesen.« Er machte eine Pause und wies mit dem Zeigefinger abwechselnd auf mich und sich selbst. »Du und ich, und auch Millicent, sind oder waren Menschen, denen durch irgendein Ereignis besondere Fähigkeiten verliehen wurden. Millie hat ihre Fähigkeiten in einem früheren Leben redlich erworben, dich hat ein Fluch getroffen und ich habe mich mal mit dem Falschen angelegt.«

»Du bist durch einen Kampf mit bösen Mächten zum Todesboten geworden?« Ich war stark beeindruckt.

»Nein, mit guten Mächten. Ich war der Böse, Livie. Todesbote zu sein, ist eine lange Läuterung von schlechtem Handeln. Eine sehr lange Läuterung, um genau zu sein.«

Ich schwieg.

Wer hätte das gedacht? Walt war der böse Bube gewesen und hatte dafür einen Satz heiße Ohren kassiert. Oder vielmehr so etwas Ähnliches.

»Was hast du denn angestellt? Hast du jemanden getötet?«, fragte ich neugierig.

»Ich habe Hunderte getötet. Ich habe sie unter dem Deckmäntelchen einer höheren Macht einen sinnlosen Tod sterben lassen«, antwortete Walt und zupfte an den Ärmeln seiner Kutte.

»Aha. Und welche Macht war das?«

»Die der Kirche.«

Meine Verwirrung war perfekt. Stirnrunzelnd versuchte ich, die neuen Informationen in meinem Kopf zu sortieren und in einen logischen Zusammenhang zu bringen. Vergeblich.

»Jetzt komme ich nicht mehr mit. Ich denke, du warst der Böse?«

»Das ist immer eine Frage der Perspektive. Damals habe ich geglaubt, Gutes zu tun. Heute sehe ich die Dinge anders«, erwiderte Walt ruhig.

»Aber die Kirche hat doch nicht Hunderte von Menschen ermordet!«

»Nicht zu deinen Lebzeiten. Aber über die Jahrtausende betrachtet kommen noch wesentlich mehr Opfer zusammen.«

»Warst du vielleicht ein Kreuzritter?«, riet ich aufs Geratewohl.

»Schlimmer. Ich war Inquisitor.«

Jetzt wollte ich nichts mehr hören. Mir war schlecht.

Über das Wirken der heiligen Inquisition hatte ich genug gelesen, um sagen zu können, dass ihre Folter- und Mordmethoden zu den widerlichsten überhaupt gehörten. Viele Unschuldige waren aufgrund obskurer Anschuldigungen wie der Ketzerei und Hexerei grausam hingerichtet worden. Es war eines der dunkelsten Kapitel der Weltgeschichte.

Walt war vom Boden aufgestanden, wo wir so einträchtig beieinandergesessen hatten, und trat an mein Fenster. Als er weitersprach, vermied er es, mich anzusehen.

»Ich habe so viele angebliche Ketzer dem Scheiterhaufen übergeben, ich kann mich nicht mehr genau erinnern, wie viele es waren. Aber eines weiß ich heute genau: Sie waren alle unschuldig. Bis auf einen. Und deshalb bin ich heute, was ich bin.«

Auch ich konnte Walt kaum ansehen und versuchte, ihn mir als erbarmungslosen Vollstrecker in Scharlachrot vorzustellen. Mich überlief es kalt, als mir dies fast mühelos gelang. Walt war zweifellos jemand, der für seine Überzeugung töten würde.

»Du hast versucht, ein übernatürliches Wesen hinzurichten, und er machte aus dir zur Strafe einen Todesboten?«, schlussfolgerte ich und hörte, dass meine Stimme zitterte

Walt wandte sich wieder zu mir um und ließ unsere leeren Tassen mit einem Fingerschnipp verschwinden. »Ist keine Gutenachtgeschichte, oder? Zu blutrünstig und viel zu finster in einer so wunderschönen Nacht. Denk besser nicht allzu sehr darüber nach.

Es ist Weihnachten. Denk lieber an etwas Besinnliches. Denk an eine der Geschichten, die dir deine Tante Ethel früher erzählt hat. Schlaf gut.«

Walt verschwand und zurück blieben nur ich und ein paar grausige Fantasien.

»Also, Johanniskraut schützt den Besitz. Es entfaltet seine größte Kraft, wenn man es am Johannistag vor dem Mittagsläuten pflückt.«

»Genau, Millie. Ich sehe, wir machen Fortschritte.«

»Und Basilikum vertreibt negative Energien.«

Weihnachten war vorüber und Walt hatte beschlossen, Millies Unterweisungen wieder aufzunehmen. Die beiden verbrachten nun täglich einige Stunden bei mir in der Dachkammer und Millie schlug sich immer besser.

Doch obwohl ihre Antworten und Schlussfolgerungen an diesem Morgen von guter Qualität waren, wirkte sie bedrückt und unglücklich auf mich.

Immer wieder seufzte sie schwer und wenn sie einmal lächelte, wirkte es gequält und unecht.

Das blieb auch Walt auf die Dauer nicht verborgen.

»Gibt es ein Problem, Millie? Ist irgendetwas vorgefallen, von dem wir wissen sollten?« Er sah besorgt aus, doch sie hob nur abwehrend die Hände und lächelte schwach.

»Nein, es ist nichts passiert. Es ist nur wegen Silvester. Ich wünschte, ich könnte an diesem Tag meine erste richtige Zauberei ausprobieren.«

»Und wie soll die aussehen?«, fragte ich. »Raketen für ein großes Feuerwerk kann man doch im Laden kaufen.«

»Es geht mir nicht um ein Feuerwerk. Es geht um den alljährlichen Silvestergast.«

»Ach«, sagte ich überrascht. »Wer kommt denn?«

»Das weiß ich nicht.«

Sich klar auszudrücken, gehörte nicht zu Millies Stärken, doch ab und zu merkte sie sogar selbst, wenn es an Erklärungen mangelte. In diesem Moment deutete sie Walts und meine kollektive Ratlosigkeit richtig und klärte uns auf.

»Jedes Jahr lädt mein Vater einen anderen Mann zum Silvesterabend ein. All diese Männer haben drei Dinge gemeinsam. Sie sind ledig, reich und abstoßend.«

»Oh!« Ich verstand, worauf diese Geschichte hinauslaufen würde.

»Mein Vater glaubt, er würde mir einen Gefallen tun, indem er all diese erbärmlichen Gestalten hier anschleppt, und prinzipiell finde ich die Idee ja auch gut. Aber warum schafft er es nie, wenigstens ein bisschen Wert auf ein gepflegtes Äußeres und ein Minimum an Intelligenz zu legen? Ich meine, ich bin ja schon nicht das hellste Licht, aber was sich da zu Silvester an unserem Tisch einfindet, spottet jeder Beschreibung.« Millie gestikulierte bei diesen Worten wild in der Gegend rum und warf aus Versehen einen Kugelschreiber durch meine Brust, wofür sie sich sofort entschuldigte.

»Du Arme. Kannst du nicht einfach eine Migräne vorschieben?«, schlug ich vor.

Millie, die auf der Suche nach ihrem Kugelschreiber auf dem Boden herumkroch, antwortete: »Das habe ich einmal versucht, daraufhin wurde der Kandidat direkt an mein Bett geführt, um mich ein bisschen abzulenken.« Sie hob den Kugelschreiber auf und zog eine Grimasse. »Ist denn gegen unattraktive Männer kein Kraut gewachsen, Walt? Ich bin wirklich nicht wählerisch, aber manches geht einfach nicht.«

Er lachte laut. »Es gäbe da schon das eine oder andere Kräutlein, allerdings scheint mir der Anlass zu gering, um etwas zu überstürzen. Deine Studien sind für praktische Experimente noch nicht weit genug vorangeschritten. Du wirst dich gedulden und diesen Freier empfangen müssen.«

»Vielleicht ist er ja gar nicht so übel«, versuchte ich, sie zu beruhigen.

»Ja, sicher. Und die Erde ist vielleicht eine Scheibe«, klagte sie und ließ den Kopf hängen.

Ich für meinen Teil beschloss in diesem Moment spontan, beim Silvesteressen der Familie Harrowmore anwesend zu sein. Es sprach vermutlich nicht für meine Qualitäten als gute Freundin, aber den Spaß wollte ich mir nicht entgehen lassen.

Insgeheim vermutete ich, dass einige Familienmitglieder genauso dachten und sich auf Millies Kosten amüsierten. Wenn es wirklich ein ausgesprochen widerlicher Vertreter der Gattung Mann sein sollte, konnte ich Millie ja immer noch zu Hilfe eilen. Meine telepathischen Kräfte wurden durch stetigen Gebrauch immer besser und ich traute mir sogar zu, nur den Inhalt einer Suppenterrine anzuheben und dem ungebetenen Gast auf den Schoß platschen zu lassen. Das aber wollte ich mir wirklich für einen absoluten Notfall aufheben.

Und während ich mich schon bei dem Gedanken an den Silvesterabend amüsierte, sah Millie dem Ereignis mit sichtbarem Widerwillen entgegen.

Kapitel 9

Um Punkt neunzehn Uhr fand ich mich im Schlaraffenland ein. Ehrfürchtig und ungläubig betrachtete ich die Mengen an Köstlichkeiten, die sich in der Küche von Schloss Harrowmore häuften. Unabhängig davon, dass ich keinerlei Nahrung mehr benötigte, schmeckte sie mir immer noch ganz hervorragend.

Und so belud ich mittels Gedankenkraft einen Porzellanteller mit kalten Hähnchenschenkeln, gekochten Eiern, kaltem Lachs auf Toast und dreistöckigem Wackelpudding.

Ruthie, die einzige Angestellte auf Schloss Harrowmore, mochte einige altersbedingte Schwächen haben, aber wie man ein Festessen zauberte, wusste sie ganz genau. Gut, sie hatte wieder vergessen, das Fleisch zu würzen, doch mit Mitte siebzig und fünfzig Dienstjahren auf dem Buckel durfte man auch ein bisschen schusselig sein.

Erfreulicherweise litt ihre Sehkraft auch ganz erheblich und so hatte ich keinerlei Schwierigkeiten, meinen Raubzug durchzuführen und mit der vor mir herschwebenden Beute zu entschwinden.

Ich verlegte mein Silvesterpicknick in eine versteckte Nische gleich neben der Eingangshalle. Hier würde mir die Ankunft des Silvestergastes auf keinen Fall entgehen.

Vergnügt an einem Hähnchenschenkel knuspernd, hörte ich wenig später, wie der gusseiserne Türklopfer das Holz der Eingangstür erbeben ließ. Ich würgte hastig die letzten Fleischfetzen hinunter und schob den verräterischen Teller unter einen Sessel. In der Halle vernahm ich eilige Schritte.

Als ich die Nische verließ, entdeckte ich Cameron im prachtvollen Smoking, der im Begriff war, die schwere Eingangstür zu öffnen. Millicents Bruder wurde vermutlich genauso wie ich von der Neugier getrieben.

Eine kräftige Windböe riss ihm die Tür aus der Hand und eine Schneewolke stob herein. Ihr folgte augenblicklich eine hochgewachsene, schlanke Gestalt in dunklem Mantel und passendem Hut mit breiter Krempe.

»Kein angenehmes Wetter zum Jahreswechsel, wie? Ich wünsche trotzdem einen guten Abend. Sie sind sicher der Sohn des Hausherrn, nicht wahr? Mister Cameron Harrowmore?«

Cameron nickte und rang um Fassung. Der Fremde entsprach offensichtlich in keiner Weise seinen Erwartungen. Auch ich musste Millicent aufs Schärfste widersprechen. Was auch immer ihr Vater in der Vergangenheit angeschleppt haben mochte, hier hatte er zweifellos Geschmack bewiesen.

Der große Mann, der sich gerade Hut und Mantel entledigte, war nicht nur von beeindruckender Statur und mit einem tadellosen Benehmen ausgestattet. Er hatte außerdem volles weizenblondes

Haar und ein makelloses Gesicht mit einem humorvollen Zug um den Mund. Die Wangenknochen waren hoch, die Lippen voll, lediglich die Nase war ein wenig zu kurz geraten und ragte frech in die Höhe, doch das unterstrich nur seinen jugendlichen Charme. Ich schätzte den Neuankömmling auf Ende zwanzig, also, was Millie und mich anbelangte, noch ein Mann in den besten Jahren.

Cameron schien seine Stimme wiedergefunden zu haben und betrieb nun souverän Konversation. Gerade hatte er den Gast nach seinem Namen gefragt.

»Ach ja. Wie nachlässig von mir. Mein Name ist Littington. Ghorm Littington.«

Ghorm? Diesen Vornamen hatte ich noch nie zuvor gehört. Klang irgendwie nordisch, fand ich, und harmonierte daher mit seiner beeindruckenden Erscheinung und den schönen blonden Haaren.

Ghorm Littington folgte dem eifrig bemühten Cameron durch die große Halle in den Speisesaal. Minuten später erschienen der Lord und seine Lady, ebenfalls in Festgarderobe, und gingen den beiden Herren nach, um ihren Gast gebührend willkommen zu heißen. Es folgte der Auftritt von Hanni und Nanni, ach nein, sie hießen ja Jennifer und Deborah, Letztere angetan mit einem gewaltigen Schal, der ihre Halskrause verdecken sollte, und den Kindern Patrick und Jonathan. Die beiden gluckten so verräterisch vor sich hin, dass man davon ausgehen musste, dass sie Unheil im Schilde führten.

Ganz zuletzt erschien Millicent. Sie stand oben auf der Galerie am Treppenabsatz und blickte finster auf die Halle hinab. Trotz ihrer negativen Gefühle, die sie diesem Abend entgegenbrachte, hatte sie sich aufs Angenehmste zurechtgemacht. Sie trug ein bodenlanges Kleid aus dunkelgrünem Taft. Das rote Haar hatte sie locker aufgesteckt und kleine, rot leuchtende Löckchen rankten sich um ihr Gesicht. Es gab keinen Zweifel: Heute Abend war sie schön.

Wäre da nicht ihre Leidensmiene gewesen, aber das konnte man ändern.

Ich lief ihr die Stufen hinauf entgegen. Inzwischen brauchte ich mich nicht einmal mehr anzuspannen, um von ihr gesehen zu werden, auch wenn sie behauptete, ich würde ohne Anspannung irgendwie blasser wirken.

»Wie schlimm ist er?«, hauchte sie und ich sah, dass sie tatsächlich zitterte.

Arme Millie. Für sie waren diese Verkupplungsversuche ihres Vaters kein Spaß.

»Er sieht großartig aus. Er ist groß und blond und weiß sich zu benehmen.«

Millie sah mich ungläubig an. »Das ist nicht möglich«, zischte sie. »Papa sucht immer ungehobelte und hässliche Dummköpfe aus, die nur deshalb noch ledig sind, weil keine Frau sie haben will. Wie sollte er plötzlich an einen Traummann gekommen sein?«

»Sieh ihn dir selbst an. Ich denke, du wirst freudig überrascht sein.« Ich klopfte ihr auf die Schulter. »Nur Mut. Ich bin bei dir.«

Wir betraten das Speisezimmer gemeinsam. Millie in ihrem atemberaubenden grünen Taftkleid und ich in meinem atemberaubenden schwarzen Samtkleid. Millie wurde von allen mit einem wohlwollenden Lächeln empfangen, mich beachtete keiner.

Banshee-Schicksal.

Ich bezog einen neutralen Beobachtungsposten auf der Fensterbank und ließ die Szenerie auf mich wirken. Noch saß niemand am gedeckten Tisch. Alle führten hübsche kleine Sherrygläser spazieren und zupften sehr unaristokratisch an ihrer Feiertagsgarderobe. Millie, die ihr Sherryglas soeben von Cameron überreicht bekommen hatte, blickte fasziniert den Fremden an, der ihr nun schalkhaft zuzwinkerte. Sie errötete augenblicklich bis an die Haarwurzeln, was mit diesen farblich gar nicht harmonierte.

Ich ließ ein Fenster aufspringen und der kalte Winterwind kühlte ihre Haut. Augenblicke später wurde das Fenster von Lord Harrowmore wieder geschlossen, der dabei leise fluchte: »Unglaublich. In diesem alten Gemäuer muss man wirklich mit allem rechnen. Eines Tages wird uns der Kasten über den Köpfen zusammenbrechen.«

Ich lächelte. Sollte dieser Tag wirklich einmal kommen, würde ich ganz gewiss früh genug von Walt informiert werden, um alle Harrowmores rechtzeitig ins Freie zu treiben.

Der Fremde war inzwischen dicht an Millie herangetreten. Er lächelte noch immer. »Und Sie müssen die Tochter des Hauses sein. Was hat sich der alte Knabe nur dabei gedacht, ein so reizendes Wesen wie Sie so lange vor der Welt versteckt zu halten?«

Lord Harrowmore hüstelte bei der Betitelung des alten Knaben und Millie kicherte verlegen.

Diese Frau machte wirklich alles falsch. Hatte sie denn noch nie geflirtet? Fielen ihr wirklich gar keine schlagfertigen Kommentare ein? Gut, mir hatte die Schlagfertigkeit auch nicht den Mann fürs Leben eingebracht, aber immerhin hatte ich meinen Spaß gehabt!

Millie hingegen gab sich redlich Mühe, sich völlig unter Wert zu verkaufen. Sie stotterte eine dämliche Antwort und blickte verschämt zur Seite. In Camerons Gesicht konnte ich ablesen, dass ihr Bruder in diesem Moment genau dasselbe dachte wie ich: *hoffnungslos*. Doch schon nahte die Erlösung in Form des ersten Ganges.

Ruthie kam hereingetappt, angesichts des feierlichen Anlasses gekleidet in ein schwarzes Dienstmädchenkostüm mit weißer Haube auf den grauen Locken und weißer Schürze. Sonst trug sie immer Schottenrock und Seidenbluse, was zu ihrer kugeligen Figur auch erheblich besser passte. Sie trug einen tellergroßen Gong aus Bronze in der Hand und schlug mit einem filzbedeckten Klöppel leicht dagegen.

»Wir können essen«, verkündete sie und alle Familienmitglieder versammelten sich schwatzend um den festlich gedeckten Tisch.

Ghorm Littington saß Millie direkt gegenüber. Sie schien ihm rätselhafterweise tatsächlich zu gefallen und war von seinem Anblick offensichtlich völlig hin und weg.

Der Abend verlief ganz anders, als Millie es prophezeit hatte. Sie amüsierte sich köstlich in Ghorms Gesellschaft, lachte, schwatzte, zupfte an ihren Ohrläppchen und klimperte mit den Wimpern. Ghorm seinerseits schien den Blick nicht von ihr abwenden zu können. Was das Essen betraf, hätten sie ihm auch alte Zeitungen servieren können, er hätte es nicht bemerkt.

Der alte Lord sah ausgesprochen zufrieden drein, tätschelte seiner geistesabwesenden Gattin gelegentlich die Hand und sprach dem Wein reichlich zu.

Kurz vor dem Dessert explodierte unter dem Esstisch ein Tischfeuerwerk, was alle Beteiligten kurz aufspringen ließ. Nur Jonathan und Patrick blieben, sich vor Lachen krümmend, auf ihren Plätzen und verrieten damit auch dem Arglosesten, wem man diesen Schabernack zu verdanken hatte.

Als dann das Dessert aufgetragen wurde und Ruthie missbilligend auf das von mir gegrabene Loch im dreistöckigen Wackelpudding hinwies, beteuerten die beiden Racker vergeblich ihre Unschuld. Mir machte das kein schlechtes Gewissen, ich hatte den beiden oft genug das Leben gerettet, da konnten sie ja wohl gelegentlich den Kopf für mich hinhalten.

All diese kleinen Randepisoden vermochten kaum, zu Millie durchzudringen. Sie hatte nur Augen für Ghorm und er interessanterweise nur Augen für sie.

Der Abend zog sich dahin, die Gesellschaft ging zu Champagner über und ich überlegte, wie ich unbemerkt ein Glas abzwacken konnte, fand aber keine Möglichkeit.

Gegen Mitternacht reichte der Lord eine Schachtel Zigarren herum, die mir irgendwie bekannt vorkam. Und prompt erzählte er Cameron, dass ihm neulich eine ganze Schachtel dieser Sorte abhandengekommen sei und er es für angebracht halte, die Zimmer der Jungen durchsuchen zu lassen. Ich warf Millicent einen vorwurfsvollen Blick zu, den sie geflissentlich ignorierte. Meine neue

Freundin vermochte es augenscheinlich nicht, mein und dein auseinanderzuhalten.

Um Punkt Mitternacht erschien Ruthie mit einem Tablett frischer Champagnergläser und verkündete, sie würde jetzt schlafen gehen. Auch ich gähnte verstohlen. Eine Partie, bei der man nur Zaungast sein konnte, war doch recht ermüdend.

Ich erhob mich von der Fensterbank, da wandte Ghorm den Kopf und sah für einen kurzen Moment zu mir herüber. Ich bildete mir ein, dass er mich wahrgenommen hatte. Was für einen anderen Grund als meine Bewegung hätte es geben können, um zum Fenster zu blicken? Doch das konnte ja nicht sein, oder?

Ich war wieder hellwach. Misstrauen flackerte in mir auf. Wer war dieser Fremde? Was wusste die Familie über ihn? Fand Lord Harrowmore die Heiratskandidaten für seine Tochter unter Brücken oder am Straßenrand?

Spontan gestikulierte ich wild herum, um Millies Aufmerksamkeit zu erregen, und tatsächlich hob sie den Kopf und sah mich über Ghorms Schulter hinweg an. Ich winkte sie energisch zu mir und sie stand folgsam von ihrem Stuhl auf und trat zu mir ans Fenster. Für die Umstehenden entstand der Eindruck, ihr stehe der Sinn nach frischer Luft, und um diesen noch zu unterstreichen, entriegelte sie das Fenster und ließ die kühle Nachtluft herein.

»Was hast du denn so Dringendes?«, flüsterte sie unwirsch und atmete ein paar Mal tief durch.

»Hoffentlich nichts. Frag deinen Kavalier doch mal, woher er deinen Vater kennt.«

»Das habe ich natürlich schon längst getan. Aus seinem Club.«

Das brachte mich nicht weiter. »Und warum sind sie sich vorher noch nie begegnet?«, hakte ich nach.

»Er ist erst vor Kurzem von einem langen Auslandsaufenthalt zurückgekehrt. Sonst noch was?«

Ich schüttelte den Kopf und Millie schloss das Fenster. Lächelnd kehrte sie zu Ghorm zurück, der sie strahlend empfing.

Ich war verunsichert. Hatte ich mich getäuscht, als ich glaubte, er habe mich angesehen? Sicherlich, und trotzdem wagte ich es nicht mehr, die Silvesterparty zu verlassen. Zwei geschlagene Stunden hockte ich nun weiterhin auf der Fensterbank, mit steifen Beinen und eingeschlafenem Hintern, und betrachtete das ganz mit sich beschäftigte Paar.

Gegen zwei Uhr morgens zeigten auch andere um mich herum zunehmend Ermüdungserscheinungen. Da Ghorm ein Mann war, der wusste, was sich gehörte, verkündete er, nun aufbrechen zu wollen, und ließ sich von Millicent zur Haustür geleiten. Sie reichte ihm Hut und Mantel.

»Werden wir Sie bald wieder als Gast begrüßen dürfen, Mister Littington?«

Ihre Frage wurde nicht gleich beantwortet. Ghorm Littington schlüpfte in seinen Mantel, setzte den Hut auf und nahm zur Verabschiedung Millies Gesicht in beide Hände. »Ich verspreche es«, sagte er und küsste sie sanft auf die Nasenspitze.

Millie schloss vor Verzückung die Augen. Diesen Umstand nutzte der Fremde, um mir, die ich nur wenige Meter entfernt stand, einen Blick zuzuwerfen. Mir wurde eiskalt. Der Kerl konnte mich eindeutig sehen. Für einen kurzen Moment fixierte er mich und lächelte dabei so boshaft, dass mir das Abendessen im Hals hochstieg. Nie zuvor war ich auf so bedrohliche Weise angestarrt worden.

Dann hob Millicent die Lider und er hatte nur noch Augen für sie. Er strich ihr mit dem Daumen eine Locke aus der Stirn, dann marschierte er zur Haustür hinaus.

Ich stand starr vor Schreck noch immer an meinem Platz. Als Ghorm mich angeschaut hatte, hatten sich seine blauen Augen gelb verfärbt.

»Walt! Walt!«

Als sich meine Erstarrung gelöst hatte, drehte ich mich auf den Absätzen um und stürmte aus der Halle. Millie ließ ich, wo sie war, denn sie war soeben geküsst worden und nicht mehr ansprechbar, auch wenn es sich nur um ein Küsschen auf die Nase gehandelt hatte.

»Walt! Walt!«

Ich sprintete die Treppen zu meiner Dachkammer hinauf, stürmte durch die sich öffnende Tür und rang nach Luft.

»Walt, komm sofort hierher!«

Nichts rührte sich. Ich kratzte das letzte bisschen Luft aus meinen Atemwegen zusammen und schrie: »Feuer!«

Da materialisierte sich mein Todesbote direkt vor meiner Nase. In jeder Hand eine Sektschale haltend, sah er mich mit schief gelegtem Kopf an und fragte: »Frohes neues Jahr?«

Ich keuchte. »Nein. Ganz und gar nicht. Der Feind war im Haus.«

»Der Feind?« Er stellte die Sektschalen eilig auf dem Fußboden ab. »Was für ein Feind?«

»So ein toller Kerl mit gelben Augen! Ich habe ihn schon mal nachts an Millies Fenster herumklettern sehen und jetzt war er hier! Er ist das Böse! Er konnte mich sehen!«

Ich hatte Walts gebündelte Aufmerksamkeit erregt. Seine Stimme klang sehr ruhig und sehr ernst. »Was genau bedeutet das, du hast ihn an Millies Fenster herumklettern sehen? Und wann war das? Ist der Kerl noch hier?«

Ich schüttelte den Kopf. »Nein, er ist fort. Er war der Silvestergast von Lord Harrowmore und ist vor ein paar Minuten gegangen.«

»Also kannst du mir in Ruhe die ganze Geschichte erzählen. Es besteht keine akute Gefahr mehr.«

Die ganze Geschichte. Das war jetzt irgendwie ungünstig für mich, denn ich hatte es ja versäumt, meinem Todesboten von der nächtlichen Verfolgungsjagd im Garten zu berichten. Ich war mir ziemlich sicher, dass er mir deswegen eine Szene machen würde.

Und ich behielt recht.

Er stampfte mit dem Fuß auf und schleuderte einen blauen Fingerblitz auf mein Sofa, das vorwurfsvoll zu qualmen anfing. Ich goss einen Rest Wasser aus Mummels Goldfischglas auf die schwelende Stelle und war heilfroh, dass er nicht auf mich gezielt hatte.

»Wie konntest du mir das auch nur eine Sekunde lang verheimlichen? Habe ich nicht deutlich genug gemacht, dass etwas Derartiges geschehen könnte? Habe ich nicht immer wieder davor gewarnt, was Millies Verwandlung mit sich bringen könnte?«

Ich machte einen schwachen Versuch, mich zu verteidigen: »Es gab halt so viele andere Dinge zu besprechen. Ständig war irgendetwas los. Und wenn wirklich eine ernsthafte Gefahr für Leib und Leben bestanden hätte, hättest du doch sofort Bescheid gewusst.«

»Erstens wird ein übernatürliches Wesen dafür sorgen, dass ich seinen Angriff nicht vorhersehen kann, und zweitens gibt es Dinge, die schlimmer sind als der Tod. Dämonen sind schließlich keine Naturkatastrophen oder Schicksalsschläge. Dämonen lassen sich von niemandem in die Karten schauen, schon gar nicht von mir!«

Ich senkte schuldbewusst den Kopf. »Ich hab's verbockt, Walt, das weiß ich. Aber heute habe ich ihn immerhin wiedererkannt. Das ist doch auch schon was, jetzt sind wir gewarnt!«

»Zu spät«, zischte Walt. »Du sagst, er hat sie geküsst?«

»Aber nur auf die Nase.«

Er schlug sich mit der Faust in die Handfläche. »Das hat vermutlich schon gereicht, um sie in völlige Verzückung zu stürzen und in seinen Bann zu schlagen. Wenn wir nur wüssten, wer oder was er ist, dann wären wir schon weiter.«

»Er nennt sich Ghorm«, sagte ich und hoffte, dass es sich dabei um eine wertvolle Information handelte.

»Er könnte auch Ole, Lasse oder Bosse heißen, das ist völlig ohne Belang.«

»Seine Augen leuchten gelb«, probierte ich es noch einmal.

»Könnte für einen Dämon sprechen, muss aber nicht sein.«

Eine Erinnerung blitzte in mir auf. Eine Erinnerung an zwei gelbe Augen auf einem schwarzen Umhang.

Ich griff nach Walts Kutte und versuchte, ihn hinter mir herzuziehen. »Komm mit. Wir müssen in den unbewohnten Teil des Schlosses! Ich muss dir unbedingt etwas zeigen.«

Walt, der erkannte, dass es mir wirklich wichtig war, erwiderte: »Ich bringe uns hin. Gib mir deine Hand.«

»Nein, lieber nicht. Lass uns zu Fuß gehen, sonst finde ich den Raum vielleicht nicht wieder«, rief ich und zog wieder am Kuttenstoff. Dieses Mal folgte er mir.

Wir schlichen, so schnell wir konnten, durch das nächtliche Schloss.

Alle Harrowmores waren zu Bett gegangen und sogar Millie stand nicht mehr wie festgewachsen in der Halle. Immer weiter entfernten wir uns von den bewohnten Räumen der Familie und liefen durch kahle und staubige Gänge.

Als ich mit Millie durch den unbewohnten Teil des Schlosses gewandert war, hatten wir Tageslicht gehabt, das durch die Fenster zu uns hereingefallen war. Jetzt, in absoluter Dunkelheit, hatte ich große Schwierigkeiten, mich zurechtzufinden. Es dauerte lange und Walt war kurz davor, mir den Hals umzudrehen, als ich die Mickey Mouse neben der Ritterrüstung wiederentdeckte.

»Wir sind ganz dicht dran! Hier war ich schon einmal.«

Walt entzündete einen blauen Funken in seiner Handfläche und beleuchtete damit den Fußboden. Deutlich sah man Millies und meine Fußabdrücke im Staub.

»Komm«, flüsterte Walt und folgte den Spuren. Darauf hätte er auch schon eher kommen können! Ich überließ ihm die Führung und tappte hinter ihm her.

Da stand ich wieder, vor dem gewaltigen Gobelin, und bestaunte seine Schönheit. Walt hielt seine Hand mit dem blauen Flämmchen gefährlich dicht an den alten Stoff und studierte aufmerksam die Szenerien. Ich fand ihn zuerst, denn ich wusste ja, wonach ich suchen musste. Triumphierend zeigte ich mit dem Finger auf die kleine, nachträglich aufgenähte schwarze Gestalt mit den gelben Augen. »Da. Das meine ich.«

Walt trat noch näher heran und sog scharf die Luft ein.

»Hilft uns das weiter? Weißt du nun, wer er ist?«, fragte ich, noch immer aufgeregt.

»Nein, aber es bestätigt meine schlimmsten Befürchtungen. Sieh doch nur, wo man den kleinen Kerl aufgenäht hat.« Walt deutete auf den Gobelin.

Erst jetzt sah ich die große Eiche, die über der Figur eingestickt war. Die Abbildung des Baumes gehörte noch zur Originalgestaltung des Gobelins und war zweifelsfrei älter als die schwarze Figur unter ihr.

»Ist das meine Eiche?«, fragte ich.

»Wohl eher der Großvater deiner Eiche, aber ja, es ist die Druideneiche der Harrowmores, da bin ich ganz sicher«, erwiderte mein Todesbote.

»Walt!«, schrie ich. »Leuchte mal hier rüber. Wer soll das sein? Ist es der, von dem ich denke, dass er es ist?«

Ein Stück tiefer als unser schwarzer Freund, aber doch immer noch deutlich unter der Eiche, war eine Gestalt in einem langen grauen Gewand aufgenäht worden. Sie hielt eine Sichel in der Hand.

»Badria«, flüsterte Walt ergriffen, »der Druide.«

»Bist du sicher? Aber das kann doch nicht sein. Millie hat erzählt, dass diese Ausbesserungen von ihrer Großmutter gemacht wurden. Selbst wenn diese Frau alle Sagen rund um das Geschlecht der Harrowmores kannte, sie kann doch unmöglich Details über Badrias Leben gewusst haben, wenn wir keine Spuren mehr davon finden. Und Ghorm ist ja wohl eindeutig ein ziemlich wichtiges Detail.«

»Sie muss eine Informationsquelle gehabt haben, die wir übersehen.« Walt war ganz aufgeregt und begann, vor dem Gobelin auf und ab zu laufen. Er studierte die genähten Szenerien, während ich mich an meinen ersten Besuch in diesem Raum zurückerinnerte.

»Millie hat erzählt, dass ihre Großmutter viele Geschichten über die Harrowmores kannte, aber sie konnte sich nicht an Einzelheiten erinnern. Möglicherweise sind sie alle mündlich überliefert worden«, überlegte ich laut.

In Walts Stimme klang Zweifel mit, als er antwortete: »Möglich, doch wie wahrscheinlich ist das bei einer tausend Jahre alten Geschichte? Viel wahrscheinlicher wäre es, dass dieses Wissen im Laufe der Jahre verloren ging, denn die Menschen sind sehr nachlässig in solchen Dingen. Nein, sie muss irgendwo auf dieses uralte Wissen gestoßen sein.«

»Die Bibliothek«, schlug ich vor. »Alle wirklich wichtigen Informationen sind in Büchern bewahrt.«

»Zumindest sollte das so sein«, stimmte Walt mir zu. »Also los. Gehen wir in die Bibliothek, es wartet Arbeit auf uns.«

»Was? Jetzt sofort? Es sind nur noch wenige Stunden bis Sonnenaufgang und ich habe den ganzen Abend hockend auf einer Fensterbank verbracht«, gab ich zu bedenken.

»Du brauchst keinen Schlaf, Livie.«

»Aber ich liebe Schlaf!«, protestierte ich.

Statt einer Antwort umfasste Walt schweigend mein Handgelenk.

Der Gobelin löste sich vor meinen Augen auf, genauso wie der Rest des Raumes.

Kapitel 10

Auch in dunkler Nacht war die Bibliothek von Schloss Harrowmore ein beeindruckender Ort. Nur hatten die endlosen Regalreihen für eine Suchende wie mich jetzt eher etwas Abschreckendes.

Hätte mich wegen meines Versäumnisses die Dämonengestalt betreffend nicht das schlechte Gewissen geplagt, ich hätte Walt hier seinem Schicksal überlassen und wäre schlafen gegangen. So aber flüsterte ich nur kläglich: »Bitte sag mir, dass du einen Plan hast, Walt.«

»Aber sicher, Livie. Einfach ein Buch nach dem anderen durchblättern.«

Ich stöhnte und fügte mich in das Unvermeidliche.

Während Walt mit einem Stapel staubiger Bücher hinter einem gewaltigen Mahagonitisch Platz nahm und ein Buch nach dem anderen durchblätterte, machte ich es wie Cameron Harrowmore.

Ich setzte mich, wo ich gerade stand, auf den fleckigen Teppich, ließ wahllos ein in schwarzes Leder gebundenes Buch aus dem Regal fallen und las nach seinem Aufprall den Titel auf dem brüchigen Einband.

»Schmetterlinge und Nachtfalter«, entzifferte ich mühsam und kniete mich vor das Buch. »Walt? Es ist ja wirklich toll, dass du dein kleines blaues Licht immer griffbereit hast, aber ich sitze hier im Dunkeln und kann kaum die Einbände lesen. Kann ich vielleicht auch so ein praktisches Handlicht bekommen?«

»Fang«, war die knappe Antwort und eine blaue Kugel kam quer durch die Bibliothek auf mich zugerast. Instinktiv schoss meine Hand nach vorn und fing die Kugel auf. Ich hatte fast erwartet, mir die Finger zu verbrennen, doch die blaue Flamme, die jetzt lustig auf meiner Handfläche tanzte, war angenehm kühl.

Ich dachte zurück an mein qualmendes Sofa und zog fragend die Augenbrauen hoch. »Kannst du die Temperatur deiner blauen Flämmchen frei wählen?«

»Ja.«

Beneidenswert. Ich fragte mich, ob der Flämmchentrick auch für Banshees erlernbar war.

Stunden vergingen. Walt trug Bücherstapel um Bücherstapel zu seinem Tisch und ich robbte, immer noch auf dem Fußboden sitzend, die unterste Regalreihe entlang. Vor den meterhohen Sprossenfenstern wurde es allmählich heller und wir hatten absolut nichts gefunden.

Ich seufzte. »Können wir denn nicht ein wenig gezielter suchen? Ich meine, du musst doch zumindest eine grobe Vorstellung von dem Buch haben, das wir brauchen.«

»Es könnte genauso gut ein einzelnes Blatt sein, das irgendwo zwischen den Seiten liegt. Blätter weiter, Livie. Eine andere Idee haben wir nicht«, sagte Walt. Seine Stimme klang so mutlos, wie ich mich fühlte.

»Wir werden nicht mehr ewig allein sein. Bestimmt kommt Cameron bald hierher. Die Bibliothek ist sein Lieblingsplatz«, erinnerte ich ihn.

»Am Neujahrstag? Das sollte mich wundern. Wir haben sicher noch ein paar Stunden Zeit, bevor die Partylöwen wieder auf der Bildfläche erscheinen.« Walt klappte das Buch zwischen seinen Händen zu und eine feine Staubwolke stieg vor seiner Kapuze auf. Kommentarlos griff er nach dem nächsten alten Schinken vor sich auf dem Tisch.

Auch ich wählte ein neues Buch aus. »Wald- und Wiesenkräuter für die Hausapotheke. Das sollte Millie vielleicht mal lesen. Das eine oder andere Detail aus diesem Buch wird wohl mit dem Wissen der alten Druiden übereinstimmen.«

Walt gab keine Antwort, sondern blätterte schweigend Seite für Seite weiter. Blättern konnte ich mit Gedankenkraft fast noch schneller als früher mit den Händen. Doch dies war angesichts der Vielzahl an Büchern ein schwacher Trost.

»Was kann so ein Dämon Millie eigentlich antun?«, fragte ich.

Nun hob Walt den Kopf und sah zu mir herüber. »Es gibt so unglaublich viele Möglichkeiten, jemandem zu schaden, dass ich sie dir gar nicht alle ausmalen möchte. Je mehr wir über Ghorm erfahren, desto mehr wissen wir auch darüber, was ihn antreibt und wie er üblicherweise vorgeht.«

»Könnte Rache sein Motiv sein?«, schlug ich vor und blätterte zwei Bücher gleichzeitig durch.

»Es könnte der Grund sein, warum er sich Millie ausgesucht hat. Vermutlich weiß er, wer sie ist. Dämonen können Magie förmlich riechen. Möglicherweise hat Ghorm noch eine Rechnung mit Badria zu begleichen. Wenn er die Gestalt unter der Eiche ist, müssen wir erfahren, was sich damals zwischen den beiden abgespielt hat. Großmutter Harrowmore wusste es, also ist es auch für uns möglich, es herauszufinden.«

»Und warum haben Dämonen gelbe Augen?« Ich erhöhte auf drei Bücher, die jetzt vor mir auf dem Boden liegend ihre Seiten auffächerten. Ich fand mich selbst ziemlich beeindruckend, konnte aber unmöglich noch ein viertes Buch parallel lesen.

»Das kommt vom Schwefel.«

Überrascht ließ ich alle Bücher gleichzeitig zuschlagen und starrte Walt an. »Du willst mir damit sagen, dass die Biester direkt aus der Hölle kommen?«

Er machte eine wegwerfende Handbewegung. »Ich will damit sagen, dass nicht für alle Lebensformen dieselben physikalischen und biologischen Gesetze gelten. Nicht mehr.«

»Das ist mir schon aufgefallen«, antwortete ich und pustete mein blaues Licht aus. Der Tag war inzwischen hell genug geworden. »Ich bin erledigt, Walt. Diese Nacht ist jetzt ein Tag und droht, kein Ende zu nehmen. Ich will auf mein Sofa!«

»Du bist eine Banshee, du brauchst keinen Schlaf.« Walt klang leicht genervt.

»Mein Körper vielleicht nicht, mein Geist schon.« Vermutlich kam es vom gleichzeitigen Lesen mehrerer Bücher. Ich hatte wirklich das Gefühl, nicht mehr weitermachen zu können.

Walt schien allerdings unermüdlich zu sein. »Alles nur Einbildung«, sagte er knapp und ließ zwei neue Bücher neben mir auf den Boden krachen.

Seufzend sah ich ihnen zu, wie sie sich vor mir aufblätterten und wieder schlossen.

Es folgte Buch auf Buch. Eines war ein Ratgeber über Gift und Speisepilze, ein anderes ein Bildband über Singvögel.

Nichts, aber auch gar nichts in diesen Büchern erzählte etwas über Dämonen, Unholde oder Druiden.

»Und wenn wir am falschen Ort suchen?«

Walt löste den Blick von seiner Lektüre und wandte sich mir zu. »Was willst du damit sagen?«

»Nun, Millie verwahrt ihre Liebesromane in ihrem Zimmer. Es sind vermutlich Bücher, die ihr besonders am Herzen liegen. Was, wenn auch Großmutter Harrowmore die wichtigen Bücher in ihrem Zimmer aufhob und sie auch heute noch dort sind?«, gab ich zu bedenken.

Walt schwieg einen Augenblick. Dann murmelte er: »Das ist natürlich eine Möglichkeit. Nicht dumm. Ganz und gar nicht dumm.«

Ich errötete. Vielleicht ließ sich die Scharte meines Versäumnisses ja doch noch ausmerzen.

»Ich könnte heute Nachmittag mit Millie sprechen und mit ihr Großmutters Zimmer mal so richtig filzen.«

Walt reagierte auf diesen Vorschlag mäßig begeistert. »Aber auf gar keinen Fall darfst du mit ihr über unseren Verdacht in Bezug auf Ghorm sprechen, hast du mich verstanden?«

»Aber warum denn nicht?«, wollte ich wissen. »Willst du sie nicht warnen? Sie muss doch erfahren, in welcher Gefahr sie schwebt, wenn sie sich mit diesem Kerl einlässt!«

»Und du meinst, sie würde dir auch nur ein Wort glauben?«, fragte Walt und neigte seine Kapuze.

»Ich bin ihre Banshee!«, rief ich entrüstet.

Doch er schüttelte energisch sein Haupt. »Sie ist verliebt, Livie. Sie wird weder dir noch mir ein Wort glauben. Ghorms Macht wirkt schon in ihr, da bin ich mir sicher. Er wird den gestrigen Abend für seine Zwecke genutzt haben. Nein, Millie müssen erst selbst Zweifel an Ghorm kommen, bevor wir sie einweihen können. Wenn wir ihr zu früh reinen Wein einschenken, werden wir ihr Vertrauen verlieren, und das dürfen wir auf keinen Fall riskieren.«

»Also gehe ich nicht mit ihr in Großmutters Hinterlassenschaften stöbern?«

»Warum nicht? Überleg dir einen Vorwand. Hauptsache, du probierst es nicht mit der Wahrheit. Vermeide jedes Gespräch über Ghorm. Ich halte dich nicht für eine talentierte Lügnerin, also meide, wenn möglich, einfach alle verbalen Minenfelder. Ich werde die Zeit nutzen und mich noch einmal in Nachforschungen stürzen.«

»Wo wirst du nachforschen?« Ich fragte mich wirklich, wo Walt immer abblieb, wenn er von der Bildfläche verschwand.

Doch wenn ich diesbezüglich auf eine klare Antwort gehofft hatte, so wurde ich enttäuscht, denn Walt breitete die Arme aus, blickte auf die Regalreihen voller Bücher und antwortete: »Hier natürlich. Nichts bestätigt deinen Verdacht, dass die gesuchten Unterlagen nicht hier sind. Wir müssen weitersuchen.«

»Warum ist Ghorm gerade jetzt hier aufgetaucht, was meinst du? Warum hat er sich Millie nicht schon vor Jahren gegriffen?«

»Es wird mit ihrer gerade erst erwachenden Fähigkeit zu tun haben. Bevor sie Ansätze ihres Druidenerbes zeigte, war sie für magische Wesen völlig uninteressant und im Grunde nicht zu orten. Sie kann von Glück sagen, dass sich ihre Talente nicht schon im Kindesalter gezeigt haben, sonst wäre hier wohl ein sehr böser Onkel namens Ghorm hereingeschneit.«

Ich hatte Walt in der Bibliothek zurückgelassen und war in meine Dachkammer geschlurft. Müdigkeit lag mir wie Blei in den Kniekehlen, auch wenn das laut Walt gar nicht sein konnte. Auf den Bodenbrettern meiner Kammer standen noch immer die beiden Sektschalen, deren Inhalt nun schal und warm war. Ich lächelte traurig. Meinem Todesboten und mir hätte eine andere Silvesternacht beschieden sein können, wenn uns nicht ein Dämon dazwischengefunkt hätte.

Da Millie mit Sicherheit noch tief und fest schlief, gönnte auch ich mir den Luxus einer Ruhepause. Doch kaum lag ich eingerollt in ein mottenzerfressenes Laken auf meinem brandgeschädigten Sofa, fuhren meine Gedanken mit mir auch schon wieder Karussell.

Walt hatte mir erzählt, dass seine Daseinsform eine Bestrafung für seine Untaten als Inquisitor war. Doch worin genau bestand eigentlich die Bestrafung? Was war so unangenehm an diesem langen Weg der Läuterung, wie er sich ausgedrückt hatte? Ich für meinen Teil fand es eigentlich ganz originell, blaue Lichtkugeln abzufeuern und immer zu wissen, wann jemand in Todesgefahr schwebte. Mal ehrlich: Auch wenn Schloss Harrowmore einige Defizite bezüglich der Infrastruktur aufwies, war es nicht gerade das Fegefeuer, oder?

Ich grübelte noch lange ergebnislos vor mich hin und fand nur mühsam in einen unruhigen Schlaf.

Gefühlt keine zehn Minuten später wurde ich wieder geweckt. Zu Füßen meines Sofas rekelte sich eine liebeskranke Millicent und rezitierte Liebesgedichte.

»Soll ich dich einem Sommertag vergleichen? Nein, du bist lieblicher und frischer weit.«

Meine Antwort war ein verschlafenes Grunzen. Nach meinen Informationen passte die zweite Strophe von Shakespeares Sonette hier wesentlich besser: Zu feurig oft lässt er sein Auge glühen! Doch Walts Rat beherzigend, schwieg ich und ließ Millie in hochtrabenden Phrasen schwelgen. Tatsächlich rezitierte sie noch eine ganze Weile begeistert vor sich hin, während ich mit halb geschlossenen Augen dalag und einen Plan ersann.

»Meinst du, ein cremefarbenes Hochzeitskleid könnte mir besser stehen als ein weißes?«

Hoppla, was hatte ich denn da verpasst?

»Millie, ich bin zwar nur eine tote Neunzehnjährige, die zu ihren Lebzeiten nicht viele Erfahrungen gemacht hat, aber meinst du nicht auch, dass es für diese Überlegung ein bisschen zu früh ist?«

Ich hatte probehalber ein Auge geöffnet und blickte Millicent damit fragend an.

»Mitnichten«, verkündete sie und streckte sich lang auf den Bodendielen aus. »Papa hat Ghorm in seinem Club kennengelernt. Dort verkehren nur Aristokratie und Geld. Da Ghorm nicht zur ersten Gattung gehört, gehört er logischerweise dem Geldadel an, und das bedeutet, einer Heirat steht nichts im Wege.«

»Also Millie! Das mag jetzt ein bisschen weltfremd klingen, aber sollten Gefühle dabei nicht auch eine Rolle spielen?«

»Natürlich! Ich finde ihn großartig und er findet mich nicht lächerlich. Das reicht doch!«, erklärte sie mir und sah sehr zufrieden aus.

Bescheidenheit ist eine Zier.

Kopfschüttelnd setzte ich mich auf. »Nenn mich hoffnungslos altmodisch, aber warum fällt hier nicht das Wörtchen Liebe?«

»Oh, ich liebe ihn!«, beeilte sich Millie, mir zu versichern. »Natürlich liebe ich ihn! Aber ohne die richtigen Rahmenbedingungen würde mir das gar nichts nützen, nicht wahr?«

Ich war irgendwie ein wenig enttäuscht von der fehlenden Romantik in ihren Ausführungen. »Ich hätte nie gedacht, dass Geld bei der Partnerwahl für dich eine so große Rolle spielt.«

»Das tut es ja auch nicht. Aber schließlich geht es hier ja nicht nur um mich, sondern um Schloss Harrowmore und meine gesamte Familie.«

Mir war, als ob ein großes leuchtendes Fragezeichen soeben über meinem Kopf erschienen sein musste. Glücklicherweise befreite mich Millicent aus dem Zustand der Ratlosigkeit.

»Es gibt da gewisse Auflagen, die meine Familie erfüllen muss, wenn wir Schloss Harrowmore nicht verlieren wollen. Diese Auflagen sind testamentarisch von einem meiner Vorfahren festgehalten worden.«

»Was denn für Auflagen, bitte schön? Ihr seid doch Harrowmores und dieses Schloss befindet sich seit Urzeiten in Familienbesitz. Wer also würde euch euren Besitz streitig machen wollen?«

»Die anderen Harrowmores natürlich! Diese Familie hat Zweige ihres Stammbaumes in den entferntesten Winkeln der Welt.«

Dieser Umstand war mir bereits in den ersten Wochen an Walts Seite aufgefallen. Denn auch wenn sich die australischen und amerikanischen Harrowmores die meiste Zeit über vorbildlich verhielten und nur selten in Lebensgefahr gerieten, wusste ich dank Walt von ihrer Existenz.

»Vor einigen Generationen gab es ein paar Ungereimtheiten in der Erbfolge. Ich weiß nicht mehr genau, worum es dabei ging, doch meinen direkten Vorfahren ist damals Schloss Harrowmore zugefallen. Onkels und Tanten haben zwar grundsätzlich Wohnrecht im Schloss, es gehört ihnen aber nicht.«

»Es sei denn?«, fragte ich gespannt.

»Es sei denn, einer von uns würde ein absolut unmögliches Betragen an den Tag legen.«

»Äh?« Ich stand auf dem Schlauch. Was sollte denn ein unmögliches Betragen sein? In der Nase bohren oder Äpfel klauen oder was?

»Zum Beispiel, einen Beruf zu ergreifen.«

»Mit anderen Worten, Schloss Harrowmore gehört euch nur so lange, wie ihr es ohne Arbeit unterhalten könnt?«

»Exakt. Wir sind schließlich alter Adel.«

Diese Erklärung entschuldigte in meinen Augen tatsächlich diese völlig schwachsinnige Auflage. So etwas konnte nur in einer Familie wie den Harrowmores zum Tragen kommen.

»Und wie funktioniert so etwas?«

»Wir verkaufen und verpachten unsere Ländereien und heiraten Geld«, klärte Millie mich bereitwillig auf. »Cameron zum Beispiel hat eine furchtbar oberflächliche Frau mit großem Vermögen geheiratet. Als sie eines Tages sang- und klanglos verschwand, hat ihr niemand von uns eine Träne nachgeweint. Die Hauptsache war, dass sie ihr Vermögen hiergelassen hat! Aber die Unterhaltskosten für Schloss Harrowmore sind gewaltig und unsere Reserven schwinden schnell. Deswegen sucht Papa den Silvesterkandidaten bevorzugt in seinem Club aus, da kommt man ohne Geld oder Titel überhaupt nicht rein.«

Plötzlich verstand ich. »Deswegen hängt ihr alle den lieben langen Tag hier im Schloss rum! Ihr seid chronisch pleite, könnt aber nicht arbeiten und müsst den ganzen Tag schön vornehm tun.«

»So ist es. Und wenn wir uns nicht an die Regeln halten, können wir unser Heim an unsere nächsten Verwandten verlieren. Und ja, sie wollen das Schloss haben.« Millies Miene verfinsterte sich bei diesen Worten. Mir fiel es schwer, ihr zu glauben. Wer hätte sich freiwillig so ein Geldgrab wie ein marodes Schloss ans Bein gebunden? Dazu musste man wohl von Adel sein.

»Ihr könnt also zum Spaß studieren, aber damit hat sich eure berufliche Perspektive auch schon erledigt? Das ist ja deprimierend«, stellte ich fest.

»Cameron hätte so gern einen richtigen Beruf erlernt. Dass er stattdessen hier rumsitzt und die Zeit totschlägt, macht ihn zynisch und traurig.«

In mir keimte ein Verdacht auf. Vielleicht steckte dieser Zweig der Familie Harrowmore deswegen so oft in Schwierigkeiten, weil sie sich geradezu tödlich langweilten?

»Millie, das ist furchtbar!«

»Nicht wahr?«

»Aber warum tut ihr euch das an? Ich meine, warum reicht ihr den alten Kasten nicht einfach weiter und tut das, was euch Spaß macht?«

Millie schüttelte den Kopf. »Schloss Harrowmore aufgeben? Wie könnten wir? Wir lieben dieses Fleckchen Erde aus tiefstem Herzen, selbst wenn es uns große Opfer abverlangt. So ist das eben mit altem Familienbesitz, wir sind ihm verbunden und verpflichtet.«

Plötzlich war ich sehr froh darüber, in einer unbedeutenden Neubauwohnung aufgewachsen zu sein.

»Verstehst du jetzt, warum ich mich so sehr gefreut habe, als du und Walt in mein Leben getreten seid? Druidin ist man oder man ist es nicht. Das ist kein Beruf. Das ist quasi angeboren. Endlich habe ich einen Sinn in meinem Leben gefunden! Und nun kommt auch noch mein Traummann um die Ecke, ist das nicht herrlich? Ich bin der glücklichste Mensch der Welt!«

Und was für ein ungewöhnlicher Zufall das doch war.

Unabhängig von diesen interessanten Informationen musste ich mich auf das Wesentliche konzentrieren, und ich hatte einen Plan.

»Millie, erinnerst du dich an den Wandteppich, den wir bei unserer Shoppingtour durch das Schloss gesehen haben?«

»An den alten, staubigen Fetzen? Natürlich. Aber wie ich dir schon sagte, kann man den nicht bewegen. Der fällt mit Sicherheit sofort auseinander. Was willst du mit dem Ding?«

»Ich will gar nichts damit, aber mir gehen die nachträglich aufgenähten Figuren nicht mehr aus dem Sinn. Du sagtest, diese Arbeiten stammen von deiner Großmutter?«

»Von Großmutter Abigail, genau. Warum interessiert dich das so?«

»Hat deine Großmutter gern und viel genäht?«

»Sie hat eigentlich kaum etwas anderes gemacht. Nähen und dabei Geschichten erzählen, das war ihre Welt.«

»Weißt du zufällig, was aus ihrem Nähzeug geworden ist? Ich würde diese Dachkammer so gern wohnlicher gestalten, mir fehlt dafür aber das nötige Werkzeug.«

»Ihr Nähkasten steht vermutlich noch in ihrem Zimmer. Wir Harrowmores sind nicht besonders gut im Wegwerfen und Entrümpeln. Ich glaube nicht, dass sich in Großmutter Abigails Zimmer seit ihrem Tod auch nur das Geringste verändert hat. Wenn du möchtest, bringe ich dich später dort hin. Sobald Walts Unterweisungen beendet sind. Da fällt mir ein: Wo steckt er eigentlich?«

»Der ist mit irgendwelchen Recherchen beschäftigt. Es wird also heute keinen Unterricht in Sternenkunde oder ähnlichem Zeugs geben. Du hast somit frei und kannst mich in das Zimmer deiner Großmutter Abigail führen.«

»Recherchen? Was denn für Recherchen?«

Ich wand mich ein wenig. »Als ob er mir immer erzählen würde, was er den ganzen Tag so treibt. Wenn du glaubst, ich wüsste mehr über Walt als du, dann irrst du dich. Wir arbeiten nur zusammen.«

Millie legte den Kopf schief und bedachte mich mit einem durchdringenden Blick. Sie glaubte mir kein Wort.

Ob sie eine neue Sensibilität gegenüber ihren Mitmenschen und deren Aussagen entwickelte? Dann würde es bald sehr schwierig werden, sie zu belügen. Vielleicht würden in ihr mit der Zeit tatsächlich Zweifel an Ghorms Redlichkeit aufkommen und wir bräuchten sie nicht mit der Nase draufzustoßen.

Während ich mit Millie Seite an Seite durch die Korridore schlenderte, versuchte ich, ein paar Details aus Großmutter Abigails Leben in Erfahrung zu bringen. Bereitwillig erzählte Milicent, was sie über die Verstorbene wusste.

Großmutter Abigail hatte jung in die Familie Harrowmore eingeheiratet. Ihr Vater, ein reicher Gutsbesitzer, war froh gewesen, sich mit der adligen Partie seiner Tochter brüsten zu können, und die Familie Harrowmore hatte die fette Mitgift gereizt. Lewis Harrowmore, ein untreuer Schwerenöter und miserabler Ehemann, hatte der jungen Abigail kein Glück gebracht. Nachdem sie ihre Aufgabe erfüllt und Erben geboren hatte, zog sich ihr Gatte fast völlig von ihr zurück. Um nicht verrückt zu werden, saß sie tagein, tagaus in ihrem Zimmer und nähte. Daran änderte auch der frühe Tod ihres Gatten nichts. Da sie sich verpflichtete fühlte, ihren Kindern den Vater zu ersetzen, und sie auf ihr großes Erbe vorbereiten wollte, studierte sie die Geschichte Schloss Harrowmores und seiner Bewohner intensiv.

Bis zu ihrem Tod erzählte sie jedem, der es hören wollte, Anekdoten der Familie. Leider wollten nur wenige etwas von diesen ollen Kamellen wissen und so gerieten ihre Geschichten nach und nach in Vergessenheit. Erst nach ihrem Tod wurde den Kindern und Enkeln bewusst, welchen Schatz sie verloren hatten.

»Wir hatten gehofft, Großmutter Abigail hätte das eine oder andere über die Familie niedergeschrieben, doch wir wurden enttäuscht. In ihrem Zimmer fanden sich kein Tagebuch, keine Notizen. Dafür hätten wir mit Näh- und Stickutensilien locker eine Scheune füllen können.« Millicent lachte. »Seit Jahren war keiner von uns dort oben. Man könnte den Raum natürlich entrümpeln und neu herrichten, aber wozu? Wenn jemand ein Zimmer haben möchte, dann gibt es Dutzende, die ansprechender sind als Großmutter Abigails Verschlag.«

»Verschlag?«

»Der Raum hat keine Fenster. Weiß der Himmel, wie sie es dort all die Jahre ausgehalten hat. Sie wollte nirgendwo anders wohnen, obwohl wir ihr oft größere und schönere Zimmer angeboten haben.«

»Vielleicht war deine Großmutter ein Vampir?«

»Ja, sicher, Livie. Zieh mich nur auf.« Millie schwieg einen Moment. Dann fragte sie: »Du ziehst mich doch auf, oder?«

»Natürlich tue ich das. Es war ein Scherz, nichts weiter.«

Doch rätselhaft fand ich diese Geschichte schon.

Kapitel 11

»Voilà, Großmutter Abigails Zimmer. Tritt ein, nimm Licht mit rein.«

»Sehr witzig, Millie. Sag mir nicht, sie hatte hier drinnen auch keine Elektrizität.«

»Hatte sie wirklich nicht. Aber der Kerzenleuchter steht gleich hier vorn neben der Tür und auch Streichhölzer lagen hier immer parat.«

Ich starrte in die absolute Finsternis eines fensterlosen Raumes. Millie, die sich tastend in die Schwärze vor uns gewagt hatte, jubelte kurz, dann vernahm ich das schabende Geräusch eines Zündkopfes auf der Reibefläche. Schwefelgeruch stieg mir in die Nase und die helle Flamme des Streichholzes tauchte Großmutter Abigails Zuflucht in ein schwaches gelbes Licht. Millie entzündete die Kerzen eines auf einem Wandbord bereitstehenden dreiarmigen Leuchters aus Zinn und winkte mich zu sich.

Gemeinsam standen wir in der Kammer, deren Wände mit mannshohen, selbstgefertigten Bildern bedeckt waren. Meine Kinnlade klappte mir bis zur Brust herunter, als ich entdeckte, dass all diese Werke aus winzigen Stoffresten zusammengenäht worden waren. Während ich sie noch betrachtete, entzündete Millie weitere Kerzen im Raum und summte dabei vor sich hin.

Großmutter Abigail musste eine Vorliebe für Wasser in jeglicher Form gehabt haben. Es fand sich in all ihren Werken. Helle Flüsse strömten in wilde Meere und friedliche Seen glänzten in der Sommersonne. Immer und überall tummelten sich in den Gewässern nackte Liebende, eng umschlungen oder in eindeutigen Posen. Dies waren nicht die Bilder einer verbitterten alten Frau, die im Dunkeln gelebt hatte. Abigail war trotz ihrer unglücklichen Ehe und dieses Verschlages glücklich gewesen. Zu gern hätte ich in Erfahrung gebracht, wie sie das angestellt hatte.

»Hier ist Großmutters Nähkorb. Also eigentlich ist es mehr eine Kiste. Möchtest du hineinschauen, was sich verwenden lässt?«

Ich wandte mich Millie zu und sah, dass sie sich der Untertreibung schuldig gemacht hatte, denn das, was sie als Kiste bezeichnete, war in Wirklichkeit eine Truhe. Eine schwere, hölzerne Truhe, die schon einige Generationen von Harrowmores hatte kommen und gehen sehen.

Ich half der überforderten Millie, den schweren Deckel hochzustemmen, und erblickte im Innern ein kunterbuntes Sammelsurium.

»Sieh nur. All die vielen Stoffreste! Ich glaube, dass noch nie ein Kleidungsstück aus diesem Schloss den Weg in die Altkleidersammlung gefunden hat. Großmutter hat alles weiterverwertet. Erinnerst du dich an das Brautpaar, das sie auf den Gobelin gestickt hat?«

Ich nickte und betrachtete einige der farbenfrohen Stoffreste genauer. Hier lag Frottee neben Seide und alt neben neu. Die alte Dame hatte sogar die Babylätzchen aufgehoben.

»Sie hat sowohl den Stoff des Brautkleides als auch den Anzugstoff des Bräutigams für diese Szenerie verwendet«, fuhr Millicent fort. »Auf solche Kleinigkeiten hat sie stets großen Wert gelegt.«

Um mein Alibi aufrechtzuerhalten, suchte ich verschiedene Garnrollen, Nadeln und einige größere Stoffreste aus der Truhe heraus und bat Millie, sie für mich zu tragen.

Ich ließ meinen Blick noch einmal aufmerksam durch das Zimmer schweifen. Viele Möbel hatte Großmutter Abigail nicht besessen. Bett, Schrank, Tisch, ein handbemaltes Waschbecken aus Keramik und zwei Stühle. Ein Regal, in dem sich ein Buch mit Informationen über tote Druiden oder Magier befinden konnte, gab es nicht.

»Hier fehlt nur noch eine Toilette in der Zimmerecke und eine Klappe in der Tür, um den Eindruck einer Gefängniszelle zu verstärken.«

Millie lachte. »Siehst du die Tapetentür dort hinter dem Wandbild? Da versteckt sich die Toilette.«

»Lass mich raten: Dort gibt es auch kein Fenster.«

»Wie bist nur darauf gekommen?«

Mich noch immer suchend umblickend, fragte ich Millie: »Ich hatte gehofft, auch auf einige Schnittmuster zu stoßen. Hat sie denn nie nach welchen gearbeitet?«

Millie sah sich ratlos um. »Ich weiß es nicht. Eigentlich müsste es hier Schnittmuster geben, nicht wahr? Aber Großmutter war schon ein eigenartiger Mensch. Sie tat nur selten, was man von ihr erwartete oder was andere für logisch hielten. Sie hätte sich ja auch Strom hierher verlegen lassen können, um mit einer elektrischen Nähmaschine zu arbeiten, doch sie erledigte ihre Arbeit immer von Hand.«

Sie drehte sich noch einige Male suchend um die eigene Achse, konnte jedoch ebenso wenig Vielversprechendes entdecken wie ich.

»Vielleicht hat sie etwas unter ihrem Bett verwahrt«, mutmaßte ich und ließ mich auf die Knie herab, um unter das schlichte, schmale Holzbett zu blicken, dessen bunter Flickenüberwurf bis auf den Boden herabhing. Ich ließ den staubigen Stoff aufsteigen und spähte unter das Bett, konnte aber zunächst nichts erkennen. Doch dann erspähte ich im Dunkel einen quadratischen Gegenstand. Eine Schachtel aus Karton.

Ich ließ den Überwurf wieder sinken. »Da ist nichts«, log ich, ohne Millie ins Gesicht zu sehen. »Komm, lass uns zurückgehen.«

»In Ordnung«, sagte sie und pustete die Kerzen aus.

Auf den hellen Flur hinaustretend, betrachtete ich sie von der Seite. Von der linken Schläfe hing ihr eine lange graue Strähne bis auf die Schulter herab. Sie war mir noch nie vorher aufgefallen, und das, obwohl ich Millie doch erst in der Silvesternacht genau betrachtet hatte. Nun, wir wurden alle nicht jünger. Ich für meinen Teil war aufgrund meines Todes allerdings vermutlich stehen geblieben.

Auf dem Rückweg zu meiner Dachkammer prägte ich mir unsere Marschrichtung gut ein. Ich war entschlossen, bei nächster Gelegenheit allein in Großmutter Abigails Verschlag zurückzukehren, um den Inhalt des Kartons in Augenschein zu nehmen. Vielleicht barg er die Lösungen einiger Rätsel.

Millie plapperte erneut ohne Punkt und Komma vor sich hin und ich war schon versucht, geistig abzuschalten, als sie sagte: »Ich kann es gar nicht erwarten, bis er mich wieder besucht.«

Sie sprach natürlich von Ghorm und ich konnte mir eine Frage nicht verkneifen: »Hat er denn gesagt, wann er dich besuchen will?«

»Eben nicht. Deswegen bin ich ja so ungeduldig. Es könnte morgen oder nächste Woche oder aber auch schon …«

»Millie! Es ist Besuch für dich angekommen!«

Die aus der Halle dröhnende Stimme des Lords entlockte Millie einen Verzückungs- und mir einen Entsetzensschrei. Dieser Unhold ließ wirklich keinen Tag ungenutzt verstreichen.

Und während ich wie erstarrt auf dem Flur stehen blieb, rannte Millie wie von der Tarantel gestochen davon. An der nächsten Ecke lächelte sie mir zum Abschied verschwörerisch zu und war verschwunden.

Ich rannte nun ebenfalls, und zwar direkt in die Bibliothek, wo ich Walt vermutete. Aber Fehlanzeige. Mein Todesbote schien seine Recherchen unterbrochen zu haben und war mal wieder von der Bildfläche verschwunden. Gerade wollte ich lautstark nach ihm rufen, als ich Cameron vor einem der unteren Regale kauern sah.

Ich schluckte den Schrei hinunter und beschloss, ihn an einen anderen Ort zu verlegen. Allzu schnell konnte es geschehen, dass ich mich bei dieser Aktivität anspannte und mir ein Banshee-

Klageschrei entfuhr. Und ich wollte Cameron wirklich nicht unnötig aufschrecken, da unser nächstes Rendezvous dank seiner leichtsinnigen Sprösslinge sicher bald stattfinden würde.

Den Flur entlangfliegend, ließ ich links und rechts schwungvoll einige Türen aufspringen und fand schließlich, was ich suchte: ein Gästeklo! Ich stürmte hinein, ließ die Tür hinter mir zufallen und schrie: »Walt!«

Keine Reaktion. Ich versuchte es noch einmal und noch einmal, dann wurde es mir zu dumm. Was immer er gerade trieb, für mich war er nicht zu sprechen und ich somit auf mich allein gestellt.

Was konnte ich tun? Das Mindeste war wohl, ein wachsames Auge auf die Turteltauben zu haben, und sei es nur, um Walt später Bericht erstatten zu können. Doch ich musste vorsichtig zu Werke gehen. Sowohl Millie als auch Ghorm konnten mich sehen.

Seufzend stellte ich mich darauf ein, den Rest des Tages unter Betten und in Schränken zu verbringen, verließ die Gästetoilette und machte mich auf den Weg in die große Halle. Dort ankommend, sah ich gerade noch, wie sich die Haustür hinter Millies rotem, mit schwarzem Pelz besetzten Mantel schloss.

Verdammt. Es würde sich wesentlich schwieriger gestalten, den beiden bei einem Winterspaziergang in den einsamen Gärten Harrowmores unbemerkt auf den Fersen zu bleiben als in einem der Zimmer. Ich konnte mir ja schlecht einen ausgerissenen Busch vors Gesicht halten und wie ein Soldat durchs Gelände robben. Oder?

Eine innere Stimme sagte mir, dass dies nicht der schlechteste Plan sei, und ich fügte mich seufzend in mein Schicksal.

Ich trat dicht an eines der großen Sprossenfenster in der Halle heran und blickte nach draußen. Zwei vertraute Gestalten, die eine im eleganten grauen Mantel mit Hut, die andere in feurigem Rot, gingen Arm in Arm in Richtung Rosengärten und verschwanden hinter einer Buchsbaumhecke. Es wurde Zeit, die Verfolgung aufzunehmen.

Kaum dass die Haustür hinter mir zugefallen war, fingen meine Zähne an, rhythmisch aufeinanderzuschlagen. Es war kühl, feucht und windig, und ich hatte mein Cape nicht dabei. Zudem hatte Tauwetter eingesetzt und der Schneematsch lief mir augenblicklich in meine Turnschuhe, die ich noch immer unter meinem edlen Banshee-Kleid trug. Ich bereute es zutiefst, Walt nicht darum gebeten zu haben, mir ein Paar ordentliche Winterstiefel herzuschnippen, aber jetzt war es zu spät.

Zähneklappernd nahm ich die Verfolgung auf.

Ich befürchtete schon, die beiden in den weitläufigen Gartenanlagen verloren zu haben, als ich nahe neben mir Stimmen hörte. Hinter einem mannshohen Rhododendrongebüsch zu meiner Linken stand versteckt eine steinerne Parkbank, auf der Millie und Ghorm Platz genommen hatten. Ich bekam schon bei dem Gedanken an die kalte Sitzfläche fast eine Blasenentzündung, doch Millie glühte wohl schon wieder vor Liebe.

So leise wie irgend möglich duckte ich mich unter den Rhododendron und kroch auf Händen und Knien näher an die Liebenden heran.

»Ihr Vater erzählte mir, dass niemand von Ihnen einer Beschäftigung nachgeht. Ist es nicht ein wenig langweilig für eine junge und schöne Frau, den ganzen Tag in einem einsamen Schloss zu sitzen?«

Den ganzen Tag? Die sitzt schon seit Jahren hier!

Ich biss mir auf die Zunge, bevor mir diese Gedanken entschlüpfen konnten, und hörte Millie sagen: »Ach nein. Ich habe sowieso keinerlei Talente, also gibt es auch nichts, was ich hier vergeuden könnte.« Ihre bestechende Offenheit ließ mich lächeln.

»Aber haben Sie denn nie den Wunsch verspürt, die Welt zu sehen, Millicent? Reizen denn die großen Metropolen Europas Sie nicht? Wollten Sie nie nach Rom oder Paris?«

Millie schwieg. Ich spürte, dass der Unhold einen wunden Punkt getroffen hatte. Sie wäre gern auf Reisen gegangen, doch dazu bedurfte es bekanntlich einer nicht unbeträchtlichen Menge Kleingeldes, über welches sie nicht verfügte.

»Millie«, ließ sich nun wieder Ghorms angenehme Stimme vernehmen und sie klang so freundlich, dass sogar ich mich für einen Moment einlullen ließ. »Wollen Sie nicht Ihren Koffer packen und sich mit mir zusammen Europa ansehen? Venedig ist auch im Winter eine Reise wert und nicht so hoffnungslos überlaufen wie in den Sommermonaten.«

Venedig. Italien. Ich war hin und weg bei diesem Gedanken und hoffte spontan, dass Millie »Ja« sagen würde. Wenn Ghorm versuchen sollte, sie in Venedig zu zerstückeln und in den Canale Grande zu werfen, musste ich als ihre Banshee auch dorthin eilen. Dienstreise sozusagen.

Doch auf Schloss Harrowmore tickten die Uhren eben anders als im Rest der Welt und so antwortete Millie artig: »Aber Mister Littington! Das geht doch nicht. Ich kann doch nicht mit einem fremden Mann auf Reisen gehen.«

Ghorm lachte laut auf und antwortete: »Aber natürlich können Sie, Millicent! Dies hier ist das 21. Jahrhundert. Frauen können tun und lassen, was ihnen gefällt.«

Er meinte es ernst. Er wollte sie von Schloss Harrowmore weghaben. Aber warum?

Die brave Millie lehnte noch einmal dankend ab und erhob sich. »Mir wird kühl, Mister Littington. Lassen Sie uns doch ein paar Schritte gehen.«

Soso, der Dame wurde kühl. Ich steckte mit Händen und Unterschenkeln im matschigen und eiskalten Erdreich fest und der Dame wurde kühl. Großartig.

So leise wie möglich robbte ich unter dem Gebüsch hervor und nahm mit gebührendem Abstand erneut die Verfolgung auf.

Die nächste Gelegenheit, bis auf Hörweite zu Millie und Ghorm aufzuschließen, bot sich schneller als erwartet. An einem leeren Brunnen, eingerahmt von hohen Buchenhecken, blieb Ghorm stehen und zog Millicent in seine starken Arme. Seine Hände, die in teuer aussehenden schwarzen Lederhandschuhen steckten, lagen mit weit gespreizten Fingern auf ihren Pobacken.

Ich lag bäuchlings auf dem matschigen Rasen hinter der laublosen Buchenhecke und spitzte die Ohren.

»Millicent Harrowmore, Sie sind eine wundervolle Frau, die es verdient, mit Respekt behandelt zu werden. Darf ich Sie um einen Kuss bitten, obwohl wir uns erst so kurz kennen?«

»Oh Ghorm … Ich darf doch Ghorm sagen? Ich habe das Gefühl, Sie schon ewig zu kennen.«

Das Lachen, das daraufhin erscholl, klang in meinen Ohren ein bisschen teuflisch, doch Millie schloss verzückt die Augen und Ghorm drückte seine Lippen auf die ihren, öffnete fordernd ihren Mund und küsste sie, wie Millicent Harrowmore mit Sicherheit noch nie geküsst worden war.

Der Kuss schien sich über Minuten hinzuziehen und als ich Millie endlich atemlos kichern hörte, waren meine Hände und Füße steifgefroren.

Ich wartete, bis das Paar sich ein paar Schritte von mir entfernt hatte, und rieb dann hastig die schmerzenden Hände gegeneinander. Die Nässe und Kälte waren mir in jede Pore gekrochen, mein Banshee-Kleid hatte bereitwillig jeden Tropfen Feuchtigkeit aus dem Boden aufgesogen und meine Schuhe hatten ihr eigenes Wasserfußbett. Ich wünschte mir nichts sehnlicher als eine große Tasse Kakao, eine kuschelige Decke und ein erträgliches Fernsehprogramm.

Nichts davon sollte ich erhalten.

Immerhin wurde nun wieder der Weg zum Schloss eingeschlagen. Die noch immer verlegen kichernde Millie hing an Ghorms Unterarm und starrte ihm verliebt in sein hübsches Gesicht.

Ich war neidisch. Wieso wurde Millie von ihrem Dämon geküsst und ich von meinem Todesboten nicht? Die Welt war ungerecht.

Frech und fordernd streichelten nun wieder Ghorms Hände über Millies Gesäß. Ich ließ mich zurückfallen und die beiden vorangehen.

Einige Minuten später hatten sie die Schlosstür erreicht und verschwanden Arm in Arm in der warmen Halle. Ich blieb draußen und klapperte noch immer mit den Zähnen. Es wurde Zeit für meinen Rapport.

»Walt!«

Diesmal kam er sofort. Seine große, dunkle Kuttengestalt erschien direkt an meiner Seite.

»Habe ich etwas verpasst?«

»Schon, aber warum flüsterst du?«, fragte ich ihn misstrauisch.

»Du siehst so aus, als wärst du in geheimer Mission unterwegs. Sogar Schlamm hast du dir ins Gesicht geschmiert. Ich bin beeindruckt.«

Hastig wischte ich mir mit den Handrücken über die Wangen, doch ein Blick auf meine erdverschmierten Hände machte mir klar, dass ich es damit nur schlimmer gemacht hatte.

Walt ging freundlicherweise nicht weiter auf meinen Zustand ein.

»Verrate mir einfach, was ich wissen muss.«

»Er ist hier«, zischte ich. »Sie sind zusammen durch den Park spaziert und jetzt sind sie wieder im Haus. Wo warst du denn? Ich habe nach dir gerufen!«

»Ich war unabkömmlich«, lautete die ebenso knappe wie geheimnisvolle Antwort.

»Entzückend. Magst du mir vielleicht deine Handynummer geben? Dann schreibe ich dir das nächste Mal eine SMS und lasse das peinliche Gebrülle sein.« Ironie hatte schon immer zu meinen Stärken gehört.

»Erspar mir deine Scherze und erzähl mir, was du weißt.«

Für einen kurzen Moment zog ich es in Erwägung, ihm gar nichts zu erzählen und beleidigt meiner Wege zu gehen, doch dafür war diese Angelegenheit wohl zu ernst.

»Er hat ihr von der großen, weiten Welt vorgeschwärmt und wollte sie mit nach Venedig nehmen. Millies gute, altmodische Erziehung hat diesen Plan jedoch im Keim erstickt. Leider. Dann hat er höflich angefragt, ob er sie küssen darf, und sie hat es ihm gnädig gestattet. Es hätte eine Szene aus einem ihrer Lieblingsbücher sein können.«

»Genau deswegen ist die Inszenierung ja so, wie sie ist. Er spielt eine Rolle, und das nur für sie. Was weiter?«, fragte Walt.

»Nichts weiter.« Ich zuckte mit den Schultern. »Ich habe mir die Gliedmaßen abgefroren und die beiden haben getechtelt, das war's. Vermutlich serviert sie ihm jetzt einen heißen Tee, während mir hier draußen die Zehen absterben.«

»Livie, deine Zehen können nicht absterben, sei nicht immer so dramatisch.« Walt klang mal wieder leicht genervt.

»Dann kriech du doch das nächste Mal durchs Unterholz, Winnetou!« Jetzt wurde ich wirklich ärgerlich. Kein Mitgefühl, kein Lob, gar nichts. Von Küssen voller Leidenschaft mal ganz zu schweigen.

Mühsam riss ich mich zusammen und stellte ihm die alles entscheidende Frage: »Und was jetzt?«

»Wir werden ihn stellen.«

Ich überlegte angestrengt, was das bedeuten konnte, doch bei völliger Ahnungslosigkeit ist eine dumme Frage einfach unvermeidlich.

»Ihn stellen? Was meinst du damit? Stürmen wir durch die Vordertür, wedeln mit Handschellen vor seiner Nase herum und lesen ihm seine Rechte vor?«

Die Kutte an meiner Seite zuckte verdächtig. »Nein, wir werden warten, bis er wieder herauskommt. Du erinnerst dich vielleicht, dass ich Millie zu diesem frühen Zeitpunkt, so gut es geht, heraushalten möchte. Ich will nicht, dass sie sich genötigt fühlt, für ihn Partei zu ergreifen, und sich möglicherweise gegen uns stellt. Das wäre fatal.«

»Also werden wir hier auf ihn warten. Und was dann? Was machst du, wenn er sich noch auf der Treppe in eine Fledermaus verwandelt und davonflattert?«

»Wenn er das könnte, hätte er nicht in voller Pracht an Millies Fenster gehangen, als du ihn zum ersten Mal gesehen hast«, antwortete Walt und verschränkte die Arme vor der Brust.

Ein schlagendes Argument.

»Aber was willst du mit ihm machen, wenn du ihn gestellt hast?«, fragte ich neugierig.

»Ich demonstriere unsere Präsenz und werfe ihm den Fehdehandschuh hin.«

Das klang sowohl dramatisch als auch unklug.

»Wäre es nicht besser, ihn nicht ahnen zu lassen, dass es dich gibt, und diese Unwissenheit zu unserem Vorteil zu nutzen?«, schlug ich vor.

Walt lachte freudlos. »Er hat dich gesehen. Er weiß, dass es dich gibt. Und wo eine Banshee ist, ist ein Todesbote nicht weit. Nein, er soll ruhig wissen, dass seine Gegenspieler keine verschlafenen

Trottel sind, die er an der Nase herumführen kann. Umso eher wird er seine Maske fallen lassen und uns seine Pläne enthüllen.«

Tja, das war natürlich auch eine Theorie.

Ich klapperte schweigend mit den Zähnen und blickte über den Schlosshof zur Eingangstür hinüber. Nichts tat sich.

»Was ist, wenn er noch stundenlang da drinbleibt? Bis dahin bin ich ein Eiszapfen! Auch wenn ich nicht erfrieren kann, die Natur und die Elemente lassen mich ihre Akzeptanz meiner Person gerade sehr deutlich spüren. Der Wind wird immer kälter und meine Füße in den nassen Socken sind sicher schon ganz schrumpelig.«

»Reiß dich zusammen, Livie. Ich brauche dich hier. Wir müssen ihm als mächtige Einheit entgegentreten.«

»Und was genau mache ich dabei?«

»Du guckst so böse, wie du kannst, und überlässt das Reden mir.«

Böse gucken. Ich übte ein wenig vor mich hin. Tief zog ich die Augenbrauen herunter, runzelte die Stirn und presste die Lippen zusammen. Walt blickte mich an und seine Schultern zuckten erneut.

»Besser geht es eben nicht«, verteidigte ich mich.

»Stell dir einfach vor, ich würde Millicent küssen«, schlug er leichthin vor. Als er mich eine Sekunde später betrachtete, sagte er ehrfürchtig: »Wow! Das hat aber gewirkt.«

Mehr als eine Stunde verging. Der Tag hatte sich zunehmend verfinstert und dunkelgraue Wolkenfetzen jagten über den bleigrauen Himmel. Sanfter Nieselregen hatte eingesetzt und Walts rotbraune

Kutte dunkel gefärbt. Meine schwarzen Haare ringelten sich unter dem Einfluss der Feuchtigkeit unordentlich um meinen Kopf und mein erdverkrustetes Samtkleid klebte mir am Körper. Ich fand Walt und mich immer weniger beeindruckend. Wahrscheinlich würde Ghorm bei unserem Anblick nicht vor Schreck erzittern, sondern nur mitleidig lächeln.

»Walt? Könntest du mir vielleicht ein warmes blaues Flämmchen rüberwerfen? Ich glaube, Ghorm fände mich beeindruckender, wenn ich bei seinem Erscheinen nicht mit den Zähnen klappern würde.«

»Er kommt.«

Kälte fuhr mir in die Glieder. Eine andere Art von Kälte als die, die mich von außen angriff. Dies hier war die Kälte der Furcht.

»Er kommt? Was meinst du damit: Er kommt?«

»Er steht schon hinter der Tür. Ich kann ihn spüren. Er will, dass ich ihn spüre.«

Walts Stimme vibrierte fast vor Anspannung und auch ich fühlte das Prickeln des Adrenalins in meinem Kopf. Dies war eine Situation, die ich nicht einzuschätzen vermochte. Was würde geschehen, wenn wir wie zwei klatschnasse Antihelden dem Dämon gegenüberstanden?

Wie gebannt starrte ich auf die schwere, hölzerne Eingangstür, die sich jetzt langsam öffnete und einen Streifen Licht durch einen größer werdenden Spalt in den trüben Wintertag warf.

Kapitel 12

Als Ghorm zu uns heraustrat, den eleganten Mantel mit der einen Hand zuknöpfend und das blonde Haar mit der anderen aus der Stirn streichend, wirkte er so gefährlich wie ein einfacher Mann von der Straße. Er lief beschwingt die wenigen Stufen von der Haustür bis zum Vorplatz hinunter und pfiff ein Lied. Der Nieselregen und der kalte Wind schienen ihm nichts anhaben zu können.

Ohne uns auch nur eines Blickes zu würdigen, schritt er an uns vorbei in Richtung Auffahrt. Walt ließ ihn passieren, drehte sich dann um und ging ihm langsam nach. Ich war verwirrt. Jemanden zu stellen, hatte ich mir irgendwie anders vorgestellt.

»Und nun?«, zischte ich Walt leise zu. »Der Kerl ignoriert uns einfach.«

»Er wird mit uns sprechen, wenn wir uns ein Stück vom Schloss entfernt haben. Er hat genauso wenig Interesse daran wie wir, Millicents Aufmerksamkeit auf sich zu lenken, während er sich mit uns auseinandersetzt.«

Ich schaute zum Schloss zurück und entdeckte Millies schlanke Gestalt hinter einem der hohen Sprossenfenster. Sie blickte ihrem

Liebsten nach, ganz wie es sich für eine glückliche Frau gehörte. Sicher fragte sie sich gerade, warum Walt und ich ihrem Schatz hinterherliefen, doch vermutlich war ihr Denken viel zu rosarot, um auch nur einen Hauch von Misstrauen in diese Frage zu legen.

Ghorm, der immer noch vorauslief, verließ die breite Zufahrt und wählte einen schmalen, von jungen Linden gesäumten Fußpfad. Auch er führte zur Straße, die an den Ländereien von Harrowmore vorbeiführte, war aber im Gegensatz zur Zufahrt schon nach wenigen Metern vom Haus aus nicht mehr einsehbar.

Kaum war das Schloss aus meinem Blickfeld verschwunden, vollführte Ghorm eine Wende um hundertachtzig Grad und blieb breitbeinig mitten auf dem Kiesweg stehen. Walt stand ihm gegenüber und bedeutete mir, mich ein Stück hinter ihm zu halten.

Mir war das recht. Der Platz an der Front war wirklich nichts, was ich für erstrebenswert hielt. Ich stand jetzt gut zwei Schritte hinter Walt und versuchte, so böse zu gucken wie nur irgend möglich.

»Sieh mal einer an. Die Banshee von Harrowmore und ihr Todesbote. Wie nett. Was verschafft mir die Ehre eurer Verfolgung, Herrschaften?« Bei diesen Worten umspielte ein freundliches Lächeln Ghorms Lippen, doch sein Blick war kalt wie Eis.

Walt, der mir noch nie so groß und bedrohlich vorgekommen war, strahlte ebenfalls eine tödliche Kälte aus und seine Stimme klang wie ein Donnergrollen, als er antwortete: »Ersparen wir uns die Höflichkeitsfloskeln, Ghorm. Dass dein Erscheinen auf Schloss Harrowmore weder eine göttliche Fügung noch Zufall ist, wissen wir sehr genau.«

Ghorm scharrte für einen Augenblick scheinbar verlegen mit dem Lackschuh im Kies, doch dann richtete er seinen harten Blick wieder auf Walt. »Fürwahr, ersparen wir uns die Höflichkeitsfloskeln, Schreckensvisionär, und klären wir gleich die Fronten!«

Ghorms Augen hatten bei diesen Worten gelb zu funkeln begonnen, doch mich beeindruckte er damit nicht mehr. Ich dachte angestrengt über die Anrede »Schreckensvisionär« nach. Sie warf ein ganz neues Licht auf Walt und sein Tätigkeitsfeld. Dass er Visionen hatte, war mir völlig neu. Sah er die tödlichen Gefahren im wahrsten Sinne des Wortes voraus? Warum sonst hatte Ghorm diese Bezeichnung gewählt? War sie in magischen Kreisen üblich für einen Todesboten?

»Ihr beide werdet meine Pläne nicht durchkreuzen. Ihr verfügt nicht über die dafür nötige Macht. Aber ich bin keine Bedrohung für euch oder für das Schloss und seine Bewohner. Einzig die Frau werdet ihr verloren geben müssen, doch was macht das schon? Ein kleiner Fehler in eurem Beschützerleben, ein winziger Patzer, das fällt doch gar nicht ins Gewicht. Ihr überlasst mir die Frau und dann werden wir einander vermutlich nie wiedersehen.«

»Derartige Geschäfte kommen für uns nicht infrage!«, entfuhr es mir und ich funkelte den Dämon so böse an, wie ich eben konnte, doch er würdigte mich kaum eines Blickes und konzentrierte sich ganz auf Walt.

»Du hast es gehört, Ghorm«, kam Walt mir zu Hilfe. »Wenn du versuchst, Millicent ein Haar zu krümmen, musst du mit unserem erbitterten Widerstand rechnen!«

Einen Augenblick lang stand Ghorm bewegungslos im Nieselregen und blickte uns beide abwechselnd mit ausdruckslosem Gesicht an. Dann warf er den Kopf in den Nacken und lachte schallend. »Und wie soll dieser Widerstand aussehen?«, rief er, nachdem er sich beruhigt hatte. »Wird deine Banshee heulen und klagen? Erwartest du, dass ich mich bei ihrem Anblick vor Schreck verkrieche?« Schlagartig wurde er ernst und seine Stimme klang nun kalt und bedrohlich, als er fortfuhr: »Oder willst du es mit mir aufnehmen, Verdammter? Weißt du überhaupt, wer ich bin? Oder trittst du ahnungslos hier an, ohne deinen Gegner zu kennen?«

Verdammter? Das wurde ja immer besser. Noch eine interessante und aussagekräftige Betitelung. Mir wurde mal wieder bewusst, wie wenig ich über Walt und magische Wesen im Allgemeinen wusste.

Der indessen sprach kein Wort mehr. Er stand nur da. Waren ihm die Argumente ausgegangen?

Ghorm kam mit langsamen Schritten auf Walt zu, sein Blick hatte etwas Lauerndes. »Todesbote, stehst du hier und weißt nicht, gegen wen du die Stimme erhebst?«

Walt antwortete noch immer nicht. Was hätte er auch sagen sollen? Er stand tatsächlich einer unbekannten Macht ohne passende Waffen gegenüber, denn bisher war es uns nicht gelungen, Einzelheiten über Ghorm und Badria in Erfahrung zu bringen. Doch zum ersten Mal ahnte ich wirklich, wie wichtig diese Informationen für eine Konfrontation mit Ghorm gewesen wären.

Seinen Gegner zu kennen, bedeutete, Macht über ihn zu haben. Und unser Gegner kannte uns sehr genau.

Der Kerl stand nun nur noch wenige Meter von dem völlig regungslosen Walt entfernt und hob bedrohlich seine schwarz behandschuhten Hände.

In aufkommender Panik schrie ich verzweifelt das Erstbeste, was mir einfiel: »Rumpelstilzchen! Hab ich dich!«

Ghorm fuhr herum und sah mich spöttisch an. »Sieh an. Die kleine Banshee kann frech werden. Aber so heiße ich nicht, hübsche Frau.«

Erneut hob er seine Hände und schien sie nach mir auszustrecken. Ich ahnte, dass ich mich in Gefahr befand, wusste aber nicht, was zu tun war.

Da fuhr eine blaue Lichtkugel aus Walts Ärmel und raste auf Ghorm zu. Dieser streckte die Hand danach aus und verscheuchte die Kugel wie eine lästige Fliege mit einer raschen Bewegung seiner Finger. Der blaue Ball schien von ihm abzuprallen und änderte die Richtung. Und noch bevor ich auch nur schreien konnte, traf er mich mitten auf der Brust.

Das blaue Licht durchflutete mich von Kopf bis Zeh und trieb eine eiskalte Welle durch meine Eingeweide. Ich konnte Walts Entsetzen spüren und sah den spöttischen Triumph in den Augen des Dämons. Ich wollte mir an die Brust greifen, um die Schwere meiner Verletzung festzustellen, doch ich konnte die Arme nicht mehr heben.

Kälte machte sich in mir breit. Die kälteste Kälte dieses verflucht kalten Tages. Ich glaubte, Eiskristalle einzuatmen, und spürte, wie mir der Speichel im Mund gefror. Langsam, ganz langsam sackte ich zu Boden. Über mir hörte ich Ghorm lachen und Walt rufen, doch ich konnte nicht antworten. Meine Zunge war ein eisiger Klotz, schwer und unbeweglich, meine Glieder waren taub und selbst meine Gedanken waren träge wie die Eisschollen auf einem winterlichen Fluss.

Ich schloss die Augen und wartete auf meinen zweiten Tod innerhalb eines halben Jahres. Ich würde Walt vermissen.

Noch einmal versuchte ich, mich aufzurichten und seinen Namen zu flüstern, doch meine Sinne schwanden und Dunkelheit legte sich über mich wie ein schwerer Mantel.

Dunkel war es auch, nachdem ich meine Augen wieder geöffnet hatte. Der schwere Mantel lag noch immer über mir. Ich konnte ihn deutlich spüren. Er war ein bisschen kratzig, roch nach Heu und Sommersonne und war mollig warm.

»Walt?«, rief ich und rekelte mich genüsslich.

Alles fühlte sich richtig an. Ich war trocken und warm und vom bösen Dämon war nichts mehr zu hören oder zu sehen.

»Walt?«

Keine Antwort.

Ich wechselte von einer liegenden in eine sitzende Position und stellte fest, dass der Mantel der Dunkelheit mich bei diesem Stellungswechsel begleitete. Er schmiegte sich an mich wie ein warmes Tier.

Langsam beunruhigte mich die Stille, die mich umgab. Auch die undurchdringliche Dunkelheit störte mich zunehmend. War ich im Kampf gegen den Unhold erblindet?

»Walt?«, fragte ich nun schon deutlich unsicherer und erhielt endlich eine Antwort.

»Es ist alles in Ordnung, Livie. Dreh dich nur nicht um, dann ist alles gut.«

Mit anderen Worten: Nichts war gut. Warum sonst sollte ich mich bitte sehr nicht umdrehen?

»Ich kann überhaupt nichts sehen! Was ist passiert?«

»Das liegt an der Kapuze. Du trägst meine Kutte.«

Seine Kutte? Hastig strich ich mir über den Kopf und der feste Stoff, der mir die Sicht geraubt hatte, rutschte mir in den Nacken.

»Na toll. Viel mehr sehe ich jetzt auch nicht.«

Walt lachte. »*Das* liegt daran, dass es jetzt Abend ist. Du hast eine Weile geschlafen.«

Fasziniert strich ich mit den Händen über das dichte Gewebe von Walts Kutte. Die Kapuze war so schwer und dunkel gewesen, dass sie jegliches Licht von mir ferngehalten hatte. Jetzt erkannte ich trotz des spärlichen Lichts der Abendstunde die Umrisse meines Sofas und meines Schranks. Ich saß auf den Bodendielen meiner Dachkammer. Der Mond schien durch das Rundfenster herein. Ich fühlte mich sicher und geborgen, als ein pikanter Gedanke durch mein Hirn raste.

»Walt?«

»Hm?«

»Wenn ich deine Kutte trage, was bitte schön trägst du dann?«

Sein heiseres Lachen bestätigte meinen Verdacht, noch bevor er mir antwortete: »Was meinst du, warum du dich nicht umdrehen sollst?«

Ich dachte an Frau Lot und spürte zum ersten Mal ihre Qualen. Als Kind hatte ich bei dieser biblischen Geschichte nur wenig Mitgefühl für die dumme Frau übriggehabt. Wenn einem jemand, der sich wirklich gut auskannte, also Gott oder jemand Vergleichbares, sagte, man solle sich besser nicht umdrehen, dann sollte man sich eben besser nicht umdrehen. Aber jetzt?

Ich musste es einfach tun, auch wenn ich dabei zur Salzsäule erstarrte wie ebenjene Dame aus der Bibel.

Ich erhob mich langsam von den Bodenbrettern, stand noch einen Augenblick im Raum, nahm meinen ganzen Mut zusammen und wirbelte herum.

»Du bist einfach zu neugierig«, sagte Walt.

Und er hatte trotzdem nichts unternommen, um es zu verhindern.

Nahe beim Fenster, im fahlen Licht des Mondes, stand er: groß und nackt. Ich konnte seine muskulösen Beine und den flachen, leicht behaarten Bauch deutlich erkennen.

Ein wenig verlegen hob ich den Blick und sah im ins Gesicht. Er war, wie ich schon bei meinem ersten flüchtigen Blick bemerkt hatte, ein gut aussehender Mann. Er hatte ein hübsches Gesicht mit hohen Wangenknochen, einer edlen Nase und schön geschwungenen Lippen. Das Beeindruckendste aber waren zweifellos seine Augen. In ihnen funkelten viele blaue Punkte. Sie waren so hell, dass sie in der Dunkelheit zu strahlen schienen.

Den Blick fest darauf gerichtet, trat ich ganz dicht an Walt heran, so nah, dass ich ihn riechen konnte. Er roch genau wie die Kutte, in der ich immer noch steckte: nach Heu und Sommersonne und einem Hauch Gänseblümchen.

Unbeirrt schaute ich in seine weit geöffneten Augen. Sie hatten nichts Beunruhigendes wie die von Ghorm, doch sie faszinierten mich so sehr, dass ich den Blick nicht von ihnen abwenden konnte.

Jetzt sah ich auch, dass es nicht einfach nur Punkte waren. Es waren rotierende Spiralnebel im endlosen Schwarz seiner Iris. Es waren von Monden umkreiste Planeten und Strudel aus blauen Blitzen. Ich sah Sternbilder und Galaxien in strahlendem Blau. Ich sah explodierende Sterne und Ringe wie die des Saturn. Ich sah das ganze Universum.

Und dann sah ich plötzlich nichts mehr.

Ich war tatsächlich schon wieder ohnmächtig geworden und mein zweites Erwachen war nicht mal annähernd so toll wie das erste. Ich lag auf meinem Troddelsofa, das mottenzerfressene Laken bis zum Kinn hochgezogen. Einige Kerzen brannten auf dem Fußboden und Walt saß auf meiner Bettkante und starrte vor sich hin. Zumindest glaubte ich, dass er vor sich hin starrte, denn ich konnte sein Gesicht nicht sehen. Zu meiner unglaublich großen Enttäuschung trug er wieder seine Mönchskutte, die Kapuze tief in die Stirn gezogen.

»So ist es jedes Mal. Verstehst du jetzt, warum ich diese Kapuze über dem Gesicht trage? Es beeinträchtigt jede Kommunikation erheblich, wenn der Gesprächspartner bewusstlos zusammensackt.«

Seine Stimme klang ruhig und sachlich, doch ich konnte die Bitterkeit, die er zu verbergen versuchte, hinter den Worten spüren.

»Könntest du nicht einfach eine Sonnenbrille tragen?«, schlug ich vor und ahnte die Antwort schon.

»Sie durchdringen jede Sonnenbrille mit ihrem Licht. Nur diese Kutte, die Kutte des Todesboten, hält das Licht drinnen.« Er strich sich über die Kapuze. Es wirkte fast zärtlich.

»Was ist das für ein Licht, Walt? Ich meine, warum sind deine Augen so, wie sie sind? Und warum haben sie mich umgehauen?«, wollte ich wissen.

Er erhob sich und lief einige Schritte durch den Raum. Ich verfolgte seine unstete Wanderung von meinem Lager aus.

Er schien nicht recht zu wissen, wo er mit seiner Erklärung anfangen sollte.

Doch schließlich kehrte er zu mir zurück und das alte Sofa ächzte unter seinem Gewicht, als er sich erneut nahe bei meinen Füßen niederließ.

»Ihr Name war Maria. Sie war fast noch ein Kind.« Seine Stimme war kaum mehr als ein Flüstern. »Sie war die letzte in einer Reihe von Hinrichtungen in jenem trockenen Sommer des Jahres 1488. Maria war eine der wenigen Hexen unter meinen Fällen, meistens hatte ich mit Ketzerei zu tun. Das junge Ding war von ihren Nachbarn beschuldigt worden, des Nachts vor den Stadtmauern im Mondschein Kräuter zu sammeln, um Zaubertränke daraus zu brauen.«

»Von welcher Stadt sprechen wir?«

»Von einer deutschen Stadt, und mehr sage ich dazu nicht«, antwortete Walt in einem Ton, der jede weitere Zwischenfrage im Keim erstickte.

Ich biss mir auf die Lippen.

Einige Minuten verstrichen, ohne dass jemand sprach. Es war, als koste es Walt seine ganze Kraft, weiterzuerzählen.

»Maria stritt in ihrem Verhör alles ab, also übergab ich sie dem Henker, damit er das übliche Prozedere an ihr durchführte. Sie leugnete noch, als er ihr die Gliedmaßen aus den Gelenken gerissen und die Daumen zerquetscht hatte.«

»Autsch.« Ich ballte die Hände zu Fäusten und verzog vor Mitgefühl das Gesicht.

»Als ich sie auf dem Scheiterhaufen wiedersah, geschoren und geschändet, das hübsche Gesicht von kleinen Brandnarben übersät, bat ich sie ein letztes Mal, dem Bösen abzuschwören. Doch sie spuckte mir ins Gesicht und nannte mich des Satans Vasall. Wie recht sie doch mit diesen Worten hatte, aber ich hatte den Sinn für die Realität schon längst verloren. Als die Flammen zum Himmel schlugen und ihre Todesschreie verklungen waren, war ich mir sicher, wieder einmal eine verlorene Seele erlöst zu haben.«

Er machte eine Pause, die so lang war, dass ich schon dachte, die Geschichte sei hier zu Ende. Gerade wollte ich fragen, was Maria denn mit seinem jetzigen Dasein zu tun hatte, als er fortfuhr. Seine Stimme klang seltsam hohl, als würde er nicht von sich, sondern aus dem Leben eines anderen erzählen.

»Eine Woche verging. Da betrat eines Abends ein Fremder die steinerne Halle meines Hauses. Er hatte freundliche Gesichtszüge und eisgraues Haar. Sein Name war Luzian und er behauptete, ein entfernter Verwandter der armen Maria zu sein. Er schien ehrlich schockiert über die Schwere ihrer Vergehen, dabei hatte sie doch nur Kräuter gesammelt, und er fragte nach Einzelheiten ihres Verfahrens. Ich zögerte nicht, ihm die Fakten über den erbarmungslosen Prozessverlauf mitzuteilen. Für Geheimhaltung bestand kein Grund, denn ich glaubte mich im Recht. Plötzlich baute sich der gut gekleidete Herr vor mir auf und unter Tränen beschuldigte er sich selbst. Er sagte, wenn Maria sich schuldig gemacht hätte, so hätte er es tausendfach. Ich forderte ihn auf, zu beichten, und er erzählte mir, dass er ein Hexer und Mörder sei, der einen Andersdenkenden seiner gerechten Strafe zugeführt hätte. Wenn ich wollte, könnte ich ihn jetzt gleich hinrichten, aber bitte rasch und in aller Stille, das wäre sein letzter Wunsch, wie er sagte.«

Wieder machte er eine Pause. Inzwischen war ich froh, nicht mehr atmen zu müssen, ich hätte es vor Anspannung glatt vergessen.

»Ich machte ihm Hoffnung und forderte, dass er mir den Namen seines Opfers nennen sollte, und erklärte ihm, dass ehrliche, tief empfundene Reue ihm den Scheiterhaufen ersparen und einen gnädigeren Tod ermöglichen könne. Doch er flehte mich an, unverzüglich zur Tat zu schreiten. Er wollte seine Verbrechen noch in derselben Nacht im Feuer bereuen.«

»Das hast du doch nicht wirklich getan, oder?«, flüsterte ich und ahnte schon die Antwort auf meine Frage.

Walt kam auf die Füße und lief ziellos durch die Dachkammer. Es war, als wolle er Abstand zwischen uns beiden schaffen. Und ich ließ ihn gewähren. Mehr als alles andere wollte ich, dass er weitersprach.

»Ich war so ein gottverdammter, selbstgefälliger Idiot, dass ich den Henker kommen ließ, der in Windeseile einen Scheiterhaufen im Hofe meines eigenen Hauses errichtete. Der Fremde ließ sich unter Tränen von mir an den Pfahl binden und der Henker entzündete das Reisig. Die ersten Flammen züngelten empor, als er mir zurief: ›Tritt näher, Mann des Glaubens! Ich will dir den Namen meines Opfers verraten!‹«

Walt machte eine großartige Geste, begleitet von einem Laut, der ein Lachen, aber auch ein Schluchzen hätte sein können.

Konnte er mit diesen Augen weinen?

Jetzt beugte er sich nach vorn. Es war, als verfolgte ich einen Pantomimen bei seiner Arbeit.

»Ich trat ganz dicht an die Flammen heran und beugte mich zu ihm. Dann rief Luzian meinen Namen so laut, dass das Knacken des brennenden Reisigs übertönt wurde. Er riss mich von den Füßen und zu sich ins Flammenmeer, als wöge ich nicht mehr als ein Kind. Er war völlig frei von den Fesseln, die ich ihm angelegt hatte, und stand, mich fest an sich geklammert, inmitten des lichterloh brennenden Scheiterhaufens.«

Walt hielt sich selbst umschlungen und stand kerzengerade. Ich wollte zu ihm laufen, ihn in den Arm nehmen, ihm sagen, dass alles gut war. Doch die Faszination hielt mich auf meinem Sofa.

»Ich schrie um mein Leben und bat den Henker um Hilfe. Doch ich ahnte, dass alle Hilfe zu spät kommen würde, als ich dem Fremden in die rot glühenden Augen und sein lachendes Gesicht sah. Ich hatte meinem Tod die Tür geöffnet und war ihm in die Falle gegangen. Der Flammentod war nur ein kleiner Vorgeschmack auf das, was das Schicksal für mich bereithielt. Ich war einem Elementargeist in die Quere gekommen, einem Feuerwesen, der meinen Missbrauch mit seinem heiligen Element nicht länger dulden wollte. Der Tod der jungen Maria, für welche der Geist aus mir nicht bekannten Gründen eine Schwäche gehabt hatte, hatte mein Schicksal besiegelt. Der Elementargeist namens Luzian machte mich zum Todesboten auf unbestimmte Zeit, um mich für meine Untaten zu bestrafen. Und da bin ich nun.«

Er ließ sich selbst los und machte eine allumfassende Geste, die mich einzuschließen schien.

War ich Teil einer Strafe? Na vielen Dank.

»Aber was ist denn so schlimm daran, ein Todesbote zu sein?«, quetschte ich hervor.

»Es ist eine ziemlich schmerzliche Angelegenheit. Ich fühle sie, ich erlebe sie. Jedes mögliche Unglück, über das ich dich informiere, erlebe ich zunächst selbst. Ich bin schon so oft gestorben, dass ich den Schmerz und den Schrecken kaum noch spüren kann. Doch jeder einzelne Tod hinterlässt Spuren in mir. Sichtbare, grell leuchtende Spuren.« Er deutete auf seine Kapuze.

»Die blauen Lichtpunkte in deinen Augen? Es sind die Unfälle und Todesarten, die du mir vorausgesagt hast?«

»Dir und vor dir schon vielen anderen. Es sind so viele, dass sie ganze Galaxien bilden, und jede einzelne von ihnen bedeutet Leid und Schmerz.«

»Aber warum muss ich sie denn wie hypnotisiert anstarren und warum fällt jeder, der dich ansieht, in Ohnmacht?«, bohrte ich weiter.

»Ist dir schon mal zu Ohren gekommen, dass bei einem Verkehrsunfall der Stau auf der Gegenfahrbahn oft noch länger ist als der auf der Unfallseite?«

»Ja, wegen der Gaffer. Ach, du meinst …«

Ich hatte verstanden. Das war ja ekelhaft. Und ich hatte die Galaxien ebenfalls angestarrt.

»Die Menschen sehen hin. Der Tod übt eine Faszination auf sie aus, gegen die die meisten von ihnen machtlos sind. Doch die Seele hat ihre eigenen Methoden, um sich vor Überlastungen zu schützen. Wenn es ihr zu viel wird, fällt man eben in Ohnmacht. Eigentlich eine ganz gesunde Sache«, bemerkte Walt. Er klang jetzt wieder völlig sachlich und setzte sich zu mir auf die Sofakante.

»Aber ich bin kein Gaffer! Ich bin nie einer gewesen! Ich finde es furchtbar, wenn die Leute dabei zusehen, wie andere leiden!«, protestierte ich schwach.

»Und doch konntest du dich nicht von meinen Augen losreißen. Ihr Leuchten ist nichts anderes als viele Tode in komprimierter Form. Tode aus über fünfhundert Jahren. Und unabhängig davon, ob sie eingetreten sind oder verhindert wurden, ich habe sie alle durchlebt.«

»Das ist entsetzlich«, stellte ich fest. »Niemand verdient so etwas.«

»Es ist meine Strafe und mein Schicksal. Ich habe es so annehmen müssen. Dank der Kutte kann ich mit anderen reden, ohne dass sie vor mir zusammenbrechen und auf dem Fußboden landen. Ich bin dankbar, dass ich sie habe, auch wenn sie manchmal ein wenig hinderlich ist. Beim Küssen zum Beispiel.« Er lachte, aber es klang freudlos.

»Ich könnte mir zur Abwechslung die Augen verbinden, wenn wir zusammen sind. Dann kannst du deine Kapuze abnehmen und ich werde trotzdem nicht ohnmächtig«, schlug ich vor und brachte ein schwaches Grinsen zustande.

»Nette Idee, Livie. Wenn du eine Augenbinde aus einem Stoff findest, der dichter ist als deine eigenen Lider, lass es mich wissen. Es ist manchmal ein bisschen einsam unter dieser Kapuze.« Er griff nach meiner Hand und hielt sie fest.

»Nicht einmal meine Augenlider könnten mich vor den blauen Toden schützen?«

»Nicht einmal die. Sie strahlen so hell wie Sonnen.«

Ich dachte einen Augenblick nach und sagte: »Es muss aber einen anderen Weg geben als diese Kapuze. Es muss einfach!«

Walt lachte. »Wenn du ihn gefunden hast, sag mir Bescheid. Dann verbinden wir einem von uns die Augen und küssen uns die ganze Nacht.«

Mein Herz hätte einen Satz gemacht, wenn es das noch gekonnt hätte. Walt wollte mich eine ganze Nacht hindurch küssen? Mich? Es musste einfach wahr werden. Es musste!

»Wir könnten ja auch einfach eine Augenbinde aus deiner Kutte herausschneiden«, schlug ich eifrig vor und griff nach seinem Ärmel.

»Sicher. Wenn du eine Schere findest, die diese Kutte zerteilen kann. Ich bin noch keiner derartigen Klinge begegnet.«

Schon wieder ein Rückschlag. Jetzt war dieses Ding auch noch unkaputtbar. Aber so schnell gab ich nicht auf.

»Und wenn du sie für einen Kuss ein kleines bisschen hochschiebst? So ein winziges bisschen? Zum Küssen braucht man doch vor allem den Mund.«

Walt seufzte und erhob sich schwerfällig. »Ich werde dich jetzt allein lassen. Du brauchst etwas Ruhe, und auch ich könnte eine Pause vertragen.«

Ich wollte nicht, dass er ging. Wenn wir gerade mit dem Küssen nicht weiterkamen, musste es etwas anderes geben, das ihn bei mir hielt.

»Was ist eigentlich aus Ghorm geworden? Ich muss da wohl einiges durch den Volltreffer einer blauen Eiskugel verpasst haben.«

»Er ist lachend seines Weges gegangen und wird gewiss bald wiederkommen. Es war aber auch nicht zu erwarten, dass er gleich bei der ersten Begegnung mit uns aus lauter Angst in die Büsche kriecht«, antwortete Walt.

»Wäre aber schön gewesen«, murmelte ich und zupfte an dem mottenzerfressenen Laken. Dabei machte ich eine erstaunliche Entdeckung. »Walt! Ich bin ja nackt!«

»Meinst du etwa, ich würde dich in deinem nassen und schlammverschmierten Banshee-Kleid unter meiner Kutte schlafen lassen? Ich habe deine Kleidung für dich zum Trocknen aufgehängt. Du brauchst mir nicht zu danken.«

Damit verschwand er von der Bildfläche und ließ mich allein zurück.

Kapitel 13

Als ich am Morgen des nächsten Januartages gut ausgeschlafen erwachte, erwartete ich, Millie vor meinem Sofa zu finden. Doch zu meiner Überraschung war sie dieses Mal nicht da.

Ich erhob mich und blickte mich suchend nach meinem Samtkleid um, brauchte aber einige Minuten, bis ich es in der Ecke meiner Dachkammer fand, von einem Dachbalken baumelnd. Trocken war es nun wieder, aber fürchterlich verdreckt.

In Ermangelung einer Kleiderbürste rückte ich den Schlammverkrustungen einigermaßen erfolgreich mit den Fingernägeln zu Leibe. Ich musste Walt um ein zweites Kleid zum Wechseln bitten. Auch von einer Banshee konnte man nicht erwarten, dass sie nur mit einem Kleid auskam.

In Laken gewickelt auf meinem Sofa sitzend und Erdkrusten vom Samt puhlend, zog ich Bilanz. Walt hatte mir quasi eine gemeinsame Nacht versprochen, juhu. Alles, was ich dafür tun musste, war, eine Augenbinde zu basteln, die dicker war als ein Brett vorm Kopf. Ich war fest entschlossen, eine Lösung für dieses Problem zu finden, um Walt küssen zu können, ohne bei dem Versuch bewusstlos zusammenzubrechen.

Meine Gedanken wanderten von Walt zu Ghorm. Der war ein echtes Monster und wollte Millie töten. Um ihn aufzuhalten, mussten wir herausfinden, was genau er war, und dafür brauchten wir die Informationsquelle, die Großmutter Abigail schon Jahrzehnte vor uns entdeckt hatte.

In der Dachkammer breitete sich der süße Duft von Kakao aus. Ich hob den Kopf und entdeckte Walt, der vor dem Rundfenster erschienen war, eine dampfende Keramiktasse in jeder Hand. Sein geheimer Zufluchtsort schien über eine Kantine zu verfügen.

»Es wird Sturm geben. Möglicherweise wird es hier unter dem Dach etwas ungemütlich«, sagte er zur Begrüßung.

Misstrauisch blickte ich an die grob verputzte Zimmerdecke. Sie zeigte bereits große Risse und gelegentlich rieselten abgeplatzte weiße Plättchen auf den Fußboden. Braungelbe Ringe verrieten mir, wo schon seit Jahren Regenwasser eindrang. Ich sah zum Fenster und prompt drückte die erste schwere Böe weintraubengroße Tropfen an die Scheibe.

»Genau der richtige Tag, um mit einer großen Tasse Kakao auf dem Sofa zu bleiben. Danke, Walt.« Ich lächelte meinen Todesboten an.

»Die ist nicht für dich, sondern für Millie. Wo steckt sie eigentlich?«

Das war ja reizend. Fast schien es, als hätte es unser letztes Gespräch und das Angebot einer Nacht voller Küsse nie gegeben. Ich aber hatte nichts davon vergessen und würde ihn zu gegebener Zeit daran erinnern.

»Schläft vermutlich noch«, antwortete ich, hüpfte vom Sofa und entwand ihm rasch eine der Kakaotassen. »Wer nicht kommt zur rechten Zeit, der bekommt, was übrig bleibt«, erklärte ich ihm grinsend und nahm einen großen Schluck. Der Kakao weckte Kindheitserinnerungen an längst vergangene Herbsttage mit meiner Mutter und Tante Ethel.

Walt zog einen zusammengerollten Stoffballen aus seiner Kutte. »Ich habe dir etwas anderes mitgebracht. Das verschmutzte Kleid werde ich mitnehmen. Man wird sich darum kümmern.«

»Gibt's dort, wohin du immer verschwindest, auch eine Reinigung?«, fragte ich und entfaltete das samtene Bündel. Es war eine exakte Kopie meines Banshee-Kleides: knöchellang, mit Trompetenärmeln, langer Kapuze und silberner Schnürung. Der einzige Unterschied lag in der Farbe, denn dieses Exemplar war dunkelgrün.

»Ich habe dir auch ein Paar der Witterung angemessene Schuhe besorgt«, fuhr Walt fort und reichte mir zwei Schnürstiefel aus schwarzem Leder, die bis zu den Waden reichten.

Ich war begeistert.

»Du bist großartig, Walt!« Hätte ich nicht gerade die Hände voller Geschenke gehabt, wäre ich ihm um den Hals gefallen.

»Ich weiß. Tausch also bitte dieses marode Laken gegen eine passende Gewandung und sieh nach Millie. Es wundert mich, dass sie noch nicht hier ist.« Er klang eher beunruhigt als verwundert und ich stimmte ihm zu.

»Mich auch. Normalerweise sitzt sie schon vorm Sofa, wenn ich aufwache. Wahrscheinlich schreibt sie Liebesbriefe an ihren Lieblingsdämon und hat uns und ihren Unterricht vergessen.« Meine eigene Erklärung beruhigte mich völlig. So musste es sein.

Walt blickte aus dem Fenster und ich nutzte die Gelegenheit, um mich des Lakens zu entledigen und in mein neues Kleid zu schlüpfen. Die Stiefel passten wie maßgeschneidert und waren wunderbar weich.

»Woher weißt du denn meine Schuhgröße?«, fragte ich.

»Ich habe deine entsetzlichen Turnschuhe als Maßstab mitgenommen. Waren die mal weiß?«

»Sie haben in den letzten Tagen eine Menge mitgemacht«, protestierte ich und lief probeweise ein paar Schritte durch die Kammer. Dann drückte ich Walt fest an mich, der stocksteif dastand, und rief: »Tausend Dank! Endlich warme Füße! Jetzt laufe ich auch gleich los und sehe nach Millie.«

Damit wirbelte ich zur Tür hinaus und eilte die Treppen hinunter. Die weichen Sohlen meiner Stiefel ließen mich jede Unebenheit der Bodenbretter fühlen. Es war fast so, als liefe ich barfuß.

Zu meiner Überraschung fand ich Millies Zimmertür verschlossen vor. Ich öffnete sie mit meinen Gedanken und trat in ein abgedunkeltes Schlafzimmer. Auf dem Himmelbett zeichnete sich unter der Tagesdecke die Kontur eines Körpers ab.

Leise trat ich näher und flüsterte: »Millie? Ist alles in Ordnung mit dir? Bist du krank?«

Unter der Decke erklang ein unwilliges Knurren. Vorsichtig hob ich den Zipfel der Tagesdecke an und erschrak.

»Millie! Was ist mit dir geschehen?«

»Was soll schon geschehen sein? Ich hatte eine beschissene Nacht! Da sieht man halt nicht aus wie das blühende Leben.«

Also, *beschissen* war meiner Meinung nach noch geprahlt. Millie war blass, hatte tiefe Ringe unter den Augen und Falten in den Mundwinkeln, die mir bisher noch nie aufgefallen waren. In ihrer roten Lockenpracht entdeckte ich weitere weiße Strähnen. Es gab keinen Zweifel: Millie sah um Jahre älter aus als noch einen Tag zuvor.

»Wann hat das angefangen? Wann hast du begonnen, dich so schlecht zu fühlen?«, wollte ich wissen und zwang mich, so normal wie möglich zu klingen. Ich wollte sie nicht unnötig aufregen.

»Kurz nachdem Ghorm gegangen ist. Mit einem Mal war ich so unglaublich müde und kraftlos. Ich glaube, ich habe Eisenmangel.«

»Ich glaube, hier mangelt es an noch viel mehr als nur an Eisen. Kannst du aufstehen? Wir sollten zu Walt gehen.«

Entschlossen ließ ich ihre Decke zum Fußende gleiten.

Millie erhob sich mühsam, als würde ihr jeder Knochen im Leib Schmerzen bereiten. »Vielleicht bekomme ich ja eine Grippe.«

»Möglich«, antwortete ich mit zweifelndem Unterton. »Fühlt es sich an wie eine Grippe? Kratzt der Hals oder hast du Fieber?«

Millie schüttelte den Kopf. »Nichts von alledem. Ich fühle mich nur so matt.«

»Lass uns zu Walt gehen. Der kennt bestimmt ein paar Kräuter, die dich wieder aufrichten.«

Millie nickte träge und erhob sich schwankend. Sie wollte sich auf meine Schulter stützen – und stürzte zu Boden.

»Du kannst mich nicht berühren, Millie. Ich bin deine Banshee«, leierte ich genervt vor mich hin.

Sie kam langsam auf die Füße und sah mich vorwurfsvoll an. »Aber ich habe dich für einen kurzen Moment gefühlt. Sicher werde ich dich mit zunehmender magischer Kraft berühren können. Da es jetzt noch nicht funktioniert, würdest du mich dann bitte mithilfe deiner Gedanken stützen? Ich bin wirklich wackelig auf den Beinen.«

»Streck doch mal deinen Arm aus. Wir werden es versuchen«, sagte ich gnädig.

Millie streckte gehorsam den linken Arm aus. Ich konzentrierte mich auf den leeren Raum unter ihrer Hand, spannte mich an und sandte meine ganze Kraft an diesen leeren Punkt.

»Hey, es funktioniert. Fühlt sich an wie ein Luftpolster«, flüsterte Millie und lächelte schwach. Sie setzte langsam einen Fuß vor den anderen, sodass wir die Dachkammer nach einer gefühlten Ewigkeit erreichten.

Walt, der vor dem Fenster sitzend auf uns wartete, trommelte ungeduldig mit den Fingern auf den Boden. »Na endlich. Wart ihr zwei unterwegs shoppen? Oder habt ihr euch verlaufen? Oder …?« Die letzte freche Bemerkung blieb ihm im Hals stecken, als sein Blick auf Millicents Gesicht fiel. »Was um Himmels willen ist denn mit dir passiert?«

»*Noch* so eine blöde Frage«, keuchte Millie und stützte sich noch immer schwerfällig auf meine mentalen Kräfte. Langsam bekam ich Kopfschmerzen von der Dauerbelastung. »Ich muss ja wirklich schwer mitgenommen aussehen, wenn ihr so ein Trara veranstaltet. Lass mich doch mal in deinen Spiegel schauen.«

Ich warf Walt einen entsetzten Blick zu. Wie würde Millie auf ihr Spiegelbild reagieren? Sollten wir sie nicht vor einem schweren Schock bewahren? Doch Walt saß regungslos auf dem Fußboden und beobachtete das Geschehen.

»Ach du liebe Güte! Ich wusste ja nicht, dass man quasi über Nacht altern kann! Herrje, ich sehe ja aus wie meine eigene Mutter!«

»Eigentlich siehst du deinem Vater ähnlicher«, widersprach ich und lächelte schwach.

»Wie ist denn das möglich?«, fragte Millie und schob ihre Wangen mit den Handflächen stramm zu den Ohren zurück, woraufhin sich ihr Mund zu einem grotesken Lächeln verzog. »Hat das irgendetwas mit meinem Druidenerbe zu tun? Wenn ja, steige ich sofort aus der Sache aus! Ghorm wird vor Schreck erstarren, wenn er mich so sieht!« Sie ließ ihre Wangen los und straffte ihre Stirn, indem sie ihren Haaransatz nach hinten drückte.

»So schlimm ist es gar nicht«, wiegelte ich ab. »Wenn wir dir einen ganz straffen Zopf flechten, könnte das …«

»Dann könnte das überhaupt nichts bringen! Vielen Dank für diesen blödsinnigen Vorschlag«, fauchte Millie mich an und kniff sich verzweifelt in die Wangen, um ein bisschen Farbe in ihr Gesicht zu bringen.

Ich schwieg und überließ Walt das weite Feld der Motivation, doch der sagte nur: »Das hat rein gar nichts mit deinem Druidenerbe zu tun. Jetzt hör auf, dich wie eine dumme Gans zu benehmen, und lass uns mit deinem Unterricht beginnen. Wir werden uns heute mit Dingen beschäftigen, die du augenscheinlich sehr gut gebrauchen kannst.«

»Kosmetiktipps?«, fragte Millie.

»Abwehrzauber«, antwortete Walt und bedeutete ihr, sich zu ihm auf den Boden zu setzen. Dann zeigte er auf mich und sagte: »Setz dich hierher, Livie.«

»Ich soll zaubern lernen?«, fragte ich überrascht.

»Nein, du sollst die Dinge zusammentragen, die ich dir jetzt nenne.« Er hob den Zeigefinger und ich wusste, dass eine Auflistung folgen würde. Schon wieder ein Handlangerdienst.

Ich grunzte verärgert, setzte mich aber brav hin, bereit, den Worten des Meisters zu lauschen. Dieser erhob sich jedoch, kaum dass Millie und ich uns zu ihm gesetzt hatten, und zog einen Dolch mit Perlmuttgriff aus den Tiefen seines Gewandes, mit dem er einen Kreis um uns herum durch die Luft zog.

Wenn ich es nicht besser gewusst hätte, wäre ich jetzt davon ausgegangen, dass er in den Falten seiner Kutte einen ganzen Hausrat mit sich herumschleppte.

»Hör gut zu, Livie. Ich brauche Lavendelöl. Ich könnte es selbst holen, doch es würde auch nicht schneller gehen, als wenn du dich auf die Socken machst. Derweil habe ich ein wachsames Auge auf Millie.«

»Lavendelöl? Wo soll ich das denn hernehmen?«, protestierte ich.

»Suche im Bad oder in der Wäschekammer, völlig egal, aber bring mir Lavendelöl! Es wird schon irgendwo sein.« Er klang ungeduldig und ich lenkte rasch ein.

»Ja, schon gut! Aber warum sollte Lavendelöl in einer Wäschekammer zu finden sein?«

»Wegen der Motten. Du weißt auch gar nichts«, gab Millie ihren bissigen Kommentar dazu.

Jetzt wurde ich langsam sauer. »Entschuldigung. Aber dort, wo ich herkomme, gibt es keine Motten in der Wäschekammer, klar?«

»Lavendelöl. Bitte.« Walts Worte waren so eindringlich, dass ich meinen Ärger hinunterschluckte und brav nickte. »Außerdem bringst du aus der Küche frisches Basilikum und Lorbeerblätter mit. Am dringendsten brauchen wir Kümmel.«

Ich betete die einzelnen Wünsche leise vor mich her, um keinen zu vergessen, und hoffte, dass die Liste nicht noch länger werden würde.

Ich hatte Glück.

»Geh jetzt, und beeil dich.« Er machte eine Handbewegung, als wollte er eine Fliege verscheuchen.

Ich war entlassen und flitzte los.

Mein erstes Ziel war die Küche, die sich im Keller des Schlosses befand. Sie war nicht nur der Ort der wunderbarsten Köstlichkeiten, sondern auch der der guten Gerüche. Als ich heute die schwere Holztür zu dem rauchgeschwärzten Gewölbe mit den roten Steinfliesen aufschwingen ließ, roch es intensiv nach frischem Kaffee.

Der Grund dafür war Haushälterin Ruthie, die an dem blank gescheuerten Eichentisch saß, die Füße in den Filzpantoffeln auf einem Stuhl abgelegt, vor sich einen gewaltigen Pott Kaffee. Auf ihrem Schoß lag die Tageszeitung und ihr zur Seite geneigter Kopf verriet mir, dass sie eingenickt war. Wie praktisch.

Ich schlich mich an ihr vorbei zum Gewürzregal, das gleich neben der Feuerstelle an der Wand hing und durch eine Reihe beschrifteter Tontöpfe geschmückt wurde. So leise wie irgend möglich ließ ich Deckel für Deckel aufsteigen und sah in die braunen Töpfe.

Die Lorbeerblätter fand ich in einem großen Exemplar mit der Aufschrift ›Reis‹. Ein Gläschen getrocknetes Basilikum – immerhin besser als kein Basilikum –, fand sich im ›Sago‹. Der kleine Topf mit der Aufschrift ›Kümmel‹ war leer.

Ich senkte die schwebenden Deckel zurück auf ihre Bestimmungsorte, wobei sie leise klirrten. Ruthie hinter mir schnaufte unruhig. Ich wollte sie keinesfalls wecken und huschte durch eine halb geöffnete Seitentür in die Speisekammer. Mit ein wenig Glück würde sich dort Kümmel auftreiben lassen.

Hier stapelten sich wahre Antiquitäten aus Zeiten, in denen man noch nicht auf den Aufdruck eines Verfallsdatums bestanden hatte. Ich wühlte mich durch Regale mit aufgestapelten Tütchen und Einmachgläsern, ließ Konserven zur Seite fliegen und fand im hintersten Winkel tatsächlich noch ein Brötchen aus dem letzten Weltkrieg, zumindest sah es so aus. Doch Kümmel fand ich nicht. Ich war so versunken in meine Suche, dass ich die Gestalt, die die Speisekammer betrat, erst bemerkte, als ihr Schatten auf die Backzutaten vor mir fiel. Erschrocken fuhr ich herum und erwartete schon, mich Ghorm gegenüberzusehen. Doch es war nur der Lord, der sich ebenfalls an der schlafenden Ruthie vorbeigeschlichen hatte und nun mit zufriedenem Gesichtsausdruck kalte Bratenreste, eine Packung Kekse und zwei Pflaumen aufeinandertürmte. Während ich mich ans Regal gelehnt von meinem Schrecken erholte, erbeutete der Lord noch eine halbe Salami und eine Dose Limonade und trug alles davon, bemüht, seine Köchin nicht zu wecken.

Sein Schleichen wirkte auf mich recht routiniert. Vermutlich sah er fast jede Nacht in seiner Speisekammer vorbei und vermutlich war die schlafende Ruthie für ihn ein vertrauter Anblick. Erstaunlich, was alles des Nachts unbemerkt in diesem Schloss vor sich ging.

Erst als er die Küchentür hinter sich geschlossen hatte, sah ich mich imstande, meine Suche nach dem Kümmel fortzusetzen. Erfolglos.

Und dann kam mir der Zufall zu Hilfe. Ein seltsamer Geruch, der aus dem Brotkasten zu kommen schien, weckte meine Neugier. Dort entdeckte ich, gleich neben den Tomaten, ein großes Stück Kümmelkäse. Großartig. Kümmel war schließlich Kümmel, auch wenn er sich im Käse befand. Ich stopfte das aromatisch duftende Stück mithilfe meiner Gedanken in einen leeren Plastikbeutel, den ich im Regal entdeckt hatte, und warf Basilikum und Lorbeer gleich hinterher.

Zufrieden blickte ich auf die immer noch fest schlafende Ruthie und machte mich davon. Das Lavendelöl wartete irgendwo darauf, von mir gefunden zu werden.

Kein Lavendelöl. Weder in einem der vielen Bäder noch in der Wäschekammer. Ich hatte sogar die Schränke auf der Suche nach

Mottenschutz inspiziert, war aber nur auf Zedernholzstückchen gestoßen, die diesen Zweck erfüllen sollten. Auch die Waschküche hatte ich inspiziert: erfolglos. Verzweifelt überlegte ich, wo es üblicherweise nach Lavendel roch, doch außer dem Schlafzimmer meiner längst verstorbenen Oma wollte mir nichts einfallen. Aber hatte es nicht auch im Verschlag von Großmutter Abigail vertraut nach Oma gerochen?

Ich eilte die kalten Flure entlang zu der kleinen Kammer. Was dieses Schloss dringend brauchte, war eine Zentralheizung. Warm waren im Winter nur die Zimmer, die auch genutzt wurden. Unbewohnte Teile und alle Flure blieben barbarisch kalt.

Ich vermisste mein Cape, war aber nicht bereit, ohne Lavendelöl in die Dachkammer zurückzukehren. Außerdem ermöglichte mir dieser Abstecher in Großmutter Abigails Reich einen Blick in den Karton unter dem Bett. Fast hätte ich ihn vergessen, doch jetzt hoffte ich wieder, dass sein Inhalt der ganz große Durchbruch im Fall Ghorm sein würde.

Ein Gedanke, und die Tür flog auf. Das Entzünden eines Streichholzes, ohne es berühren zu können, gestaltete sich etwas schwieriger. Einige abgebrochene Hölzchen später entzündete ein brennender Schwefelkopf die Kerzen im bereitstehenden Leuchter.

Schnüffelnd wie ein Jagdhund, machte ich mich auf die Suche nach dem Lavendelöl und entdeckte eine ganze Reihe brauner Glasfläschchen auf dem Waschbeckenrand. Sie waren verkorkt. Ich ließ sie eines nach dem anderen aufploppen.

Minuten später hatte ich das Lavendelöl gefunden. Ich verschloss meinen Fund wieder und ließ in weiser Voraussicht gleich alle

Ölfläschchen in meine Plastiktüte wandern, die jetzt an meiner silbernen Kordel hing. Man wusste ja nie, wozu sie noch mal gebraucht wurden.

Nun galt meine ganze Aufmerksamkeit dem Karton unter dem Bett. Da ich wusste, dass er da war, brauchte ich mich nicht mal zu bücken. Es kostete mich nur einen Gedanken und er schoss unter dem Bett hervor wie eine Silvesterrakete. Der Deckel wurde beim Aufprall an einem Stuhlbein weggeschleudert. Manchmal war ich doch noch ein geistiger Grobmotoriker.

Ich hockte mich vor den Karton, der sich bei näherer Betrachtung als Hutschachtel entpuppte, und sah hinein.

Ich war enttäuscht. Er enthielt Großmutter Abigails Jahresvorrat an Bienenwachskerzen und sonst gar nichts. Warum konnte nicht einfach mal etwas genau so ablaufen, wie ich es mir vorher ausgemalt hatte? Ich hatte mich schon so darauf gefreut, mit einem Stapel streng geheimer Papiere, die kurz vor ihrem Zerfall standen, vor Walt aufzutauchen. Er wäre natürlich vor Freude ganz aus dem Häuschen gewesen und hätte mich womöglich schneller geküsst, als alle blauen Tode mir eine Ohnmacht bescheren konnten. Und nun das. Kerzen.

Da erklang hinter mir ein seltsames Geräusch. Als würde jemand mit Mundwasser gurgeln und dabei ›Stille Nacht‹ intonieren. Im flackernden Licht der Kerzen blickte ich mich im ganzen Raum um, konnte aber niemanden entdecken.

Das Gurgeln wurde lauter. Im ersten Moment dachte ich, es würde durch die Wand zu mir hereinschallen, und legte mein Ohr an die Tapete. Doch von außerhalb dieses Raumes schien das Geräusch nicht zu stammen. Es war bei mir hier drinnen und musste einen Ursprung haben.

Ich blickte unter das Bett, doch dort fand sich nur Finsternis. Jetzt wechselte die Melodie und das Gurgeln klang mehr wie: ›I'm dreaming of a white Christmas‹. Das Ganze wurde immer rätselhafter, zumal das Geräusch immer lauter wurde. Etwas kam näher.

Ich überlegte kurz, ob ich Grund zur Furcht hatte, entschied aber, dass ein Wesen, das Weihnachtslieder gurgelt, nicht übermäßig furchteinflößend sein konnte.

Jetzt ging mir auch auf, woher das Geräusch stammte. Es gurgelte aus dem Abflussrohr des handbemalten Waschbeckens zu mir empor. Neugierig hielt ich den Kopf darüber und spähte in das schwarze Loch. Und natürlich, wie konnte es auch anders sein, schoss in genau diesem Moment eine Fontäne sumpfig riechenden Wassers daraus hervor und mir direkt ins Gesicht. Ich prustete und spuckte fauliges Wasser, als ich eine vertraute Stimme vernahm.

»Auftrag ausgeführt!«

Mein Mummel war zurück.

Ich war so glücklich, dass ich den kleinen Stinker erst mal auf seinen Karottenkopf knutschte. »Sniff! Ich bin so froh, dass du da bist. Ich hatte schon geglaubt, ich sehe dich nie wieder!«

Ich ließ einen verstaubten Zahnputzbecher aus Glas voll Wasser laufen und hob das Mummelchen hinein. Sanft kraulte ich meinem Freund die Ohren. Es war so schön, den kleinen Wassergeist wiederzuhaben. Eigentlich war der Mummel das bisher Großartigste in meinem Banshee-Dasein, von Walt einmal abgesehen. Er war mein treuer Gefährte in einsamen Stunden. Jetzt hing er schwanzschlagend am Rand des Wasserglases und blinzelte mit seinen großen schwarzen Kugelaugen zu mir herauf.

»Es hat eine Weile gedauert, doch dann habe ich ihn gefunden.«

»Wen hast du gefunden, Sniff?« Ich war so froh, ihn wiederzusehen, dass mir der Grund für sein Verschwinden wirklich entfallen war.

»Irgendjemand! Er kannte die Geschichte von Badria.«

Vor Schreck fiel ich fast auf den Hintern. Da durchsuchte ich stapelweise verschimmelte Nachschlagewerke, schlug mir die Nächte um die Ohren, und mein Mummel flitzte mal eben so durch ein paar Abflussrohre und ließ sich einfach uralte Geschichten von irgendjemandem erzählen. Nicht zu fassen.

»Erzähl mir alles! Was hast du in Erfahrung gebracht?«

Der Mummel holte tief Luft und wollte gerade mit seinem Bericht beginnen, als mir mein Todesbote einfiel, der gar nicht weit von hier mit Millie in einer Dachkammer saß und auf Küchenkräuter wartete.

»Warte noch. Ich trage dich zu den anderen. Dann können sie auch hören, was du zu berichten hast.«

Ich blies die Kerzen aus und ließ das Zahnputzglas vor mir her in Richtung Dachboden schweben. In seinem Mummelglas, das Walt mir zusammen mit Sniff geschenkt hatte, hätte ich ihn tragen können, doch das Zahnputzglas schien nichts Magisches an sich zu haben, auch nicht mit einem Mummel in sich.

An dessen Rand hatte sich Sniff auf seine kurzen Ellbogen gestützt und blinzelte vergnügt in die Welt. Leise pfiff er ›We wish you a merry Christmas‹ und planschte dazu mit seinem Hinterteil.

Kapitel 14

Seht mal, wen ich mitgebracht habe«, rief ich und die Tür der Dachbodenkammer prallte schwungvoll gegen die Wand. Glücklich deutete ich auf den Mummel, der im Wasserglas fröhlich winkte und mit den Wimpern klimperte.

Ich wollte mich gerade setzen und das Glas zwischen meinen Beinen platzieren, als mir auffiel, dass Millie nicht mehr bei Walt am Fenster saß. Ich entdeckte das blasse Häufchen Elend auf meinem Sofa liegend.

»Ihr wurde schwarz vor Augen, da habe ich ihr eine Pause gegönnt«, erklärte Walt. »Hallo, Sniff. Wie geht's denn so?«

»Ich habe meinen Auftrag erfüllt«, rief das Mummelchen mit stolzgeschwellter Karottenbrust und grinste breit.

»Du hattest einen Auftrag?« Walts Kapuzenkopf wandte sich mir zu.

»Ja, Sniff ist jetzt ein Mummelheld mit einem berühmten Namen. Irgendjemand hat ihm was über Badria erzählt«, platzte ich heraus.

Mein Mummel verfärbte sich vor Verlegenheit violett und murmelte: »Es hat noch nicht gereicht. Es war nicht schwierig genug. Mein Name hat kaum an Bedeutung gewonnen.«

Nicht schwierig genug? Würde ich den Kleinen noch öfter in Toiletten werfen müssen, damit sein Wunschtraum in Erfüllung ging? In dem Falle würde sein Ruhm noch etwas auf ihn warten müssen, denn so schnell gab ich Sniff nicht wieder her.

Unter Walts Kutte pfiff es anerkennend. »Sollten wir tatsächlich einmal Glück haben?«, fragte er, schien aber keine Antwort zu erwarten, sondern fuhr sogleich fort: »Wir brauchen das Glas, in dem ich dir den Mummel geschenkt habe. Wo ist es?«

»Dort drüben«, antwortete ich leicht verwirrt und deutete in eine Ecke gleich neben dem Sofa, auf welchem eine stöhnende Millie den Eindruck erweckte, sich gleich übergeben zu wollen. Hoffentlich nicht in das leere Goldfischglas, das sich für eine Zweckentfremdung nahezu anbot.

»Wir brauchen Wasser. Geh schon, Livie, und fülle das Glas. Ohne Wasser ist es für uns wertlos.«

Ich hob fragend die Brauen. Dass mein Goldfischglas nicht mit jedem anderen Glas im Schloss zu vergleichen war, wusste ich, denn ich konnte es auch ohne die Unterstützung mentaler Kräfte berühren und auf meinem Schoß balancieren. Ich hatte dies dem Umstand zugeschrieben, dass es Walts magischer Welt entsprungen war, doch nun keimte in mir ein neuer Verdacht auf. Sollte dieses Glas etwas können, was ein Zahnputzbecher nicht leisten konnte?

Ich schnappte mir die gläserne Kugel und rannte ins nächste Badezimmer. Mit einem bis zum Rand gefüllten Mummelschwimmbecken erschien ich nur wenige Minuten später schwer atmend neben Walt und hielt ihm meine Beute hin.

»Lass uns zu Millie gehen«, sagte er. »Ich denke, es ist an der Zeit, dass sie erfährt, was wir wissen.«

»Habe ich irgendwas verpasst?«, ließ sich ein klägliches Stimmchen vom Sofa vernehmen.

Ich warf Walt einen zweifelnden Blick zu. »Hast du keine Angst, dass sie ins Becken kotzt?«

»Das müssen wir riskieren.«

Ich trug das Goldfischglas also zu Millie hinüber, stellte es auf dem Fußboden vor dem Sofa ab und hockte mich daneben. Walt folgte mir mit dem Zahnputzglas, in welchem Sniff noch immer fröhlich vor sich hin summte.

Millie legte den Kopf auf die Sofakante, um besser sehen zu können, was wir da unten trieben. Auch ich wartete gespannt auf das, was nun kommen würde.

Walt hob Sniff aus seinem provisorischen Reisebehälter und warf ihn zurück ins große Mummelplanschbecken. Er zog glücklich ein paar Kreise und wackelte mit seinem Karottenende.

»Wir sind so weit«, rief Walt meinem kleinen Freund zu. »Fang an.«

Sniff fuhr fort, durch das Glas zu paddeln. Dabei zog er eine feine Spur silbriger Sterne hinter sich her. Es sah aus, als hätte jemand Lametta ins Wasser geworfen. Die silbrigen Partikel, die unablässig aus Sniff herauszuströmen schienen, bildeten nach einigen Minuten eine Art Spiegel auf der Wasseroberfläche.

»Hübsch«, sagte ich. »Aber was soll das?«

»Scht«, machte Walt, ohne auf meine Frage einzugehen.

Ich blickte zu Millie hinüber, die ebenfalls ratlos aussah, aber sogar zum Schulterzucken zu schwach war.

Da entstand ganz plötzlich und ohne Vorwarnung ein Bild auf der silbrigen Oberfläche. Es zeigte einen attraktiven Mann in den Vierzigern, das lange, noch größtenteils dunkle Haar zum Zopf gebunden, eingehüllt in ein graues, sackartiges Gewand.

»Badria«, flüsterte ich und mein noch immer herumpaddelnder Mummel grinste glücklich. Er schwamm jetzt nahe am Rand des Beckens, vermutlich um das Bild nicht zu verwirbeln.

Neben Badria lag auf einem Lager aus gefüllten Strohsäcken eine alte Frau von etwa sechzig Jahren, vielleicht auch älter. Sie trug das graue Haar zu mädchenhaften Flechten aufgesteckt. Ihr senfgelbes Kleid war an den Seiten mit roten Kordeln verschlossen und darunter schaute ein Unterkleid aus Leinen hervor. Der Halsausschnitt ihres Gewandes war keineswegs altersgemäß und viel zu tief. Er entblößte einen faltigen Brustansatz und betonte den langen Hals, der dem eines Truthahns glich.

»Es ist nichts, lieber Freund. Es wird mir sicher bald wieder besser gehen.«

Ich war platt. Ton gab es auch noch.

Badria, der den Worten der Alten keinen Glauben zu schenken schien, schüttelte heftig den Kopf. *»Sieh dich nur an, Helena. Du bist noch keine zwanzig Jahre alt, und was ist aus dir geworden? Deine Mutter sieht jünger aus als du.«*

»Oh mein Gott«, hauchte ich und sah mich nach Millie um. Die starrte gebannt auf die Bilder im Wasserglas und schien alles um sich herum vergessen zu haben. Auch ich wandte mich schnell wieder dem Mummelkino zu, aus Angst, etwas zu verpassen.

Die Frau namens Helena hatte soeben zu weinen begonnen. *»Es wird bestimmt wieder gut, Badria. Es muss einfach eine Besserung eintreten. Es ist nur eine heimtückische Krankheit und bald werde ich genesen. Und dann werde ich heiraten!«*

»Helena, diese tückische Krankheit hat doch erst mit dem Erscheinen deines Bräutigams auf Harrowmore begonnen! Ich werde das Gefühl nicht los, dass wir ihm diesen Schicksalsschlag verdanken.«

Helena schüttelte ihr weißes Haupt. *»Das kann ich nicht glauben, Badria. Ghorm liebt mich! Er liebt mich sogar jetzt noch und er sagt, er heiratet mich in jedem Fall. Es sind nicht Schönheit und Jugend, die er am meisten an mir schätzt.«*

Hinter mir ertönte ein leiser Schrei. Millie hatte entsetzt die Hände vor den Mund geschlagen.

»Eben das lässt mich an ihm zweifeln. Ich hoffe, du nimmst mir meine Offenheit nicht übel, aber jeder normale Mann hätte längst die Flucht ergriffen.«

Helena lachte unter Tränen. *»Du bist doch auch noch hier, Badria.«*

»Ich werde immer für dich da sein, ich bin dein väterlicher Freund. Auch wenn du jetzt fast älter aussiehst als ich. «

Walt und ich wechselten einen stummen Blick, während Millie hinter uns unterdrückt schluchzte.

Das Bild im Mummelbecken begann zu verschwimmen, woraufhin Sniff an Tempo zulegte und immer schneller am Rand entlangpaddelte.

Nach einigen Augenblicken entstand ein neues Bild. Hatte ich bei der ersten Szene nicht klar erkennen können, wo sich die Personen befanden, so gab es hier über den Handlungsort keinen Zweifel.

Zwei Personen standen sich in der großen Eingangshalle von Schloss Harrowmore gegenüber. Der eine war Badria, der andere ein großer blonder Mann, der mir sehr bekannt vorkam, nur dass ich ihn mit kürzeren Haaren kennengelernt hatte.

»Oh bitte!«, erscholl hinter mir ein Schrei. Auch Millie hatte ihn erkannt. Es war Ghorm. Er hatte vor tausend Jahren genauso ausgesehen wie in dieser Zeitperiode.

»Ghorm! Ich weiß, dass du es bist, der ihr das antut, und glaube mir, ich werde dich aufhalten«, schrie Badria und drohte dem Blonden mit der Faust.

Dieser lachte das gehässige Lachen, das Walt und ich schon auf dem Kiesweg hatten hören dürfen. Für Millie war es das erste Mal, dass sie ihren Liebsten anders als zärtlich flüsternd vernahm. Sie brach in Tränen aus.

»Badria, alter Mann. Selbst wenn deine Anschuldigungen zutreffend sein sollten, was willst du unternehmen?«

»Du denkst, ich stehe dir machtlos gegenüber, Ghorm, aber du irrst dich. Du bist nicht der erste Absorber, der meinen Weg kreuzt!«

Jetzt war es Walt, der scharf die Luft einsog und »Bei allen Heiligen« murmelte.

»Was ist ein Absorber?«, zischte ich ihm zu, doch er winkte ab und starrte konzentriert in das Goldfischglas.

»Sieh mal an! Für einen nur mittelmäßig begabten Druiden bist du erstaunlich gut informiert. Nimm dich in Acht, Badria. Ich weiß, wo deine

Eiche steht«, trällerte Ghorm spöttisch und ich musste widerwillig lachen.

»Scht!«, machte Walt erneut und ich biss mir auf die Lippe.

»Du weißt es noch nicht, Ghorm, aber diesen Kampf wirst du verlieren. Helena wirst du nicht verderben!«

Ghorm lachte erneut aus vollem Hals, dann verschwamm das Bild und der Silberfilm auf dem Wasser begann, sich aufzulösen.

Walt lehnte sich seufzend an die Sofakante. »Das war sehr hilfreich, Sniff. Danke.«

Das Mummelchen nickte treuherzig und tauchte auf den Grund des Glases, wo es sich einkringelte und die Augen schloss.

»Armer Sniff, er hat sich sehr angestrengt, um uns diese Informationen zukommen zu lassen«, sagte Walt, hob das Goldfischglas an und stellte es in eine dunkle Ecke, von denen es in der Dachkammer reichlich gab.

Ich drehte mich zum Sofa um und erwartete, dort eine in Tränen aufgelöste Millie vorzufinden. Doch das, was sich meinen Augen bot, war kein schluchzendes Häufchen Elend. Es war der fleischgewordene Hass.

»So«, sagte Millie und ihre Stimme klang seltsam fremd. Sie klirrte vor Kälte und schmerzte in den Ohren. »Da glaubt also tatsächlich so ein uralter Clown, mich verarschen zu können. Aber nicht mit mir, mein Freund. Nicht mit dem Druiden, der dich schon einmal zur Strecke brachte!«

Sie sprang auf die Füße und begann, mit stampfenden Schritten im Zimmer auf und ab zu laufen.

Als ich versuchte, sie anzusprechen, und dafür brav den Zeigefinger hob, um auf mich aufmerksam zu machen, erntete ich ein bereits vertrautes »Scht!«.

Na toll. Niemand wollte mit mir reden. Dabei wollte ich jetzt endlich wissen, was genau ein Absorber sein sollte.

»Ein Absorber«, begann Walt, als hätte er meine Gedanken gelesen, »ist ein besonders gefährlicher Dämon. Er lebt von der Lebenskraft seiner Opfer, beraubt sie ihrer Jugend und ihrer Kraft. Auf diese Weise verlängert er sein Leben um eine beträchtliche Anzahl von Jahren. Hat er die Lebensenergie verbraucht, sucht er sich ein neues Opfer und saugt es aus. Unbekämpft sind Absorber quasi unsterblich.«

»Und wie bekämpft man sie?«, fragte ich.

»Da liegt das Problem. Niemand weiß es. Ich habe noch nie von einem Absorber gehört, der vernichtet wurde. Doch die Legende besagt, dass ein vernichteter Absorber wiedergeboren werden kann.«

»Ich habe es schon einmal getan«, rief Millie. »Ich habe einen Absorber vernichtet. Ich habe Ghorm vernichtet und Helena geheiratet. Deswegen wurde ich als Harrowmore wiedergeboren. Und deswegen ist Ghorm hier. Er will sich an mir rächen.«

»Fabelhaft, Millie. Gut erkannt.« Walt klatschte in die Hände und lächelte breit. »Und weißt du auch noch rein zufällig, wie du den Absorber erledigt hast?«

Sie legte den Kopf schief und blickte angestrengt an die Zimmerdecke. Dann verkündete sie in feierlichem Ton: »Ich habe nicht die geringste Ahnung.«

»Großartig. Und wie ich die Druiden so kenne, gibt es auch von Badrias Erkenntnissen nicht eine schriftliche Aufzeichnung.«

»Exakt.« Millie nickte. »Als rechter Druide habe ich keine meiner Weisheiten niedergeschrieben. Wir trauen dem geschriebenen Wort nicht.«

Hier schien jemand gerade ganz in seiner neuen alten Rolle aufzugehen.

»Hat eigentlich schon mal ein Druide eingesehen, dass das ein Fehler war?«, fragte Walt.

Millie winkte ab. »Das hier ist nicht der Ghorm von damals. Dieser ist schon einmal gestorben. Er ist vorsichtiger, gewiefter. Wir werden einen neuen, einen überraschenden Weg finden müssen, um ihn loszuwerden.«

Ich war baff. War das die Millie, die ich kannte? Die, die eben noch liebeskrank auf meinem Sofa dahinvegetiert war?

Auch Walt schien nicht so recht zu wissen, wie er diese spontane Wandlung einzuordnen hatte. Gerade sagte er zu Millie: »Bei allem Respekt, ich glaube nicht, dass es viele verschiedene Wege gibt, einen Absorber loszuwerden. Wir werden von Glück sagen können, wenn wir eine Methode finden, bevor er sein Werk vollenden kann.«

»Sein Werk vollenden?« Millie schnaufte herablassend. »Er ist enttarnt. Ich habe ihn durchschaut. Was soll er mir jetzt noch anhaben können?«

»Das eben ist das Fatale an Absorbern«, antwortete Walt und sah Millie mitleidig an. »Haben sie ihr Opfer erwählt und ist es eine emotionale Bindung mit ihnen eingegangen, bedarf es keiner weiteren Einverständniserklärung des Opfers. Es reicht ihm, in deiner Nähe zu sein. Ob freiwillig oder unfreiwillig – kommt er zu dir, wird deine Lebensenergie auf ihn übergehen. Es reicht, wenn ihr euch dicht nebeneinander im selben Raum befindet. Ein Kuss beschleunigt den Prozess rasant.«

Millie schwieg. Der Schrecken war ihr deutlich anzusehen.

»Das klingt nicht gut«, murmelte ich.

Walt nickte mir zu. »Das *ist* auch nicht gut. Wir müssen alles tun, damit du ihm nie wieder begegnest, Millie.«

»Wie schade. Ich hätte ihm so gern den Kopf abgerissen«, sagte sie grimmig und ich musste lächeln. Die neue Millie gefiel mir ganz ausgezeichnet.

»Was würde denn mit Millie geschehen, wenn es uns nicht gelingt, diesen Energieegel loszuwerden?«, fragte ich.

Walt faltete die Hände und antwortete mit Grabesstimme: »Dann wird sie sterben und der Absorber zieht weiter zum nächsten Opfer.«

Einen Moment lang war es totenstill in der Dachkammer.

Dann klatschte Millie in die Hände und rief: »Also, wie gehen wir vor?«

Wieder Stille.

»Klingt nicht so, als hättet ihr schon einen Plan, um mein Leben zu retten.«

Jetzt war es Walt, der im Zimmer auf und ab ging.

»Was ist denn mit den Schutzzaubern, für die ich die Zutaten zusammengesucht habe?«, schlug ich vor.

»Ja, was ist mit den Schutzzaubern?«, rief Millie und sah Walt gespannt an.

Dessen Antwort kam langsam und zögerlich: »Wir können es versuchen, aber ein Absorber ist schon ein ganz schöner Brocken für so ein paar kleine Schutzzauber.«

»Wir werden es versuchen«, erklärte Millie mit der Inbrunst der Überzeugung und kratzte sich den faltigen Hals. »Los, wir haben keine Zeit zu verlieren. Livie, gib die Zutaten her. Ach, da fällt mir ein: Was stinkt hier eigentlich so merkwürdig?«

Ich schnüffelte und wusste im ersten Augenblick selbst nicht, worauf der intensive, würzige Geruch zurückzuführen war. Dann erinnerte ich mich an den Kümmelkäse.

»Ähm, also das liegt an der Verpackung des Kümmels. Ich hatte da ein bisschen Schwierigkeiten, deine Bestellung zusammenzutragen, Walt. Den Kümmel müssen wir, fürchte ich, noch schälen.« Ich lächelte schwach und Millie sah mich fragend an.

In diesem Moment öffnete sich die Tür der Dachkammer und Cameron trat ein. Er schnüffelte ein paarmal, sah sich mit fragendem Blick um, übersah Walt und mich verständlicherweise und fragte: »Wonach stinkt es denn hier? Und mit wem sprichst du?«

»Die erste Antwort hat was mit Kümmel zu tun und die zweite mit mir selbst. Vertausche sie bitte nicht«, antwortete Millicent ungehalten. »Und was tust du hier oben, Bruder?«

Cameron schien Zweifel an ihren Worten zu haben, denn sein Blick schweifte unstet durch den Raum. »Es hat sich aber wie ein Dialog angehört, von dem man nur eine Hälfte mitkriegt. Hier oben gibt es doch kein Telefon?«

»Natürlich nicht.« Millie wurde ungeduldig. »Also bitte sag, was du auf dem Herzen hast. Oder schnüffelst du mir aus reiner Neugier nach?«

Cameron straffte die Schultern und fuhr sich mit der Hand durch den spärlichen Haarwuchs. Walt und ich standen wie erstarrt auf unseren Plätzen und ließen den Eindringling nicht aus den Augen.

»Du hast Besuch, Millie. Ghorm Littington wartet unten in der Halle auf dich. Er muss sehr verliebt sein, wenn er an drei aufeinanderfolgenden Tagen hier auftaucht.«

»Oder sehr hungrig«, erwiderte Millie grimmig.

Cameron sah sie ratlos an und ich verbiss mir ein Lachen.

»Sag ihm, ich wäre unpässlich und würde heute keinen Besuch empfangen.«

Cameron betrachtete seine Schwester scharf. »Du siehst tatsächlich ein wenig mitgenommen aus. Benötigst du einen Arzt?«

»Ich benötige Ruhe, Cameron, und viel Zeit zum Nachdenken.«

Er zögerte einen Moment. »Du weißt schon, dass die Haushaltskasse leer ist? Du weißt, dass eine Heirat jetzt genau das ist, was Schloss Harrowmore braucht? Die Familie erwartet von dir, dass du deinen Teil zum Erhalt unseres Besitzes beisteuerst. Du solltest diese Chance nicht ungenutzt verstreichen lassen.«

»Ich bin mir meiner Pflicht bewusst, Cameron. Umso mehr Wert lege ich darauf, heute nicht mit Ghorm Littington zusammenzutreffen.«

Er senkte den Blick und wandte sich zum Gehen. »Ganz wie du meinst.«

»Cameron!«, rief Millie ihm nach und ihr Bruder wandte sich auf der Türschwelle noch einmal mit fragendem Blick zu ihr um. »Achte in den nächsten Tagen auf die Jungen«, flüsterte sie. »Etwas Böses ist im Anmarsch, ich fühle es. Schütze die Kinder, versprich es mir.«

»Millie, was …«

»Ich kann dir nicht mehr sagen«, fiel sie ihm ins Wort und hob abwehrend die Hände. »Vertrau mir und sei einfach vorsichtig.«

»Du hast dich verändert. Was ist geschehen?«

Cameron machte Anstalten, ins Zimmer zurückzukehren, doch sie wandte sich demonstrativ von ihm ab. »Eines Tages werde ich es dir erzählen können.«

»Vertraust du mir nicht, Millie?«

»Oh doch. Aber vertraust du mir auch?«

Cameron schien einen Augenblick überlegen zu müssen, dann sagte er: »Ich vertraue dir. Tu, was du für richtig hältst.« Damit ging er hinaus und schloss die Tür hinter sich. Seine Schritte verhallten auf der Dachbodentreppe.

Ich löste die Plastiktüte von meiner Kordel und ließ sie zu Boden fallen. »Also dann, es wird Zeit für ein paar Abwehrzauber, scheint mir. Wer kümmert sich freiwillig um den Kümmel?«

Kapitel 15

Zu unser aller Erleichterung gelang es Cameron tatsächlich, Ghorm abzuwimmeln. So verbrachten wir die folgenden Stunden damit, Millies Schlafzimmer so dämonensicher wie möglich zu machen.

Während Walt Kerzen mit Lavendelöl einrieb und seltsame Zeichen in das Wachs ritzte, nähte ich aus Großmutter Abigails Stoffresten Leinensäcke für die Kräuter, was durch Gedankenkraft fast besser ging als mit den Händen. Zumindest stach ich mir nicht in die Finger.

Millie zerkrümelte den Kümmelkäse mit einer Hingabe, die mich vermuten ließ, sie stellte sich dabei Ghorms Kopf zwischen ihren Fingern vor, und verstreute den müffelnden Kümmel danach auf Walts Rat hin unter ihrem Bett. »Und du bist sicher, dass das was bringt?«, fragte sie und beschnüffelte angeekelt ihre Fingerkuppen.

»Kümmel unter der Babywiege schützt den Säugling vor Dämonen. Vielleicht klappt es auch bei dir«, antwortete Walt und entzündete die Lavendelkerzen, die jetzt in einem Leuchter auf Millies Nachttisch standen.

Ich hängte derweil meine Kräutersäckchen am Türrahmen und am Fensterkreuz auf. Als wir mit allem fertig waren, dämmerte es bereits und der Sturm vor den Fenstern war abgeflaut.

»Und was machen wir als Nächstes?«, fragte Millie und sah Walt neugierig an.

»Du verkriechst dich in deinem Bett und bleibst da. Wenn unsere kleinen Maßnahmen etwas gegen Ghorm ausrichten können, wirst du dort sicher sein. Livie bleibt die ganze Nacht bei dir und hält Wache.« Die Kapuze hatte gesprochen. Freundlich und väterlich. Aber mich konnte er damit nicht täuschen.

Ich schoss kerzengerade in die Höhe. »Moment mal! Und was mache ich, wenn sich unsere Schutzmaßnahmen als wirkungslos herausstellen?«

»Ich habe keine Ahnung. Aber du könntest dir ja mal ein paar Gedanken zu diesem Thema machen«, antwortete Walt gereizt und verschränkte die Arme vor der Brust.

Obwohl es noch früh am Abend war, schien Millie am Ende ihrer Kräfte zu sein. Tiefe Ringe umschatteten ihre Augen in einem dunklen Violett und ihr Gang war auf dem kurzen Weg zu ihrem Bett unsicher und schwankend. Als ich ihr anbot, sie erneut zu stützen, lehnte sie jedoch energisch ab und jeder ihrer Schritte wurde von wütendem Gezische begleitet. »Das wollen wir doch erst mal sehen. Der kriegt mich nicht klein. Der nicht.«

Schließlich lag sie mit traurigem Hundeblick auf ihrem Himmelbett und atmete schwer.

Walt, der einige Meter entfernt an der Zimmertür stand, winkte mich zu sich heran. »Ich werde euch Frauen jetzt allein lassen. Der

Absorber muss gestoppt werden und ich bezweifle, dass ein paar Küchenkräuter das leisten können. Ich gehe also wieder auf die Jagd nach Informationen. Pass auf Millicent auf, so gut du kannst. Wenn du Hilfe brauchst, ruf nach mir. Ich verspreche dir, ich werde sofort kommen.«

»Und wehe, wenn nicht«, murmelte ich und hielt mich selbst fest umarmt. Der Gedanke, dem Dämon allein gegenübertreten zu müssen, war nicht gerade erfreulich.

Walt verschwand ohne ein weiteres Wort.

Ich setzte mich an das Fußende des Himmelbettes, lehnte mich an einen Baldachinpfosten und zog die Beine an. Millie lag noch immer schwer atmend da, den Blick ins Nichts gerichtet. In ihren Augen glänzten Tränen.

»Es wäre ja auch zu schön gewesen, nicht wahr?«, sagte sie. »Warum sollte ich nach all den Jahren denn auch einfach mal Glück haben? Da kommt einmal ein gut aussehender Mann durch meine Haustür und dann ist er natürlich ein Dämon. Ich würde gern behaupten, dass das irgendwie typisch ist, aber nein, das ist die Krönung.« In ihren Augenwinkeln glitzerten Tränen.

Betont heiter antwortete ich daher: »Es wird andere geben, Millie. Lass uns diesen Miesling erst mal loswerden.«

»Es wird natürlich keine anderen geben, Livie! Sei nicht albern. Wenn Ghorm mit mir fertig ist, bin ich entweder tot oder kann mir einen Platz im Altersheim suchen.«

Ich vergewisserte mich, dass die plötzliche Kälte in ihrer Stimme nicht ihre Tränen zu Eis gefroren hatte, und versuchte es weiter mit Heiterkeit. »Vielleicht gibt es ja eine Möglichkeit, den Alterungsprozess wieder umzukehren. Denk mal daran, dass Badria Helena nach seinem Sieg über Ghorm geheiratet hat. Und sie müssen ja auch Kinder gehabt haben, sonst wäre dieser Familienzweig heute nicht mehr auf der Welt!«

Nicht, dass ich auch nur die leiseste Ahnung hatte, ob meine Vermutung zutraf. Geschweige denn, wie man einen Alterungsprozess wieder umkehrte. Doch meine Worte brachten den gewünschten Erfolg. Der Gedanke schien Millie ein wenig zu trösten.

Sie rieb sich über die Augen und schluckte trocken. Wesentlich gefasster fuhr sie fort: »Wäre ja auch zu schön gewesen, wenn sich einfach mal einer in mich verliebt hätte. Ich weiß, dass ich ungeschickt und reizlos bin, und auch mein Gesicht ist nicht wirklich hübsch. Wenn ich nur so aussehen würde wie du, Livie. Dann hätte ich mir längst einen tollen Typen geangelt.«

»Sag mal, spinnst du jetzt?«, entfuhr es mir und ich meinte es ehrlich. »Ich bin mollig, habe Spaghettihaare und eine Stupsnase. Welche Schönheitskonkurrenz soll ich denn damit gewinnen? Die der Trolle?«

»Du siehst total süß aus, Livie, und jetzt tu bitte nicht so, als wüsstest du es nicht. Männer stehen auf süße Frauen.«

Ich schüttelte energisch den Kopf und gab eine der wenigen Weisheiten preis, die ich in meinem kurzen Leben herausgefunden zu haben glaubte: »Männer stehen auf Frauen, die nicht rumjammern. Das macht den Unterschied zwischen dir und mir aus. Wir sind beide keine Frauen für die Titelseite der *Vogue*, aber im Gegensatz zu dir mache ich mir nicht so viel daraus. Es ist nicht so schrecklich wichtig, verstehst du?«

»Es ist nicht wichtig? Ich bin über zwanzig, unverheiratet, und jetzt werde ich auch noch frühzeitig alt. Und du findest das nicht wichtig?« Sie richtete sich halb auf, fiel aber zurück auf ihre Matratze. Sie war zu erschöpft für den dramatischen Auftritt, der zu diesen Worten gehört hätte.

Ich befand diese Gelegenheit so gut wie jede andere, um ihr mal richtig die Meinung zu sagen. »Nein, verdammt noch mal! Du bist gesund und bei Verstand! Du kannst hier rausgehen und tun und lassen, was immer du willst! Du willst einen Mann? Such dir einen! Aber warte nicht in deinem Elfenbeinzimmer auf einen schwerreichen Prinzen, der dir und deiner Sippe den Stammsitz rettet! Scheiß drauf und mach dein eigenes Ding!«

»Das verstehst du nicht«, erwiderte Millie und drehte sich von mir weg.

Da öffnete sich wie aufs Stichwort die Zimmertür und Cameron trat ein. In den Händen trug er ein silbernes Tablett, auf dem er eine Schüssel mit Häppchen, erdolcht von Partyspießen, und einen Teller mit akkurat geschnittenen Sandwiches balancierte. Er trat ans Bett, stellte das Tablett nahe bei meinen Füßen auf die Matratze und nahm selbst auf der Bettkante Platz.

»Millie?« Er tippte ihr sanft auf die Schulter und sie drehte sich träge zu ihm um. »Du hast heute alle Mahlzeiten versäumt, da dachte ich, ich bringe dir eine Auswahl von Ruthies Seelentröstern.«

Millie antwortete nicht. Sie schlug die Augen nieder und tätschelte ihrem Bruder das Knie.

»Ich wusste nicht, nach welchem Getränk dir der Sinn steht, deswegen stehen vor der Tür eine Flasche Whisky und eine Kanne Tee. Welches von beidem soll ich holen?«

»Den Whisky«, antwortete Millie und eine Spur des liebenswerten Trotzes erschien auf ihrem Gesicht.

Cameron nickte, erhob sich und ging aus dem Zimmer. Einen Augenblick später erschien er mit einer Flasche Single Malt und zwei schlichten Gläsern wieder am Himmelbett und setzte sich erneut.

Den Whisky eingießend, wagte er den ersten vorsichtigen Vorstoß. »Hör mal, Schwesterchen, ich will deine Selbstgespräche ja nicht lange unterbrechen, aber willst du mir nicht erzählen, was hier vorgeht?«

Millie schüttelte den Kopf und nahm einen tiefen Schluck aus dem Whiskyglas.

»Ich mache mir Sorgen. Du siehst aus wie der Tod auf Socken, verkriechst dich auf staubigen Dachböden, redest mit dir selbst und bittest mich, ein wachsames Auge auf die Jungen zu haben. Das macht mir Angst. Wenn es irgendetwas gibt, was ich für dich tun kann, dann sag es mir bitte.«

»Du kannst nichts tun. Es ist lieb von dir, mir Hilfe anzubieten, aber du kannst nichts für mich tun.«

Cameron schwieg und trank nun seinerseits einen Schluck Whisky aus seinem Glas. Ich saß nur wenige Zentimeter von ihm entfernt auf dem Bett und beobachtete ihn neidisch. Der Single Malt verbreitete ein verführerisches Vanillearoma und die liebevoll gestalteten Häppchen schienen mir alle fröhlich zuzuwinken.

»Ich möchte, dass du eines weißt: Wenn du Ghorm Littington aus irgendeinem Grund nicht heiraten willst, dann werde ich dir keinen Vorwurf machen.«

»Das ist hochanständig von dir, Cameron. Zumal du dieses Opfer schon gebracht hast. Ich meine, aus Liebe hast du Caroline doch bestimmt nicht geheiratet.«

»Natürlich nicht«, erwiderte Millies Bruder und machte eine wegwerfende Handbewegung. »Sie war dumm wie Brot, dazu noch oberflächlich und hinterhältig. Das Beste an ihr war ihr Geld. Es hat uns die nötigen Dachreparaturen ermöglicht und noch so einiges mehr. Es war eine Notwendigkeit, sie zu heiraten, und als sie verschwand, hielt sich die Trauer in Grenzen.«

Beide tranken gleichzeitig und für einen Augenblick war es still im Zimmer.

Dann sagte Cameron: »Ich möchte nicht, dass du das gleiche Opfer bringst wie ich damals. Wir haben noch einige Ländereien, die wir veräußern können, und die Pacht, die wir von den umliegenden Höfen erhalten, reicht für das Nötigste. Tu mir den Gefallen und mach dich nicht unglücklich.«

Millie drückte ihren Bruder kurz und fest an sich. »Es ist lieb, dass du das sagst. Vielen Dank.«

Er lächelte schwach und sah in die glitzernde goldgelbe Flüssigkeit in seinem Glas. »Vielleicht solltest du von hier fortgehen, Millie. Vielleicht solltest du dir die Welt ansehen, anstatt hier drinnen zu sitzen und auf den Richtigen zu warten.«

»Ich werde darüber nachdenken, sobald ich mich besser fühle.«

Cameron sah es als das an, was es war: Millies Art, das Gespräch für beendet zu erklären. Er stürzte den letzten Rest seines Whiskys hinunter und erhob sich. »Dann erhol dich gut, Schwesterchen, und vergiss nicht, zu essen.« Damit verließ er das Zimmer und schloss die Tür hinter sich.

»Korrigiere mich, wenn ich mich irre, aber hat dein Bruder dir gerade genau das Gleiche gesagt, was ich dir nur wenige Momente zuvor gesagt habe?« Ich konnte mir ein freches Grinsen nicht verkneifen, woraufhin Millie mit dem Fuß nach mir trat.

»Ihr habt alle leicht reden. Sei einfach mal eine Weile ich, dann machst du keine blöden Witze mehr.«

Ich lachte und füllte Camerons Whiskyglas erneut, wobei ich ein paar Tropfen verschüttete. Ich wollte es gerade auf mich zuschweben lassen, als sich die Zimmertür öffnete und Cameron seinen runden Kopf hereinstreckte.

»Ach, Millie, würdest du deinem unsichtbaren Gesprächspartner bitte ausrichten, dass ich gern einmal seine Bekanntschaft machen würde? Gute Nacht allerseits.« Damit zog er sich zurück und schloss die Tür ein zweites Mal.

Ich lachte los, dass mir die Tränen in die Augen schossen. »Millie«, rief ich, »der glaubt gar nicht, dass du Selbstgespräche führst. Der glaubt, dass du jemanden vor ihm versteckst. Einen Liebhaber vermutlich!«

»Das ist doch lächerlich«, schnaufte sie. »Wo sollte ich denn in dieser Einöde einen Liebhaber aufgetrieben haben?«

»Frag deinen Bruder doch mal. Vielleicht äußert er einen brauchbaren Verdacht.«

»Livie, ich brauche jetzt keinen Liebhaber, denn wie du sehr wohl weißt, habe ich bereits einen. Und der will mich erst auslutschen und dann an Altersschwäche krepieren sehen!«

»Verzeih, du hast recht«, erwiderte ich glucksend und bemächtigte mich endgültig Camerons Glases. Ich probierte einen Schluck und stellte mal wieder zu meiner Enttäuschung fest, dass Whisky viel besser roch, als er schmeckte. Ich schüttelte mich und verzog angeekelt das Gesicht. »Wenden wir uns lieber Ruthies Leckereien zu. Sieh nur, Millie! Kaltes Roastbeef mit Meerrettich und Spargel in Schinkenröllchen. Komm, lass uns picknicken.«

Sie raffte sich mühsam auf und wählte ein Eiersandwich, das sie mit reichlich Whisky hinunterspülte. Ich vertilgte derweil ein halbes Dutzend Frikadellen mit Frischkäsefüllung und sehnte mich nach Coca-Cola. Man kann eben nicht alles haben.

Nachdem wir unser opulentes Mal beendet hatten, senkte sich die Müdigkeit auf unsere Augenlider. Millie versuchte krampfhaft, nicht einzuschlafen. Erst nachdem ich ihr hoch und heilig versprochen hatte, wach zu bleiben, rollte sie sich auf die Seite und war nur Minuten später weggedämmert.

Ich goss mir von dem scheußlichen Whisky nach, weil ich hoffte, dass es mir leichter fallen würde, wach zu bleiben, wenn es mich bei jedem Schluck vor Ekel schüttelte. Nach dem dritten Glas war ich sicher, diese Theorie beweisen zu können, und an das vierte konnte ich mich beim fünften schon nicht mehr erinnern.

Irgendetwas hatte mich geweckt. Mein vernebelter Verstand weigerte sich jedoch, die Informationen zu verarbeiten. Erst als ein leises Wimmern an mein Ohr drang, kam ich langsam zu mir.

Ich hob den Kopf. Millie wurde durch eine große Gestalt verdeckt, die über ihr zu kauern schien. Ich erkannte den blonden Hünen in den kniehohen schwarzen Stiefeln und dem grauen Mantel sofort. Ghorm musste durch das immer noch offen stehende Fenster hereingekommen sein. Die Luft war eiskalt.

Ich schrie laut vor Wut und Angst und stürzte mich auf den Dämon. Tatsächlich konnte ich ihn fühlen und riss mit all meiner Kraft an Ghorms Schultern, doch der Kerl schüttelte mich ab wie ein lästiges Insekt und ich landete auf dem Fußboden.

Ich robbte unter das Himmelbett und griff nach einigen der dort ausgelegten Kümmelkörner. Dann sprang ich dem Unhold erneut auf den Rücken, umfasste seinen Kopf und drückte ihm, noch bevor er mich abschütteln konnte, die Kümmelkörner ins Gesicht.

Ghorm knurrte unwillig, sprang vom Bett, wobei ich nun doch wieder zu Boden stürzte, und funkelte mich an. »Du. Wirst. Lästig. Banshee.« Seine Stimme klang wie das Donnergrollen eines schweren Gewitters.

Ich würgte meine Angst hinunter und schrie: »Und das war nur ein kleiner Vorgeschmack, mein Bester! Ich kann noch viel unangenehmer werden, wenn du dich nicht verpisst und meine Freundin in Ruhe lässt!«

Ghorm warf den Kopf zurück und lachte dröhnend, woraufhin ich ihm mithilfe meiner mentalen Kräfte die halb leere Whiskyflasche an den Kopf schmiss. Sie zersplitterte an seiner Stirn und die goldgelbe Flüssigkeit spritzte über sein Gesicht, den geöffneten Mantel und sein seidenes Hemd. Jetzt lachte er nicht mehr. Jetzt war er ernsthaft böse auf mich.

Ich sah etwas Goldenes in seiner Hand aufblitzen und duckte mich. Keine Sekunde zu früh. Das leuchtende Geschoss zischte um Haaresbreite über mich hinweg und zerlegte Millies Kleiderschrank binnen Sekunden in seine Bestandteile. Zurück blieben ein Haufen Sägemehl und ein kleiner Hügel zerstückelter bunter Lumpen.

Für einen kurzen Moment erwogen meine Beine die Möglichkeit der Flucht, doch dann fiel mein Blick auf die Lavendelkerzen. Ich riss sie mit meinen Gedanken aus dem Messingleuchter und ließ sie auf Ghorm zuschweben. Seine Stirn legte sich in Falten. Da trafen die Kerzen seine hübsche Fratze mit der Flamme voran. Er schrie auf und taumelte rückwärts. Das war nicht der Lavendelduft, sondern die Flamme, schoss es mir durch den Kopf und ich überlegte fieberhaft, was ich noch in Brand setzen konnte, doch Ghorm war schon aus dem weit geöffneten Fenster gesprungen.

Ich setzte ihm nach, legte jedoch an der breiten Fensterbank eine Vollbremsung hin und spähte hinunter in den Garten. Weit voraus sah ich Ghorm durch den nächtlichen Garten huschen. Er war entkommen.

»Sieg«, flüsterte ich und eine Woge der Erleichterung durchflutete mich. »Wir haben ihn vertrieben, Millie! Er ist fort.«

Sie lag noch immer schluchzend auf dem Bett, das Gesicht unter den Händen verborgen.

»Millie!«, rief ich. »Was ist los mit dir? Hat er dich verletzt?«

Doch sie schluchzte nur unkontrolliert und als ich ihr sanft die Hände vom Gesicht zog, wurden meine schlimmsten Ahnungen Gewissheit.

»Er hat mich geküsst. Wild und leidenschaftlich und mit Zunge! Ich konnte spüren, wie er mir meine Lebensenergie entzieht.« Millie wimmerte und verkroch sich in ihren Kissen.

»Ach Millie. So schlimm ist es gar nicht. Auf die paar Falten mehr oder weniger kommt es jetzt auch nicht mehr an.«

»Du lügst, Livie! Ich kann hören, wie du lügst. Du bist eine grottenschlechte Lügnerin!«

Ein neuer Weinkrampf schüttelte sie und mir fiel nichts Besseres ein, als dazusitzen und ihr den Rücken zu streicheln.

Nach einer Weile versiegten die Tränen und Millie fragte verschnupft: »Nun sag schon, Livie, wie schlimm ist es?«

Ich unternahm keinen weiteren Versuch, sie zu belügen. Es hätte ja doch keinen Zweck gehabt. »Deine Augen sind jetzt von einem feinen Netz kleiner Krähenfüße umrahmt, dein Hals schlägt zunehmend Falten, einem Truthahn nicht unähnlich. Außerdem ist das Grau deiner Haare nicht mehr länger als Strähne zu bezeichnen.«

Ein erneuter Tränenausbruch war die Folge. Das hatte ich nun von meiner Ehrlichkeit.

Eine weitere halbe Stunde verging mit Rückenstreicheln und tröstenden Worten. Dann drehte sich Millie zu mir um und fragte mit tränenerstickter Stimme: »Bin ich wirklich deine Freundin?«

»Was?«, fragte ich. Ich war ein wenig aus dem Konzept gebracht.

»Das hast du zu Ghorm gesagt. Du hast gesagt, dass er deine Freundin in Ruhe lassen soll.«

»Stimmt ja auch. Natürlich bist du meine Freundin«, sagte ich und ergänzte so leise wie möglich: »Solange du nur immer schön die Finger von Walt lässt.«

Doch das hatte Millie entweder absichtlich oder vor Begeisterung überhört, denn sie fiel mir um den Hals und schniefte in mein Ohr: »Das hat noch nie jemand über mich gesagt. Das ist das Schönste, was mir passieren konnte.«

Ich erstarrte. Sie konnte mir tatsächlich um den Hals fallen. Millie war in der Lage, mich zu berühren, was bedeutete, dass ihre magischen Fähigkeiten sich erneut weiterentwickelt hatten. Jetzt wurde mir auch bewusst, dass ich sie mit meinen Händen gestreichelt hatte. Aus purer Gewohnheit hatte ich die Hände benutzt und sie hatten Millie berührt! Sie schien diese Veränderung nicht wahrgenommen zu haben. Sie hing noch immer an meinem Hals.

Ich tätschelte ihr zum hundertsten Mal in dieser Nacht den Rücken und sagte: »Wenn unsere Abwehrzauber funktioniert hätten, hättest du jetzt wirklich Grund zur Freude!«

Millie ließ mich los und blickte sich im Zimmer um. Sie betrachtete abwechselnd die Kräutersäckchen über Tür und Fenster. »Was meinst du, warum es nicht geklappt hat?«

»Sie sind vermutlich zu schwach. Walt hatte so etwas ja schon befürchtet. Wir werden wohl einen sichereren Ort für dich finden müssen.«

Millie nickte und legte die Stirn in Falten. Das konnte sie inzwischen wirklich fantastisch. Sie erinnerte mich zunehmend an einen Basset, wenn sie nachdachte. »Ich kann mir nicht vorstellen, wie so ein Ort aussehen könnte. Hast du eine Idee?«

»Im Moment nicht. Aber vielleicht hat Walt eine. Da fällt mir ein, wir haben völlig vergessen, ihn zu rufen.« Mein schlechtes Gewissen regte sich kurz. Doch es war alles so furchtbar schnell gegangen und ich hatte mich auf den Dämon konzentrieren müssen. »Nun, es hat wohl keinen Sinn, nachträglich Alarm zu schlagen. Ghorm ist weg und kommt heute Nacht auch hoffentlich nicht wieder. Er ist bestimmt satt und jung und voller Lebensenergie.«

»Ganz bestimmt«, ergänzte Millie weinerlich und betrachtete traurig eine graue Haarlocke, die auf ihrer Schulter lag.

Ich seufzte. »Lass uns versuchen, den Rest der Nacht ein wenig Erholung zu finden. Ich meine damit natürlich, du erholst dich und ich passe auf.«

»Aber bitte besser als letztes Mal, ja?«

»Ganz sicher. Der Whisky ist ja nun futsch.«

»Dafür durchsetzt sein Aroma jetzt meinen schönen Teppich.«

Millie ließ sich in ihre Kissen zurücksinken und schlief im Licht der letzten verbliebenen Lavendelkerze bald tief und friedlich. Ich nahm mir vor, wach zu bleiben, und lieh mir einen von Millies Liebesromanen aus.

Noch bevor die Sonne das Dunkel der Nacht vertrieb, war ich wieder tief und fest eingeschlafen.

»Du Unglückswurm von einer Banshee! Wach sofort auf und stell dich mir!«

Ich zog es vor, die Augen fest geschlossen zu halten. Vermutlich waren das meine letzten ruhigen Momente für eine sehr lange Zeit.

»Wach auf oder ich frittiere dich in siedendem Öl.«

Ich rekelte mich ausgiebig und öffnete die Augen. Vor dem Fußende von Millies Himmelbett, wo ich noch immer lag, stand Walt und seine Kutte bebte, so zornig war er.

»Livie! Wie oft soll ich dir noch sagen, dass du keinen Schlaf brauchst?!«

»Alte Gewohnheiten lassen sich eben schlecht ablegen. Außerdem hatte ich eine sehr anstrengende Nacht.«

»Das sehe ich«, sagte Walt und deutete auf die Überreste des Kleiderschrankes und die zersplitterte Whiskyflasche am Boden.

»Das sind nur kleine Kollateralschäden, kaum der Rede wert. Ich habe Ghorm vertrieben«, erklärte ich voller Stolz.

»Sie ist weg«, war Walts einziger Kommentar auf diese großartige Nachricht.

»Wer, sie?«

»Millie! Die Frau, auf die du aufpassen solltest, verdammt noch mal!«

»Sie ist vermutlich nur schnell ins Bad gegangen, um sich frisch zu machen.«

»Nein, sie ist nicht ins Bad gegangen. Es ist zwölf Uhr mittags und sie ist seit Stunden fort. Sie ist bei *Harrods*!«

»In London? Was zum Teufel will sie denn da?«

»Das weiß ich nicht, aber ich weiß, dass sie dort nicht sicher ist!«

»Aber Ghorm wird sie doch nicht mitten in einem Kaufhaus angreifen?!«

»Ich weiß nichts von Ghorm, ich weiß nur, dass Millie sich in Kürze bei einer wilden Flucht über die Rolltreppen das Genick brechen wird. Du bist ihre Banshee, Livie. Also auf nach London!«

Kapitel 16

Harrods. Ich hatte es schon als Kind geliebt. Meine Mama und Tante Ethel hatten einen Bummel durch *Harrods* als das höchste Glück angesehen und waren immer gern mit mir durch dieses einmalige Kaufhaus geschlendert. Ich hatte mir all diese unglaublichen Dinge, die ich mir niemals würde leisten können, angesehen und war selig mit einer Bonbontüte voller Köstlichkeiten wieder nach Hause gestrolcht.

Das war auch nie ein Problem gewesen, denn ich hatte in Kensington gewohnt. Schloss Harrowmore jedoch hatte seinen Standort etwa zweihundert Meilen von London entfernt! Ich konnte mir beim besten Willen nicht erklären, was Millie zu dieser Reise bewogen hatte.

Walt und ich nahmen natürlich den kürzesten Weg zu *Harrods*. Er packte mich am Handgelenk und zerrte mich in einen Strudel wirbelnder Farben. Als die Welt um mich herum wieder Konturen bekam, standen wir im Erdgeschoss des Kaufhauses nahe der Bäckerei. Es duftete verführerisch nach frischen Scones und Kaffee.

»Wow, ich liebe diese Art, zu reisen«, rief ich und tänzelte zur Kuchenauslage. »Da gibt's keine Staus und keine Pannen, die Frisur wird nicht zerzaust und man ist abends zur besten Sendezeit wieder zu Hause. Nur schade, dass du uns nicht vor dem Eingang hast ankommen lassen. Ich bevorzuge es, wenn mir der Portier die Tür aufhält.«

Während *Harrods* und seine Atmosphäre mich schlagartig heiter stimmten, schien Walt wenig beeindruckt. »Wirklich witzig. Der Portier hätte dich gar nicht bemerkt. Und wenn du zur besten Sendezeit wieder zu Hause sein willst, dann überleg dir mal, wie wir Millie in diesem Gewühl wiederfinden.«

»Woher soll ich das wissen?«, antwortete ich und verschlang ein Marzipantörtchen mit den Augen.

»Du bist eine Frau, also denke auch wie eine. Wo würdest du hingehen?« Walt klang drängend und erinnerte mich daran, dass wir nicht zum Bummeln hergekommen waren.

Ich überlegte laut. »Ich würde zu den Süßigkeiten gehen, aber ich vermute, dass wir Millie dort nicht finden.«

»Denk nach. Uns rennt die Zeit davon!«

Ich dachte wirklich angestrengt nach, doch in einem Laden wie *Harrods* gab es eben einfach alles zu kaufen. Wie sollte ich da wissen, was Millie hierhergetrieben hatte?

Bei der Erinnerung an die vergangene Nacht fiel es mir plötzlich ein. »Kleider!«, rief ich. »Sie braucht neue Kleider, weil Ghorm ihren Schrank zerlegt hat!«

»Wo ist die Abteilung für Damenkleidung?«, fragte Walt und sah sich um.

»Mir nach!«, befahl ich und packte ihn am Ärmel.

Wie zwei Kugelblitze zischten wir durch das Erdgeschoss von *Harrods.* Um nicht das unangenehme Gefühl des Durchgangenwerdens erleben zu müssen, wichen wir den Besuchern aus und erklommen trotzdem im Eiltempo die Rolltreppe. Ich war dankbar dafür, von den Menschen nicht gesehen zu werden, ansonsten wäre uns zu diesem Zeitpunkt bereits das gesamte Sicherheitspersonal dieses Konsumtempels auf den Fersen gewesen. Und Walt mit seiner gruseligen Kutte wäre in einem Geschäft wie diesem sowieso niemals geduldet worden.

In der Damenabteilung fiel es mir schwer, mich auf die Suche nach Millie zu konzentrieren. Walt bemerkte meinen sehnsüchtigen Blick, der an fast allen Kleiderständern hängen blieb, und ließ einen seiner Seufzer los.

»Schon gut, schon gut. Nicht, dass du verschiedene Kleider bräuchtest, aber meinetwegen. Wenn diese Ghorm-Geschichte ein Ende hat – was für eines auch immer –, können wir über ein weiteres Kleid nachdenken.«

Was für ein Ende auch immer. Seine Worte machten mir den Ernst der Lage wieder bewusst. Suchend blickte ich mich nach einem rotgrauen Lockenkopf um, konnte aber nichts Vertrautes entdecken.

»Ich kann sie nirgends sehen! Wie viel Zeit bleibt uns noch?«

»Die Vision ist nicht ganz klar. Sie stürzt eine Rolltreppe hinunter, aber ich weiß nicht, von welcher Etage oder um welche Zeit. Auch der Anlass ist für mich nicht sichtbar. Eine derart lückenhafte Todesvision hatte ich noch nie! Deswegen bin ich mir auch ziemlich sicher, dass es irgendetwas mit Ghorm zu tun hat. Der Absorber ist für mich einfach nicht greifbar.«

»Du meinst, er unterfliegt deinen Radar?«

Auch Walt sah sich nun hektisch nach Millie um. Seine lange Kapuze schwang bei jeder Drehung seines Kopfes um ihn herum und landete mit ihrem Ende zweimal in meinem Gesicht. Das brachte mich auf einen neuen Gedanken.

Ich vergrößerte meinen Sicherheitsabstand zu Walt und änderte meine Taktik. Ich hielt nicht länger Ausschau nach Millies Lockenkopf, sondern sah mich nach einer Person um, die ihr Haupt verhüllt hatte.

Ich entdeckte einige ältere Damen mit pfiffigen Hütchen auf dem Scheitel, doch keine von ihnen ähnelte Millie. Da fiel mir plötzlich eine hagere Person auf, die ein cremefarbenes Seidentuch um Kopf und Hals geschlungen hatte und den Blick über einigen Designerblusen gesenkt hielt.

»Walt?«

Er wandte sich mir zu und ich nickte in die Richtung, wo die schlanke Dame noch immer mit Kennermiene Stoffe inspizierte. Walt atmete sichtbar auf. Auch er hatte Millie erkannt.

Im Laufschritt näherten wir uns der Ausreißerin, doch sie war so im Kaufrausch, dass sie uns nicht einmal bemerkte.

Dicht neben ihrem Ohr flüsterte ich: »Millicent Harrowmore, was zum Teufel tust du hier?«

Sie griff sich ans Herz und drehte sich erschrocken zu mir um. »Meine Güte, musst du mich so erschrecken? Wonach sieht es denn aus? Ich stelle mir eine neue Garderobe zusammen.«

»Ach, und das war dir in einem der zahllosen anderen Kaufhäuser in all den anderen Städten, an denen du auf deinem Weg nach London vorbeigekommen bist, nicht möglich? Millie, du musst doch Stunden unterwegs gewesen sein. Wann bist du aufgebrochen? Um fünf Uhr in der Früh?«

»So ungefähr. Ich habe den Zug genommen. Ganz bequem und ohne Staus. Ich brauche nun mal neue Kleidung und manche Dinge lassen sich nur bei *Harrods* in passender Atmosphäre erledigen.«

»Wenn alle Harrowmores so denken, ist es kein Wunder, dass ihr ständig knapp bei Kasse seid. Schon mal was von Secondhand gehört?«

Diese Bemerkung würdigte Millicent nicht einmal mit einem Augenrollen. Stattdessen deutete sie mit dem Finger auf ihr Gesicht. »Schau mal, ich war in der Kosmetikabteilung und habe mir ein Make-up machen lassen. Ist es nicht großartig geworden? Ich sehe fast wieder jung aus. Allerdings hat mich diese dusselige Kosmetikerin doch zunächst tatsächlich für eine ehemalige Schulfreundin gehalten, und das, obwohl sie gut und gern dreißig Jahre älter ist als ich. So eine Unverschämtheit. Danach war meine Laune fast zehn Minuten lang am Boden.«

»Millie«, mischte sich nun Walt ein, der bis jetzt stumm hinter mir gestanden hatte. »Wir sind nicht hier, um dir beim Tragen der Einkaufstaschen zu helfen. Du bist in Gefahr. Livie ist in ihrer Eigenschaft als Banshee hier. Es geht um Leben und Tod.«

Millie wurde blass unter ihrer Farbschicht und flüsterte: »Aber er würde mich doch hier nicht belästigen. Nicht bei *Harrods*.«

»Ich fürchte doch. Lass uns gehen, Millie. Am besten jetzt gleich«, drängte ich sie und hätte sie am liebsten ungefragt kraft meiner Gedanken zur Rolltreppe geschoben, aber ihr nächster Einwand schien mir berechtigt.

»Aber das ist völlig unmöglich, ich muss meine Einkäufe erst abholen. Eine Verkäuferin hat sich meiner Sachen angenommen.«

»Millie«, zischte Walt. »Ghorm könnte jeden Moment hier auftauchen und sich dir nähern. Und dann verlierst du weitere Lebensjahre.«

Sie schüttelte den Kopf und ich sah, dass Argumente bei einer Frau im Kaufrausch nicht fruchteten.

»Lass sie ihre Sachen holen, Walt. Sonst kriegen wir sie nie aus diesem Laden. Hier herumzustehen und zu diskutieren, ist auch nichts anderes als Zeitverschwendung.«

Hinter uns räusperte sich vernehmlich eine Verkäuferin. Drei Köpfe wandten sich spontan zu ihr um, doch sie sah nur einen.

»Kann ich Ihnen etwas zeigen? Wenn Sie sich für Blusen interessieren, hätte ich dort drüben noch einen Ständer mit einer ganz neuen Kollektion.«

Millie machte Anstalten, der Dame freudig zum nächsten Blusenangebot zu folgen, doch Walt hielt sie am Ärmel zurück. Die irritierte Verkäuferin sah die unkontrolliert zappelnde Kundin mit hochgezogenen Brauen an.

»Sag ihr, dass du kein Interesse hast und allein zurechtkommst, oder ich bekomme einen Tobsuchtsanfall«, zischte Walt.

Millie seufzte und wedelte mit den Händen in der Luft herum, um von ihren Gleichgewichtsproblemen abzulenken, denn Walt zerrte noch immer energisch an ihr herum. »Ich denke, mir ist jetzt nicht mehr nach Blusen, tut mir leid. Ich werde mir eine kleine Pause und einen guten Kaffee gönnen. Dann werde ich weitersehen.«

Die Verkäuferin lächelte verständnisvoll und zog sich eilig zurück. Bestenfalls hielt sie Millie jetzt für ein Opfer nervöser Zuckungen.

Ich redete beschwörend auf meinen Todesboten ein. »Walt, lass sie ihre Sachen holen, sonst stehen wir morgen noch hier.«

»Also schön. Hol deine Einkäufe. Ich werde dich begleiten. Du, Livie, hast ein wachsames Auge auf alles, insbesondere auf die Rolltreppe.«

Ich nickte und postierte mich in der Nähe eines hauseigenen Wachmannes, der mich um zwei Köpfe überragte. Gemeinsam beobachteten wir alles und jeden, ohne dass er mich wahrnahm.

Eine Viertelstunde später sah ich Walt und einen Packesel mit Kopftuch auf mich zukommen. Gerade wollte ich den alten Scherz machen, ob sie den anderen Kunden auch noch etwas übrig gelassen hatte, da sah ich ihn.

Eine große Gestalt mit weizenblonden Haaren, gekleidet in edles Grau, schlenderte zwischen den Auslagen umher. Einige Damen warfen ihm bewundernde Blicke zu und er nahm sich sogar die Zeit, einer Verkäuferin zuzublinzeln, die errötend die Augen niederschlug. Es war Ghorm, der dämonische Absorber, der sich von den Lebensjahren junger Frauen ernährte. Er bummelte durch *Harrods,* als gehörte er hierhin. Der Kerl sah unverschämt gut aus und er wusste es.

Ich wollte schreien, doch meine Stimme versagte. Es war auch gar nicht mehr nötig, denn Walt war meinem Blick gefolgt und hatte Ghorm ebenfalls erspäht. Er griff eine von Millies zahlreichen Tüten, die diese fest umklammerte, und schleifte sie hinter sich her, bis er mich erreicht hatte. »Gibt es hier vielleicht einen Hinterausgang?«

»Bestimmt, aber ich weiß nicht, wo!«

»Dann eben ab durch die Mitte. Livie, geh zuerst auf die Rolltreppe. Bau mit deinen Gedanken ein unsichtbares Polster vor Millie auf, damit du sie auffangen kannst, wenn sie stürzt. Ich bleibe, so dicht es geht, neben ihr.«

»Was ist los? Ist er hier?«, fragte Millie nervös und sah sich um, was durch ihre vielen Gepäckstücke erschwert wurde.

»Warum packst du uns nicht einfach alle beide am Arm und wir verschwinden nonstop nach Schloss Harrowmore?«, fragte ich Walt.

Doch der schüttelte energisch den Kopf. »Hier ist keine Teleportzone. Wir müssen zurück zu der Bäckerei im Erdgeschoss.«

Teleportzone? Ich lernte doch wirklich täglich dazu.

Da keine Zeit für Fragen und lange Erklärungen war, betrat ich die glücklicherweise nur wenig bevölkerte Rolltreppe und drehte mich zu Millie und Walt um, die zwei Stufen hinter mir standen. Ich murmelte: »Fang auf«, und konzentrierte mich auf den leeren Platz vor Millie, die jetzt vor Angst zitterte.

»Ist er wirklich hier? Oh mein Gott! Ich will nicht noch älter werden, als ich schon bin!«

»Wirst du auch nicht, wenn du weiter so rumzappelst«, fluchte Walt und wich einer von Millies gut gefüllten Einkaufstaschen aus. Diese versuchte noch immer, Ausschau nach Ghorm zu halten, und drehte sich dabei hin und her.

Da erschien die imposante Erscheinung des Dämons am oberen Ende der Rolltreppe. Walt und ich setzten uns automatisch in Bewegung, um den Abstand zu vergrößern, doch Millie war wie erstarrt.

»Nein«, flüsterte sie. »Oh bitte, bitte nicht!«

Andere Kunden wurden auf Millie aufmerksam und blickten von der aufwärtsfahrenden Rolltreppe besorgt zu uns herüber. Doch sie hatte nur Augen für Ghorm, der siegessicher auf uns herabblickte.

In Panik drehte sich Millie wieder nach vorn und versuchte, die Rolltreppe hinunterzulaufen. Dabei verkantete sich eine große Papiertüte zwischen ihren Knien und sie verlor das Gleichgewicht. Sie stürzte auf mich zu und ich wappnete mich für den Aufprall.

»Fang auf«, zischte ich noch einmal leise und da prallte meine Freundin auch schon mit ihrem ganzen Körper gegen meine mentale Mauer.

Ich ächzte unter ihrem Gewicht, hielt aber aus, bis Millie sich wieder gefangen hatte. Mit zitternden Knien und sich an den Handlauf klammernd, setzte sie ihren Weg abwärts fort.

Ich sah zu Ghorm hinauf, der noch immer lächelnd die Stufen der Rolltreppe hinabzugehen begann, aber von zwei fülligen Damen gebremst wurde. Der Moment der tödlichen Gefahr war vorüber.

Wir erreichten die unterste Ebene und hasteten durch das Schlaraffenland von Lebensmitteln. Noch immer saß uns Ghorm im Nacken.

Als Banshee und Todesbote unsichtbar, war es uns ein Leichtes gewesen, *Harrods* laufend zu durchqueren, doch jetzt hatten wir die sperrige Millie dabei, die mit zahlreichen Karambolagen und hastig gemurmelten Entschuldigungen die Aufmerksamkeit des Wachpersonals erregte. Schon hielten die ernst blickenden Herren auf uns zu.

Einer berührte Millie schließlich am Arm und hielt sie zurück. »Madame, kann ich Ihnen behilflich sein?«

Für einen kurzen Moment befürchtete ich, Millie würde dem Mann eine wirre Geschichte von einem gut aussehenden Dämon im grauen Anzug erzählen. Doch ich hatte sie unterschätzt.

»Klaustrophobie«, japste sie. »Ein Anfall. Ich muss hier sofort raus.«

Der Sicherheitsmann reagierte sofort, klemmte sich Millies Taschen unter den einen Arm und reichte ihr den anderen. »Atmen Sie tief durch. Es ist gleich geschafft.«

Die Menge der Kunden teilte sich für Millie und ihren neuen Begleiter, Walt und ich blieben dicht hinter ihnen.

Noch einmal drehte ich mich um und feixte dem im Gedränge wütend zurückbleibenden Ghorm zu. Der Dämon zog es vor, keine Aufmerksamkeit auf sich zu lenken, und blieb immer weiter zurück.

So kam ich doch noch in den Genuss einer aufgehaltenen Eingangstür und auch wenn der Portier mir nicht zulächeln konnte, es war trotzdem ein erhebendes Gefühl.

Auf der Straße verabschiedete sich Millie eilig von ihrem ahnungslosen Retter und versicherte ihm, dass nun wieder alles in Ordnung sei. Zögernd ließ er sie gehen.

Millie marschierte strammen Schrittes an der eindrucksvollen Fassade von *Harrods* entlang und ich fragte Walt atemlos: »Und wo ist nun die nächste Teleportzone?«

»Dort drüben an der Ampel.«

Millie, die zugehört hatte, steuerte die Fußgängerampel an, versicherte sich, dass niemand sie direkt ansah, und flüsterte mit zusammengebissenen Zähnen: »Und jetzt?«

»Streck deinen Arm aus«, antwortete Walt. Er ergriff Millies und mein Handgelenk und London verschwamm vor meinen Augen.

Kurze Zeit später standen wir wieder in Millies Zimmer.

Sie sah sich verblüfft um. »So zu reisen, hat zweifellos Vorteile. Kann ich das lernen?«

»Weiß ich nicht«, murmelte Walt. »Stell deine Einkaufstaschen ab, hier können wir nicht bleiben.«

»Na, sicherer als in *Harrods* ist es allemal«, sagte ich und ließ mich erschöpft aufs Bett sinken. »Hoffentlich hat niemand beobachtet, wie du einfach unter der Ampel verschwunden bist.«

»Sicher nicht. Die meisten Menschen sind doch viel zu sehr mit sich beschäftigt. Die merken nicht mal, wenn sich neben ihnen an der Ampel jemand auflöst.«

»Hier können wir nicht bleiben«, wiederholte Walt. »Seht euch doch nur den zerlegten Schrank an! Ghorm ist nicht nur mächtig, hartnäckig und ausgesprochen gesundheitsgefährdend, er ist auch unbeherrscht. Wir müssen Millie an einen sicheren Ort schaffen.«

»Und wo soll der sein?«, fragte sie und ließ die letzte Einkaufstüte neben mir auf das Bett fallen.

»Vertrau mir. Zieh ein schlichtes Wollkleid an und halte dich bereit. Ich warte vor der Tür, bis du umgezogen bist. Livie wird bei dir bleiben.« Damit rauschte er davon und ließ die Tür hinter sich zuknallen.

Millie sah mich fragend an. »Was hat er mit mir vor?«

Ich zuckte mit den Schultern. »Ich habe nicht die leiseste Ahnung, aber ich denke, du hast keine Wahl. Vertrau ihm. Er scheint einen Plan zu haben.«

Auch Millie zuckte mit den Schultern und begann, ihre Einkäufe auf eine passende Garderobe hin zu inspizieren. Schließlich entschied sie sich für ein dunkelblaues, schlichtes Wollkostüm, bestehend aus Jacke und halblangem Rock. Kombiniert mit einer cremefarbenen Bluse schaffte sie es innerhalb weniger Minuten, genauso bieder auszusehen wie meine ältliche Grundschullehrerin. Ich sagte nichts, doch meine Miene schrieb anscheinend Bände.

»Es handelt sich hierbei um eine meinem Alter angemessene Garderobe. Das ist eben das, was einem die Verkäuferinnen anreichen, wenn man so alt aussieht wie ich.« Millie seufzte und schloss die Knöpfe der Seidenbluse. »Wenn es uns gelingt, mich wieder jung zu machen, muss ich unbedingt noch mal zu *Harrods*.«

Ich verdrehte die Augen und wie aufs Stichwort erschien Walt in der Tür.

»Stell dir vor, Walt, ich kann dich inzwischen richtig gut sehen.«

»Stell dir vor, Walt, sie kann mich seit letzter Nacht berühren«, ergänzte ich Millies begeisterte Äußerung.

Sie sah mich sprachlos an. Ihr war das tatsächlich nicht aufgefallen.

»Es freut mich, zu hören, dass deine Entwicklung als Druidin durch diese Ereignisse nicht gestört wird. Das gibt weiteren Anlass zur Hoffnung. Wir werden alle Kräfte, die wir bekommen können, im Kampf gegen Ghorm brauchen.« Walt betrachtete kritisch Millies Kostüm. »Es wird gehen. Lasst uns aufbrechen.«

»Sagst du uns denn nicht, wohin wir gehen?« Nicht, dass ich Walt nicht voll und ganz vertraut hätte, aber neugierig war ich schon auf diesen sicheren Ort.

Er antwortete nicht, sondern bedeutete mir und Millie, ihm erneut unsere Arme zu reichen. Wir streckten brav jede den rechten Arm vor und Walt griff zu.

Millies Zimmer verschwand.

Der Raum, in dem wir uns nun befanden, war irgendwie urig. Die Fenster verrieten mir, dass wir uns nicht in einem Kellergewölbe befanden. Eine Aussicht gab es aber nicht zu bewundern, denn die glaslosen Öffnungen waren mit hölzernen Läden verschlossen worden, die an der Außenseite des Gebäudes angebracht waren.

Die weiß gekalkten Wände waren schmucklos, die Decke niedrig und von frei liegenden Holzbalken durchzogen. Über der offenen Feuerstelle hing ein schwarzer Kessel und auf dem einfachen Holzboden lagen keine Teppiche. Die einzige Lichtquelle war, abgesehen vom Feuerschein, ein dreiarmiger Messingleuchter, der auf einem blank gescheuerten Holztisch stand, umgeben von vier hölzernen Stühlen.

»Da fehlen nur Ruthie und ihre Kaffeetasse und alles ist wie zu Hause«, bemerkte Millie und sprach aus, was ich dachte.

Auch wenn der Raum nicht gefliest war und kein Gewölbe hatte, er war der Küche von Harrowmore ähnlich in Atmosphäre und Ausstrahlung. Beide Räume verband ein mittelalterlicher Charme.

»Es ist hübsch hier«, sagte ich, »aber wo ist *hier*?«

»Später«, sagte Walt knapp und deutete auf die Holzstühle. »Jetzt möchte ich erst einmal wissen, was genau sich in der vergangenen Nacht ereignet hat.«

Ich holte tief Luft. »Kräutersäckchen interessieren Ghorm überhaupt nicht. Er ist durchs Fenster reingekommen und hat sich auf Millie gestürzt.«

»Mit Zunge«, ergänzte diese angeekelt und schüttelte sich.

»Er hat mich vom Bett gestoßen, ich habe die Kümmelkörner vom Boden gesammelt und sie ihm ins Gesicht gedrückt. Damit konnte ich ihn zumindest ärgern. Aber der Knaller waren die Lavendelkerzen.«

»Wunderbar«, unterbrach Walt mich. »Mit Lavendel lässt sich eine Menge machen. Wenn er darauf reagiert, haben wir gute Chancen.«

Ich schüttelte bedauernd den Kopf. »Traurig, traurig, Walt, aber dein Lavendelöl hat uns nicht den Arsch gerettet. Es war die Kerze als solche. Ich habe sie Ghorm ins Gesicht gedonnert und er ist sehr, sehr böse geworden. Scheint so, als sei unser Absorber nicht feuerfest.«

Walt erhob sich von seinem Stuhl und ging zum Feuer. Schweigend rührte er in dem dampfenden Kessel herum, woraufhin sich der aromatische Duft von Küchenkräutern im Raum verteilte.

»Feuer. Ausgerechnet Feuer. Schwer zu beherrschen und auch nicht immer zugänglich. Und ob es ihn vernichten könnte, ist nicht erwiesen.«

Walt rührte weiter im Topf herum und Millies Magen knurrte hörbar.

»Ist das essbar, was du da am Köcheln hast, oder dient es nur der äußeren Anwendung?«, fragte ich. »Millie ist von ihrem Einkaufsbummel ganz erschöpft und hat Hunger. Und auch ich würde nicht Nein sagen, wenn du mir etwas anbieten würdest.«

»Entschuldigt, ich bin ein schlechter Gastgeber.« Von einem Bord neben der Feuerstelle nahm er drei Holzschüsseln und füllte sie mit der duftenden Flüssigkeit. Dann legte er drei Holzlöffel in die Schalen und brachte sie zum Tisch. »Gemüsebrühe. Guten Appetit.«

»Sehr rustikal«, sagte ich und inspizierte mit hochgezogenen Augenbrauen den Holzlöffel.

»Bescheiden«, erwidert Walt.

Millie nuschelte nur: »Also mir schmeckt es«, und schaufelte sich die Brühe hinein.

Auch ich widmete mich dem einfachen, aber köstlichen Mahl. Für eine Weile hörte man nur das Klappern von Holz auf Holz, unterbrochen von einem gelegentlichen Schlürfen.

Da erscholl jenseits der hölzernen Fensterläden ein eigenartiges Geräusch. Neugierig erhob ich mich und drückte sie auf. Walt hinderte mich nicht daran.

Draußen war es zu meiner Überraschung bereits dunkle Nacht geworden. Ich blickte aus dem ersten Stock eines Cottages mit Reetdach auf eine schlecht gepflasterte Dorfstraße. Ein Pferdefuhrwerk mit hölzernen Reifen, gezogen von einem Ochsen, rappelte über das ungleichmäßige Kopfsteinpflaster und war der Ursprung des Klapperns, das ich gehört hatte. Der Fuhrmann saß vorn auf dem Bock, die Zügel locker in der Hand haltend, den unbehüteten Kopf tief zwischen den Kragen seines derben Mantels gezogen.

Ein feiner Nebel hing in der Luft und verlieh allem einen feuchten Glanz. Straßenlaternen gab es keine, doch vor den benachbarten und gegenüberliegenden Hauseingängen befanden sich hier und dort einzelne Handlaternen, wie zufällig abgestellt. Sie warfen ihr zuckendes Kerzenlicht auf die Szenerie.

»Waaalt«, sagte ich gedehnt und blickte noch immer wie gebannt aus dem Fenster. »Ich will jetzt auf der Stelle wissen, wo wir sind.«

Der Todesbote war neben mich getreten und ich spürte seinen Kopf ganz dicht neben meinem, als er mir zuflüsterte: »Willkommen in einem meiner liebsten Zufluchtsorte. Willkommen in Little Beehive.«

Millie hatte sich zu uns ans Fenster gesellt und sah sprachlos nach draußen.

»Sind wir überhaupt noch in England?«, entfuhr es mir.

»Aber sicher.« Walt nickte und ich konnte sein verschlagenes Grinsen unter seiner Kutte spüren.

»Und wo in England soll sich ein derartiger Ort befinden?«, fragte Millie und runzelte die Stirn.

Ich ersparte mir einen Kommentar über den dadurch entstandenen Faltenwurf und sah Walt gespannt an. »Raus mit der Sprache, Todesbote. Wo ist Little Beehive?«

Walt, der es sichtlich genoss, uns zappeln zu lassen, setzte sich in aller Seelenruhe zurück an den Esstisch und löffelte in seiner Brühe. Dann lehnte er sich zurück und betrachtete Millie und mich, wie wir mit verschränkten Armen am Fenster standen und ihn anstarrten.

»Ihr stellt einfach nicht die richtigen Fragen. Die Frage lautet nicht: *Wo* ist Little Beehive, sondern vielmehr: *Wann* ist Little Beehive?«

Ich hatte es geahnt. Walt schien einen wirklich sicheren Ort für Millie gefunden zu haben.

Kapitel 17

Noch nie zuvor hatte ich auf einem Strohsack geschlafen. Wer käme auch freiwillig auf so eine Idee? Das klingt nicht nach Gemütlichkeit und Erholung, sondern nach einer kratzigen und parasitenbehafteten Notlösung.

Es war aber gar nicht so furchtbar, wie ich vermutet hatte. Es pikte und kratzte so gut wie gar nicht, die Parasiten ließen sich nicht blicken und beim Aufwachen spürte ich die Nähe von Walt, der auf einem Sack neben meinem lag und hellwach war.

Millie schlief noch tief und fest auf einem identischen Strohsack an der gegenüberliegenden Wand.

Ich wandte mich Walt zu, stützte den Kopf in die Hand und sagte: »Hallo, hübscher Kuttenträger, ich hätte da eine ganze Reihe Fragen an dich. Hast du gerade Zeit?«

Walt lachte heiser und drehte sich ebenfalls auf die Seite. Wir lagen Kapuzenrand an Nasenspitze voreinander und ich konnte das Blau seiner leuchtenden Augen schimmern sehen. »Was willst du wissen?«

»Zunächst einmal: Was ist eine Teleportzone?«

»Das ist einfach«, sagte Walt und strich mir mit einem seiner langen weißen Finger eine Haarsträhne aus dem Gesicht. »Eine Teleportzone ist ein Ort mit einer nur geringen Dichte an Realität. Zeit und Raum sind weniger präsent und können überwunden werden. Reist du in der einen Teleportzone ab, kommst du in einer anderen, nahe deinem Zielort und deiner Zielzeit, wieder an. «

»Und woran erkenne ich so eine Zone?«, wollte ich wissen.

»Wenn man sie sucht, entdeckt man sie leicht. Das Licht ist dort anders, irgendwie gelblich mit einem Hauch Rosa.«

Mir kam ein interessanter Gedanke. »Kann ich so eine Teleportzone auch ohne dich nutzen?«

Walt wog bedächtig sein Kapuzenhaupt hin und her. »Das weiß ich nicht. Du musst es ausprobieren. Genauso, wie du lernen konntest, Dinge mithilfe deiner Gedanken zu bewegen oder zu benutzen, kann man auch teleportieren lernen. Manche Wesen schaffen es allerdings nie und keiner weiß, warum.«

Es klang fast so, als könnte ich eine Art Führerschein im Teleportieren machen, wenn ich mich nur bemühte. Ich konnte mein Glück kaum fassen.

»Und dann kann ich überall hin? Ich kann mich sogar in der Zeit vorwärts und rückwärts bewegen, wie es mir gefällt?«

Walt griff nach meiner Hand und hielt sie fest. An seinem beschwörenden Tonfall erkannte ich, dass ich mir die folgenden Worte besser gut merken sollte. »Nein. Zeitreisen kann man nicht einfach so machen, wie es einem gerade in den Sinn kommt. Das wäre viel zu gefährlich. Der Lauf der Geschichte könnte gestört werden, und das ist nur selten eine gute Idee. Meistens wird es dadurch schlimmer als vorher.«

»Aber wir sind hier!«, protestierte ich. »In einem mittelalterlichen Dorf namens Little Beehive. Hast du keine Angst, dass wir was durcheinanderbringen? Immerhin haben wir Millie dabei, bei der Chaos und Zufall am Taufbecken Pate standen.«

Walt lachte. »Nein, da besteht eigentlich keine Gefahr.« Er rekelte sich genüsslich und machte Anstalten, aufzustehen, doch ich hielt ihn am Ärmel zurück.

»Wieso nicht?«, fragte ich, da mir diese Sorglosigkeit bei Walt sehr untypisch vorkam.

Er drehte sich zu mir um und ich wusste, dass er lächelte. »Livie, hast du jemals zuvor von einem Ort namens Little Beehive innerhalb Englands gehört?«

»Nein, niemals.«

»Weil es ihn schon seit Jahrhunderten nicht mehr gibt. Ganz Little Beehive und alle seine Einwohner sind dem Untergang geweiht. Es ist also egal, was du hier anstellst oder einem der Einwohner erzählst oder nicht erzählst. Es spielt für den Lauf der Geschichte keine Rolle. Little Beehive spielt keine Rolle. Aus diesem Grund wimmelt es hier geradezu vor magischen Wesen, die sich sauwohl fühlen und gefahrlos fern von ihrer Zeit ein paar ruhige Tage verbringen. Little Beehive ist so etwas wie das Mallorca der magischen Wesen. Möchtest du einen Tee?«

Ich nickte und folgte ihm wie betäubt zurück in den großen Raum, in dem wir gestern angekommen waren. Während Walt Wasser über dem offenen Feuer aufsetzte, nahm ich am großen

Esstisch Platz und versuchte, meine Gedanken zu sortieren, doch sie flitzten wie kleine Hummeln hin und her und ließen sich nicht bändigen. Nur ein Gedanke stand vor allen anderen ganz allein direkt hinter meiner Stirn und wollte heraus.

»Was ist passiert?«

»Mit Little Beehive?«, fragte Walt leichthin und warf einige getrocknete Blätter direkt in den Kessel.

Ich nickte.

»Die Pest hat es dahingerafft, und zwar mit Mann und Maus. Das war 1348. Ein paar umsichtige Bauern aus einem der Nachbardörfer brannten Little Beehive daraufhin nieder. Ob aus Selbstschutz vor dem Pestvirus oder weil es einfacher war, als alle zu begraben, weiß ich nicht.«

»Und welches Jahr haben wir jetzt?«

»Immer 1347. Alle magischen Wesen, die Little Beehive bereisen, tun dies um 1347. Sollte dem einen oder anderen von ihnen doch mal aus Versehen ein Anachronismus unterlaufen, können sie sicher sein, dass alle Spuren zeitnah vernichtet werden.«

»Dann könntest du dir hier selbst begegnen? Weil du schon mehr als einmal hier warst?«, fragte ich und riss die Augen auf.

Walt schüttelte den Kopf. »Nein, das wäre ein Paradoxon, das die Zeit niemals dulden würde. Jeder Zeitreisenden vermeidet es deshalb, zu genau derselben Zeit am selben Ort zu sein. Es ist gesünder für uns. Manche führen Tagebuch über ihre Aufenthalte, um sich selbst nicht wiederzutreffen. «

»Ein Dorf zum Ferienort zu erklären, weil es in Kürze dem Untergang geweiht ist, das ist grausam«, entfuhr es mir.

»Grausam war die Pest. Wir machen nur das Beste aus diesem finsteren Teil der Geschichte Englands und bescheren Little Beehive eine blühende Tourismusbranche und ein enormes Wachstum. Aber eben nur für ein Jahr.«

»Und was machen wir hier? Ferien?«

Walt stellte einen Becher heißen, dampfenden Pfefferminztee vor mir ab. »Wir verstecken Millie vor Ghorm. Es wird eine Weile dauern, bis er auf die Idee kommt, uns in einer anderen Zeit zu suchen. Und wir sind auf der Suche nach Hilfe. Wir wissen noch immer nicht, wie wir den Dämon bekämpfen können. Auch wenn dein Erlebnis mit den Lavendelkerzen sehr informativ war, glaube ich nicht, dass wir ihn mit Feuer vernichten können.«

»Und du glaubst, dass irgendjemand aus einem mittelalterlichen Dorf einen heißen Tipp für uns hat?«

»Ich hoffe es. Vergiss nicht, was ich dir über Little Beehive erzählt habe. Hier tummeln sich haufenweise magische Wesen, mehr oder weniger gut getarnt. Vielleicht haben wir Glück.«

Nach einem kargen Frühstück, bestehend aus Pfefferminztee und einer Art Hirsebrei von der ganz besonders pampigen Sorte, bat Millie darum, einen Spaziergang durch den Ort unternehmen zu dürfen. Mein Todesbote hatte nichts dagegen, solange sie nur nicht allein loszog. Also begleitete ich sie, während Walt sich auf die Suche nach magischer Hilfe begab.

Doch ich fühlte mich entsetzlich dabei. Der Grund dafür waren die Einwohner von Little Beehive. Sie waren Menschen wie alle anderen auch und ich konnte nicht fassen, dass ihr Schicksal besiegelt sein sollte. Ich sah kleine Kinder, barfuß und in einfachen Leinenkleidern, und bei jedem Blick in ihre lachenden Gesichter wurde mir bewusst, dass sie niemals erwachsen werden würden. Der nächste Frühling würde ihr letzter sein.

»Sollten diese Kinder bei diesen winterlichen Temperaturen nicht besser Schuhe tragen?«, sagte Millie. »Sie werden sich noch erkälten!«

Ich lächelte schwach. Eine Erkältung war wohl das kleinste gesundheitliche Problem, das diese Kinder erwartete. Ich hatte es bisher nicht fertiggebracht, ihr von dem Schicksal des hübschen Dorfes, wo sich ein reetgedecktes Häuschen ans nächste schmiegte, zu erzählen. Little Beehive berührte mein Innerstes, es tat mir weh.

Da deutete Millie plötzlich auf die Cottages zu unserer Linken und rief aufgeregt: »Sieh nur, Livie. Dort gibt es ein Gasthaus. Lass uns hineingehen und einen Apfelwein trinken, ja?«

Ein nicht ganz ungefährlicher Einfall Jahrhunderte vor dem Inkrafttreten des Reinheitsgebotes. Mir war nicht danach, irgendetwas in diesem Dorf zu mir zu nehmen, was nicht direkt unter meinen Augen zubereitet worden war, doch ich nickte ergeben und folgte Millie durch die offene Tür einer Schänke, die auf einer steinernen Tafel neben der Eingangstür ihre Speisen und Getränke bewarb.

Im Innern herrschte ein gemütliches Halbdunkel, in dem sich die wenigen hölzernen Tische kaum ausmachen ließen. Doch bald gewöhnten sich meine Augen an die Lichtverhältnisse und ich entdeckte einen kugelrunden Herrn in Lederwams und Kniebundhose, der eine Reihe Tonkrüge mit einem schmutzigen Lappen polierte.

Forsch ging Millie auf ihn zu. »Ich hätte gern zwei Becher von Eurem Apfelwein, guter Mann. Ist das möglich?«

Der Wirt legte seinen Kugelkopf schräg und sah Millie neugierig an. »Zwei Becher für Euch allein?«

Millie zuckte mit keiner Wimper, obwohl ich mir sicher war, dass sie für einen kurzen Moment tatsächlich vergessen hatte, dass ich für Menschenaugen unsichtbar war. »Für mich allein, jawohl. Ich habe Durst.«

»Durst ist keine schöne Sache, Miss, aber könnt Ihr auch zahlen?«

Eine berechtigte Frage.

Fragend sah ich Millie an, doch die zog geschwind einen Ring vom Finger und hielt ihm den Fremden hin. »Genügt das, guter Mann?«

Der Wirt lachte. »Dafür dürft Ihr sogar noch mal wiederkommen.«

»Ich nehme Euch beim Wort«, antwortete Millie vergnügt und warf ihm den Ring zu. Es war kein sehr kostbares Stück, doch sicherlich war sein Wert deutlich höher anzusiedeln als der von zwei Bechern Most. Der ununterbrochene Schlaf der vergangenen Nacht schien Millie wirklich gutgetan und ihre Laune gehoben zu haben, Strohsack hin oder her.

Sie nahm dankend zwei gut gefüllte Tonbecher in die Hände und steuerte auf einen Tisch weit hinten in der Schänke zu. Dann setzte sie sich mit dem Rücken zum Wirt auf einen der Stühle und verstellte ihm so den Blick auf die beiden Krüge.

»Kluge Millie. Der Wirt hätte wohl an seinem Verstand gezweifelt, wenn er einen fliegenden Becher, der sich von selbst leert, an einem seiner Tische gesehen hätte.«

Millie lachte und prostete mir zu, doch ich hatte meinen Apfelwein kaum wieder abgestellt, als sich eine Gestalt aus dem Dunkel der Schänke löste und auf unseren Tisch zukam. Die Gestalt war die älteste und buckligste Frau, die mir je begegnet war. Vermutlich hatte sie seit Jahrzehnten nichts anderes mehr gesehen als ihre eigenen Schuhspitzen. Ihr Haar war grau und strähnig, die Haut knittrig. Gekleidet war sie in eine Vielzahl dunkler Röcke, die bei jedem Schritt leise raschelten, und um die Schultern trug sie einen grauen Fetzen, der einmal ein wärmender Schal gewesen sein mochte. Ihr Rücken war so tief gebeugt, dass sie die Augen nach oben verdrehen musste, um uns anzusehen. Die Frau war die perfekte Vorlage für jede Märchenbuch-Hexe, es fehlte nur noch die Warze auf der Nase.

Die Alte fixierte Millie mit ihren wasserblauen Augen und streckte ihre gichtgekrümmten, schmutzigen Finger nach ihr aus. »Du bist fremd hier, gutes Kind, nicht wahr?« Ihre Stimme quietschte schlimmer als die ungeölten Türen von Schloss Harrowmore.

Doch Millie lächelte sie tapfer an. »Da habt Ihr recht, meine Liebe. Ihr habt hier wirklich ein ganz wunderschönes Dorf, das muss ich schon sagen.«

Die Alte legte den Kopf schief und zupfte an ihren vor Dreck starrenden grauen Haare, die ihr wie filzige Wolle um den Kopf hingen. »Weshalb bist du hierhergekommen?«

»Zum Spaß und wegen des guten Apfelweins«, antwortete Millie leichthin.

Doch die Alte lachte ein meckerndes Lachen. Dann wurde sie schlagartig ernst und funkelte meine Freundin an. »Gib mir deine Hand!«

Ich wollte Millie warnen und schüttelte stumm den Kopf, doch sie beachtete mich gar nicht und reichte der Fremden ihre linke Hand. Diese packte sie und drehte sie mit der Handfläche nach oben. Aufmerksam studierte sie die Linien. Millie hielt artig still und betrachtete die Alte aufmerksam. Auch ich beobachtete diese nun und tatsächlich reagierte die Hexe genau so, wie ich es mir vorgestellt hatte.

Sie bekam kugelrunde Augen, schien einem Herzanfall nahe und ließ mit einer dramatischen Geste Millies Hand fallen, als wäre sie reines Gift. »Bei allen Heiligen. Gutes Kind, du bist verflucht! Deine Lebenszeit wird knapp. Doch traue nur den Worten der alten Allison. Das Wasser wird deine Rettung sein. Das Wasser wird dich zum rechten Feuer führen!« Damit drehte sie sich um und verließ fluchtartig den Schankraum.

Millie und ich sahen uns ratlos an. Fast gleichzeitig sprangen wir auf, wobei die Tonbecher auf dem Tisch vor uns mächtig ins Wanken gerieten und einen wilden Tanz aufführten. Der Wirt, noch immer Krüge abtrocknend, sah Millie überrascht hinterher, als wir der Alten nachsetzten und sie nur wenige Schritte vor dem Gasthaus einholten.

Meine Freundin packte die Wahrsagerin bei den Schultern und riss sie unsanft zu sich herum. »Allison! Ihr müsst mir sagen, inwiefern das Wasser mir helfen kann! Mein Leben hängt davon ab, bitte!«

Die Alte blickte mit ihren wässrigen Augen von mir zu Millie und wieder zurück. Sie war zweifellos mit magischen Wesen vertraut, denn sie konnte mich sehen. »Du und deine Banshee, ihr seid bereits auf der richtigen Spur, sonst wärt ihr nicht hier. Vertraut nur dem Wasser, mehr vermag ich nicht in deiner Hand zu sehen.«

Damit wandte sich die Alte von uns ab, wickelte sich ihr löchriges Schultertuch fester um den Körper, raffte die langen Röcke und eilte davon.

»Wir sollten wieder reingehen und austrinken«, murmelte Millie.

»Wir sollten zurückgehen und auf Walt warten«, sagte ich. »Komm schon, Millie. Der Apfelwein entsprach sowieso keinem Reinheitsgebot und die Vertreter des Gesundheitsamtes unserer Tage wären beim Anblick dieser Gaststube glatt hintenübergefallen.«

»Was bedeutet es nur, dass das Wasser mich zum rechten Feuer führen wird? Das ergibt doch gar keinen Sinn. Gibt es eigentlich auch linke Feuer? Das klingt doch nach komplettem Blödsinn.«

»Sie meinte bestimmt recht im Sinne von richtig«, erklärte ich geduldig. »Doch wie Wasser zu Feuer führen soll, werden wir wohl erst verstehen, wenn wir fast mit der Nase draufstoßen.«

Ich kratzte mich nachdenklich am Kinn und beobachtete, wie die Alte einige hundert Meter vor uns von der Dorfstraße in einen Seitenweg abbog und sich unseren Blicken entzog.

»Glaubst du, sie war einer jener magischen Urlaubsgäste von Little Beehive, von denen Walt sprach?«, fragte ich Millie, ohne den Blick von der Dorfstraße zu lösen.

»Was für magische Urlaubsgäste?«

Ich hatte vergessen, dass meine Freundin bei diesem höchst informativen Gespräch noch geschlafen hatte.

»Little Beehive wird von vielen Vertretern der magischen Welt als Erholungsort genutzt«, erklärte ich, behielt den traurigen Grund dieser Beliebtheit allerdings für mich.

»Dann war sie womöglich eine echte Wahrsagerin und du hast recht damit, dass wir zu Walt zurückkehren sollten.«

»Sag ich doch.« Ich drehte mich auf dem Absatz um und ging den Weg zurück, den wir gekommen waren.

Das Haus, in dessen ersten Stock wir in der vergangenen Nacht geschlafen hatten, beherbergte im Erdgeschoss eine Papiermacherei. Der Papiermacher selbst war, wie Walt mir beim Frühstück erzählt hatte, schon vor einigen Jahren von einem merkwürdigen Fieber dahingerafft worden. Sein ältester Sohn, kaum fünfzehn Jahre alt, hatte daraufhin den väterlichen Betrieb übernommen und führte ihn mehr schlecht als recht.

Die Witwe des Papiermachers erfand daraufhin eine der ersten Bed-and-Breakfast-Unterkünfte Englands und stellte ihre obere Etage jedem Besucher gegen geringen Lohn zur Verfügung. Obwohl selbst nur ein Mensch, verfügte die Witwe über eine außergewöhnliche Sensibilität und vergab ihr oberes Stockwerk auch an Wesen, die von ihrem Sohn nicht gesehen werden konnten. An Walt zum Beispiel, der gern Gast im Papiermacherhaus war.

Als Millie nun grüßend in ihre Stube stolperte, die sauber und gepflegt war und gleich neben der Werkstatt lag, lächelte die Witwe und nickte auch mir kurz zu.

»Mister Walt ist nicht zugegen. Er ist ausgegangen«, sagte sie. Sie sprach in einem fast ehrfürchtigen Ton von ihm. Die Gute schien viel von ihrem Mister Walt zu halten. Heimlich vermutete ich, dass sie Walts Kakaoquelle war und auch mein Kleid gereinigt hatte.

»Oh«, entfuhr es Millie. Sie blickte ein wenig ratlos die Treppe zu unserem Quartier hinauf.

»Ihr könnt natürlich trotzdem hinaufgehen. Mister Walt hat drei Gäste gemeldet und mich auch schon angemessen entlohnt. Es hat alles seine Ordnung. Wenn Ihr möchtet, bringe ich Euch einen Apfelwein hinauf.«

Ich nickte, denn Getränke aus den Händen dieser rosigen und reinlichen Person würde uns sicher nicht in schmierigen Bechern serviert werden.

Wir saßen kaum am Tisch im Gästezimmer, dessen Fensterläden nun halb geöffnet waren und kühle, frische Luft und Licht einließen, als die rundliche Witwe in ihrem hellen Leinenkleid mit passender Haube auf der Schwelle erschien und uns zwei handbemalte Becher duftenden Apfelweines servierte.

Da erschien die große Kuttengestalt meines Todesboten hinter ihr im Türrahmen. Die arme Witwe, die gerade wieder davoneilen wollte, erlitt fast einen Herzinfarkt, als sie sich umwandte, fasste sich aber schnell.

»Mister Walt! Ihr habt mich erschreckt. Darf ich Euch einen Apfelwein bringen?«

»Sehr gern, Witwe Celia. Ich freue mich immer ganz besonders auf Euren köstlichen Apfelwein.«

Und das war er auch. Ich hatte kaum an meinem Becher genippt und war schon ganz angetan von der würzigen Frische, die nach Sommersonne und Frohsinn schmeckte. Witwe Celias Apfelwein war mit Abstand das beste Getränk, das ich je gekostet hatte.

Wir erzählten Walt von der eigenartigen Alten. Er hörte aufmerksam zu, winkte aber bald gelangweilt ab. »Der Dame bin ich hier schon häufiger begegnet. Sie scheint über Talent zu verfügen, doch ihre Visionen sind so vage, dass sie keine wirkliche Hilfe bieten. Jede Kaffeesatztante auf dem Jahrmarkt drückt sich klarer aus als sie.«

Ich war enttäuscht. Ich hatte gehofft, dass Walt die Worte der Alten deuten konnte, doch auch er zuckte nur ratlos die Schultern.

»Ich habe ja schon einiges gesehen, aber dass Wasser zu Feuer führt, klingt in meinen Ohren nach völligem Schwachsinn.« Er nahm einen tiefen Zug aus seinem Becher und trommelte mit den Fingern auf der Tischplatte. »Trinkt aus, wir haben es eilig. Er ist hier. Wer hätte gedacht, dass uns das Glück noch mal so richtig unter die Arme greift?«

»Walt, du hast das große Talent, mich wahnsinnig zu machen«, sagte ich genervt. »Wer ist *er*? Ich will einen Namen, und ich will vor allem wissen, *was* er ist? Dämon, Druide, Todesbote?«

»Keines von alledem«, sagte Walt mit Grabesstimme. »Er ist ein Meister.«

»Dämonenmeister, Druidenmeister oder Todesbotenmeister?«

»Spotte, über wen immer du willst, Livie, aber jetzt halte dich zurück. Wir sprechen von einem Magier von höchsten Weihen. Er ist

Astrologe, Alchimist und Exorzist. Es gibt nichts, was er nicht zumindest einmal ausprobiert hat.«

»Im Ernst? Wer ist es? Nostradamus persönlich? Oder Michael Scot vielleicht?«

»Nein, es ist Zacharias Biggs!«

Ich war nicht nur überrascht, ich war völlig perplex. »Zacharias … wer bitte?«

Walt seufzte. »Du hast natürlich noch nie von ihm gehört, weil er keinen Wert darauf legt, im Rampenlicht zu stehen. Aber glaube mir, sowohl Nostradamus als auch Michael Scot hätten große Stücke auf Biggs gehalten, wäre es ihnen vergönnt gewesen, ihn kennenzulernen. Zacharias Biggs ist ein wirklich großer Magier, und er ist hier in Little Beehive. Der Schmied hat es mir erzählt. Biggs bewohnt seit einigen Wochen eine Kate ein wenig außerhalb des Ortes. Wenn uns irgendjemand weiterhelfen kann, dann Biggs.«

Millie stürzte ihren Apfelwein hinunter und sprang auf. »Dann lasst uns keine Zeit verlieren! Vielleicht kann mich dieser Biggs ja auch wieder jung machen!«

»Das kann eine Kosmetikerin bei *Harrods* aber auch«, erwiderte ich.

Mir war unbehaglich bei dem Gedanken, dass jemand mit Magie in Millies Gesicht rumpfuschen könnte. Was, wenn er alles noch schlimmer machte?

Millie jedoch schien dieser Gedanke nicht gekommen zu sein. Sie hüpfte auf der Stelle und konnte unseren Aufbruch gar nicht erwarten. »Ja, aber das Make-up hilft nur temporär. Ich möchte endlich wieder jünger aussehen als meine Mutter!«

»Das wird wohl nicht so einfach sein, Millie«, wiegelte Walt ab. »Dein Alterungsprozess hängt direkt mit dem Absorber zusammen. Wir müssen von Biggs erfahren, wie wir Ghorm loswerden, dann besteht auch Hoffnung, deinen Teint zu verbessern.«

Auch ich trank hastig aus und knallte den leeren Becher auf den Tisch. »Dann lasst uns diesen großen Magier besuchen. Los geht's.«

Little Beehive war ein kleines Dorf, das in jeder Himmelsrichtung schlagartig endete, sobald man die Hauptstraße verließ. Wir folgten Walt auf einem matschigen Trampelpfad, der entlang wilder Wiesen und Moore führte. Fast eine halbe Stunde lang begegneten wir keinem lebenden Wesen und ich wollte Walt schon fragen, warum wir uns nicht einfach vor die Tür des Magiers teleportiert hatten, als wir ein graues Steinhaus inmitten von wilden Ginsterbüschen erreichten.

Die verwitterte Holztür besaß weder Türklopfer noch Klingelzug, weswegen Walt sich aufs Rufen verlegte.

»Ehrwürdiger Biggs! Ich bin Walt der Todesbote und brauche dringend Rat! Öffnet mir und meinen Begleiterinnen, Ihr seid unsere letzte Hoffnung!«

Nur Sekunden später öffnete sich knarrend die Tür und ich schob mich an Walt vorbei, um einen ersten Blick auf den großen Zacharias Biggs werfen zu können. Als dieser auf der Türschwelle erschien, knallte meine Kinnlade fast auf meine Zehen und auch Millie neben mir machte ein äußerst intelligentes Gesicht.

»Walt der Todesbote. Ich habe von dir gehört, auch wenn wir uns bisher noch nie begegnet sind. Wer sind deine Begleiterinnen?«

»Ich stehe hier zusammen mit einer Banshee und einer Druidin, edler Magier. Große Sorgen führen uns zu Euch.«

Millie und mir war es noch immer nicht gelungen, den Mund wieder zu schließen, weswegen Zacharias Biggs' erster Eindruck von uns ausbaufähig sein musste.

Er lächelte nachsichtig und strich sich die grauen Locken aus der Stirn. »Ich scheine nicht dem zu entsprechen, was deine Begleiterinnen erwartet haben«, sagte er. »Aber kommt nur herein. Kommt herein, damit wir uns kennenlernen können.«

Mit diesen Worten wandte sich Biggs von uns ab und trat zurück in das Halbdunkel der bescheidenen Kate. Wortlos folgten wir dem Zwerg in seine Behausung.

Kapitel 18

Zacharias Biggs war ein Winzling von etwa fünfzig Jahren. Er reichte mir kaum bis zur Taille, war von zarter Statur und hatte ein freundliches Puppengesicht mit riesigen braunen Augen. Seine wirre, vollständig ergraute Lockenpracht stand in alle Richtungen von seinem Kopf ab und seine Ohren waren ihm in heißen Sommermonaten sicher hervorragende Schattenspender.

Das Innere seiner Kate unterschied sich nicht wesentlich von unserem Quartier in Little Beehive. Es gab eine offene Feuerstelle mit Kessel, einen Holztisch mit schlichten Stühlen und einen Strohsack als Bettersatz in der hintersten Ecke. Nichts deutete darauf hin, dass hier ein bedeutender Mann der Wissenschaft und der magischen Künste sein Domizil errichtet hatte. Ich war auf brodelnde Zaubertränke gefasst gewesen, auf Kräuter und Tiegel, sogar auf schwarze Katzen und weiße Raben, doch von alledem war hier nicht das Geringste zu sehen.

»Setzt euch, setzt euch. Nehmt von dem frischen Wasser und erzählt mir eure Geschichte.«

Wir nahmen Platz und schenkten uns aus einem hohen Krug Wasser in drei schlichte Becher ein. Biggs selbst hatte Mühe, sich auf die Sitzfläche seines Stuhles zu ziehen. Als er endlich saß, baumelten seine kurzen Beine mehrere Zentimeter über dem Boden in der Luft. Mit seinen großen Augen betrachtete er uns aufmerksam und wartete darauf, dass wir ihm unser Anliegen vortrugen.

»Ehrwürdiger Biggs«, begann Walt.

Doch der Magier winkte ab. »Nenn mich Zach, sonst bist du morgen noch nicht mit deiner Erzählung fertig.«

»Also dann, Zach, wir haben ein großes Problem mit einem Absorber, der unserer Druidin nach dem Leben trachtet.«

Die Augen des Kleinen wurden noch größer. »Wie, um Himmels willen, seid ihr an den geraten?«

»Er begleicht eine uralte Rechnung aus einem vergangenen Leben. Der Druide, dessen Wiedergeburt unsere Freundin Millicent ist, hat dem Absorber einmal übel mitgespielt. Vermutlich ist es ihm gelungen, den Dämon zu vernichten, indem er das schon sicher geglaubte Opfer rettete und den Absorber damit zum Tode verurteilte.«

Zach zappelte vor Begeisterung mit den Beinen. »Wer soll dieser mächtige Druide gewesen sein?«

»Sein Name war Badria«, sagte Walt.

Zacharias Biggs hörte schlagartig mit der Zappelei auf und erstarrte auf seinem Stuhl. Dann rutschte er plötzlich von der Sitzfläche und eilte mit winzigen Trippelschritten auf Millie zu. Er reckte sich zu ihr hinauf und gab ihr mit einem Wink seiner knubbeligen Finger zu verstehen, dass sie sich zu ihm herunterbeugen sollte.

Millie gehorchte. Nasenspitze an Nasenspitze befanden sie sich nun, meine Freundin tief gebückt, Zach auf den Zehenspitzen balancierend. Prüfend studierte er Millicents Gesichtszüge.

»Badria, alter Freund, bist du es wirklich?« Seine kleinen Hände betasteten Millies Gesicht, zupften an ihren Ohren, strichen ihr über die Wange. Dann warf Zach die Ärmchen nach oben und schlang sie um ihren Hals. »Wie habe ich dich vermisst!«, rief er und drückte sein Gesicht in Millies Halsbeuge, die völlig überrumpelt zu sein schien.

»Das kann doch gar nicht sein«, flüsterte ich Walt zu. »Badria muss nach allem, was wir wissen, um Tausend nach Christus gelebt haben. Jetzt haben wir das Jahr 1347. Biggs kann Badria nicht gekannt haben.«

»Zach ist noch viel weniger an Zeit und Raum gebunden als du oder ich. Niemand weiß, wohin er eigentlich gehört. Wer so mächtig ist, dem sind nicht mehr viele Grenzen gesetzt«, zischte Walt zurück.

Ich war beeindruckt, doch noch beeindruckter als ich war Millie.

»Mein Name ist Millie«, sagte sie gerade in entschuldigendem Tonfall.

Zach, der sie wieder losgelassen hatte, lachte fröhlich. »Natürlich bist du Millie. Du hast natürlich einen eigenen Namen. Und du musst eine Harrowmore sein, nicht wahr? Als du noch Badria warst, hast du Helena Harrowmore geheiratet!«

»Und zuvor vor dem Absorber namens Ghorm gerettet«, ergänzte Walt. »Doch jetzt ist Ghorm wieder da, und er will Rache. Er beraubt Millicent ihrer Lebenskraft und ihrer Jugend, um sie für ihre Taten als Badria bezahlen zu lassen.«

»Ghorm … ich erinnere mich. Leider haben Badria und ich nie viel über diese Geschichte gesprochen. Mir schien, er hätte die ganze Episode am liebsten vergessen.« Zach kratzte sich nachdenklich am Kopf.

Ich rief enttäuscht: »Dann wisst Ihr nicht, wie er den Absorber überwältigt hat?«

»Nicht von Badria, nein. Aber mir ist ein mögliches Mittel gegen Absorber bekannt. Ich hatte jedoch nie Gelegenheit, seine Wirksamkeit zu testen. Ob mein guter Freund Badria sich derselben Methode mit Erfolg bediente, weiß ich nicht.«

»Was für eine Methode?«, ließ sich nun Millie vernehmen, die ihr Erstaunen endlich überwunden hatte.

Zach sah jeden Einzelnen von uns ernst und lange an. Dann fragte er: »Ihr wollt es wirklich mit dem Absorber aufnehmen? Es könnte euer aller Ende sein, wisst ihr das?«

»Macht nix, ich bin schon tot«, murmelte ich.

Zach sah mich mitleidig an. »Es gibt so viel schlimmere Dinge als den Tod, kleine Banshee.«

Das hatte ich irgendwann schon einmal gehört und so langsam machte mir dieser Spruch doch Angst.

»Wir sind fest entschlossen, Zach«, sagte Walt. »Livie ist Millicents Banshee und ich bin ihr Todesbote. Es ist unsere Aufgabe, über die Harrowmores zu wachen, und wir werden uns nicht drücken, könnten es auch gar nicht.«

Zach nickte bedächtig. Dann kletterte er zurück auf seinen Stuhl und sah Walt ernst an. »Ihr werdet ihn herausfordern müssen. Nur im Kampf kann es euch gelingen, den Absorber zu bannen. Streut einen Kreis aus Salz auf den Boden. Platziert dort die, die ihr schützen wollt. Dann besorgt euch die Dinge, die es braucht, um den Dämon zu besiegen. Das Holz des Schwarzdorns und der Kupferdraht, durch den noch niemals Strom geflossen ist, sind unersetzlich, um den Dämon zu bannen. Ihr müsst aus diesen Utensilien eine Falle bauen, aus welcher der Dämon sich nicht mehr befreien kann. Und am allernötigsten braucht ihr einen Köder.«

»Was für einen Köder?«, fragte Walt gespannt, doch er wurde enttäuscht.

Zach kratzte sich an seinen großen Ohren und sagte: »Das ist das Problem. Ich weiß es nicht. Irgendjemand könnte es wissen.«

»Fein«, sagte ich ironisch. »Dann fragen wir doch einfach irgendjemanden und gucken, was er uns erzählt.«

Zach schüttelte den Kopf. »Du weißt noch nicht viel, kleine Banshee. Ich sagte nicht irgendjemanden, sondern Irgendjemand. Das ist ein großer Unterschied.«

»Irgendjemand konnte bereits unserem Mummel Sniff wertvolle Tipps geben«, erwiderte Walt nachdenklich.

Ich rief: »Unserem Mummel? *Meinem* Mummel! Und jetzt will ich auf der Stelle wissen, wer Irgendjemand ist und wie er zu so einem bekloppten Namen kommt!« Mir war soeben klar geworden, dass es sich bei Irgendjemand um eine Person dieses Namens handeln musste.

»Den Namen hat er sich selbst gegeben, um Verwirrung zu stiften, wann immer die Rede auf ihn kommt. Das klappt auch ganz hervorragend, wie man gerade wieder gemerkt hat«, erklärte Zach und lächelte.

»Wirklich sehr witzig«, knurrte ich. »Und wer ist jetzt Irgendjemand?«

»Ein Mummel natürlich«, sagte Walt in einem Tonfall, als wäre das die einzig mögliche Erklärung. »Ein Wassergeist wie Sniff. Der hat doch gesagt, er hätte Irgendjemand getroffen.«

Das stimmte. Sniff hatte mal zu mir gesagt, dass irgendjemand bestimmt was weiß, denn irgendjemand weiß immer etwas. Nie wäre ich auf den Gedanken gekommen, dass er von einem anderen Wassergeist mit dem Namen Irgendjemand sprach!

Millie packte mich am Arm und flüsterte hastig: »Das Wasser, Livie. Das Wasser, das uns zum rechten Feuer führt.«

Ich überlegte. Sie könnte recht haben.

»Wo finden wir diesen Irgendjemand?«

»Irgendjemand kann hergebeten werden«, sagte Zach leichthin. »Wir müssen ihm nur einen angemessenen Rahmen zur Verfügung stellen. Ach ja, und ein wenig Glück wäre auch nicht schlecht.«

Zach sah Walt auffordernd an, der sich daraufhin erhob und auf dem Holzboden der Kate im Schneidersitz Platz nahm. Wie an jenem Tag im Herbst, der mein erster auf Schloss Harrowmore gewesen war, hielt er seine Hände vor sich in die Höhe, die Handflächen einander zugewandt. Eine glitzernde Kugel aus Wasser erschien zwischen ihnen. Nur war sie diesmal wesentlich größer. Und sie schwoll an! Sie wuchs und wuchs, erreichte Medizinballgröße und erlangte schließlich einen guten Quadratmeter Durchmesser. Glas legte sich um das nasse Element, ein Goldfischglas von der Größe einer Sitzbadewanne, hinter welchem Walt jetzt nur noch seltsam verzerrt zu sehen war. Als er sich erhob und zu uns an den Tisch zurückkehrte, materialisierte sich in dem Behältnis der Körper eines Mannes.

»Das ist kein Mummel«, keuchte ich und blickte auf den muskulösen nackten Oberkörper des Wesens, dessen schwarzer zerzauster Haarschopf nun über den Rand des Glases herausschaute. Grüne Augen in einem ausnehmend attraktiven Gesicht, das einen indianischen Einschlag zu haben schien, blitzten mich fröhlich an.

»Doch. Das ist ein Mummel«, sagte Walt. »Mummel sind so unterschiedlich wie die Blumen auf der Wiese. Auch wenn sie einander nicht immer ähneln, sind sie alle Mummel.«

»Warum habe ich dann nicht so einen Mummel bekommen?« Ich sah Walt vorwurfsvoll an.

»Weil dir der Sabber aus dem Mundwinkel läuft, Livie.«

Das stimmte natürlich nicht. Noch nicht.

Der Mummel hob einen Arm und winkte vergnügt in die Runde, wodurch ein Sprühregen auf uns Umstehende niederging. »Zach, alter Kumpel. Oh, und Walt, hallo. Was verschafft mir das Vergnügen dieses unerwarteten Kaffeekränzchens?«

Walt wischte demonstrativ einige Tropfen von seiner Kapuze, bevor er antwortete: »Danke für deinen Besuch, Irgendjemand. Wir wissen dies zu schätzen. Könntest du uns wohl in einer heiklen Angelegenheit beistehen?«

»Wenn es wieder um den alten Druiden geht – ich denke, ich habe Sniff alle meine Erinnerungen mitgegeben«, erwiderte Irgendjemand und planschte mit Armen und Beinen. Ein erneuter Sprühregen ließ Zach auflachen.

»Ihr Mummel neigt nach allem, was man so hört, ein wenig zur Vergesslichkeit«, sagte Walt mit spöttischem Unterton. »Vielleicht ruft der Name Ghorm weitere Erinnerungen in dir wach.«

»Ghorm, der Absorber«, sagte Irgendjemand respektvoll und nickte. »Ich habe euch doch auch Informationen über ihn und Badria zukommen lassen.«

»Ja, und vielen Dank dafür«, mischte sich nun Millie ein, die genau wie ich fürchtete, dass Walts schnippische Bemerkung den Mummel kränken könnte. »Würden Sie mir verraten, wie Sie an diese Informationen über meine Ahnen gelangt sind?«

Irgendjemand funkelte Millie vergnügt mit seinen grasgrünen Augen an und antwortete: »Früher war ich viel auf Schloss Harrowmore zu Gast. Die Harrowmores heirateten oft unglücklich und nur des schnöden Geldes wegen. Ich habe vielen gebrochenen Herzen Trost gespendet.«

»Das kann ich mir lebhaft vorstellen«, murmelte Walt und knetete seine blassen Finger. »Wie kann es sein, dass ich deine Besuche nur selten bemerkt habe, Irgendjemand?«

Der Mummel zog sich am Glasrand hoch und beugte sich zu Walt hinüber. Ein leichtes Kopfschütteln genügte, um erneut einen Tröpfchenregen auf dessen Kutte niedergehen zu lassen. Walt trat hastig einen Schritt zurück, was Irgendjemand zu gefallen schien. Dann sagte er: »Meine Besuche begannen schon, bevor du der Todesbote der Banshees von Harrowmore wurdest. Dies dürften meine Erinnerungen an Badria wohl beweisen. Ich bin dir über mein Kommen und Gehen keine Rechenschaft schuldig, Walt.«

»In deinem Schloss treiben sich mehr hübsche Kerle herum, als du gedacht hast, Millie«, flüsterte ich der Druidin grinsend zu, doch sie ignorierte mich.

»Irgendjemand, Sie sind unsere letzte Hoffnung«, flehte sie. »Können Sie uns sagen, wie es Badria gelang, den Absorber zu bannen?«

»Er hatte den richtigen Köder.«

»Sag ich doch!«, rief Zach triumphierend und klatschte in die Händchen. »Um was für einen Köder handelte es sich?«

»Ich weiß es nicht genau.« Irgendjemand schien konzentriert nachzudenken. »Aber es war etwas, das Ghorm unbedingt haben musste. Er hat es als sein Eigentum erkannt und wollte es um jeden Preis zurück. Absorber sind so. Was ihnen einmal gehört hat, bleibt ihres. Ganz besonders, wenn es ihnen schon vor langer Zeit gehört hat. Badria hatte Informationen über Ghorm und sein Leben und war im Besitz eines Kleinods, das der Absorber einmal besessen hat. Er konnte nicht anders, als es zurückzuholen, und ging Badria in die Dämonenfalle. Du weißt schon, Zach, das Ding aus jungfräulichem Kupferdraht und Schwarzdornholz.«

»Sag ich doch!«, rief Zach noch einmal glücklich und klatschte erneut in die Hände. Er freute sich wie ein Kind am Weihnachtsmorgen.

»Aber das hilft uns nicht weiter«, flüsterte Millie. »Wir haben nichts, was Ghorm gehört. Schon gar nicht etwas, was vor langer Zeit seins war.«

»Das glaube ich nicht«, sagte Irgendjemand und planschte mit seinen muskulösen Armen im Wasserglas herum. »Abigail war sich sicher, etwas von Ghorm zu besitzen. Nachdem ich ihr die Geschichte von der letzten Begegnung zwischen Badria und Ghorm erzählt habe …«

»Abigail? Meine Großmutter Abigail?« Millie konnte ihre Augen tatsächlich fast bis zum Scheitel aufreißen. Erstaunlich.

»Sie war ein unglückliches und ungeliebtes Geschöpf, das traurig vor sich hin vegetierte. Doch dann trat ich in ihr Leben und besuchte sie regelmäßig. Sie hatte ein Waschbecken im Zimmer, durch das ich zu ihr gelangen konnte. Ein wundervolles Zimmer, in welchem immer Kerzen brannten. Eine richtig romantische Liebeshöhle war es für uns beide. Und was haben wir uns geliebt. Hach, das waren herrliche Zeiten.« Der Mummel gluckste vergnügt und tauchte übermütig unter.

»Ich fasse es nicht«, sagten Walt und Millie gleichzeitig, während ich verzückt in leidenschaftlichen Fantasien versank.

»Jedenfalls erzählte ich Abigail von dieser letzten Begegnung, an der ich selbst nur durch einen Zufall teilhaben konnte. Sie fand in der Eingangshalle von Schloss Harrowmore statt, und glaubt mir: In dieser Nacht ging dort eine ganze Menge zu Bruch. Der Wasserkrug, in dem ich saß, war erfreulicherweise nur leicht angeschlagen. Nach dieser Geschichte war meine liebste Abigail ganz aufgeregt und meinte, ich müsse gehen, denn sie hätte nun zu tun. Sie müsse ihre Enkel und Urenkel vor einer Rückkehr des Absorbers schützen und ihnen das richtige Werkzeug hinterlassen. Sie war sich sicher, über ein Stück aus Ghorms Besitz zu verfügen.«

»Was war es?«, schrien wir alle gleichzeitig.

Doch Irgendjemand grinste breit und antwortete: »Das weiß ich natürlich nicht, denn Abi hat mich ja weggeschickt.«

»Es muss noch immer dort sein«, sagte Walt. »Es ist auf Schloss Harrowmore, in ihrem Zimmer vermutlich. Irgendjemand, du musst uns die Geschichte der letzten Begegnung erzählen, genau so, wie du sie Abigail einst erzählt hast. Vielleicht wird uns dadurch deutlich, was auch ihr aufgefallen sein muss. Du sagtest, die Geschichte hätte sie in Aufregung versetzt?«

»Sie war ganz außer sich und wollte keine Zeit verlieren, für was auch immer sie zu tun gedachte«, bestätigte Irgendjemand. »Wollt ihr die Geschichte sehen?«

Vier Personen in der Kate nickten gleichzeitig so heftig, dass man es für einen neuen Modetanz hätte halten können.

Irgendjemand lachte und glitt unter die Wasseroberfläche seines riesigen Goldfischglases. Silbrige Blasen stiegen zwischen seinen Lippen auf und bildeten einen spiegelnden Film darauf. Wir traten näher und Zach kletterte auf seinen Stuhl, um einen besseren Überblick zu bekommen.

Auf der Leinwand des Mummelkinos erschienen zwei Gestalten. Der eine war Badria, der andere ein Buckliger mit struppigem blonden Haar und einem deformierten Gesicht, in dem zwei gelbe Augen schimmerten. Der Bucklige im schwarzen Radmantel wurde von Badria mit »Ghorm« angesprochen.

»Aber das ist nicht Ghorm«, zischte Millie. »Diese Kreatur ist hässlich wie die Nacht, Ghorm ist attraktiv und hochgewachsen.«

Zach lächelte ihr zu. »Es ist der Ghorm, der all seine geraubte Energie verloren hat. Es ist das, was von einem Absorber übrig bleibt, bevor er stirbt.«

»Dann hat Helena ihre Lebensenergie zurückerhalten?«, fragte Millicent.

»Das hat sie wohl«, meinte Zach und Millie seufzte erleichtert. Dies war der Hoffnungsschimmer, den sie am Horizont hatte sehen wollen.

Wir beobachteten, wie Ghorm Badria mit seiner Wiederkehr in einem neuen, späteren Leben drohte und wie Badria ihm bereitwillig erzählte, wo er noch in Tausenden von Jahren zu finden sei. Als Ghorm vorsprang, um Badria zu erwürgen, warf dieser ihm eine brennende Laterne mit Glaswänden ins Gesicht.

»Die Laterne war ein Geschenk von mir«, gluckste Zach.

Walt nickte. »Das erklärt ihre Existenz zu einem so frühen Zeitpunkt der Weltgeschichte. Eigentlich hat eine Laterne dieser Machart vor dem fünfzehnten Jahrhundert keine Daseinsberechtigung.«

»Sei nicht so streng, Walt. Es war so ein praktisches Mitbringsel, und sieh nur, wie nützlich sie Badria war.« Zach deutete lächelnd auf die Spiegelfläche, wo der Druide die Flammen der Laterne und einen brennenden Mantel löschte und dem flüchtenden Ghorm nachblickte. Dann löste sich das Bild langsam auf.

»Tja, und wo war nun der Moment von Abigails Erkenntnis?«, fragte ich und sah ratlos in die Runde.

Walt hatte die Arme vor dem Körper verschränkt und starrte ins Goldfischglas, worin Irgendjemand sich friedlich aalte. »Es muss der Radmantel sein, eine andere Möglichkeit gibt es nicht.«

Ich starrte Walt entgeistert an. »Machst du Witze? Aus einem tausend Jahre alten angesengten Radmantel haben die Motten doch längst ein Festessen gemacht! Wie sollte ein Kleidungsstück derart lange überdauern können?«

»Das Grabtuch von Turin ist angeblich zweitausend Jahre alt und auch noch nicht zerfallen«, gab Millie zu bedenken.

»Es ist möglich«, bekräftigte Walt seine These. »Ghorm riss sich den brennenden Mantel von den Schultern und dieser blieb zurück. Er ist neben der Laterne der einzige Gegenstand, den Irgendjemand uns gezeigt hat, und die Laterne gehörte, wie wir jetzt genau wissen, Badria.«

»Und wenn es so wäre, dann wäre es eine mittelschwere Katastrophe«, sagte ich. »Großmutter Abigails Zimmer ist voll mit Stoffresten aller Art. Wie sollen wir dort den richtigen Fetzen finden? Oder glaubst du etwa, der Radmantel ist vollständig erhalten geblieben? Sie wird ihn ja wohl nicht uns zuliebe eingefroren haben!«

An der Art, wie Walt den Kopf neigte, erkannte ich, dass er mich gerade mit einem spöttischen Blick bedachte, doch dank seiner Kapuze blieb dies wirkungslos.

»Das weiß ich nicht, klingt aber eher blödsinnig. Doch wir kennen immerhin schon einmal die Farbe des Stoffes, den wir suchen. Es handelt sich um einen schweren schwarzen Stoff und wir müssen ihn finden. Es ist unsere einzige Chance!«

»Sehr richtig«, meldete sich nun auch Zach zu Wort. »Ihr müsst den Köder für die Dämonenfalle finden. Irgendjemand, wir sind dir zu großem Dank verpflichtet. Livie wird dich zu deinem Element geleiten, während ich Walt den Bau der Dämonenfalle erläutere.«

Irgendjemand, dessen Kopf wieder am Glasrand erschienen war, blinzelte mir spitzbübisch zu und strich sich das zerzauste Haar aus der Stirn. Seine edlen Gesichtszüge verzogen sich zu einem Lächeln.

Ich war skeptisch. »Durch welches Waschbecken soll ich dieses riesige Planschbecken denn kippen? Hier gibt's doch noch gar kein fließendes Wasser.«

»Oh doch. Gleich hinterm Haus. Da gibt es jede Menge fließendes Wasser.« Zach lachte.

Ich war noch immer verunsichert. »Ich weiß nicht, ob ich dieses riesige Ding bis dorthin tragen kann. Es sieht sehr schwer aus und meine mentalen Kräfte sind noch in der Entwicklung.«

Irgendjemands Blick wurde noch kecker, als er zu mir sagte: »Versuch's nur. Ich werde dir helfen.«

Und tatsächlich ließ sich der Mummel samt Gefäß ohne Probleme von mir anheben und schwebte zur Tür, die bereitwillig aufschwang.

Draußen dämmerte es und Frost bildete sich auf den nebelverhangenen Wiesen. Auch in Little Beehive war Winter und ein Wechsel von milden zu kalten Tagen schien unmittelbar bevorzustehen. Ein schwacher Wind ließ mich frösteln, als ich mich anschickte, die Kate zu umrunden. Irgendjemand schwebte planschend vor mir her.

Nur wenige Meter hinter der Kate floss ein schmaler Bach von beeindruckender Klarheit. Er sah sehr kalt aus.

»Willst du wirklich dort hinein, Irgendjemand? Das Wasser macht den Eindruck, als könnte es dich innerhalb weniger Augenblicke in einen Tiefkühlmummel verwandeln.«

Irgendjemand lächelte und zwinkerte mir zu. »Das macht mir nichts. Kaltes Wasser kann keinen Mummel schrecken. Nichtsdestotrotz mögen wir es warm und wenn es in der Nähe deines Zimmers auf Harrowmore ein Waschbecken gibt, würde ich mich gern mal bei dir aufwärmen.«

Ich errötete bis in die Haarwurzeln. »Du willst mich besuchen?«

»Es wäre mir ein Vergnügen der ganz besonderen Art«, erwiderte er lächelnd und sah mir tief in die Augen.

Ich dachte an Walt und blickte weg. »Ich weiß nicht, ob das so eine gute Idee ist.«

Irgendjemand lachte, dass ihm die silbrigen Tränen übers Gesicht liefen, und rief: »Es scheint mir, dass Harrowmore einen glücklichen Todesboten hat.«

Dann sprang er wie ein übermütiger Goldfisch aus dem Glas und landete mit einem großen Platscher im eiskalten Wasser des Baches. Noch einmal hob er den Arm zum Gruß, dann verschwand er flussabwärts aus meinem Blickfeld. Fast gleichzeitig löste sich das gläserne Gefäß neben mir in eine schillernde Kugel auf und verschwand ebenfalls.

Noch immer erhitzt, kam ich zurück in Zachs Hütte.

Walt wandte sich mir zu und sah mich eindringlich an. »Ist er fort?«

Seine Worte klangen so bissig, dass ich mir sicher war, dass er nur mühsam ein Gefühl der Eifersucht unterdrückte. Ein Glücksgefühl erfasste mich bei dem Gedanken, dass Walt mich vielleicht so dringend wollte wie ich ihn, und ich nickte strahlend.

Meine Mimik missdeutend, antwortete Walt patzig: »Na wunderbar. Der Planscher scheint ja einen enormen Eindruck auf dich gemacht zu haben.« Mit diesen Worten wandte er sich beleidigt ab.

Kapitel 19

Zach entließ uns mit vielen guten Wünschen aus seiner Obhut und in die kalte Nacht.

Ich hätte Walt gern vorgeschlagen, per Teleport unverzüglich nach Harrowmore zurückzureisen, doch er war mir gegenüber noch immer einsilbig und schlecht gelaunt. Millie kam nicht mal auf die Idee, ein anderes Transportmittel als ihre Füße zu nutzen, und so setzten wir in der absoluten Finsternis einer mittelalterlichen Nacht einen Fuß vor den anderen und hofften, nicht vom Weg abzukommen.

Nachdem ich zweimal mit meinen neuen weichen Lederstiefeln in den Morast geraten war, der unsere Wegbegrenzung darstellte, brach ich das Schweigen und maulte: »Jetzt, wo wir wissen, was wir zu tun haben, können wir doch eigentlich wieder nach Hause, oder? Was hält uns hier in dieser dem Tod geweihten Ortschaft?«

»Hättest du Zacharias aufmerksam zugehört, wüsstest du es, Livie. Aber du hattest ja etwas Besseres zu tun, nicht wahr?«, antwortete Walt in bissigem Tonfall.

Das war ja wohl die Höhe!

Ich war gerade damit beschäftigt, mein Gehirn nach einer passenden Bemerkung zu durchforsten, als Millie fragte: »Wieso dem Tod geweiht?«

Daraufhin hielt Walt für den Rest unserer nächtlichen Wanderung einen Monolog über die erste große Pestwelle von 1348, die mehr als vier Millionen Engländer getötet und Little Beehive ausradiert hatte.

Millie hörte schweigend und scheinbar teilnahmslos zu, doch ich konnte fühlen, wie diese Nachricht sie in Aufruhr versetzte. Auch ich musste immer wieder an die Dorfbewohner von Little Beehive denken. Insbesondere an die Kinder, die ich tagsüber auf der Dorfstraße hatte laufen sehen. Doch was konnte ich tun? Mich dem schwarzen Tod in den Weg stellen und damit den Lauf der Geschichte aufs Empfindlichste verändern? Wer weiß, wen ich mit einer solchen Aktion alles verärgert hätte?

Als wir unsere Unterkunft erreichten, war niemandem nach einer Unterhaltung zumute. Walt war immer noch in mürrischer Stimmung, Millie hing ihren Gedanken nach und ich fühlte mich müde und ausgelaugt. Die Witwe geleitete uns im Schein einer Kerze die Stufen zu unserem Domizil hinauf und wünschte uns eine gute Nacht.

Wir gingen gleich in die Schlafkammer und ließen uns in voller Montur auf unsere Strohsäcke fallen. Wenigstens die verschmutzten Stiefel zog ich noch von den Füßen, dann schloss ich die Augen.

Doch der Schlaf, den ich ja angeblich sowieso nicht brauchte, wollte sich nicht einstellen.

»Walt?«

Die Antwort, die aus der Dunkelheit zu mir drang, war ein knappes »Hm?«.

»Ich weiß, dass deine Augen offen sind. Ich sehe einen blauen Lichtschein.«

Keine Antwort.

»Ich kann doch nichts dafür, wenn ein hübscher Mummel mit mir flirten möchte. Oder erwartest du, dass ich wegsehe, wenn ein halb nackter Traummann vor mir herumschwimmt?«

»Ich erwarte, dass es dir egal ist.«

Ich konnte nichts dagegen machen, ich fühlte mich unglaublich glücklich. Breit grinsend lag ich auf meinem Strohsack und starrte ins Dunkel. Dann fiel mir etwas ein.

»Walt?«

»Hm?«

»Du hast mir noch immer nicht gesagt, warum wir eigentlich noch hier sind. Sollten wir nicht auf Schloss Harrowmore sein und einen schwarzen Radmantel suchen?«

»Es ist der Draht. Der jungfräuliche Kupferdraht, durch den noch niemals Strom geflossen ist. Ich werde dem Schmied von Little Beehive vor unserer Abreise einen Besuch abstatten. Ich will ganz sicher sein, dass wir für unsere Dämonenfalle die besten Materialien bekommen.«

»Wie sieht so eine Dämonenfalle eigentlich aus?« In meiner Fantasie malte ich mir einen mannshohen Käfig aus Kupfer und Schwarzdornholz aus.

»Du wirst sie bald sehen. Gedulde dich.«

Geduld gehörte nicht wirklich zu meinen Stärken, doch da mir nichts anderes übrig blieb, entwarf ich vor meinem geistigen Auge eine Dämonenfalle nach der anderen und gab meinen Modellen unterschiedliche Namen. Darüber schlief ich schließlich ein.

Als ich aufwachte, war ich von völliger Schwärze umgeben. Selbst das Leuchten von Walts Augen konnte ich nicht mehr ausmachen, weshalb ich vermutete, dass auch mein Todesbote dem Laster des Schlafes frönte. Gerade begann ich, mich zu fragen, was mich geweckt haben mochte, als erstickte Laute an mein Ohr drangen. Es war das verzweifelte Wimmern einer Frau, der mit Gewalt der Mund zugehalten wurde.

Mit einem Schlag war ich hellwach und rief voller Panik: »Millie? Millie, ist er hier?«

Stille. Dann vernahm ich erneut erstickte Laute!

Ich sprang vom Strohsack und tastete mich zu Walts Schlafstätte vor, doch dort lag niemand. Kein Wunder, dass ich kein Blau mehr gesehen hatte, der Typ hatte sich mal wieder in Luft aufgelöst!

»Walt!«, schrie ich, doch das angsteinflößende Wimmern irgendwo vor mir in der Dunkelheit war meine einzige Antwort. Ich streckte die Arme aus und machte einige Schritte vorwärts. Ich legte so viel Hass wie irgend möglich in meine Stimme und zischte: »Wenn du ihr auch nur ein Haar gekrümmt hast, Ghorm, dann röste ich dir deinen Dämonenhintern!«

Nun erhielt ich eine Antwort. Die Stimme ließ mir fast das Blut in den Adern gefrieren.

»Was ist denn los, Banshee? Oder soll ich dich Livie nennen? Heute keine Kerzen und keinen Kümmel zur Hand?«

Ghorm hatte uns gefunden. Er lachte heiser und ich spürte die Wut in mir aufsteigen. Ich konzentrierte mich auf den Platz, wo mein eigener Strohsack liegen musste, und schleuderte diesen mit meiner ganzen geistigen Kraft in die Richtung, aus der seine Stimme erklungen war.

»Mein Name ist Olivia, Absorberarsch!«

Der Strohsack traf etwas oder jemanden, ich konnte es nicht erkennen, doch ein erstickter Schmerzenslaut machte mir Hoffnungen. Da holte mein Feind auch schon zum Gegenschlag aus und ließ eine rot glühende Kugel durch die Luft auf mich zu zischen. Für einen Sekundenbruchteil konnte ich einen Blick auf meinen Gegner werfen, dann flog sie um Haaresbreite an meinem Kopf vorbei und schlug funkenschlagend in der steinernen Zimmerwand hinter mir ein.

»Du siehst wohl nicht gut im Dunkeln, Ghorm? Was ist los? Spenden deine gelben Guckerchen dir kein Licht? Sind deine Akkus leer? Dann tank gefälligst woanders auf!«

Mit diesen Worten schleuderte ich nun auch Walts Strohsack dorthin, wo ich Ghorm eben noch gesehen hatte. Doch er wurde noch in der Luft von einer roten Kugel aus einer anderen Richtung getroffen und zerfetzt. Stroh rieselte von der Zimmerdecke auf mich herunter.

Ich pustete mir einige Halme aus dem Gesicht und überlegte, ob sich noch weitere potenzielle Wurfgeschosse im Raum befanden. Dabei erinnerte ich mich an meine Stiefel. Ich hatte sie mir gerade von den Füßen gezogen und blindlings ins Dunkel geworfen, als vor mir ein Tumult losbrach.

Es bestand kein Zweifel, Millie wehrte sich nach Leibeskräften gegen Ghorms Übergriffe. Sie fauchte wie eine Katze, quietschte wie eine Schlosstür und fluchte wie ein Bierkutscher. Dann hörte ich sich schnell entfernende Schritte von mehr als zwei Füßen. Jemand flüchtete und wurde dabei verfolgt.

Auch ich rannte los, fest entschlossen, den beiden Todfeinden nachzusetzen, wurde aber peinlicherweise von einem Türrahmen gebremst.

»Verdammte Finsternis! Walt, du Blödmann, komm endlich zurück! Wir brauchen dich hier!«

Ich startete einen zweiten Versuch und fand diesmal tatsächlich den offenen Durchgang zum Wohnraum. Auch die Tür zur Treppe fand ich relativ mühelos, stand sie doch sperrangelweit offen. Ich tastete mich die Stufen hinunter und erreichte die von den hauseigenen Laternen nur schwach beleuchtete Dorfstraße.

Die letzten Schritte von Ghorm und Millie waren allerdings längst verklungen. Kein Mensch war in den Gassen zu sehen. Little Beehive lag im tiefen Schlaf. Es tat mir leid, was ich jetzt tun musste, aber mir blieb keine andere Wahl.

Ich warf den Kopf in den Nacken und brüllte aus Leibeskräften: »Waaalt!« Natürlich hatte ich mich ungewollt angespannt und natürlich war mein Banshee-Schrei, wenn auch unartikuliert, im ganzen verschlafenen Little Beehive zu hören gewesen.

Die Umrisse einer Mönchskutte erschienen neben mir auf der schlecht gepflasterten Straße. »Bist du verrückt geworden? Du kannst hier doch nicht zu nachtschlafender Zeit rumbrüllen wie ein Fischweib«, zischte Walt und zog mich in den Schatten einer Seitengasse.

Da und dort flammten Lichter auf und Gestalten in langen Nachtgewändern erschienen auf ihren Türschwellen.

»Das ist allein deine Schuld! Wie konntest du uns nur allein lassen?«, rief ich und trommelte mit den Fäusten auf seine Brust.

Walt griff nach meinen Handgelenken und hielt sie fest. Seine Antwort kam leise und beschwörend. »Ich glaubte euch in Sicherheit. Ich habe vermutet, dass er weit mehr als einen Tag brauchen würde, um uns in Little Beehive zu suchen. Dass er es versuchen würde, war klar, aber sein Tempo ist erschreckend. Vermutlich ist seine Verbindung zu Millie von ganz besonderer Art. Möglicherweise kann er sie orten.«

»Möglicherweise?« Ich gab mir keine Mühe, leise zu sein, und schrie weiter: »Walt, der Kerl stand in unserem Schlafzimmer, als ich aufwachte. Was für Beweise brauchst du noch, um zu erkennen, dass Ghorm eine Standleitung zu Millie hat?«

Walt versuchte gar nicht erst, sich zu rechtfertigen, sondern blickte vorsichtig um die Hausecke auf die Dorfstraße.

»Was soll das?«, fragte ich verunsichert. »Uns kann doch sowieso kein Mensch sehen.«

»In Little Beehive leben aber nicht nur Menschen, Livie. Habe ich dir das nicht deutlich genug erklärt? Ein gewisses Maß an Vorsicht kann nicht schaden.« Er führte den Zeigefinger unter seine Kapuze und ich vermutete, dass er ihn an seine Lippen legte. Ich hatte verstanden.

Wie zwei Diebe, die sich in den Schatten herumdrückten, beobachteten wir also, wie sich eine Haustür nach der anderen wieder schloss und ein Licht nach dem anderen erlöschte. Die Hauptstraße lag verlassen da.

Walt packte mich am Arm und zog mich fast bis unter seinen Kapuzensaum. »Schnell! Welchen Weg haben sie genommen? Sag schon!«

»Ich weiß es nicht«, stieß ich hervor. »Sie waren schon fort, als ich unten auf der Straße ankam.«

»Dann teilen wir uns auf. Du gehst linksrum und ich rechtsrum. Wir müssen sie finden!«

Ich nickte und wollte schon loslaufen, als Walt mich am Ärmel zurückhielt. In seiner geöffneten Hand leuchtete eine blaue Lichtkugel.

»Nimm das mit. Ich will nicht, dass du ihm noch einmal unbewaffnet gegenüberstehst.«

Ich umschloss die Lichtkugel mit der rechten Hand. Sie prickelte auf meiner Haut wie feucht gewordenes Brausepulver. Dann rannte ich los.

Da ich keine Zeit mehr gefunden hatte, meine Stiefel anzuziehen, lief ich barfuß über das ungleichmäßige Kopfsteinpflaster der Dorfstraße. Die Steine waren kalt und klamm, wie in einer Januarnacht nicht anders zu erwarten. Einige Male glitt ich aus, doch ich fing mich jedes Mal und rannte weiter.

Lautlos und unheimlich kroch der Nebel aus den Seitengassen auf mich zu und meine Fantasie spielte mir einige üble Streiche, indem sie Gestalten und Augen in den Nebel hineinzauberte, die dort nicht waren.

Atemlos und erschöpft erreichte ich das Ende der Dorfstraße. Von hier aus führte ein zerfurchter Wirtschaftsweg durch Moore und Wiesen. Ich ging in die Hocke und öffnete meine rechte Hand. Im blauen Schein der Lichtkugel entdeckte ich frische Fußspuren im feuchten Sand. Es waren die Abdrücke einer großen und einer kleineren Person und letztere hatte Schuhe mit aufwendig gestaltetem Profil getragen. Sie konnten nur von Millie oder einer anderen Besucherin aus einer fernen Zeit stammen und da ich davon ausging, dass Millie und Ghorm heute die einzigen Nachtschwärmer waren, war ich sicher, auf der richtigen Fährte zu sein.

Ich lief weiter. Feiner Nieselregen setzte ein, lockte mein Haar und durchfeuchtete mein Kleid. Unter mir gab der Weg bei jedem Schritt schmatzende Geräusche von sich.

Wie dicht war ich dem Moor? Konnte eine Banshee vom trügerischen Morast verschlungen werden? Sicherlich war das der Fall. Auch eine Art von Respekt, den mir die Natur entgegenbrachte.

Die Wolkendecke am Himmel war so dicht, dass auch nicht der hartnäckigste Mondstrahl seinen Weg bis zur Erde fand.

Ich öffnete meine Hand und leuchtete mir mit der blauen Kugel den Weg, doch sie blendete mich und war so eher Hindernis als Hilfe. Noch einmal bückte ich mich und suchte nach Fußspuren. Ich fand keine.

War Millie ins Moor gelaufen und versunken?

Ich kehrte um und rannte den Weg zurück, den ich gekommen war. Nach wenigen hundert Metern kam ich an eine Gabelung, die ich auf dem Hinweg übersehen hatte. Ich suchte erneut den Boden ab und fand eine Spur.

Als ich mich wieder aufrichtete, stand er vor mir. Groß, blond und verdammt gut aussehend. Ghorm.

Um seine Lippen spielte ein bitterböses Lächeln. Er packte mich an der Kehle und hob mich mühelos in die Luft. »Livie, meine Süße. Du wirst ernsthaft lästig.«

»Glrglr.« Ich war schon einmal schlagfertiger gewesen, doch mit einer fest zupackenden Hand an der Gurgel ging mir jede Kreativität flöten.

»Warum nur willst du nicht auf mich hören? Ich habe es euch doch erklärt, dir und deinem Kuttenfreund. Überlasst mir Millicent und geht friedlich eurer Wege, dann sind wir alle zufrieden. Aber nein, du legst es immer wieder darauf an, mich wütend zu machen.«

Bei den letzten Worten hatte er mein rechtes Handgelenk gepackt und es langsam umgedreht. Walts blaue Lichtkugel entglitt meinen kraftlos werdenden Fingern und landete im hohen Gras. Ich hatte meine einzige Waffe im Kampf gegen das Böse verloren.

Ich zappelte wie ein Fisch außerhalb seines Elementes und Ghorm, den Druck seiner Finger noch verstärkend, sah mir amüsiert zu.

Da erschien im Nebel, nur knapp hinter Ghorm, der Umriss einer Mönchsgestalt und eine mir wohlbekannte Stimme sagte: »Wer hat denn hier das Licht angemacht?«

Ghorm ließ mich los und fuhr herum. Ich stürzte zu Boden, bekam noch im Aufprall die blaue Kugel zu fassen und warf sie dem Dämon mitten zwischen die Schulterblätter.

»Ich war's!«, schrie ich und im selben Augenblick ging der graue Designermantel unseres Widersachers in Flammen auf.

Ghorm warf sich schreiend auf den Boden und erstickte die Flammen mit seinem Gewicht. Rauchend und mit wutverzerrtem Gesicht kam er auf alle viere. »Ihr zwei macht mich ganz schön wütend. Pech für euch.«

Zwei rote Lichtkugeln schlugen dicht neben uns im Gras ein, ließen die Erde aufspritzen und hinterließen große schwarze Krater neben unseren Füßen.

»Du zielst schlecht, Dämon«, sagte Walt mit einer Stimme, die Eis vor Kälte hätte erschauern lassen. Blaue Leuchtkugeln flammten in seinen Händen auf, als er nun auf Ghorm zutrat und fauchte: »Wo ist sie?«

Der Dämon lächelte böse und zupfte die Überreste seines versengten Mantels zurecht. »Such sie doch, Walt. Such, such!«

Mit einem meckernden Lachen rannte der Ghorm schneller als eine Wildkatze quer durch das Moor davon. Das Risiko ignorierend, wollte ich ihm nachsetzen, doch da lösten sich die Konturen des Absorbers vor dem dunklen Nachthimmel endgültig auf.

Trotz der Dunkelheit erkannten wir jetzt nicht weit von uns entfernt die Umrisse einer Gestalt, die am Boden kauerte.

»Millie!«, schrie ich und stürzte auf sie zu.

Walt ließ seine blauen Kugeln hell aufleuchten, hielt aber Abstand. Auch ich verlangsamte mein Tempo, als ich im Licht das hüftlange Haar sah, das der Gestalt wie ein weißer Schleier über den Rücken fiel.

»Ich wünschte, dieser Albtraum wäre endlich vorüber«, hörte ich sie schluchzen. »Ich glaube, ich kann fühlen, wie mein Körper um mich herum zerfällt und aufgibt!«

Sie drehte sich zu uns um und unsere schlimmsten Ahnungen wurden Gewissheit, als ich Millicent in das faltige Gesicht sah. Die Frau vor uns sah keinen Tag jünger aus als achtzig.

Kapitel 20

Dunkelheit. Mal wieder.

»Walt! Mach doch mal Licht!«

Eine blaue Lichtkugel flammte auf und beleuchtete das fensterlose Zimmer von Großmutter Abigail. Walt hatte den Ankunftsort für unsere Reise zurück in die Gegenwart klug gewählt.

Ich lief zur Tür und griff nach der Streichholzschachtel. Hastig rieb ich den Schwefelkopf über die Reibefläche und mit einem Knistern loderte die Flamme auf. Ich zündete die Kerzen im Zinnleuchter auf dem Wandbord an und blickte ich mich um. Seit meinem letzten Besuch in dieser Kammer schien sich nichts verändert zu haben.

Millie ließ sich schwerfällig aufs Bett fallen, wodurch eine Staubwolke aufgewirbelt wurde, die sie zum Husten reizte. Sie sah nicht nur alt, sondern auch elend aus. Walt stand mitten im Raum und drehte einen feinen Kupferdraht in seinen Händen.

»Wo kommt der denn so plötzlich her?«, fragte ich überrascht.

»Ausgeliehen. Aus der Schmiede von Little Beehive.«

Ausgeliehen, aha. Deshalb war er also nachts noch einmal weg gewesen.

Skeptisch betrachtete ich das Metallstück. Es war kaum länger als ein Bleistift. »Und das soll für eine Dämonenfalle reichen?«

»Es wird reichen«, antwortete Walt knapp und ließ den Draht wieder in den Falten seiner Kutte verschwinden.

Ich setzte mich neben Millie und strich ihr beruhigend über den Rücken. Walt übernahm es, weitere Kerzen im Raum zu entzünden.

»Deine Locken sind weg«, sagte ich sanft und strich ihr die weißen Flechten aus dem faltigen Gesicht. Ihre Haut erinnerte an chinesisches Seidenpapier und war von feinen roten Äderchen durchzogen.

»Das einzig Gute an diesem ganzen Mist. Ich mochte meine Locken nie besonders. Es schränkt die Wahl der Frisur doch sehr ein.«

»Also ich finde Locken durchaus erstrebenswert.« Ich zog an meinen spargelglatten Haaren.

»Kannst meine haben, wenn ich sie wiederkriege«, schniefte Millie und drückte ihr Gesicht ins Kopfkissen, das sie mit ihren von Altersflecken übersäten Händen kräftig zusammenknautschte.

»Wir werden es schaffen«, flüsterte ich, doch sie reagierte nicht.

»Wir werden es nur dann schaffen, wenn wir jetzt erfolgreich sind«, sagte Walt. »Also los, Livie. Wir suchen einen schwarzen Radmantel, oder vielmehr das, was von ihm übrig ist.«

»Die Truhe dort ist voller Stoffreste! Das weiß ich von meinem ersten Besuch in diesem Raum.«

»Dann los.«

Wir stemmten den Deckel auf und griffen mit beiden Händen in die unzähligen Schnipsel und Streifen. Manche waren kaum größer als ein Geldstück, während andere noch erahnen ließen, was ihre ursprüngliche Bestimmung gewesen war.

»Ich habe einen rosa Kinderbademantel gefunden«, rief ich entzückt aus.

»Das war meiner«, schniefte Millie. »Und auch wenn es jetzt keiner mehr glaubt, vor fünfzehn Jahren hat der noch gepasst!«

Ich warf den Bademantel zur Seite und inspizierte Stofffetzen um Stofffetzen. Als meine Beine es leid waren, am selben Fleck zu stehen, setzte ich mich auf den Boden, die Stoffreste auf dem Schoß, und sortierte weiter.

Es waren nur wenige rein schwarze Stoffe darunter. Die meisten waren bei genauerer Betrachtung dunkelblau oder hatten winzige Muster. Auch unter den schwarzen Stoffen ließen sich einige als unwahrscheinlich zur Seite legen, weil sie aus Seide oder Brokat waren.

Walt saß mir gegenüber und warf die Überbleibsel, die für uns nicht infrage kamen, einfach hinter sich. »Es ist ein schwerer Stoff, fest gewebt, um Wind und Wetter zu trotzen. Er ist sehr alt, eventuell brüchig oder fleckig, und er ist schwarz. Suchen, Livie, beeil dich. Wir wissen nicht, wie viel Zeit Ghorm uns bis zu seinem nächsten Besuch lässt.« Und im Flüsterton fügte er hinzu: »Und jeder weitere Besuch könnte sein letzter auf Schloss Harrowmore sein.«

»Das habe ich gehört«, klang es erstickt aus dem Kissen.

Ich ersparte mir einen Kommentar, griff mir den nächsten Stapel Stoffreste aus der Truhe und sah sie Stück für Stück durch. Auf keinen Fall wollte ich, dass mir ein rudimentäres Stück von

Ghorms Mantel durch die Finger flutschte, weil es sich in einer größeren Stofffalte verbarg.

Die Zeit verrann. Millie war eingeschlafen, ihre knochige rechte Hand baumelte über der Bettkante.

»Sie tut mir so leid, Walt. Ich weiß wirklich nicht, wie ich an ihrer Stelle mit diesem rasanten Alterungsprozess umgehen würde.«

»Du würdest hysterisch werden und mir die Schuld geben«, antwortete er und sortierte weiter, ohne aufzusehen.

Ich musste grinsen, wusste ich doch, dass er recht hatte.

Immer neue Stoffreste kramten wir hervor. Es schien, als habe die Truhe keinen Boden und wir müssten uns auf der Suche nach Ghorms Mantel bis nach Australien durchwühlen.

Dann war es irgendwann doch vollbracht und wir blickten skeptisch auf die wenigen infrage kommenden schwarzen Fetzen, die zwischen uns auf dem Parkettboden lagen.

Nicht einem der Schnipsel war es gelungen, alle von Walt aufgelisteten Anforderungen zu erfüllen. Sie waren entweder zu dünn, zu neu oder eben doch nicht richtig schwarz. Ich war enttäuscht und den Tränen nahe. Die Zeit rann uns davon und wir konnten nichts tun, außer in alten Lumpen zu wühlen und auf unser Glück zu vertrauen.

Ich hob den Blick und betrachtete die von Großmutter Abigail selbstgestalteten Wandbehänge. Jetzt, da ich ihrem Liebhaber begegnet war, erkannte ich eine gewisse Ähnlichkeit zwischen dem echten Irgendjemand und seinem Konterfei aus Stoff und Garn.

Abigail und er mussten sich, wenn man den Darstellungen an den Wänden glauben durfte, durch das ganze Kamasutra geturnt haben. Auch ihre Vorliebe für Wasser, die sich in all ihren Werken widerspiegelte, war nun einfach zu erklären. Wenn man einen Mummel liebte, entwickelte man wohl zwangsläufig eine Neigung zu diesem Element.

Ich stand auf und ging die Wandbehänge der Reihe nach ab, immer auf der Suche nach einem schwarzen Stück Stoff. Vielleicht hatte Großmutter Abigail den Mantelrest ja in einem ihrer Werke verarbeitet und er wartete nur darauf, dort von mir entdeckt zu werden.

»Sie sind wunderschön, nicht wahr?«, seufzte Millie mit brüchiger Stimme. »Großmutter Abigail hat sich auch immer so viel Arbeit damit gemacht. Siehst du das Stoffbildnis des jungen Mannes neben dem aufgenähten Weihnachtsbaum? Das ist mein Cousin Fred. Sie hat ihn aus seinem eigenen Lieblingshemd genäht. So was war ihr wichtig.«

Ich lächelte, doch mein Lächeln gerann wie saure Milch in der Sommersonne, als mir die Bedeutung ihrer Worte klar wurde.

»Natürlich. Das ist es!« Ich schlug mir mit der flachen Hand vor die Stirn und lachte laut auf.

Um mich herum blieb alles still. Weder Walt noch Millie hatten begriffen, was mir gerade wie Schuppen von den Augen gefallen war.

Die beiden standen reglos da und überlegten vermutlich, ob und wo man eine durchgeknallte Banshee einweisen konnte, denn ich grinste nun von einem Ohr zum anderen und musste auf jeden Betrachter einen leicht debilen Eindruck machen.

»Versteht ihr das denn nicht? Großmutter Abigail gestaltete ihre Figuren aus den Kleidungsstücken derer, die sie darstellen wollte! Ghorm ist also Ghorm!«

»Es tut mir sehr leid, aber ich kann dir nicht ganz folgen«, erwiderte Walt langsam und übertrieben freundlich.

»Das Hochzeitskleid! Das Hochzeitskleid auf dem großen Gobelin! Sie fertigte es aus dem echten Hochzeitskleid der Braut, die sie darstellen wollte. Und auf demselben Gobelin findet sich auch eine Abbildung von …«

»Ghorm!«, brüllten meine Mitstreiter. Der Groschen war gefallen.

Wir verzichteten darauf, unsere Greisin über die Flure des Schlosses zu treiben, und wählten den Teleport. Von Großmutter Abigails Zimmer brachte uns Walt direkt in den unbewohnten Raum, in welchem der uns allen bekannte Wandteppich hing.

Kaum dass unsere neue Umgebung an Konturen gewonnen hatte, war ich schon zum großen Kunstwerk gerannt, das fast die ganze Wand einnahm.

Da war sie. Die Darstellung von Badria und Ghorm unter der Druideneiche, fein säuberlich mit kleinen Stichen nachträglich aufgenäht. Großmutter Abigail hatte uns in weiser Voraussicht ein unschätzbar wertvolles Geschenk gemacht.

Ich scheiterte an meiner Feinmotorik und musste es Millie überlassen, den Stoffghorm vom Wandbehang zu reißen, und sie tat es mit einer auffälligen Befriedigung.

»Wir haben den Köder. Jetzt brauchen wir die Dämonenfalle.«

»Sag mir, was wir brauchen, und ich hole es«, schlug ich vor.

Walt schüttelte den Kuttenkopf. »Ich lasse keinen von euch auch nur eine Sekunde aus den Augen. Alle Übergriffe von Ghorm nahmen ihren Anfang, als ich nicht bei euch war. Ich glaube nicht, dass das Zufall ist. Er meidet die Begegnung mit mir.«

»Also gut«, antwortete ich zögerlich, »bleiben wir eben zusammen. Wo müssen wir hin?«

Walt teleportierte uns zunächst in die Küche, wo wir ein halbes Kilo Salz mitgehen ließen. Von Ruthie war weit und breit nichts zu sehen.

Danach fanden wir uns im Garten wieder, wo ich nebenbei erfuhr, dass ganz Harrowmore eine Teleportzone ohne Einschränkungen war. Tolle Sache. Theoretisch brauchte Walt in diesem Kasten nicht einen Schritt zu laufen. Mein Wunsch, auch per Teleport reisen zu können, wurde immer größer.

Im Garten suchten wir erst mal vergeblich nach einem Schwarzdornast, was damit zusammenhing, dass wir alle, bis auf Walt, miese Botaniker waren und auch dieser sehr verwirrt aussah.

»Er muss schwarz sein!«, behauptete er, doch seine Stimme klang unsicher.

»Gib endlich zu, dass du keine Ahnung hast, wie ein Schwarzdorn aussieht!«, gab ich zurück und zupfte an einem eindeutig braunen Zweig herum, der mir aus einem der Beete entgegenragte.

»Ich verstehe mich eben mehr auf Kräuter. Einen Schwarzdorn musste ich bisher noch nie suchen!«, verteidigte sich mein Todesbote und bog die Blätter eines Busches auseinander. Auch dessen Äste waren braun.

Es dauerte ein Weilchen, dann überredete ich ihn, einen Abstecher in die Bibliothek zu machen, wo wir in einem reich bebilderten Gartenplaner auf die Information stießen, dass der Schwarzdorn ein Strauch war, den man auch als Schlehe kannte.

Wo ein Schlehenstrauch wuchs, wusste Millie, konnte aber keine teleportfähige Wegbeschreibung abliefern. Also gingen wir diesmal doch zu Fuß.

Ungesehen gelangten wir in den Garten.

Ich malte mir aus, wie Millies Familie wohl auf den spontanen Alterungsprozess reagieren würde. Cameron hätte vermutlich trocken bemerkt, dass es für eine Pflegeversicherung zu spät sei. Deborah und Jennifer hätten unverzüglich mit Restaurationsarbeiten an Millie begonnen, die Jungs hätten blöde Witze gemacht und ihre Eltern wären vor Schreck erstarrt. Was für ein Glück, dass wir unbehelligt blieben.

Der Tag neigte sich seinem Ende entgegen und mit jeder Minute, die verstrich, wuchs meine Angst, Ghorm könnte vor mir auftauchen. Auch wenn Walt der Meinung war, Ghorm würde ihn meiden, hatte ich trotzdem Angst.

Der Schwarzdornstrauch war kinnhoch und wuchs nahe einer steinernen Gartenmauer. Walt schnitt mit seinem Perlmuttgriffdolch einen Schwarzdornast ab, der wie eine Wünschelrute gegabelt war. Seine Beute zwischen den Fingern drehend, klang er recht zufrieden, als er sagte: »Jetzt brauchen wir nur noch einen roten Faden.«

»Dann bauen wir deine Dämonenfalle am besten in Großmutter Abigails Zimmer. Dort werden wir einen roten Faden finden«, schlug ich vor.

Wenige Augenblicke später waren wir wieder zurück an unserem Ausgangsort. Millie ließ sich fast augenblicklich auf das Bett ihrer Großmutter fallen und schloss die Augen. »Ich bin zu alt für solche Schnitzeljagden.«

»Aber nicht mehr lange«, antwortete ich und durchsuchte Großmutter Abigails Garnvorräte nach einem roten Faden.

»Dunkelrot, Grellrot, Rosarot, was für ein Rot?«, fragte ich Walt ratlos.

»Irgendein Rot«, war die knappe Antwort.

»Irgendein Rot hab ich nicht!«

»Livie!«

Millie lachte meckernd vom Bett aus. »Ihr hört euch an wie ein altes Ehepaar. Zu schade, dass ich nicht erleben werde, wie sich das über die Jahrhunderte weiterentwickelt.«

»Soll das eine Drohung sein?«, fauchte Walt, riss mir einen grellroten Faden aus der Hand und knotete ihn um ein Ende der Astgabel. Dann zog er den Kupferdraht aus der Schmiede von Little Beehive hervor und knotete ihn in der Mitte des Fadens fest. Das lose Ende wurde nun am anderen Ende der Astgabel befestigt.

Das entstandene Gebilde erinnerte mich irgendwie an eine Steinschleuder, in deren Mitte ein zusätzliches Stück Kupferdraht blinkte.

»Das ist es also?«, fragte ich zweifelnd. »Damit lässt sich ein Dämon wie Ghorm fangen? Was machst du denn jetzt damit? Stichst du ihm das Ding in die Augen oder ziehst du es ihm über den Schädel?«

»Ich werde gar nichts damit machen«, war Walts Antwort, der nun den kleinen Dolch aus den Falten seiner Kutte hervorzog und am Stamm der Schleuder herumzuschnitzen begann. »Er zieht es vor, abzuwarten, bis ich das Feld geräumt habe, schon vergessen?«

»Du willst uns allein lassen?« Ein Anflug von echter Panik klang in meiner Frage mit und Walt beeilte sich, mich zu beruhigen.

»Nur ganz kurz. Um ihn anzulocken, quasi. Zu dritt müssten wir vermutlich länger warten, bis er sich blicken lässt, und er wäre von vornherein auf der Hut. Wenn er nur dich und Millie antrifft, geht er uns leichter in die Falle. Euch traut er keinen effektiven Zauber zu, bei mir liegen die Dinge anders.«

»Toll! Weil der Herr Dämon uns für doof genug hält, müssen wir den ganzen Mist allein machen! Weißt du was, Walt? Wir sind doof genug. Weder Millie noch ich haben auch nur eine blasse Ahnung, wie diese Falle funktioniert.«

Walt hatte seine Schnitzarbeit beendet und blickte stolz auf ein seltsames Symbol, das er in den Schwarzdorn geritzt hatte.

»Was soll denn das sein?«, fragte ich und strich über sein infantiles Schnitzwerk.

»Das ist ein D.«

Einen Moment lang schwieg ich. Dann sagte ich so gefühlvoll wie irgend möglich: »Walt? Wenn du nicht schreiben kannst, hättest du mir das doch nur zu sagen brauchen. Der Buchstabe D sieht total anders aus.«

Walt stöhnte gequält. »Es ist natürlich die Rune D. Hier geht es um Magie und nicht um eine Beschriftung.«

Ups. Da hatte ich mal wieder das Fettnäpfchen erwischt.

»Sie sieht aus wie eine liegende Sanduhr«, murmelte ich verlegen.

»Dann ist ja alles in Ordnung, denn genau so sieht sie nun mal aus.«

»Und wie geht es jetzt weiter?«

Walt drehte sich zu Millie um. »Hast du das Salzpaket?«

Ihre Antwort war ein schläfriges Nicken. Diese Frau besaß tatsächlich nicht einen Funken Energie mehr.

»Reiß es an einer Ecke auf und streu einen Kreis aus Salz rund um dich herum auf das Bett«, bat Walt. »Ich will dich bei dem, was jetzt kommt, so sicher wie irgend möglich wissen.«

»Hey, und was ist mit mir?«, fragte ich entrüstet, obwohl ich die Antwort bereits ahnte.

»Dein Job ist es, Ghorm mithilfe des Köders in das Kraftfeld der Dämonenfalle zu locken«, erwiderte Walt und klang, als sei dies das Einfachste von der Welt.

»Na bravo. Da danke ich aber auch schön.« Demonstrativ verschränkte ich die Arme und wartete darauf, gebeten zu werden. Natürlich vergebens.

»Es geht hier um Millies Leben. Da kann man als persönliche Banshee ja wohl mal ein Opfer bringen.«

Walt drückte mir den Stoff-Ghorm vor die Brust und ich entknotete rasch meine Arme, um ihn aufzufangen. Das Püppchen starrte mich mit gelben Augen an. Verunsichert suchte ich nach einer Alternative zu Walts Plan, die mir eine bessere Rolle zusicherte.

»Du hast mal zu mir gesagt, mein Job wäre es, den nahenden Tod eines Familienmitgliedes zu melden, nicht, ihn zu verhindern. Also warum gehe ich jetzt nicht einfach zu Cameron, melde eine drohende Gefahr für Millie, und ihr Bruder setzt sich hierher und winkt ein bisschen mit dem Püppchen und der Falle?«

»Damals hatten wir es auch noch nicht mit Druiden und einem Dämon zu tun! Die Dinge haben sich geändert, ob es uns nun gefällt oder nicht«, erwiderte Walt und reichte mir auch den Schwarzdorn. Er lag leicht in meiner Hand und gab mir keinerlei Sicherheit. Bei dem Gedanken an Ghorm wirkte diese Falle wie ein Spielzeug.

Jetzt war ich diejenige, die gequält seufzte. »Also, was muss ich tun?«

»Es ist wirklich ganz einfach«, versicherte Walt mir.

»Es fällt mir schwer, das zu glauben.«

»Du wirst die Dämonenfalle vor seinen Blicken verbergen. Schieb sie dir sonst wohin«, sagte Walt und wedelte mit der Hand in der Luft herum.

»Wie bitte?«

»Ich meine, irgendwo unter dein Kleid. Ach, du weißt doch, was ich meine«, beeilte sich Walt, zu erklären, und wedelte noch ein bisschen heftiger. Ich grinste breit und mein Todesbote sprach hastig weiter. »Den Stoff-Ghorm hältst du gut sichtbar in der Hand und der Rest ist Intuition.«

»Wie bitte?«

Jetzt war es Walt, der breit grinste. »Du schaffst das schon. Da mache ich mir gar keine Sorgen.«

Kapitel 21

Die Zeit verstrich und nichts rührte sich. Walt hatte sich wie geplant zurückgezogen, Millie döste mit geschlossenen Augen in ihrem Salzkreis vor sich hin und ich saß verkrampft auf der Holztruhe voller Stoffreste.

Mein Blick huschte unruhig in der fensterlosen Kammer umher. Längst wusste ich nicht mehr, ob es Tag oder Nacht war. Mein Zeitgefühl war völlig dahin. Großmutter Abigail musste von Irgendjemand nahezu besessen gewesen sein, wenn sie ihr Dasein tagein, tagaus in dieser Zelle gefristet hatte.

Die Dämonenfalle hatte ich mithilfe eines Seidenbändchens aus Oma Abigails Nähkästchen an der Innenseite meines Rockes festgenäht. Sie hing locker in der Schlaufe und erinnerte mich an ein Schwert in seiner Scheide. Ab und an pikte mich der Kupferdraht, wenn ich mich anders hinsetzte. Sonst tat sich nichts.

»Livie?«

Aha, die verrunzelte Druidin auf dem Bett war also noch wach. Sie hatte so lange nicht mehr gesprochen, dass ich schon angenommen hatte, sie würde schlafen.

»Sei still, Millie. Sicher taucht er eher auf, wenn er dich wehrlos und schlafend glaubt.«

»Ich will dir nur sagen, wie ungeheuer dankbar ich dir für alles bin, was du für mich tust und getan hast. Wenn ich mal was für dich tun kann, dann lass es mich wissen.«

»Nicht der Rede wert«, antwortete ich. »Du könntest mir allerdings ein paar gute Krimis besorgen, wenn das alles hier vorbei ist. Deine Liebesromane öden mich an.«

»Betrachte es als erledigt.« Ich glaubte, das Lächeln in Millies Stimme hören zu können.

Dann schwiegen wir wieder. Meine Freundin mochte darüber nachdenken, ob sie ihre Jugend und ihre Lebensenergie wirklich zurückerlangen würde, und ich ließ Großmutter Abigails Wandteppiche auf mich wirken. Die meisten Stellungen, die das dargestellte Liebespärchen vorturnte, waren mir völlig fremd, doch ich schwor mir, sie eines Tages auszuprobieren. Vor meinem geistigen Auge sah ich Walt und mich eng umschlungen auf meinem Troddelsofa liegen und malte mir diese Szene in allen Einzelheiten aus. Ich seufzte auf. Wenn nur erst das hier vorbei wäre.

Ein halbes Dutzend Kerzen erhellte die Kammer, zwei standen auf dem Nähtischchen, der Rest einfach auf dem Fußboden. Kein Luftzug ließ die Flammen tanzen. Auch sie schienen bewegungslos auf das zu warten, was nun kommen musste.

Ich sah mir die Ghorm-Puppe in meiner Hand genauer an. Sie war vollständig aus schwarzem Mantelstoff gefertigt und ungewöhnlich schwer. Die leuchtend gelben Augen bestanden aus winzigen Stoffstücken und waren mit kleinen Stichen auf das schwere

Material aufgenäht worden. Wie es Großmutter Abigail gelungen war, mit so wenig Aufwand eine so eindeutige Ghorm-Kopie zu erstellen, war mir schleierhaft. Die Frau war eine echte Künstlerin mit Nadel und Faden gewesen.

Ich befühlte den Mantelstoff und zupfte versuchsweise an ihm herum. Die vielen Jahrhunderte hatten ihm nichts anhaben können, er war tadellos in Schuss. Ich fragte mich, ob auch in diesem Stoff Magie steckte, ähnlich wie in Walts Kutte, wurde aber von einem Geräusch abgelenkt und blickte zur Tür. Mit einem leisen Knarren senkte sich die Klinke langsam herab.

Konnte es jemand von der Familie sein? Auf der Suche nach Millie? Würden unsere dilettantischen Pläne schon zu einem so frühen Zeitpunkt von einem ahnungslosen Harrowmore durchkreuzt werden?

Lautlos schwang die Tür auf und er trat ein. Ich hatte erwartet, dass er sich hierher teleportieren und in einer Ecke des Raumes einfach erscheinen würde. Dass er schlicht und einfach zur Tür hereinkam, als könne nichts und niemand ihn aufhalten, jagte mir einen zusätzlichen Schrecken ein. Der Kerl war sich seiner Sache so verdammt sicher.

Der Dämon war wie immer vorteilhaft gekleidet. Ein schlichter grauer Cutaway über einem cremefarbenen Seidenhemd mit gerüschter Knopfleiste ließ ihn wie einen Edelmann aus den Anfängen des letzten Jahrhunderts wirken. Ich hätte gern anerkennend durch die Zähne gepfiffen, wenn sie nicht so sehr geklappert hätten.

Ghorm hingegen drehte sich elegant und schwungvoll um und schloss die Tür wieder. Er warf einen Blick auf Millie, die ihre Beine an den Körper gezogen und die Fäuste vor den Mund gepresst hatte. Sie war wie gelähmt vor Entsetzen.

Ghorm lächelte ihr gönnerhaft zu, was ihr ein Wimmern entlockte, und sah dann mich an. »Wie nett. Da ist ja auch meine Freundin Livie.«

»Olivia.« Ich bebte vor Furcht am ganzen Körper, aber mit einem gewissen Maß an Frechheit, so bildete ich mir ein, könnte ich mir eventuell Mut machen.

»Willst du zusehen, wie ich deiner Freundin den Todesstoß versetze?«

Millie begann zu schluchzen.

»Nein. Ich sitze hier, um nicht zu verpassen, wie man *dir* den Todesstoß versetzt, Mistvieh!«

Er tat völlig unbeeindruckt. Spöttisch blickte er noch einmal auf Millie. »Salz. Wie niedlich. Lästig, sicher, aber kein unüberwindbares Hindernis für jemanden wie mich. Ein netter Versuch, der zeigt, dass ihr eure Hausaufgaben gemacht habt.«

Noch immer auf der Truhe sitzend, reckte ich den Hals, um größer zu erscheinen. »Und wie gut wir sie gemacht haben, Ghorm! Dank Großmutter Abigail haben wir eine mächtige Waffe. Sie hat uns etwas für den Tag der Abrechnung hinterlassen. Und du wirst es kaum glauben, aber dieser Tag ist heute!«

Jetzt lachte Ghorm. Laut und gehässig. »Was kann euch diese liebestolle alte Schreckschraube wohl Interessantes hinterlassen haben? Ihre Stecknadeln?«

Das war der richtige Moment. Triumphierend riss ich das Ghorm-Püppchen in die Höhe und grinste breit. »Erkennst du dich wieder? Erkennst du deinen Besitz wieder? Den Mantel, den du einst in Badrias Behausung zurückließest? Er hat sich verändert, ja. Er ist ein bisschen eingelaufen, fürchte ich. Aber nichtsdestotrotz ist es dein Mantel. Erinnere dich, es liegt länger als ein Leben zurück, aber gerade das macht ihn so wertvoll im Kampf gegen dich. Du hattest recht. Wir haben unsere Hausaufgaben gemacht!«

Der Dämon betrachtete prüfend das Püppchen in meiner Hand. Einen Moment lang fürchtete ich, er würde mich auslachen und mich eine Närrin schimpfen. Was war ein Mantel schon? Nicht mehr als ein Stück Stoff. Und selbst wenn dieser Fetzen wirklich Macht in Bezug auf Ghorm bedeutete, hatte ich doch keine Ahnung, wie man sie nutzte!

Und was, wenn wir uns geirrt hatten und es gar nicht Ghorms Radmantel war, den ich hier in den Händen hielt? In diesem Fall war das Spiel verloren, mit ungeahnten Folgen für alle Beteiligten. Vermutlich würde ich Millie bald um ihren schnellen Tod beneiden.

Doch Ghorm betrachtete das Püppchen wortlos und konzentriert. Er legte den Kopf schief, presste die Lippen zusammen und seine Augen begannen, gelb zu glühen.

War das ein Zeichen von Wut? Ging unser vager Plan etwa auf?

»Banshee, du glaubst doch nicht, dass du dieses Ding behalten wirst? Was einmal mein war, bleibt auch mein, ganz egal, wie viel Zeit vergangen ist.«

»Dieses Püppchen bedeutet Macht!«, schrie ich.

Ghorm schrie zurück: »Dieses Püppchen bedeutet Ärger. Und zwar für dich!«

Eine magische Flutwelle schien mich zu erfassen und spülte mich von der Truhe direkt in seine Arme. Ich spürte das Holz des Schwarzdorns an meinem Oberschenkel, als mein Körper auf den des Absorbers prallte. Etwas knackte. War die Dämonenfalle zerbrochen?

»Da bist du ja, mein Täubchen. Und ein Geschenk hast du auch dabei.« Mit diesen Worten packte er meine Handgelenke und verdrehte sie, bis das Püppchen zu Boden fiel. »Och. Hast du das kleine Spielzeug fallen lassen?« Ghorms Gesicht mit den glühenden gelben Augen befand sich unmittelbar vor meinem. Er grinste so überlegen, dass ich mir sicher war, das Spiel verloren zu haben.

Ghorm blickte hinunter auf sein textiles Abbild und sein Lächeln gefror. »Was ist denn das?«, flüsterte er so erstaunt, dass auch *ich* meinen Blick auf den Boden senkte.

Auf dem Parkett lag der kleine Ghorm, umgeben von violetten Blitzen, die sich an ihm entlangtasteten und züngelten.

»Das darf doch nicht wahr sein! Du kleine Schlampe, wo hast du sie versteckt?« Mit diesen Worten drehte er meine Handgelenke erneut, bis sie knackten.

Ich brüllte vor Schmerz. Ghorm verstand es fantastisch, mir Schmerzen zuzufügen. Warum nur schützte nicht mal der eigene Tod vor Schmerz?

Doch ich hatte jetzt weiß Gott nicht die Zeit, über solche Fragen nachzudenken, denn der Dämon ließ mich plötzlich los und grub seine Krallen in den dunkelgrünen Samt meines Kleides. Mit einer heftigen Bewegung riss er ihn herab und hielt einige Meter Stoff in seinen Händen. Wütend schüttelte er den Fetzen wie ein Jagdhund seine Beute. Klappernd fiel die Dämonenfalle aufs Parkett und blieb zwischen uns liegen. Violette Blitze gingen von ihr aus und schlängelten sich in alle Richtungen über den Boden.

Jetzt erst sah ich, dass Ghorm und ich von einer violetten Lichtkugel umgeben waren. Die tentakelartigen Blitze der Dämonenfalle schienen von der uns einschließenden Hülle angezogen zu werden und wo immer sie sich berührten, zerfaserte der violette Strang in viele kleine. Es sah aus, als stünden Ghorm und ich inmitten einer großen Plasmalampe.

Der Dämon heulte vor Wut und sprang mit beiden Füßen auf die Falle, doch die züngelte unbeirrt weiter. Jetzt trafen die ersten violetten Energiezungen auf seinen Körper und schienen ihn abzutasten. Fasziniert beobachtete ich, wie die Blitze über Ghorm liefen und sich dabei immer wieder hundertfach verzweigten. Ich war unfähig, mich zu rühren. Ich hatte Millie vergessen, ich hatte Walt vergessen, ich hatte alles vergessen.

Ghorm schrie. Ob vor Wut oder Schmerz, wusste ich nicht, doch deutlich sah ich jetzt, dass sich goldene Partikel von seiner Haut lösten, wo immer die violetten Strahlen ihn abgetastet hatten. Die funkelnden Stückchen platzten von ihm ab uns sprangen innerhalb unserer Plasmakugel hin und her.

Eines von ihnen traf mich an der Stirn und fast augenblicklich begann meine Kopfhaut zu kribbeln, als wäre ich mit Limonade übergossen worden. Da umschlangen mich plötzlich zwei kräftige Arme von hinten und zerrten mich von Ghorm fort.

»Komm da raus, Livie! Du hast dort drinnen nichts mehr verloren!«

Erst jetzt, da Walt mich anschrie, fiel mir auf, wie unglaublich laut es in der Kugel war. Die Luft brauste wie bei einem Orkan, doch da hatte Walt mich auch schon durch die schillernde Außenhülle gezogen, die mich mit einem Plopp freigab. Außerhalb der Hülle war es in Abigails Kammer ruhig und friedlich.

Walt packte Millie, die noch immer zitternd in ihrem Salzkreis kauerte, die Hände unverändert an den Mund gepresst, und schleifte sie zur Plasmakugel. »Jetzt bist du dran, Millie. Viel Glück. Das alles da drinnen ist deins.«

Damit stieß er sie durch die Außenhülle direkt auf Ghorm zu. Doch der Dämon machte keinen Versuch mehr, der verschreckten Millie habhaft zu werden. Er schien entsetzliche Qualen zu leiden, wand sich unter den tastenden Lichttentakeln der Dämonenfalle und verstreute unaufhörlich kleine goldene Partikel in der Kugel.

Deren Verhalten änderte sich jedoch schlagartig mit Millies Erscheinen im Innern der Energieblase. Waren sie zuvor noch sinnlos durch die Gegend gehüpft und auf den Boden gepurzelt, schienen sie jetzt ein klares Ziel zu haben. Ähnlich einer Windhose erhoben sich die bereits heruntergefallenen Goldplättchen und wählten Millie als Mittelpunkt ihrer Rotation.

Diese stand stocksteif im Auge des glänzenden Zyklons und wagte nicht, sich zu bewegen.

»Walt! Was passiert da drinnen?«, schrie ich. Panik stieg in mir auf.

»Hab keine Angst. Es läuft alles genau nach Plan«, antwortete er und betrachtete das einmalige Schauspiel.

Ich fragte mich nur, nach welchem Plan.

Walt stand ruhig wie ein Furcht einflößendes Mahnmal vor der Energiekugel und streckte seine Hand nach meiner aus. Dankbar griff ich zu und seine Daumen strichen über meinen Handrücken. Wie schon an jenem Herbstabend vor gefühlten hundert Jahren legte sich der Sturm meiner Gefühle und ich fühlte Ruhe in mir.

Millie war im Strudel der Goldplättchen kaum noch auszumachen, während Ghorm immer weniger Zielscheibe der zuckenden Blitze war.

Aber wie sah er aus? Der eben noch große, schlanke Körper war jetzt zusammengesunken und bucklig, das attraktive Gesicht mit den hohen Wangenknochen verzerrt und verschwollen, das blonde Haar nun stumpf und struppig. Der Dämon schien vor unseren Augen zu vergehen.

Den Blick seiner gelben Augen starr auf mich gerichtet, formten seine aufgeworfenen Lippen Worte, die nicht bis zu mir durchdrangen.

»Ich kann ihn nicht verstehen. Weißt du, was er sagen will, Walt?«

»Er sagt, dass er dich nicht vergessen und seine Rache furchtbar sein wird.«

»Was? Wieso denn jetzt ich schon wieder? Das kann ja wohl nicht wahr sein!«

»Bleib ganz ruhig. Bis Ghorm uns das nächste Mal beglückt, können gut und gern ein paar hundert Jahre vergehen. Zunächst mal wird er erneut sterben, und er scheint nicht besonders scharf darauf zu sein.«

Walt hatte recht. Ghorm krümmte und wand sich unter den letzten Strahlen des violetten Lichts. Sein hasserfüllter Blick ruhte auch weiterhin auf mir und sein Mund formte Wörter, die ich nicht hören konnte.

»Ja, red nur, du Absorberdepp. Ich krieg dich auch noch in tausend Jahren dran!«, brüllte ich, war mir aber sicher, dass auch *er* mich nicht hören konnte. Sonst wäre ich vermutlich doch etwas kleinlauter gewesen.

Um Millie legte sich nun nach und nach der Wirbelsturm. Die goldenen Plättchen waren fast alle verschwunden und die Frau, die in der Dämonenfalle stand, hatte kupferrotes glattes Haar, das ihr bis auf den Hintern fiel, und ein Gesicht, welches keinen Tag älter als zweiundzwanzig sein konnte. Blass war sie und die Sommersprossen in ihrem Gesicht hoben sich deutlich von der Haut ab, aber ansonsten schien sie ganz in Ordnung zu sein. Sie trat zwei Schritte rückwärts und die Dämonenfalle gab sie wie selbstverständlich frei. Der Dämon blieb allein zurück, besiegt und gebrochen.

»Millie, du siehst wunderschön aus«, rief ich und umarmte sie. »Aber deine Locken sind weg.«

»Nein«, lachte Millie und sah mich überglücklich an. »Die sind nicht weg, die hat jetzt nur eine andere!«

»Eine andere? Wer denn? Sag mal, bist du sicher, dass dein Gehirn da drinnen keinen Schaden genommen hat?«

Millie prustete los. »Da bin ich ganz sicher. Meine Locken sind nämlich bei dir!«

Ich griff mir an den Kopf, fühlte aber anstelle meiner dünnen Spargelhaare dicke Korkenzieherlocken. Fassungslos zog ich an einem schwarzen Kringel, der mir in die Stirn hing, und beobachtete, wie er lustig auf und ab sprang.

»Steht dir wirklich gut. Du kannst sie behalten, du hast sie dir verdient.«

Ich blickte entgeistert von Millie zu Walt. »Erklärst du mir das bitte?«

»Nichts leichter als das.« Auch der Todesbote lächelte. »Die Dämonenfalle hat Ghorm jegliche Energie entzogen. Das waren die goldenen Plättchen, die sich von ihm ablösten. Danach suchte die Energie sich einen neuen Wirt. Du wurdest von einem Plättchen am Kopf getroffen, bevor ich dich aus der Falle ziehen konnte. Dann habe ich Millie hineingeschubst, damit die Lebensenergie zu ihrem ursprünglichen Besitzer zurückkehren konnte. Nur die Locken, die hast eben du abgekriegt. Sieht wirklich hübsch aus, Livie. Hat was von Betty Boop.«

Für einen kurzen Moment wollte ich ihm ins Gesicht springen, doch dann musste ich lachen. Eigentlich war die Comicfigur Betty Boop ganz okay.

Übermütig schüttelte ich meinen Kopf und ließ die schwarzen Locken fliegen. Sie waren nicht sehr lang und endeten knapp unterhalb meiner Ohren, doch sie waren voluminös und richtige Korkenzieher. Ich war hin und weg.

»Und es macht dir wirklich nichts aus, Millie?«

»Im Gegenteil. Ich bin froh, endlich mal ein paar ganz neue Frisuren ausprobieren zu können. Aber was machen wir jetzt mit dem? Der kann doch nicht ewig in dieser Blase bleiben, oder?« Millie deutete auf Ghorm, der sich nicht mehr regte.

»Im Prinzip schon«, sagte Walt. »Dann müssten wir aber die Überreste wegräumen, und darauf bin ich nun wirklich nicht scharf. Soll er sich vom Acker machen und irgendwo verkriechen.«

Mit diesen Worten trat Walt in die Blase, griff nach dem Schwarzdornstock und zerriss mit einer schnellen Bewegung den roten Faden. Augenblicklich brach die Blase zusammen, eine gewaltige Druckwelle raste durch den Raum und pustete uns und jedes Möbelstück wie Seifenblasen durch die Luft.

Millie und ich knallten gleichzeitig mit den Rücken gegen die Zimmerwand. Es verschlug uns beiden den Atem. Ich sah Walt, wie er sich aus den Trümmern von Abigails Bett befreite und dabei hastig seine Kapuze zurechtzog.

»Verdammt, die Entladung hatte ich nicht bedacht«, nuschelte er und blickte zu uns herüber. »Alles in Ordnung?«

Ich nickte, Millie tat es mir nach. Uns ging es zumindest deutlich besser als dem Absorber, der noch immer am selben Fleck lag.

Walt lief zu ihm und ging vor dem keuchenden Dämon in die Hocke. »Verschwinde hier, Ghorm. Geh und stirb woanders, deine Zeit ist gekommen.«

Die Stimme, die ihm antwortete, klang dumpf und brüchig. »Dieses Mal hast du gewonnen, Todesbote. Doch es gibt immer ein Wiedersehen.«

»Das bleibt abzuwarten.« Walt richtete sich auf und strich sich über die Kutte. »Und jetzt raus hier.«

»Warte!«, schrie ich, rappelte mich auf und stürmte an Walt vorbei auf den Dämon zu. Millie setzte mir verwundert nach. Mit einem Ruck riss ich ihm die Rüschen vom Hemd. Walt sah mich mit hochgezogenen Brauen an. »Was denn?«, fragte ich. »Der Kerl hat mein Kleid zerfetzt, da ist es doch nur fair, wenn ich mich revanchiere. Außerdem möchte ich für den Tag seiner Wiederkehr gewappnet sein.«

»Das nächste Mal wird es anders ausgehen. Das verspreche ich.« Mit diesen Worten erhob sich Ghorm schwerfällig und ging auf die Tür zu. Er streckte die zur Kralle verformte Hand nach der Klinke aus und drückte sie nieder.

Es war dieser Moment, in dem man fälschlicherweise denkt, es sei alles vorbei. Es war dieser Moment, in dem furchtbare Fehler gemacht werden. Niemand von uns hatte geglaubt, dass Ghorm noch genug Kraft für einen Gegenangriff besaß, doch er drehte sich um, sprang auf Millie zu und packte ihren Hals mit beiden Klauen.

»Komm und fahr mit mir zur Hölle, Badria!«, schrie er, doch Millie riss die Kerze vom Nähtisch und drückte den brennenden Docht in eines der gelben Augen. Ghorm schrie vor Schmerz auf, ließ Millie los und floh zur Tür hinaus.

»Manche Dinge ändern sich auch in Tausenden von Jahren nicht«, murmelte sie und hob die heruntergefallene Kerze auf.

Wieder einmal hatte das Feuer Badria vor Ghorm gerettet. Es mochte wohl das rechte Feuer sein, von welchem die Wahrsagerin aus Little Beehive gesprochen hatte. Ich wusste es nicht, und nun war es auch nicht mehr wichtig.

»Wunderbar«, rief ich und spürte, wie die Anspannung der letzten Tage von mir abfiel. »Dann können wir uns jetzt ja wieder anderen Dingen zuwenden!«

Walt nickte und klopfte mir auf die Schulter. »Und keinen Augenblick zu früh. Während wir hier, von allen anderen Schlossbewohnern unbemerkt, eine bedeutende Schlacht geschlagen haben, hat Jonathan Deborahs Autoschlüssel geklaut und rollt gerade die Zufahrt hinunter. Livie, du weißt, was du zu tun hast.«

Ich brauchte einen Augenblick, um den Sinn seiner Worte zu erfassen. Dann schlug ich die Hände über dem Kopf zusammen. »Ich fasse es einfach nicht. Ist der Wagen überhaupt schon wieder heil? Da hat mich der Alltag doch tatsächlich schneller wieder, als ich mich umziehen kann. Na dann geh ich dem kleinen Racker mal den Arsch retten. Ich denke, Deborah ist ein heißer Kandidat für eine wirklich gute Banshee-Show.«

Kapitel 22

Ich könnte schwören, dass du viel schöner bist als früher, Millie«, sagte ich und sah meiner Freundin beim Kofferpacken zu.

Es war helllichter Tag, draußen war es lausig kalt. Wir saßen in Millies rosarotem Mädchenzimmer und ließen die Ereignisse der letzten Stunden so weit wie möglich hinter uns.

»Ja, wirklich!«, beteuerte ich, als Millie mich auslachte. »Deine Nase und deine Ohren sehen zierlicher aus. Und auch deine Lippen sehen irgendwie anders aus als früher.«

»Das wird wohl daher kommen, dass Ghorm schon als hübscher Edelmann bei mir ankam. Er muss vorher mindestens ein weiteres Opfer seiner Lebensenergie beraubt haben. Und Teile der vermutlich verstorbenen Schönen sind wohl bei mir gelandet, als sich der Goldplättchensturm erhob.«

»Das ist irgendwie makaber, oder? Du trägst die Schönheit eines Dämonenopfers zur Schau. Uäh.« Angeekelt verzog ich das Gesicht, doch Millie zuckte nur die Schultern.

»Ihr nützt es jetzt wohl eh nichts mehr.«

Sie versuchte verzweifelt, ein graues Wollkostüm in den Koffer zu quetschen, doch es quoll hartnäckig wieder heraus.

»Dann eben nicht. Dann bleibst du hier«, seufzte sie und warf das Kostüm zurück auf ihr Bett. »Sah sowieso irgendwie altbacken aus. Überhaupt war mein letzter Einkauf bei *Harrods* eine einzige Katastrophe. Ich werde bald noch mal hinfahren müssen, doch zunächst gibt es für mich Wichtigeres zu erledigen.«

»Und du willst mir wirklich nicht verraten, was du vorhast?« Ich versuchte, leicht vorwurfsvoll zu klingen.

»Ich habe dir bereits verraten, was ich vorhabe«, erwiderte Millie. Doch da war etwas in ihrem Lächeln, das mich misstrauisch machte.

»Ja, natürlich. Du gehst zu deinem alten Freund Zachary Biggs, den du gar nicht richtig kennst. Dieser schlaue Zwerg soll dir alles beibringen, was ein guter Druide wissen muss. Aber das könnte Walt doch genauso gut!«

Millie schlug den Kofferdeckel zu und stemmte die Hände in die Hüften. »Bist *du* es nicht gewesen, die mir geraten hat, von Harrowmore zu verschwinden und durch die Welt zu reisen?«

»Schon, aber mit der Welt meinte ich sicherlich nicht Little Beehive. Dort gibt es nicht mal ein vernünftiges Klo!«

Millie lachte und durchsuchte ihren Nachttisch nach irgendetwas Brauchbarem.

Ich imitierte das lockende Zeigefingerwinken einer Märchenhexe und sagte mit einschmeichelnder Stimme: »Komm schon, Millie. Ich kenne dich lange genug, um ganz genau zu wissen, wenn du mir etwas verschweigst. Was hast du also vor?«

Sie verdrehte genervt die Augen. »Ich will mir die Welt ansehen, und ich will lernen. Und das bedeutet, Schloss Harrowmore zumindest für eine Weile den Rücken zu kehren. Sag nicht, du könntest das nicht verstehen.«

Ich arbeitete gerade an einer schlagfertigen Antwort, als sich die Tür von Millies Zimmer öffnete und Cameron im Türrahmen erschien. Mit hochgezogenen Brauen betrachtete er den braunen Lederkoffer auf Millies Bett. »Du machst es also wirklich wahr? Du verlässt uns?«

»Doch nicht für immer«, sagte Millie lachend und umarmte ihren Bruder, der zögernd näher gekommen war.

»Und was wird aus Ghorm Littington? Wird er dich begleiten?«

»Ganz sicher nicht! Ghorm Littington werden du und ich nie wiedersehen, das verspreche ich.«

Cameron seufzte. »Ich vermute, es ist besser so. Du siehst auch wieder viel besser aus. Um ehrlich zu sein, hast du noch nie so gut ausgesehen wie jetzt.«

»Ich weiß«, antwortete Millie und tätschelte ihrem Bruder die Wange.

»Weißt du schon, wohin du gehst? Kann ich dich irgendwie erreichen?« Hastig fügte er hinzu: »Ich würde dich natürlich nicht nerven oder bitten, zurückzukehren. Es ist nur … Ich wüsste halt gern, wo du gerade steckst.«

»Nein«, antwortete Millie und hob bedauernd die Schultern. »Dort, wo ich hingehe, gibt es weder Telefon noch Internet.«

»Du willst doch nicht etwa ins Kloster?«, rief Cameron und sein Entsetzen war ehrlich.

»Aber nein. Selbst Klöster haben heutzutage zumindest Telefon. Frag mich nicht weiter, Cameron. Ich werde nicht ewig fortbleiben. Noch bevor der nächste Tannenbaum geschmückt wird, wirst du von mir hören.«

»Sie findet es auch nicht gut, dass du weggehst, nicht wahr?«, fragte Cameron und betrachtete seine Schwester mit schief gelegtem Kopf.

»Sie? Ich weiß nicht, von wem du sprichst.« Millie war ehrlich verwirrt, doch mir schwante Übles.

»Du sprichst ständig mit ihr. Nicht nur auf dem Dachboden, sondern auch hier in deinem Zimmer. Es ist nicht so, dass ich dir absichtlich nachspioniere, Schwesterchen, doch dieses Schloss hat dünne Türen in seinen dicken Wänden. Ich konnte dich oft genug reden hören. Und nicht mal du bist verrückt genug, in einem Dialog mit einem imaginären Freund immer nur den einen Part zu sprechen.«

»Cameron, ich versichere dir …«

»… dass meine nächsten Worte eine Lüge sein werden. Erspare sie mir, Millie. Es ist die neue Banshee, nicht wahr? Die dunkelhaarige in dem bodenlangen Samtkleid. Ich beneide dich wirklich, Millie. Ich wünschte, ich könnte so mit ihr reden.«

»Keine Chance, Cam. Sie liebt einen anderen.«

Ich hatte nicht übel Lust, Millie vors Schienenbein zu treten, deutete stattdessen aber an, dass ich ihr den Kopf abschneiden würde, wenn sie jetzt nicht die Klappe hielt. Doch Millie lachte nur und warf das glatte lange Haar zurück.

»Ist sie hier?« Cameron sah sich neugierig im ganzen Zimmer um und auch über mich glitt sein Blick. Aber er konnte mich natürlich nicht sehen, solange ich mich nicht anspannte.

»Ja, sie ist hier«, verkündete Millie freimütig und ich war nun wirklich kurz davor, handgreiflich zu werden.

»Dann sag ihr bitte, sie kann gern auf mich zurückkommen, wenn es mit dem anderen nichts werden sollte. Ich finde sie nämlich ausgesprochen niedlich.«

Niedlich. Ich drohte, an meinem eigenen Lachen zu ersticken.

»Sie kann dich hören, Cam.«

»Oh. Zu schade, dass die Verbindung nur in eine Richtung funktioniert.« Er wurde tatsächlich rot. »Dann werde ich euch mal wieder allein lassen. Vielleicht verrätst du mir vor deiner Abreise noch, wie du es anstellst, mit ihr zu reden?«

»Sie heißt Livie, Cam.«

Ich ließ einen Schuh auf Millie zufliegen, doch sie duckte sich nur lachend weg. Immerhin trat Cameron nun den Rückzug an und schloss auch brav die Tür hinter sich.

Millies Lachanfall hielt noch einige Minuten an, während ich schmollend am Fenster stand und sie eine Kupplerin schimpfte.

»Das ist doch lustig. Mein Bruder hat sich in die Banshee der Familie verknallt. Zu schade, dass ich nicht miterleben werde, wie diese Geschichte weitergeht.«

»Sie wird überhaupt nicht weitergehen. Ich bin nämlich ziemlich tot, schon vergessen?«

»Auf mich hast du immer sehr lebendig gewirkt. Du atmest ja sogar.«

»Das ist nur eine alte Angewohnheit, glaube ich.«

»Na dann halt doch mal die Luft an, dann weißt du es.«

Es bedurfte Millies ganzer Kraft, die Klappbügel ihres Koffers zu schließen. Dann war sie abreisebereit.

»Und wie geht es nun weiter? Fährst du mit dem Zug nach Little Beehive?«, fragte ich und sah sie ratlos an.

»Ich werde mich von Deborah zum Schein zum Bahnhof fahren lassen und dort in einen Zug steigen. Darin erwartet mich Zach und er teleportiert uns dann nach Little Beehive. Es ist alles gut geplant.«

»Und das haben Walt und du alles arrangiert, während ich dabei zugesehen habe, wie Deborah ihren Großneffen aus einem fahrenden Auto pflückt? Erstaunlich.«

Millie zerrte ihren Koffer vom Bett und stellte ihn zwischen uns. Dann raffte sie ihre rosa Tagesdecke zusammen und hielt sie mir hin. »Die ist für dich. Ein Abschiedsgeschenk. Jetzt kannst du das alte Laken, das du als Bettdeckenersatz verwendest, endlich wegwerfen.«

»Lieb von dir, vielen Dank«, sagte ich und meinte es aufrichtig, auch wenn Rosa nicht meine Farbe war.

Millie winkte ab und hob den Koffer wieder an. »Tja, das war's dann wohl. Begleitest du mich noch vors Schloss?«

Gemeinsam verließen wir die rosarote Welt, die einmal Millies ganzer Lebensraum gewesen war. Und nun war sie auf dem Weg ins Mittelalter, in ein Dorf ohne Elektrizität und fließend Wasser.

Ganz zu schweigen von der Pest und anderen fürchterlichen Krankheiten.

Wir durchquerten die große Eingangshalle und ich erinnerte mich an meine erste Begegnung mit Millie.

Stirnrunzelnd blieb ich stehen. »Du planst nicht etwa, William Shakespeare einen Besuch abzustatten, oder? Ich meine ja nur, nachdem du Ewigkeiten mit seiner Büste geflirtet hast.«

Millie legte nachdenklich den Kopf schief. »Das habe ich mir noch gar nicht überlegt. Ich werde Zach fragen, ob ein Besuch in der Zeit von Shakespeare möglich ist.« Sie zwinkerte mir zu und ich wusste, dass sie nur scherzte.

Gemeinsam erreichten wir den Vorplatz von Schloss Harrowmore, wo Deborah bereits neben ihrem Wagen wartete, der eine brandneue Beule am Kotflügel hatte – das Ergebnis von Jonathans kleiner Spritztour.

Ich ging davon aus, dass dies dem Racker mindestens eine Woche Hausarrest eingebracht hatte.

Da Millie mich schlecht vor den Augen ihrer Tante umarmen konnte, beschränkten wir uns auf ein freundschaftliches Lächeln. Der Koffer wurde in den Wagen geworfen, Millie und Deborah stiegen ein, die Autotüren schlugen zu und das Knirschen von Kies war Millies letzter Gruß an mich.

Ich sah dem Wagen noch lange nach. Dann kehrte ich allein ins Schloss zurück. In der Halle traf ich auf Cameron, der sich suchend umblickte und dabei immerzu meinen Namen flüsterte. Na, das konnte ja heiter werden.

Ich schlich mich, so schnell es ging, in meine Dachkammer, wo ich mich erneut meiner bisher größten Herausforderung stellen wollte: nähen, ohne die Finger zu benutzen.

Ich setzte mich auf mein Troddelsofa und betrachtete das kleine Ghorm-Püppchen in meinem Schoß. Mühsam begann ich damit, die Augen des Figürchens vom Mantelstoff abzutrennen.

Nach einer guten halben Stunde blickte ich zufrieden auf mein Werk. Ich erhob mich vom Sofa, deckte ein Tuch über das Goldfischglas, in dem Sniff fröhlich herumpaddelte, und zog mich bis auf die Banshee-Wäsche aus.

Am Rascheln seiner Kutte hörte ich, dass er im Zimmer war, lange bevor er das erste Wort sprach.

»Livie?«

»Auf dem Sofa, Walt.«

Das Rascheln kam näher. Jetzt musste er direkt neben mir stehen.

»Wie ich sehe, hast du vergessen, dich anzuziehen?« Er klang belustigt. »Oder wurde das neue Kleid durch Ghorm zu stark beschädigt?«

»Ich trage alles, was ich für mein Vorhaben brauche«, sagte ich und rekelte mich hoffentlich verführerisch auf meiner Schlafstätte.

»Du sprichst von deiner Augenbinde, ja? Wo kommt die denn her?«

»Die habe ich selbst gemacht, Walt. Aus dem schweren und dichten Stoff von Ghorms Radmantel. Wenn ich mich nicht sehr täusche, ist dieser Stoff genau wie deine Kutte nicht ganz frei von Magie. Um es zu beweisen, bedarf es aber eines kleinen Tests.«

»Und wie soll so ein Test aussehen?«

Ich spürte, dass Walt jetzt auf der Kante des Sofas saß und sich über mich gebeugt hatte.

»Nun, du müsstest mit deinen strahlenden blauen Augen mal ganz dicht an meine herankommen. Und wenn dann kein Licht durch diese Augenbinde dringt und ich somit auch nicht in Ohnmacht falle, ist mir das Beweis genug.«

Ich konnte ihn riechen. Er duftete nach Sommerblumen und frisch gemähtem Heu. Und dann fühlte ich seine Lippen auf meinen. Es war der längste Kuss meines ganzen Lebens und keine Ohnmacht störte ihn. Ich konnte Walt küssen, und Ghorm hatte dies möglich gemacht. Ich war ihm ja so dankbar.

»Und es bin wirklich ich, mit dem du hier sein möchtest? Nicht Irgendjemand?«, flüsterte Walt dicht an meinem Ohr.

Ich stutzte. Irgendjemand? Dann ging mir ein Licht auf. »Ach, der Mummel. Walt, du bist ja richtig eifersüchtig!«

»Auch ein Todesbote ist nicht frei von Schwächen.«

»Da kann ich dich beruhigen«, gurrte ich. »Wäre es der Mummel, den ich hier bei mir haben wollte, hätte ich keinen Augenschutz, sondern einen Schnorchel gebastelt. Leuchtet dir das ein?«

Sacht strichen Walts Finger über mein Gesicht. Dann murmelte er: »Ich bin eigentlich hergekommen, um dir zu sagen, dass Patrick mit einem selbstgebastelten Flugdrachen auf einer der Turmzinnen dieses Schlosses steht.«

»Na dann wünsche ich ihm viel Glück«, flüsterte ich und küsste Walt erneut.

Epilog

Sechzehn Monate später

Die Schleusen des Himmels hatten sich geöffnet und England war kurz davor, mit Mann und Maus unterzugehen. Über die schmalen Wege, die durch eine unwirtliche Moorlandschaft führten, zerrte eine große rothaarige Frau ein Mädchen hinter sich her.

Die Kleine, nur mit einem schlichten Leinenhemd und einem gestrickten Halstuch bekleidet, fror erbärmlich in der ungewöhnlich kühlen Sommernacht und klapperte mit den Zähnen. Ihre kleinen nackten Füße waren schlammbespritzt. Sie mochte etwa fünf Jahre alt sein, hatte ein rundes Gesicht mit großen braunen Kugelaugen, die nun ängstlich in der Dunkelheit umherblickten.

»Warum darf ich denn nicht bei Mami bleiben?«, fragte sie zum wiederholten Male und sah voller Furcht zu der Rothaarigen hinauf.

»Das habe ich dir doch schon erklärt, mein Kleines. Deine Mama ist schwer krank und braucht Ruhe. Außerdem wollen wir doch nicht, dass du dich ansteckst, nicht wahr?«

Der Schwarze Tod war schneller nach Little Beehive gekommen, als Millicent Harrowmore es erwartet hatte. In rasantem Tempo raffte er einen Einwohner nach dem anderen dahin. Das hübsche kleine Dorf, das 1347, als Millicent es kennengelernt hatte, noch eine blühende Gemeinde gewesen war, war nun ein Platz des Todes. Längst hatten alle magischen Wesen diesen Ort verlassen, wie sie es immer taten, wenn das Jahr 1348 anbrach.

Das Dorf war dem Untergang geweiht. In Little Beehive konnte ein Zeitreisender ganz sorgenfrei sein Handy verlieren, da das ganze Dorf im Schicksalsjahr 1348 erst von der Pest heimgesucht und zu guter Letzt niedergebrannt werden würde. So hatte Walt es Millie erzählt. Doch sie hatte sich nicht einen Moment damit anfreunden können, wie kaltblütig die Magier mit diesem Schicksal umgingen.

Zach, ihr Mentor und Lehrmeister in den vergangenen sechzehn Monaten, hatte ihr mehrfach ins Gewissen geredet, als sie sich weigerte, ihn bei seiner Abreise aus Little Beehive zu begleiten.

»Wenn dir so viel an diesem Ort liegt, reisen wir einfach einige Jahre in der Zeit zurück und kommen wieder her, Millie. Little Beehive ist nicht verloren, seine Zeit endet nur. Und so wie das Ende aussehen wird, möchtest du sicher nicht dabei sein«, hatte er zu ihr gesagt.

Millie war dennoch geblieben, hatte alle Warnungen ignoriert und versucht, zu helfen, wo es nur ging. Doch das Schicksal ließ sich nicht aufhalten, nicht von einer einzelnen Person ohne Antibiotikum in den Taschen.

Millie und das kleine Mädchen, das in Kürze eine Waise sein würde, erreichten Zachs steinerne Kate, die einsam und verlassen in der Wildnis stand. Hier hatte Millie nun ihr Lager aufgeschlagen und von hier ging sie fast täglich ins Dorf, um alles zu tun, was ihr möglich war.

Das Licht einer Kerze brannte hinter den fensterlosen Öffnungen und verhieß Trockenheit und Wärme.

»Liam! Ich bringe Besuch mit!«

Auf Millies Ruf hin öffnete ein spindeldürrer, etwa zwölfjähriger Junge die Tür. Sein Haar musste nach dem Waschvorgang von einem hellen Blond sein, doch jetzt war es struppig und verklebt. Er ließ Millie und das fremde Mädchen ein. Letztere betrachtete er neugierig.

»Das ist Maggie«, sagte Millie und ließ sich auf einen Stuhl inmitten der Kate fallen. »Ich habe sie mitgebracht, weil es ihrer Mutter nicht gut geht. Andere Familienangehörige gibt es nicht.«

»Mami ist sehr krank. Sie hat hohes Fieber und komische Kugeln am Hals.«

Der Junge namens Liam sah die kleine Maggie mitleidig an. Er kannte die Symptome, hatte sie bei seiner eigenen Familie beobachten müssen, bevor alle starben.

Millie legte ihren Kopf erschöpft auf dem Tisch ab. »Maggielein, wir müssen in den nächsten Tagen gut auf dich aufpassen und beobachten, ob du auch krank wirst.«

Die Kleine nickte.

»Um zu verhindern, dass wir uns gegenseitig anstecken, müsst ihr euch häufig die Hände im Bach hinter dem Haus waschen. Und ihr müsst euch die Tücher, die ich euch gegeben habe, vor den Mund binden.«

Jetzt nickten beide Kinder.

»Gut«, seufzte Millie. »Dann wird dir Liam jetzt einen Strohsack zeigen, auf dem du dich zum Schlafen hinlegen kannst.«

Die Kleine kroch dankbar auf das angebotene Lager und fragte den großen Jungen, ehe ihr die Augen vor Müdigkeit zufielen: »Mami wird es doch bald wieder gut gehen, oder?«

»Aber sicher«, log Liam. »Es wird ihr bald wieder gut gehen.«

Millie, die noch immer den Kopf auf den Tisch gelegt hielt, spürte, wie ihr die Tränen das Gesicht herunterliefen.

»Liebe Güte! Was soll ich denn jetzt bloß machen? Ich wünschte, Zach wäre hier. Ich wünschte, irgendjemand meiner Freunde wäre hier«, flüsterte sie vor sich hin.

Liam kehrte zum Tisch zurück und strich Millie ungeschickt über das rote Haar. Sie hob den Kopf und lächelte den Jungen unter Tränen an. »Wir werden es schon schaffen, nicht wahr, Liam?«

»Sicher«, antwortete er und lächelte tapfer.

Millie warf einen Blick auf Maggie, die bereits tief und fest auf ihrem Strohsack schlief. »Etwas habe ich immerhin erreicht. Euch beide habe ich mit etwas Glück der Pest entrissen. Die Dinge haben schon begonnen, sich zu verändern.« Mit einem matten Lächeln strich sie dem Jungen über den klebrigen Kopf.

Nur ein wenig Glück, und er würde eine Zukunft haben. Sie hatte sie ihm geschenkt …

Über die Autorin

Miriam Rademacher, Jahrgang 1973, wuchs auf einem kleinen Barockschloss im Emsland auf und begann früh mit dem Schreiben. Heute lebt sie mit ihrer Familie in Osnabrück, wo sie an ihren Büchern arbeitet und Tanz unterrichtet. Sie mag Regen, wenn es nach Herbst riecht, es früh dunkel wird und die Printen beim Lesen wieder schmecken. In den letzten Jahren hat sie zahlreiche Kurzgeschichten, Fantasyromane, Krimis und ein Bilderbuch für Kinder veröffentlicht.

Kontakt:
www.facebook.com/miriam.rademacher.54

Dank

Ich danke meinem Mann und meinen Kindern, die es klaglos ertragen, wenn ich schreibe, anstelle zu verhindern, dass das Mittagessen anbrennt. Ich danke meinem Vater für diesen Laptop, sonst müsste ich immer noch auf der alten Gurke tippen. Ich danke meinen Freunden und Lesern, die mir so oft versichern, dass ihnen meine Geschichten Freude machen. Und ich danke Lektoren und Verlegern für jeden guten Tipp und alle Hilfestellungen. Ich versuche, sie mir zu merken, garantiere aber für nichts.

Weitere Verlagstitel aus unserem Fantasy-Programm

C. M. Spoerri & Jasmin Romana Welsch
Conversion (Band 1): Zwischen Tag und Nacht
28. August 2016, Sternensand Verlag
424 Seiten, broschiert
€ 12,95 [D]

Jugendroman-Dystopie
Als Taschenbuch und E-Book

Jasmin Romana Welsch
Absolution: Wie man eine Sünde überlebt
28. Februar 2016, Sternensand Verlag
224 Seiten, broschiert
€ 12,95 [D]

Urban Fantasy
Als Taschenbuch und E-Book

C. M. Spoerri
Die Legenden von Karinth (Band 1)
25. September 2016, Sternensand Verlag
448 Seiten, broschiert
€ 12,95 [D]

High Fantasy
Als Taschenbuch, Hardcover und E-Book

Carolin Emrich
Elfenwächter (Band 1): Weg des Ordens
15. Januar 2017, Sternensand Verlag
308 Seiten, broschiert
€ 12,95 [D]

High Fantasy
Als Taschenbuch und E-Book

Fanny Bechert
Countdown to Noah (Band 1): Gegen Bestien
17. September 2017, Sternensand Verlag
300 Seiten, broschiert
€ 12,95 [D]

Jugendroman-Dystopie
Als Taschenbuch und E-Book

Nadine Roth
Bloody Mary: Du darfst dich nicht verlieben
12. März 2017, Sternensand Verlag
560 Seiten, broschiert
€ 14,95 [D]

Paranormal Romance
Als Taschenbuch und E-Book

Besucht uns im Netz:

www.sternensand-verlag.ch

www.facebook.com/sternensandverlag